文芸社セレクション

遠きコスモス

常陸野 俊
HITACHINO Shun

文芸社

目次

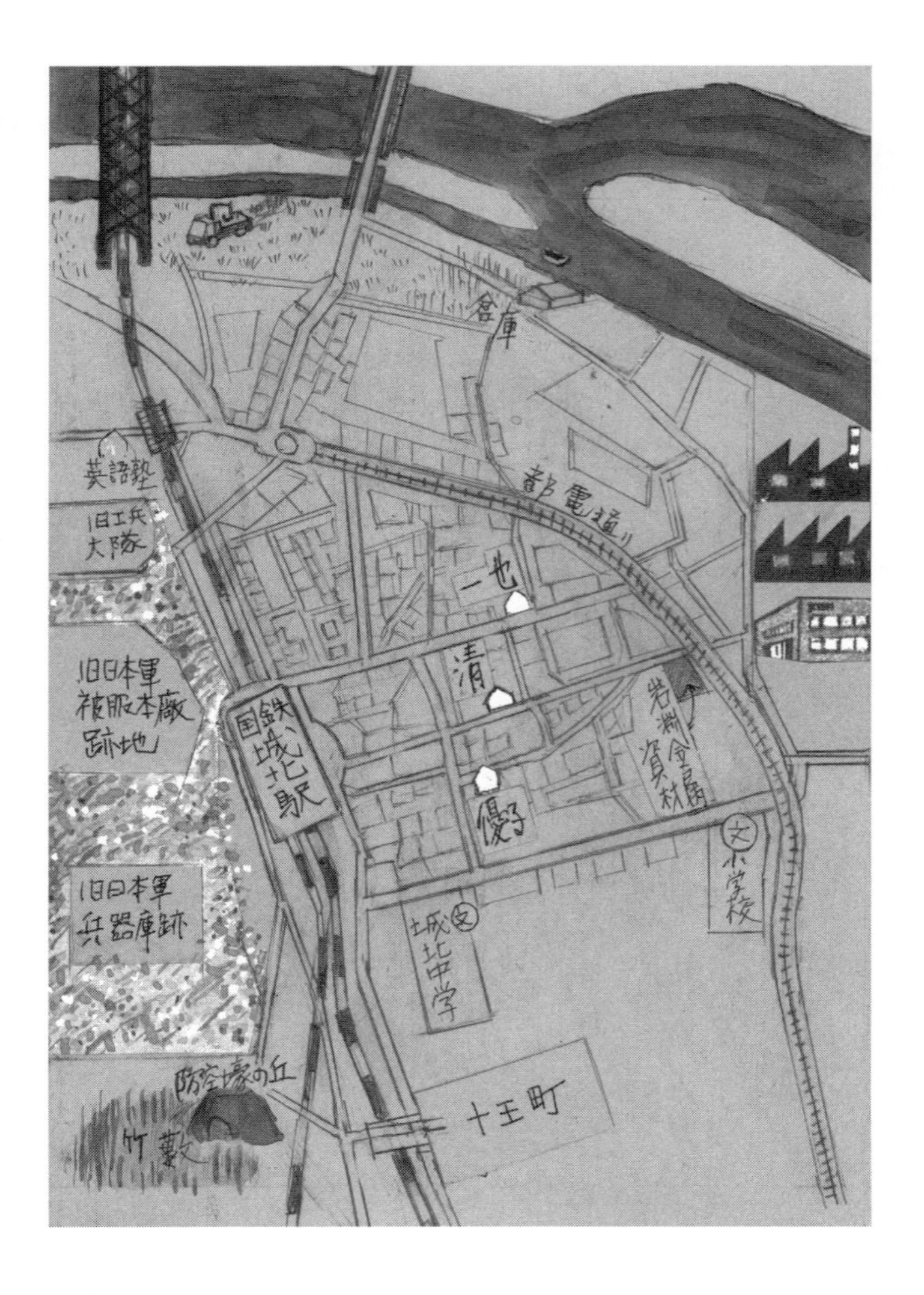

倉庫
英語塾
旧工兵
大隊
都電通り
一也
旧日本軍
被服本廠
跡地
国鉄城北駅
清
岩淵金属
資材
優子
文
小学校
旧日本軍
兵器庫跡
城北中学
防空壕の丘
十王町
竹藪

第一章　早春

その1

一也は懸命に走った。

荒川の下流にのこぎりの歯のように連なる工場棟の黒い造形をシルエットにして、夜空を紅蓮（ぐれん）の炎が染め上げていた。

昭和三三年の春は三月末の大霜害に続いて四月に入っても異常な花冷えであった。

この日午後一〇時ごろ、帝国印刷技研、荒川工場の窓から突然閃光が走ったとみるや、大地を揺るがす大音響とともにスレートの大屋根中心部が粉塵となって吹き飛んだ。

そこからマグマのように噴出した炎は、津波となってあっという間に南に広がっていった。ごうごうと夜の大気が対流し、どこまで上昇しているかわからない火の粉が、滝つぼの中のように猛り狂った。再び、今度は渦巻く大気をそっくり持ち上げるような轟音（ごうおん）とともに二度目の爆発が起き、周囲数キロに及ぶ市街を地盤の底が抜けたように上下させた。

住民は度肝を抜かれる衝撃に家々をはじき出され、硝煙のにおいが漂う夜気の中にバラバラと飛び出した。路地に連なって赤い夜空の方向を指差し、口々に「帝印、帝印」と叫びあう。工場全棟は夜を焼き焦がす巨大な魔王の下敷きとなり、周囲の様々な建物からは大蛇の舌のような赤い火の手がもうもうと湧きあがる黒煙の中に無数に動く。消防車のサイレンがとんでもない方向からも次々に起こって現場に殺到する。しかしそれらからの放水などは荒れ狂う火勢にはまるで公園の立水栓の細い水くらいでしかない。渦巻く熱風に向かって新たなサイレンが際限なく突進してくるたびに住民の興奮はいよいよエスカレートする。

その時一也は荒川本流から西に一キロと離れていない古家から道路に飛び出した。赤々と染まった空をしばらく呆然（ぼうぜん）と見つめていたが、次第に火の手の上がる位置を凝視（ぎょうし）するようになり、突然はじかれたようになにかを思いつくと、くるりと背を向けて家の中に駆けこんだ。夢中で厚手のジャンパーをしっかりと着込み、ギャバジンの地のズボンに足を通すと、暗く湿った台所の一枚の床板をめくった。床下にミカンの木箱が隠されてあった。その中に詰め込んであるきんちゃく袋と軍手を探り取って再び表に飛び出す。

少年は火災現場の工場群と市街を分かつ都電通りへ一直線に走った。

電車通りにぶつかる交差点の角地に薄汚いくず鉄会社がある。「有限会社岩淵金属大声で呼ぶ。

資材」と書いた看板がスレートの屋根に大きく取り付けられている。あるじの名前を大声で呼ぶ。

建物は一階が倉庫、事務所、二階の半分が住居になっている。前は優に二〇〇坪を超える空き地である。その半分のスペースに様々な形のくず鉄や壊れた自転車、古タイヤが山のように積み上がっている。その廃品の山から電車通りに踏み出して、次から次へと突進してくる消防車や救急車のヒステリックな咆哮に興奮を抑えきれないでいる男がいた。

このくず鉄会社の社長、岩淵賢太郎である。

少年はこの四〇がらみの主を見つけるやいなや素早くそばに駆け寄った。

小さな体で男を見上げながら何かしばらく食い下がっていたが、男がうなずくのを確認すると、「絶対確かだからな。待ってるよ！　絶対来いよ！」と甲高い声を投げ残して電車道を転がるように横切り、火事現場に直結する道路に駆け込んでいった。

現場に接近するにしたがってアスファルトの道路に消防ホースが大蛇のようにうねって重なり、真っ黒な雑踏が怒号の中にごった返している。怪我をした人たちがガバガバと音を立てる消防服の数人に抱えられては救急車の停まる方向に運ばれてゆく。

放水の川となった道路は消防士の長靴でバシャバシャと踏み立てられる。

少年は空に巻き上がる旋風と驚くべき大黒煙にすくみながら、いよいよ中心現場に近づいてゆく。顔面が熱風で痛いほど真っ赤になっているのを感じる。

「こらあー、とまれええーーっ！」

「入るなあーーっ！」「何しに来たんだあ、バカヤロー！」

様々にぶつけられる消防士や警察官の怒号を浴びて次々と行く手を制止されるが、そのたびに夜行小動物のように丸めた体をひるがえし黒い川沿いへとそれる小道に滑りこむ。

そのまま全力で走って中心火災現場から四〇〇メートルほど離れた工場棟の北の端を走り抜けた。前方に取り残されたように建つ倉庫のスレートぶきの屋根が見えた。

その建物は背の高い強靭(きょうじん)な雑草と沼池に阻まれ、火災の起こっている反対方向からは容易に入り込むことができないのだ。

ここここそが少年の狙ったターゲットだった。


火勢は北寄りの風によって益々力を得、南へ南へと襲いかかった。しかし、工場群から風上に離れたこの倉庫は被害を受けず、火災の明かりに明滅しながら静まり返っている。

鎮火(ちんか)作業に必死な人々や野次馬の影はすべて火事場とその周辺に集中して、このあたりには人気がない。高い雑草に遮蔽(しゃへい)された向こう側の暗い道路を時々走ってゆく人影も倉庫のシャッターに張り付いて作業を始めた少年の小さな体に気付く者はなかった。気付いたとしても火事場へ何かを持ってゆこうとしている人の影だと思うに違いない。

一也はきんちゃく袋から色々な形に曲がった小さな金属を取り出して、シャッターに施錠された旧式な南京錠(なんきんじょう)の鍵穴と格闘している。ほどなくしてカチンと音がして南京錠のツルが上がった。

「やったっ！」と小さく叫んで鍵を取り外し、いったん周囲を確かめた。その時、突然火災の中心あたりで高い建造物の何かが倒壊し、轟音(ごうおん)とともに炎と火の粉の柱が猛然と夜空に噴きあがった。黒い影の塊から「わあーっ」と悲鳴が上がる。突然照明弾を受けたように一也の体全体がくっきりとシャッター一面に投影して思わず身を縮めた。

遠くの怒号と悲鳴に紛れるようにそのシャッターを満身の力で押し上げ、倉庫内の暗闇に滑りこむ。ところどころ漏れる火災の明かりを幸いに、そのまま内部を真っすぐ反対側の扉に突進した。壁際に重ねてある手ごろな長さの鉄パイプを取ってその扉のノブに思い切り振り下ろした。数度の打撃でそれは床に転げ落ち、難なく扉を外側に開けることができた。

倉庫の裏は数メートルで荒川の河岸となっているのだ。

裏口に出た一也は身をひるがえして表に回り、さっき開いたシャッターを閉めると、元のように施錠した。ふたたび裏口にとって返して倉庫内に入った一也は、気持ちを落ち着かせると、片側に整然と寄せてある大小の木製ケーブルドラムに走った。ケーブルドラムには大小の胴径に分けて数種の電線や金属線が巻き付けられている。一也の狙うドラムは一番小さな直径三四センチの木製ドラムだ。通称ピカ線と呼ばれる特一号銅線がびっしりと巻き付けられ三段に重ねられている。銅線で一番高価なものだが、それよりも、いくつあるかわからないがその横にある、たぶん銀三％入りのハンダ軸巻きが魅力だ。

　ピカ線の四倍くらいの金目になる。

「持ち出しやすいところから持ってゆこう」と判断して扉に一番近いドラムに必死に抱き付くと腰を落として床に下ろしにかかった。しかしそれは思った以上に重い。更に腰を割って懸命に床にずり落とした。今度はそれを開け放った扉に向けて転がし、やっと一つを外の草地に押し出したところで、これは一人でいくつも運び出すのは到底困難であることを知った。

　草地のすぐ向こうは船が接岸できるようになっており、岩淵にここに船を乗り付けてくれるよう言ってきたのだ。

（岩淵のおやじは間違いなくここに船を回してくるだろうか？　来なかったら一体どうしよう？）と焦りと不安が胸に渦巻いた。

この裏扉から船に運び出せば表を通る人間には絶対見つかるはずがない。

（やるしかない！）の一心で二個目のドラムを草地に押し出したものの、しばらく草地の闇に座り込んで息を継いだ。

ようやく三個目のドラムを地を這うようにして押し出したところで、コンクリートの河岸にエンジンをアイドリングさせながら七、八メートルの和船が接岸してきた。

二つの黒い影が船上に動いている。

「一也、来たぞ。ヤスも連れてきた。うまく段取り出来たんだろうな。だめならすぐひきかえすぜ。先に言え、どうなんだ」

船を操縦してきたのは岩淵賢太郎だった。

ヤスとは、いつも岩淵にこき使われている六〇がらみの初老の男だ。

「見ればわかるだろ。早く手伝えよ」

二人で来てくれたことで一也の胸にたちまち安堵と自信がみなぎった。

岩淵は一也に向けて船体とつながった二本のロープを草地に投げると、頭が大きな輪になっているロープ止めの金属杭二本とハンマーを持って船から飛びおりた。別人のような素早さだ。ヤスがおぼつかない格好で続く。地面にハンマーで二、三回杭の頭を打ち込んだ後、体重をかけた両腕に渾身の力をこめて土中に二本を深々とねじ込む。

輪にロープを通し、手際よく船をたぐり寄せ、ぴったりと岸に横づけして固定させた。

「よし、どうなってる。運ぶぞ」

暗い岸の草地が火災の光で間歇的(かんけつてき)に明滅している。三人は夢中でドラムを下ろし、地面に転がした。岩淵が船に板を渡し、ヤスがもう一枚の長い板を船内にのばした。三人はサーカスのクロクマのように次々とドラムを転がし船尾から詰めて並べてゆく。

必死の連携だ。

向こうの火勢はまるで弱まる様子がなく、さらに南に延焼して動き回る人間のざわめきやサイレンが止まらない。

おそらく二時間ほど過ぎたが夢中であった。一也は軍手をした指の握力感覚がなくなり、体中の筋肉が反復能力を失いかけて限界であった。ドラムにかがむたびに膝ががくがくと震えた。大小三匹のクロクマは倉庫と船を黙々と何度となく往復した。

岩淵がついに言った。

「一也、欲かいたらアウトだ、ここまでだ。何にも残すな。大丈夫か」

岩淵は船に乗り込もうとする一也を突然制止し、「一也、おまえは遠回りしても安全な道からさきに会社に帰って待ってろ。鉄橋のところにいすゞのＴＸ８０を停めてある。滑車もつけてあるから積み替えは二人でやる。今夜中に会社の倉庫にしまい込んでしまわなきゃやばい。倉庫の中に入れるところを作っとけ。この杭を抜いて持って帰れ。何も残すなよ！」

一也を残して二つの黒い影が船内にころげこんだ。

岩淵は、「ヤス、板を上げろ」と命ずると、自分はびっしり並べたドラムの上を身軽に飛び渡って船尾に座り、船外機のエンジンを発動した。

水面の細かな波頭が、紅く染まった夜空をもうもうとのたうって昇る黒煙と様々な光線を反射して、魚のうろこのように不気味な光を散乱している。

岩淵は巧みに船外機を操作して緩い流れを遡上した。

「ここまでくりゃあこっちのもんだ。大げさなもんで来てよかった。一也の坊主なら案外確かだと思ってたが、想像以上だった」

この薄汚れた木造船は、対岸の発動機や自動車部品工場から満載した廃品を運搬するために中古船を改造したものである。一也もたびたび乗せられて手伝い、そのたびにわずかな小銭を得ていた。

一五分ほどで船を常時係留しておく岸についた。葦の繁る河岸に突き出た粗末な桟橋のさきから木の板や鉄板がぬかるんだ草地に敷かれて伸び、その先の暗闇に小型クレーンの付いたトラックのシルエットが沈んでいた。

すぐ上流に東北本線の大鉄橋が架かり、暗黒の夜空にさらに深く巨大な影絵を作っている。突然、静寂を押し破って機関車が轟然と襲ってきた。長い貨車の連結が規則的なレールの継ぎ目音を反響させて延々と大川を移動してゆく。

反対に火災現場方向の夜空はオレンジ色のドームのように膨張し、巨大な黒煙の輪郭が火災の全体を浮き上がらせていた。すでに四時間を過ぎようというのに一向に鎮火の様子がない。二人は懸命に船外に出したドラムをトラックの荷台につるし上げて並べることに必死だった。ヤスは耐えかねて始終腰を伸ばすが、そのたびに岩淵の低い叱咤が浴びせられ黙々と働く。

都電通りのくず鉄会社に走り帰った一也は、シャッターを押し上げて建物に飛び込むと、裸電球のスイッチを一つだけ点灯した。様々なワイヤーの束や金属廃材、部品やネジ、釘を入れた木箱が一見無秩序に積み重ねられている。よく出入りして手伝うせいで大体の整理勝手はわかっている。ケーブルドラムを置く場所の確保に薄暗いスペースをコマネズミのように動き回った。これくらいでいいだろうと思うところで作業を中断し、隅の大きな木箱に体を投げて軍手を脱いだ。限界近く疲れた。しかし二人が帰ってきたらあの無茶苦茶重いケーブルドラムをおろしてここに積み上げなければならない。

（クレーンがついてるし、下はコンクリートだからさっきより楽だろう・・・・。岩淵のオヤジ、いくらくれるんだろう？）などとあれこれ思考をめぐらした。

薄暗い空間の片隅に万力台、金属切断機、グラインダーなどが並んでいる。

一也はしょっちゅうここにやってきては作業台にかじりついて「ものづくり」に熱中し、時間を忘れる。川向こうの工場や廃棄場から拾ってきた鋼片にグラインダーで刃をつけ、砥石で磨きこんで鋭利なカッターナイフを作ったりする。大小の釘を都電の線路に並べて電車にひかせる。平たくなったものからヤスリや万力を使っていろいろな鍵はずしや十字手裏剣などを創作した。恐ろしく長い槍先を作り出したり、平ヤスリを刃渡り二〇センチくらいの恐ろしい刃物に加工したこともある。それらはみな家の台所の床下の木箱にため込んである。

一也は中学三年であるが背が低かった。しかし肩幅がはり、腕も太く、すでに大人の体つきになっている。力がめっぽう強い。

（あいつら、うまくやっただろうか？　もう帰ってきてもいいはずだ。一体今何時なんだ？）

電車道に出てみるとさらに野次馬や警官の数が増えている。ひとかたまりになっている人影に寄ってゆくと、空を指しながら、「煙がぜんぜん白くならないねえ」、「あっちになんかのでかい貯蔵タンクがあったよな。だいじょうぶかなあ」、「消えたと思ってもまた火は噴くからな」などと言い合っている。

　時刻を聞くと四時だという。

（あいつら一体何やってんだろう？　とっつかまっちゃったんじゃないだろうな？）

じりじりとして都電通りの北方向を首を長くして見る。

（現場に直結する正面の道路は消防車、パトカー、救急車以外通れないからそこから帰ってくるはずはない。それにしても時間がかかりすぎる・・・・）

　さらにじりじりする。

「来た！」

　カーキ色のカバーを荷台にたっぷりとかぶせたトラックが電車道を左からこちらに向かってくる。一也は脱兎のように建物の倉庫入り口に走った。

　トラックはバックで進入して倉庫のシャッターにぴったり横付けして停まった。運転席から岩淵が飛び降り、助手席ドアからヤスが疲れ切ったおぼつかないステップで降り立った。

「一也、これでやめだ」

「なんだよ、失敗かよ」

「バカ、そうじゃねえよ。もうすぐに明るくなる。警官がうじゃうじゃいるじゃねえか。こんなとこで夜明け前から三人がもくもく働いてたら一発だ。体力も限界だ。そろうよ」

のうちあそこのドラムが減ってるのがすぐばれるしな。三分の一ぐらいは持ちだした

「どうするんだよ」

「トラックはこの上からでかい幌かけてこのままにする。どこでおろすか、明日大村のアニキに聞いてからだ。二人ともシャッター閉めたらそのままにして帰れ」

納得のいかない顔の一也に向かって岩淵がかぶせた。

「明日学校が引けたらここへ来い。その時にはどこにおろすか決まってるからよ。できるだけ早くここから出なきゃな。間に合わなかった時はヤスを残して先に出てるぞ。後から来い」

翌朝、一也は遅刻して学校に行ったが、みな昨夜からの大火災にあちこちでガヤガヤと騒がしい。かなり離れた火災現場の空には衰えるどころかまだ盛んに黒煙が上がっている。

それに目を向ければみな授業など全く耳に入らず落ち着かなかった。

すぐにでも岩淵のところへ行きたいあせりで腰が浮いた。

(――ドラムは一体どこでおろすことになったんだろうか?)

昨夜は明け方にそおーっと部屋に帰ったが、布団の中からヒステリックな千代の罵

声が飛んだ。そのくせ朝はクチャクチャなかけ布団を頭からかぶってゴミのようにまるまって寝ていた。今朝は体調が悪かったのだろう。

食器棚に夕ご飯の残り物もなく、固くなったコッペパンが二つ入っていた。プラスチックケースの中にわずかなマーガリンがへばりついていた。あまりに腹が減っていたのでパンのひとつを水で喉に押し込んだ。マーガリンは弟のために手を付けなかった。


午後の授業が引けるのをそこそこに、一也は一目散に岩淵金属資材に走った。

岩淵はすでに出発した後で、瞼をむくませたヤスが建物の前に立って煙草を吸っていた。

足元に三、四個の吸い殻が落ちている。

「結構早かったな。社長は高島平の倉庫だ。すぐ車でゆくぞ」

車は都電通りから八キロほど走って、荒川放水路上流の新河岸川に面して並ぶ数棟の大型倉庫に到着した。ヤスはそのうちの一つの建物のヤードに車を乗り入れた。

車を降りるなり倉庫内からポマードで髪をばっちりリーゼントに固めた若い男が出てきて二人を手招きで誘導した。

岩淵がクレーン車からドラムをおろしていた。男とともにすぐに作業に加わって四人でドラムをたちまち一か所に積み上げた。

「ハンダ二五、ピカ線三五でちょうど六〇個あったぜ。こんな重いものよく手運びで持ち出したもんだよなあ」とリーゼントは言ってから、「そこに秤があるから、二、三個量ってみるぞ。後はみんな同じだろ」

計量の結果を確かめると男は、耳に挟んだ鉛筆で紙片に計算式と数字を書きつけて岩淵に渡した。「ええっ、こんなもんかよ。——だけど即金でってことだよな」と口をとがらす岩淵。

「ちょっと待ってろ、事務所に行ってくるから」と男は倉庫から出て行った。

一也は待ちきれずに倉庫の隅に岩淵を引っ張っていった。

「どんだけになったんだよ。俺にはいくらくれるんだよ」

「大げさに動いた割には大した金にならなかった。ヤスにもやらなきゃなんねえし、そうだな、三〇〇〇円やるよ」

「ええーっ、そんだけ？　一体いくらになったんだよ。ピカ線と銀入りハンダだぜ。キロいくらなんだよ」

「あのなあ、大汗かいたのも、運搬大道具出したのもこっちなんだぞ。一人じゃどうにもならなかったろうが」

「・・・・・・」

　一也が不満いっぱいで黙りこくってしまう。岩淵はそれを無視してジャンパーのポケットから「光」の一〇本入り橙色箱を取り出してマッチを擦った。大きく吸い込んで鼻と口から煙を吹き出す。

「一也よ、三〇〇〇円なんておまえにゃ大金だろうが。この間な、おまえの弟が一生懸命溜めた針金や釘なんかをミカン箱にぎっしり詰めて持ってきたからよ、どうにもなるもんでもねえが、かわいそうだから一五円やったんだぜ」

「・・・・・」

「それからな、中学の近くの神谷電機の横をずうーっと流れてるドブ川があるだろ、あそこで二也（おとや）は金物をさらうんだよ。この間ズボンをまくってそれをやってるところを二人の悪ガキが橋の上から見ててよ、散々からかってたんでな、どやしつけて追っ払ってやったよ」

「誰だよ、その二人って」

「四丁目の吉田パン屋のガキだろ、あれ。もう一人はすぐ近くに住むノッポだよ。よく二人でつるんで二也をからかってるのを見かけるけどな」

　一也の顔が、みるみるサアーッと青ざめ、額に血管が浮いた。

　突然、ドスのきいた太い声にハッと振り返った。

「おい、倉庫の中じゃあ禁煙だ。外で吸え」

いつの間にか大きな影が後ろから三人を見下ろすように立っていた。

「あ、大村さん」

多分年下であるにかかわらず時には岩淵が「アニキ」と呼ぶ男だ。

身の丈は優に一八〇センチ以上、体重は三〇貫（一二〇キロ）はあろうかという巨漢だ。

分厚い肩に猪首（いくび）が埋まっている。短い角刈りにした大きな頭の後ろに三重になった肉が盛り上がっている。

一也は、この男が駅前のパチンコ屋や歓楽街を若いものを従えてのし歩く姿をたびたび見かける。今、触れるばかりに近接して見上げるとヒグマのような巨体だ。

（これって、栃錦や若乃花よりでかいんだろうな・・・）と感嘆するのであった。

「バカヤロ、子どもをこんなところまで連れてきて荷下ろしまでさせるなんて、なに考えてるんだ。五〇〇〇にしてやれ」

「ええっ、大学出たって最初の月給は一万ちょっとですよ」

「バカヤロ、大学出てすぐ一晩でそんなに稼げるか。てめえの話、よく聞いてみると、おまえこそ運んだだけじゃねえか。坊主に三〇〇〇ならうちもおまえにはさっきの六割だな。いやなら持って帰れよ」

「・・・・・わかりました」

「じゃあ、さっきの計算書の金額は了解したから事務所へ行ってもらってこい」

「ありがとうございます」

　すると大村は一也に背中を向けて、のっそりと岩淵に体を寄せると、上から肩を抱き込んで耳元に低い声を吹き込んだ。

「あのなあ、子どもから話を聞くのはいいけどな、やるのはおまえがやらんかい。ガキを巻き込むな。わかってんのか」

　大村は一也に向き直ると、たっぷりしたサイドベンツの背広の内ポケットからゆったりとワニ革の財布を引き抜いて、手の切れるような五千円札を一枚、一也に渡す。岩淵が一瞬狼狽する。

「フフン、事務所で渡す分からもう抜いてあるよ。――それになあ、坊主、もうこんなことやんじゃねえぞ」

　一也は一瞬、大村が今岩淵の耳元にそのことを言っていたんだなと直感した。

　大村は町のゴロツキやヤクザ者の顔であった。池袋の「侠東組」の幹部だという噂だが、不思議と町民で悪く言うものがなく、むしろ畏敬の目で見ている者さえいる。旧制中学の頃から図抜けた腕力で知られ、終戦間際の荒廃した予科練で常に周囲をのしていたという。戦後、池袋界隈で顔をきかせ、作り話のようなこともないまぜになった数々のエピソードが住民の口の端に上る。最近町内の実家が改築され、大村が両親のために金を出したという噂(うわさ)である。両親もむしろ鼻高々でそれを否定しない。

*

一也は家から一〇分ほどにある城北中学三年である。

三学年は一クラス五〇人平均で一一組、全部で五五〇人である。

昭和三三年の春は、読売巨人軍のゴールデンルーキー、長嶋茂雄のデビューに象徴される新時代の幕開けが予感されるものだった。

この年の大卒初任給平均は一万三〇〇〇円といわれていたが、立大を出た長嶋選手の契約金は一八〇〇万円という途方もない金額で、この衝撃は一昨年の経済白書、「もはや戦後ではない」の現実感をいよいよあおるものとなった。

しかし、まだまだそれは、あまねく一般に行き渡ったものではない。この下町の区立中学校へは色々な階層の、様々な家庭環境からの子どもたちが通学している。その中には秀才、不良、あるいは健康優良児として区から表彰を受けるもの、反対に公然と虚弱児とされるもの、などなどが雑多に入り混じり、まさに玉石混淆(ぎょくせきこんこう)である。

数年前の小学校の時などは、みな更に粗末ななりで、きょうだいのお古や親の洋服を縫い直したものを着ているというのがありふれたことだった。しかしその中に混じって町の有力者でＰＴＡ会長の息子などは都会的な上質の毛糸チョッキに半ズボンを着用していた。そうかといえば荒川の水上生活者の子どももいて、彼らは台風の時などは数日通学が不能になるといった具合である。

　一也は高校に行くつもりはない。都立高校に行ける学力などなく、私立に進む学費などあるわけがない。

　有限会社岩淵金属資材の社長が岩淵賢太郎である。従業員二人を養うが、ひとり者である。

　雑用に一也を便利に使う一方でこの少年に常々言っていた。

「一也、おまえは筋がいい。俺が川向こうの工場に連れて行った時はいろんな機械をしっかり見ておくんだ。うちにおいてある機械や道具は全て使いこなすように慣れておけよ。車だってそのうち乗せてやるからな。就職は心配するな。俺が給料のいい工場に必ず突っ込んでやるから安心しろ」と。

　一也は小学校のころから岩淵と交わっていたため、様々な工場や廃棄場で金属資材や機械の知識を体験的にすりこまれた。金目の針金や金属部品を収拾しては岩淵に買い取ってもらいわずかな小遣いも得てきた。

　今年四〇歳になった岩淵は一也との火事場泥棒の後、何を思うのか何かにつけて一也に様々なことを語り掛けるようになった。

「それからな、就職したら祝いに俺のカメラを一台やるからな。楽しみにしておけよ。給料でフィルムと印画紙代はおまえが払え。そうすればここの暗室は自由に使っていいぞ。おまえもワルばっかり考えてないでそういう高尚な趣味や他人にない技術もかじっておかなきゃな。これから役に立つかもしれねえし」などと言う。

実際岩淵は大の写真好きで、幾種類ものカメラを買いそろえ、倉庫の隅に暗室を作って現像器具をそろえていた。一也はたまに一番安物のカメラを借りて、許しを得た枚数だけのシャッターを押し、岩淵にプリントを作ってもらう。そうしているうちに写真に対する興味がどんどん膨らんでくるのだった。まだカメラなど触ったこともない同年代が一般的であるからそれは唯一優越感に浸れる知識と技術であった。

戦時、器用だった岩淵は軍の造船所で潜水艦のスクリューシャフトの軸受けを磨く熟練工だったために戦地への召集を免れることが出来た。妻と親がいたようだが、終戦の焼け野が原の中に一切を失った。この後のことについて岩淵が語るのを聞いた者はだれ一人いない。

戦後の荒廃を、何事もなりふり構わず、生きんがためを諒(りょう)としてここまでになった岩淵には、十代も半ばの少年を時として窃盗行為に巻き込んでもさしたる罪の意識を感じないできた。相手が個人でない限り、大きな会社に有り余る在庫のほんの一部をかすめ取ることなど、もっぱらうまくいったことに喜ぶことはあっても罪悪感の方は多分に麻痺していたのである。

ところがその少年が長ずるにつれ、（こいつはこのままでいいのか？）という父親に似た微妙な心境の変化が次第に芽生えていた。

同時に、小さな時から自分のまわりになついてきたこの少年の多能な能力に一番気付いていたのが岩淵だったのである。

今度の「一也を巻き込んだ仕事」としてはこれまでになく大きかったためか、その混然としたモヤモヤがにわかに胸の奥に引っかかっている。

高島平の倉庫で意外にもヤクザの大村に、一也に対する正道を吹き込まれたことも何やら一層重いしこりになっている。

一也にあえて近づこうとする同級生はいなかった。そうかといって一也は自分からクラスのワルグループとつるむこともなかった。彼らにとっては居酒屋の奥つながりの家屋に棲む貧乏臭い少年が、どのような日常を送っているのかがよく分からず、あえて近づこうとするものもなかったのである。少年はいつも一人でいることが多かった。唯一飼い馴らしたスズメと遊ぶことがかけがえのない友達といるように思える時間であった。いつのころからか、スズメの雛を捕まえてきては稗や粟、パンくず、時にはミミズや昆虫を与えて育てながら飼い馴らす方法を会得した。肩にとまらせておいたり、舌と前歯で作り出す「チュン、チュン」という擬音で屋根や電線に遊ぶ飼い馴らしたスズメを呼ぶこともできた。

今度の銅線とハンダのドラムの在庫は、そういう一也が倉庫の屋根の梁に上がってスズメの巣やコウモリを探すうちに発見し、かなり前から目をつけていたものだ。岩淵にはたびたび周囲の環境や状況を報告していたのである。

*

一也の家は住居兼用の居酒屋店舗である。店舗はウナギの寝床のようなカウンターで、奥が六畳と四畳半の居間。台所とトイレは店との兼用という粗末なつくりになっている。

母親の千代と五つ下で小四になった弟の二也との三人暮らしが日常である。千代が一人で店を切り回し実際家計を支えている。顔立ちは決して悪くはないが、沈積した疲労が肌のつやをすっかり吸い取ってしまっている。定職を持たず酒癖の悪い父親は何日も家を空けた挙句たまに帰ってはこの母親にくだを巻き、夜中に暴力を繰り返した。

兄弟は朝方泥酔して大いびきをかく父親と、髪がくしゃくしゃの母親を残して学校へ出る。その日のその後はどうなっているかわからない。重い気持ちで家に帰れば、涙に腫(は)れあがった瞼(まぶた)で別人のようになった母親の顔に驚き、その悲惨な時間の経過を知るのである。

あちこちに借金がかさんでいるようだが、その内情を知りようもない一也には、ののしりあう夫婦の間に入ってゆくことはできない。

帝印の火事の三日後であった。

昼から酒を飲んでいた父親が店を閉めた後に暴れだした。千代の髪をつかんで引きずりまわし顔を殴った。唇が切れて血に染まった母親の顔を見るや、一也は衝動的に帆布(はんぷ)製の肩掛け通学カバンから手製の切り出しナイフをつかみ出した。

父親に正面から敵対したのはこれがはじめてだった。

憎悪と涙と鼻水で顔がくしゃくしゃになり歯がカタカタと小刻みに鳴った。

「てめえ、なんだそりゃあ。親を刺そうってのか？　そんなガキに育てた覚えはねえぞ。誰のおかげで育ったと思ってやがるんだ、ああ？」

「兄ちゃんやめてえ！」泣き叫び袖をつかむ弟と、母親の金切り声に隣の夫婦が血相を変えて飛び込んできた。危うく修羅場(しゅらば)になるところを分けられた父親は、上着のずれをいからせた肩ではおり直し、取り繕(つくろ)うように、「そんなペラペラしたもんで人が刺せると思ってんのか？　バカヤロー」と見当違いな捨て台詞を残し背を丸め外に出て行った。

その翌日、一也は学校に行かなかった。

涙に腫れた瞼のままでいつもより早く家を抜け出してしまったものの、足は到底学校へは向かず、路地の住民の目を避けながら荒川の方角に歩いて行った。工場の周囲から橋のあたりを歩き回ったが何をする気も起こらない。ゆくところもなくただ土手の草にくぐもって、白く蛇行して光る川の流れを遠く眺めていた。胸の中が弟を思う気持ちで張り裂けそうになっている。（二也は学校に行っただろうか？）

弟の悲しみが草を渡る風の音となってひょうひょうと耳朶を打った。――

二也は自分に比べまっすぐな子どもなのである。成績も中ぐらいである。

そんな弟が今どうしているかと気になって耐えられなくなった。何をしようと考えるでもなく土手を走りおりて、小学校の金網フェンスのところに来た。

じろじろ見られている気がする周辺住民の視線を無視した。授業はまだ始まっていないようだ。その時、校庭の妙な風景がフェンス越しに視界に飛び込んだ。

一人の生徒が四年生と思われる教室から走り出て運動場を横切ってゆく。

（あれっ、二也じゃねえか？）

その少年は校庭の端に立つ桜の木の方に向かって走ってゆく。桜の木の枝に通学ランドセルが吊り下がっていた。古着屋で買ったみすぼらしいものである。

少年は木に登ってそれを枝から外すと、また教室に走って戻ってゆく。

朝の光が広い校庭を横切る少年の脚に長い影を引かせている。

すると教室の窓から二人の生徒が首を出し、それに向かって何やら盛んにはやし立てているようだ。よく見ると、一人は四丁目のパン屋のせがれだ。

（あいつらだな。どぶ川で二也をからかってたやつらは。よおーーし、見てろよ）

怒りに思わず身震いが起こった。


「おと、うどん食わしてやるからついてこい」

二也は学校から帰るとたんに一也にそう言われて表に連れ出された。

「更科」という蕎麦屋がすぐ表通りにある。

「なんでもいいよ、好きなもの注文しろよ」

「かけでいいよ」

「おまえいつかここのカレーうどん食いたいって言ってたろ。遠慮するな、それにしろよ。てんぷらだっていいんだぞ」

「だってカレーは六〇円だよ」

うどんもそばも毎年数円ずつ値上げされて、今はかけ三二円、ラーメン四五円などとなっている。二人でどんぶりの湯気を吹きながらカレーうどんをすすった。

店主が兄弟の珍しい姿を奥からしげしげと見ている。

「うまいか？」

「うん」

「おと、おまえ、組でいじめられてることないか？」

「別にないよ。どうして？」

「ああ、もしなんかいろいろからかうようなやつがいたら一人で考えてないで兄ちゃんに言うんだぞ。——おまえ、教科書は全部新しいのに買い替えろよ。兄ちゃんが買ってやるから母ちゃんには黙ってろ」

教科書は年々ところどころ改訂されている。兄や姉のお古を使っている生徒は、順番に起立して教科書を輪読する国語の時間など、みんなに、「違う、違う」と一斉にはやし立てられる情景を一也も知っているのだ。向かいの米屋の息子の使った二年前の教科書をもらって使っている二也はずいぶん恥ずかしい思いをしているに違いない。

「うん、でも大丈夫。松倉んちでみんな直したから」

「松倉って、俺の組の松倉優子の妹か？　二丁目の」

「うん、ゆきみっていうんだけど、僕には親切にしてくれるんだ。来月からその姉ちゃんが週一回勉強教えてくれるっていうんだ」

「ふーん、嫌がられないのか？」

「そんなことないよ、お母さんもお菓子だしてくれたり、すごく親切でやさしいんだ。だけどこれ絶対みんなには黙っててよ」

「ふーん・・・・・」

「優子さんてものすごく勉強できるんだろ？　兄ちゃんの組の夏川君と一緒に英語の塾に通ってるんだって言ってたよ」

「へぇえ、夏川と？　二人でかよ。聞いてねえけどなあ・・・・・・」

その2

夏川とは二年の時同じ組になった夏川清のことだ。

清は級長で、松倉優子が副級長だった。

一也に同年の親しい友達はいなかったが、なぜか清は別だった。

清も体が小さく席が隣り合わせであったこともあり、いろいろなことを話すようになった。

清はどんな時でも自分を遠ざけるようなことはしなかったし、いろいろなことを教えてもくれた。かわりにスズメの捕り方や育て方を教えたり、少しの悪さをあえて共有した。

――二人して都電のレールに釘を置いて建物の陰に駆け込み電車が来るのを待った。ぺしゃんこにつぶれた釘の先をヤスリでとがらせ、それを十字に組んで忍者が投げる手裏剣(しゅりけん)を作った。清が使っている鉛筆削りは一也が岩淵金属資材の倉庫に連れて行って、そこに据え付けられているグラインダーで鋼の廃材に刃をつけたものである。

去年、二年生の秋のはじめの頃だった。一也は学校の帰りに清を誘った。

「俺の秘密の場所に行くけど、来ないか？　おまえが見たことないものがいるし面白いぜ」

早引けの日だったので興味をひかれ同意した。

「どこへ行くんだよ？」

「来ればわかるよ。城北駅の西口の向こうの丘だよ」

国鉄城北駅の西側は広大な高台になっていて、そのほとんどは戦前の陸軍関連施設の跡地である。城北は東京都の北端に位置し、荒川を境にして対岸は埼玉県となる。

戦前は軍都と称され、国鉄、城北駅を境に西の高台の軍と清たちの住む東の下町が有形無形の深い関連を持ちながら生活してきた。

戦後はしばらく闇市が立ち並び、以来、多様な人種が入り組んで構成する極めて人間臭い風土になっているのである。

城北駅は北から上野に向かって上って来る東北本線、大宮から横浜へ走る京浜線、そして池袋との間を往復する池袋線という三路線が乗り入れる忙しい駅である。

駅とその周辺の盛り場は時に派手な新聞沙汰となる騒ぎの温床でもある。都心の現場へ通う土木作業員、隣駅へ行く途中の朝鮮高校と、不良が定番のG高校は常時緊張の敵対関係。これに地元の不良が加わって、たちまちむき出しのエネルギーが爆発してしまうのが常である。

——二人は城北中学から一〇分ほどで西口の高台にやってきた。ここはかつての兵士の軍服、帽子、靴など軍装のほとんどを作っていた陸軍被服本廠（ひふくほんしょう）があったところである。今は米軍に接収されて戦車の修理工場として戦前の建物がそのまま使われている。

二人の卒業した小学校は講堂の屋根が焼夷弾（しょういだん）に爆撃された半壊のままで、戦争の傷跡を色濃く残していた。この修理工場からおり下って都電通りを我が物顔に驀進（ばくしん）してくる駐留軍の戦車の列に、教室は大きくドン、ドン、ドンと振動した。

「駅のこっち側はあんまり来たことがないけど、母さんが戦争の前にここで働いていたって言ってたよ。まだ不発弾があるかもしれないし危ないからあんまり行くなって」

行く道のあちこちに鉄条網が張りめぐらされ、背の高い夏草が風に揺れていた。

一也は南の方向にずんずん歩いてゆく。隣の駅が近くなったあたりに小さな赤土の丘があった。丘の下の草むらに隠れて洞窟らしきものが口を開けていた。

太い丸太で穴がふさがれ、【危険・入るな】と赤ペンキで書かれた板が打ち付けてある。

「ここだよ」

一也は肩カバンを置いて体をその穴に滑り込ませると、すっぽり中に隠れてしまった。

中から盛んに清を呼び込む。一也はどこで手に入れたか銀色のライターを持っていた。

ライターを着火すると内部がぼーっと明るくなり、ずっと奥まで穴が広がっているのが外からのぞき込む清にも分かった。

興味にそそられ同じように体を滑り込ませると、ライターのベンジンのにおいが鼻を突いた。驚いたことに意外にもどうにか立って歩ける空間だった。何人か入ってこられる広さなのだ。

「びっくりしたろ」

「この穴なあ、防空壕だったんだってよ。いいか、びっくりするなよ」

一也は二、三歩前に進んで奥に続く天井にライターの火を向けた。

するとその壁の一部が、突然、一斉にバラバラと剥げ落ちて空中に飛び散った。

「わあああーーー！」清は仰天する。

剥がれた黒い壁のかけらが今度は流線になって二人の頭や顔をかすめ、今侵入してきた入口に吸い出されるように外に出てゆく。

「ハハハハハ、コウモリだよ、コウモリ」

清は度肝を抜かれ、しばらく体が動かなかった。

その反応に気をよくしたためだろう、一也は、

「そんならもう一か所面白いところを見せてやるよ」と言った。

先にたって穴から這い出すと、すぐ近くの竹やぶになっている暗がりに清を誘い込んだ。

ふかっと沈む竹の腐葉土から蒸れた臭気が吹き上がった。

竹を縫うように進む一也の先に小さな一軒の廃屋が潜んでいた。

「こっちだ、こっちへ入ってこいよ」

一也に従って恐る恐るその廃屋に侵入する清。

内部は湿って薄暗く、間仕切りが腐り落ちた空間になっていた。古い木やカビのにおいが充満している。床板のところどころから鋭い竹が突き出ていた。

すると一也は奥の柱の陰の床板をめくり、中に手を入れた。そこはセメントブロックで囲われた小さな石室になっていて、何やら数個の箱がしまわれている。その中から三〇センチ角くらいの大きなブリキ箱を選び出して清の前に差し出した。にやにやしている。

「そのフタ開けてみろよ、特別だぜ」

缶の中身は油紙に包んだ雑誌のグラビアや折りたたんだポスターであった。すべて女の水着やヌード写真ではないか。さらに一也に言われて手に取ったビニール袋の中には男女のショッキングなキワモノ写真が数枚入っていた。

そんなもの見たこともなくドキドキした。

「じゃあついでにちょっとスゲーのを見せてやるよ。見たいか？」

清の驚きまごつく顔に一也は得意満面である。

薄手のジャンパーのチャックを少しおろして懐に左手を入れると何かを引き出した。なんと白木の柄の短刀らしきものであった。

「こういうのやってみな。できるか？」

というや否や鞘を払ってその鞘をズボンのベルトに差し込んだ。氷のように冷たく光る刀身の先を右手の親指と残り四本の指で挟み、三メートル余り離れた向かい側の柱に正対する。中腰で柱をぐっとにらみ右手を振り子のようにして下から振ると、くるくると回転した銀色の刀身がキラキラと光りながら柱の中央にトンと音を立てて突き立った。

「オー、うまくいった。三回に一回ぐらいしか成功しないんだけどな。ナイフなら簡単だけどよ。これは六寸の匕首だかんな。ドスだよ」得意の絶頂である。

清に向かって、「やってみなよ」と言ってニヤッと笑う。

「いいよっ。なんでそんなもの持ってるんだよ。どこで手に入れたんだよ」

一転、なかば詰問する怒気を含んだ調子の清の態度に、「まあな、護身用だよ」と一瞬戸惑った。護身用などとはどこで覚えたのか一也からは聞きなれない言葉であった。

「なんだよ、ビビったのかよ。今日は連れてかないけど、この辺りの町工場や倉庫なんかには面白いものが沢山あるぜ。俺、いろんな物ためてるけどまた見せてやるよ」

――そんな一也であったが、自分の生活の暗い部分は決して清に見せることがなかった。この少年にとって、清はなぜか唯一大事にしておきたい友達だったのだ。

清は、一也が皆とは違う恵まれない家庭であることや、薄暗い側面を隠していることはわかっていた。しかし級長としての自覚からか、なぜか皆のようにそれを遠ざける気になれなかったのである。

＊

清と優子は同じ組になってのクラス選挙で、それぞれ級長、副級長に選ばれていた。担任は若い女教師で吉津昭美といった。

選ばれた翌日は二人そろってみんなの前であいさつのスピーチをしなければならない。

母親はその日を予期していて、明るいブルーのジャンパーを縫ってくれていた。一〇日くらい前から新しい生地を裁断してミシンを踏んでいた。新しい生地を買ってくれるなんて珍しい。何でもフランネルとかいう布を無理したそうだ。体の寸法を何度もとられた。が・・・、（出来上がったときはまたダブダブで格好悪いんだろうな・・・）と気が重かった。今度はピカピカの新調の服だから、ことさらでかいのが目立ってみんなに笑われるなあ、と。――父親がいつも母親に「体が大きくなっていくんだから洋服は一学年先のサイズを買え」と言うからだ。

体が小さいうえに一学年先のサイズとなれば、袖やズボンは随分たくし上げて縫い付けることになる・・・。

そのジャンパーは昨日学校から帰ったときに出来上がっていた。

割烹着の母親がミシンの横にきちんとたたんであった青いジャンパーを持ってきた。

「清、さあ着てごらん」と袖を通すのを手伝ってくれた。

昼間は忙しいので昨日は夜なべで仕上げてくれていた。

前開きのジッパー、縞柄の袖口、胸にはＫＮの大きなイニシャルが縫い付けてあった。

照れくさいほど明るいブルーでカッコイイ。

袖を通して前のジッパーをジーーッと首まで上げた。

「わあー、ぴったり！　なんででっかく作らなかったの。父さんに叱られるよ」

「いいんだよ。みんなの前で挨拶するんだろ」

足が浮き上がるほどうれしかった。

清が通っていたのは塾と言えるものではなかった。

それは父親が職場の伝手で見つけてきた人物の民家だ。その若い先生は進駐軍の通訳などをやっていて本職の塾の先生ではない。教え方にはユーモアがあって楽しく、清の英語の成績はみるみる上昇した。

　担任の吉津は何くれとなく清と優子に目をかけてくれた。

　ある日、清はこの教師に職員室に呼ばれた。

　何事かと戸惑う清に向かって、

「夏川君、あなた、知ってる人のうちで英語習ってるって言ってたわね」

「ハイ」

「そこへね、松倉さんを入れてもらえないかなあ」

「ええーーっ・・・・やだなあ、そんなの」

「なぜ?」

「だって同じクラスの女子と一緒に通うなんて・・・・」

（一緒に通っているのをクラスのみんなに知られて、あることないこと冷やかされたり、からかわれたらとんでもない）との当惑であった。

「あら、それって、なぜなの?」

　結果的に教師の真っすぐな質問や要求にあらがうことができず、しぶしぶ承諾してしまった。


　その塾は清の家からも優子の家からも北西におよそ二キロメートルの距離にあり、

通う道が同じだ。岩淵金属資材の前の都電通りを北西に電車の終点の折り返しロータリーまで行き、更にこれに続く道を直進する。

都電通りは、街並みを隔てて西側を南北に走っている京浜線、東北本線の鉄路にだんだん接近し、終点ロータリーを越えるとついには荒川大鉄橋の数百メートル手前で鉄路と交差する。交差点のガード下をくぐると先生の家があるのだ。

週二回通うのであるが、清は優子と大通りを並んで歩くのが恥ずかしく、時間をずらして何とか会わないように苦心した。

しかし、長い直進道路であるからどうしてもその姿をお互いに見つけてしまうことになる。優子が歩いてゆく後ろ姿をずっと見ながら後をついていかざるをえなかったり、後ろから歩いてくるかもしれないのに一度も振り返らず、意識過剰のままに歩いた。

清はついにそれに耐えかねて、都電の通りを選ばず、街並みを挟んで並行に走る国鉄の鉄路の傍(かたわ)らの小堤を伝ってゆくことにした。

一般の歩行が禁じられた鉄さび色の側道を伝って行くのだ。

上下線の電車がすぐ横を行き交うたびに烈風が堤の風草を押しつぶす。

時に恐ろしい重量感で貨物列車が長々と大地を震動させて通過してゆく。突進してくる電車が思わぬ人の歩行を警戒して、プワーーンと警笛をあびせかけ、仰天させられることもある。

　みどりの風が若葉の街をさわやかに渡る日であった。

　いつものように伝ってゆく鉄路の堤の行く手に赤い大鉄橋が見え始めた。

（右手の屋根屋根の向こうの都電通りを、優子は今どのへんだろうか？・・・・）と思いながら線路がその道路と交差して高架になるところに来た。

　堤をくだって、ガードをくぐる交差道路に降りてゆく。

　そこに一人の少女が停めた自転車の下にうずくまっていた。

　優子だった。

　指先が黒い油で汚れていた。

　思わず、「どうしたの？」と上から声をかけた。意外なところから突然現れた清に驚く優子。

「チェーンが外れちゃって、ペダル踏んでも空回りしちゃうの」

（今日は自転車で来たのか・・・・）

　清は思ってもみなかった事態に当惑して、チェーンを歯車にかける作業を代わってやるべきかどうかと逡巡（しゅんじゅん）した。

「先生の家（うち）すぐそこだから押していったら」

「そうね、そうするわ」

五月の風がにわかに立った。自転車を押す優子の前髪がふわって上がって、一瞬額(ひたい)の全部があらわれた。清が初めて見た顔かたちだった。

清は、その時、優子の誰にも見せなかった秘密を見てしまったかのようにハッとした。

並んで歩くが、どうにも言葉が見つからず、きごちなく目的の家に着いた。

家の中に入ったとき、先生の母親が優子の手が汚れているのを目ざとく見つけて、どうしたのかと聞いた。

何が起こったのかを知ったその母親がやにわに清をキッと見つめて非難した。

「夏川君、どうして直してやらなかったのよ。男のくせに何やってんの？」

途端に清は頭から熱湯か？　冷水か？　を突然浴びせかけられたように全身の血が逆流した。

猛烈な恥ずかしさが一気に噴出した。

その日は勉強に身が入らなかった。

学習が終わった後、先生は自転車を直すために優子を連れて庭に回った。

清は先に帰宅することにして一人で都電通りに帰路をたどった。

空は一面真っ赤な夕焼けになって、電車も茜色(あかねいろ)に染まっていた。

チンチンという鐘も、ゴトン、ゴトンと振動する路面のレールの間欠音も夕暮れの中にその音階が寂しかった。遠ざかってゆくパンタグラフが夕陽の斜光に光った。

男らしくない自分がどうしようもなく恥ずかしかった。

それは清が優子との間に男女を強く意識した最初だった。

＊

優子は、ことさら目立つような振る舞いはせずいつもおとなしかったが、それでいて運動会での徒競走やグループダンス、学芸会での合唱などでは、自然なのびやかさのままに、周囲の級友からその輝きが抜きんでていた。

男子も女子も彼女が副級長であることに、静かな信頼を寄せてゆくようだった。

清は何をやっていても優子がどこにいるかを意識するようになった。

二年生の冬を迎えた。

木枯らしが校庭に吹く冷たい日の遊びは、ドッジボール、ゴムボールの野球、相撲といったところだが、中でも「馬つぶし」は用具も何もいらないし、みんなで遊べて面白い。

五～七人を一チームとして二手に分かれる。馬側になったチームは一人が壁や立ち木を背にして立つ。その股の間に一人が頭を入れて低く背を丸めた馬の形になる。他の一人がその後ろからその馬の尻の股間に頭を入れ、目の前の膝を両手で抱える。そうして残りの子どもが次々と同じ形でつながってゆく。

　連結が完成すると、一方のチームが五～六メートル離れたところに並ぶ。順番に馬に向かって走って行って、跳び箱の要領で連なった馬の背に次々と飛び乗ってゆく。

　馬から一人もこぼれ落ちることなく全部がうまく乗れるか、馬のどこかがつぶれるかしたら飛び乗ったチームの勝ちだ。勝ったチームが跳ぶ側になれる。当然跳ぶ方は反動をつけて飛び乗ったり、全部が乗り切るまでの間、激しくゆする。馬の方も必死である。背中を波打たせたり膝を激しく屈伸して荒馬がカウボーイを落馬させるように振り落とそうとする。

　飛び乗る側は弱そうな馬に集中的に飛び重なって攻めることも戦術だ。体の小さい清はいつも集中攻撃を受ける。歯を食いしばって頑張る。膝が折れて顔面が地面すれすれになっても必死に耐える。

　ある日、体の一番大きいやつが思い切り宙を飛んで背中に落ちた。顔を真っ赤にしてこらえる。次のやつがまた尻の方に落下した。膝がつきそうになる。そこへどちらかが反則して上から鎌のように足をかけた。たまらず押しつぶれた。右の膝あたりがボキッ、グキグキッと気味の悪い音を立てた。カーッと脚が熱くなった。

　骨折は経験したことはなかったが、「折れたあーっ」とすぐに思った。

馬がバラバラと解かれても立ち上がることができない。激痛に息が詰まって声が出ない。

みんなに抱えられて保健室に運び込まれた。強引にズボンをまくられると、右脚はT字のように膝が突き出ていて思わず顔面から血の気が引くのを感じた。

駆け付けた担任の吉津と保健室の職員が盛んに電話をしていたが、その結果、都電の終点ロータリーの近くにある接骨病院に連れて行かれることになった。ふたたび数人に抱えられて自転車の荷台に乗せられた。清は校舎の二階の窓に鈴なりになった生徒の視線にさらされながら用務員の自転車に乗せられて病院に向かった。

（多分窓の生徒の中に、優子もいただろうな）と、ぶらぶら下がる右脚の激痛に耐えながらそのことばかり考えていた。


相当な重傷で、ギプスと添え木でがちがちに固められ、そのまま入院。松葉杖で歩けるようになるまで二ヶ月と宣告された。

病室は四人部屋で同室の青年が何かと明るく声をかけてくれたが、夜は長く、日に日にそれが恐ろしくなった。大腿から足首までのギプスの脚に布団ガードをかぶされたまま寝返りもできず悶々として夜明けを待つ。

母親が病室に電熱器と小鍋を持ちこんだ。それを使って味噌汁を作りに来てくれる朝が待ち遠しかった。ベッドの横で味噌汁のよいにおいがしてくる。病院のおかずがどんなに粗末でも、その温かい味噌汁をすすればご飯がうまかった。

化粧っけもなく毎朝一生懸命にやってきて、窓際の床で小鍋を電熱器にかける母の頭に白髪が目立った。時々鼻頭にわずかな煤がついている時がある。

「コメはガスを使うな。うまくない。薪で炊け」などと命ずる父親のわがままで毎朝早く起きる。かまどのように下部を切り抜いた石油缶に新聞紙と消し炭を敷き、その上に薪をくべる。新聞紙に火をつけて、かがんで竹筒で息を吹きかけ炎をおこす。石油缶の上に置かれた釜で米を炊くのだ。鼻の煤は竹筒で吹くときについたものだ。


——


止まったような毎日が続くうちに、ふと、それまでにはなかった奇妙な想念が湧き上がってきた。次第に長い夜が来るのが恐ろしくなった。

それは、（人間は誰でもいつかは死ぬんだ・・・）という一つの意識が病室の暗闇の中で悪魔のように舌を出したからだった。

（この自分もいつかこの世から全く消えてしまうんだ。無になってしまう・・・自分がいなくなってもこの世界は続いてゆくんだろうか？　いつまで？　無限に？　無限って一体何なんだ？　限りなく続くっていったいどういうことなんだ？——）

答えの見つかりようもない不可思議にとらわれるにつけて、何か得体の知れない恐怖が襲ってくる。――

夢を見た。――五月の風の日、卯の花の匂う垣根の道を買い物に行く母と歩いてゆく。うきうきと楽しかった。

八百屋に向かう通りの前方に車が停まっていた。母はその右側を、自分は路側にせまった左側をすり抜ける。

しかし、その車体を通り過ぎた時、会うはずの母がいなかった。

狼狽(ろうばい)して四方を見回すが、その瞬間を限りに、母はふっつりと白昼の空間に消えてしまったのだ。必死に探しまわるが見つからない。

焦りと慟哭(どうこく)の中で脳が一回転するようにカッと目が覚めた。涙で耳と枕がぐっしょり濡れていた。

(夢だった！) 喩(たと)えようのない安堵。

痛哭(つうこく)の胸いっぱいに果てしない曠野(こうや)が広がっていた。何時のころからか、この風景が母に対する清の心象風景として形成されていた。

――母の実兄で軍人であった伯父は昭和一一年、二・二六事件の勃発した年に満州新京の警備として出征していた。昭和一四年の夏であったというが、母は兄嫁、弟とともに軍のはからいで経理尉官であった伯父のもとに招かれ、新京、ハルピンへ旅行したという。

行けども行けども果てしない大陸の曠野を何日も汽車に揺られて兄の兵舎を訪ねたという。弟と黒竜江で釣りをしたら大きな魚が次々にかかった、地平に沈む太陽は大きく真っ赤だった、などなど、ほの暗い電灯の下で、夜なべの縫物をしながら娘時代のただ一度の海外旅行を話した母であった。布団の中で、下から見上げる逆さの喉、あご、唇の動き、縫い針を運ぶ手の陰影を半分夢見心地のままに聞いていた。小学校五、六年の頃であったろうか。――

朝になって母がいつものようにやってきて一気に救われる。

（きっと母さんは早く亡くなってしまうに違いないんだ・・・・）

言いようのない悲しみの余韻に胸が締め付けられる。

味噌汁を作り始めた母に聞いた。

「母さん、今まで生きていて長かったと思う?」

「何よ、いったい、それ」

「いつか死ぬのって怖くない?」

「・・・・・あんまり考えたこともないけど、死んでしまえば楽だろうなと思うこともあるよ。でもおまえたちが大きくなるまでは頑張っていかないとね」

「・・・・母さん、昨日先生がお見舞いに来てくれて本をくれたよ。三学期を棒に振ってしまうけど、焦らないでちゃんと治しなさいって」

本は岩波文庫の星印一つの一番薄い文庫本で、ファラデーの『ロウソクの科学』というものだった。

「へええ、ありがたいね。退院したらお礼に行かなくちゃね。昨日って言えば松倉さんのお母さんに買い物で会ったよ。お見舞いに行かせるって言ってたよ」

ドキンとした。

「優子さんは副級長なんだろ。おまえの分まで大変だろうね」

「優子さん」と名前で呼んだ聞きなれないひびきに、さらに胸が騒いだ。

母が帰った後に、清はにわかに落ち着かなくなった。

（優子がここに来る――。母親か先生と来るのかなあ？　まさか一人じゃないよな）

しかしそれは翌週の日曜日であった。

母がいつものように洗濯物などを持って帰ろうとしたとき、優子は一人でやってきた。

手に果物の包みを持ってそっと室内をうかがいながら入ってきた。

清の母親がいるのを知ると、真っすぐ正対して丁寧に頭を下げた。

二人で何か話をしているが、頭に入らなかった。

果物の包みを母に手渡した優子は、寝ている清にははにかんだような面（おもて）を向けて、

「お大事に」と頭を下げてから病室を出て行った。

「しっかりした娘さんだねえ。なんだかすっかり大人っぽくきれいになったよ。頭もいいし。妹さんもとってもいい子だよ。なんで色々話さなかったのよ。せっかく来てくれたのに」

「・・・・・・」

優子はえんじ色のセーターを着ていた。初めて目にしたものだ。多分母親に編んでもらったのだろう、長めの袖が手首を隠し、肩が丸く温かそうに見えた。

（上着やオーバーを着ていなかったなあ、手に持っていたんだろうか？　それにしては果物の包みを抱えていたしなあ？）

一瞬しか姿をとらえなかった清は、彼女が室内にいた時の姿や声を一生懸命あれこれと思い返していた。

三年になる春休みを前にしてようやく退院した。

清の家は大通りを一本入った路地に三軒が並ぶ借家である。

木造の小さな古家であるが、しゃれた木の出窓がつき、玄関の前には引き戸のついた門柱がある。前の路地には物干し柱が立てられ、竹にビニールを被覆（ひふく）した二本の竿が二段に架かっている。

それは朝から出窓に春の日差しが入る日であった。

家族はみな外出で誰もいなかった。

弱った足を回復させるためにいつものように松葉杖で近所を一周し部屋で休んでいた。

すると、隣のおばさんが門の引き戸を半分開けて、「清ちゃん、お客さんだよー」と大きな声を送り込んできた。上がり框まで両腕と尻で進んでから松葉杖を取って玄関に降りた。おばさんが半分開けたままの門の引き戸を全部引いた。

突然、目の前に目を疑う映像が飛び込んで息を呑んだ。

薄桃色のワンピース姿の優子がそこに立っていた。

驚くままに、「あれ、松倉さん」と言ったきりしばらく言葉が詰まった。

「先生に、夏川君が入院している時本をあげたのでそれを借りて読みなさいって言われたの」

「あ、俺、まだよく読んでないんだけど、なんか科学の本だよ。ちょっと待ってて」

松葉杖ももどかしく家に上がって、「ファラデーのロウソクの科学」を本立てから引き抜いて門の前に戻り、手渡した。

「ありがとう。読んだら返すわね」と言ったのかどうか・・・・、そう聞こえた。

優子は本を受け取ってそのまま帰って行った。

表通りへと曲がる路地の角に消える後ろ姿に、スカートの裾が芙蓉（ふよう）の花のようにふわりと揺れた。

はにかみながらも、それでいて凛（りん）として我が家を訪れた一四歳の乙女であった。

柔らかな光をまとって、粗末な物干し柱の横にたたずんでいた姿は、その足元の陽だまりに咲いた小さなたんぽぽの黄色とともに、清の生涯に鮮烈に焼き付いて消えることのない早春の静止画となった。

その3

一也は二也にいじめを重ねている二人組にふつふつと煮えたぎる怒りを腹に込めながら、幅四メートルほどの浅いドブ川に渡されている橋のたもとに立っていた。

ようやく学校が引けて帰ってくる二人の小学生を見つけるとその前にうっそりと立ちはだかった。

二人は「ぎょっ」としてたじろいたが、たちまちそれが二也の兄貴であることが分かった。

ノッポの方はひょろっとして既に一也の背に近い。一也は二人を前に両手を両脚の膝において中腰になった。上目遣いに二人の目をのぞき込む。

ただならぬ危険を察知した少年が恐怖に硬直したところで一也は再びゆっくり立ち上がると、やにわに二人の少年の片耳ずつを両手でパッと掴んだ。

グーと引き付ける。「いたあああーーい！」と絶叫する二人の少年に顔面を赤くして、低く、「てめえらあああーっ」と言いながら橋の中央まで引っ張り歩いた。

妙な傾きで苦痛に顔をゆがませながら、つかまえられた耳についてゆく二人。

そこで今度は無理に水面をのぞかせられるようにじりじりと引き下げられる。

「おまえら何で痛い目にあってるかわかってるよな？　どうなんだ、んーん？」

二人は苦痛の泣き声を絞り出した。次の瞬間、右手につかまれたノッポの耳が水面に向かって思い切り放り出されたからたまらない。ノッポはプールに飛び込むような格好でどぶ川に墜落して大きな水しぶきを上げた。もう一方で耳を引きちぎられんばかりにつかまれたままのパン屋のせがれはそれを見て息が喉にひき詰まって、とんでもなく大きく口を開けたまま声が出ない。

ついには「早く助けに行ってこい！」と橋下に投げ放たれ、今度は横跳びに宙に舞った。

ドブ川に重なってランドセルが絡まったまま抱き合うずぶ濡れの二人を見下ろしながら、一也は鬼のように怒張した顔で罵声(ばせい)を浴びせた。

「てめーら、今度二也をからかったらどうなるかわかったか！」

ふたつの草履袋がプカプカと浮き沈みしながら流れていった。

翌日、城北中での午後の授業が始まる前、一也は担任に職員室に呼びつけられた。

「おまえ、昨日は派手にやったなあ。二人の親が来て今やっと帰ったとこだ。入院でもすることになってたらどうするつもりだったんだ」

「弱い一人を二人でいじめるようなガキじゃねえか。これに懲りてもうやらねえと思うよ」

教師は、すでに何が起こり、なぜそうなったかを見抜いていた。

「とにかく、暴力は絶対にいかん。おまえにはこれまでも何度も言ったろう。しかも今度は五つも下の小学生じゃないか」

「だから、傷をつけないように丁寧にやったじゃねえか」

「しょうがねえやつだなあ、おまえは。——ちょっとこっちへこい」

教師は別室に一也を連れて入り、しばらく出てこなかった。

結局、千代が校長に呼び出され、一也は五日間の停学を命じられて翌日から登校しなかった。

清は停学になった一也のことが気になって仕方がなかった。三日経った日曜日、一也の家に行ってみることにした。

一也の家はお昼になると表に面した店の戸が半分開き、母親の千代が焼き鳥を焼いて売っている。昼時と夕飯用に近所の人が買いに来る。時には子どもが店の前で串をほおばっている風景も見られる。夕刻七時になると戸が全部開けられて赤ちょうちんが灯り、居酒屋の開店となる。そして焼き鳥のコンロ台の横に連なったカウンターとその奥のテーブルにちらほらと客が座り始めるのだ。

今日も千代が煙に顔をしかめながら鳥を焼いている。

「沢井君いますか？」

「あら、夏川君。ちょうどよかった。中にいるからさ、何やってんだか、相手してやってよ」裏に回ってドアを開ける。部屋の真ん中に小さな丸いお膳が置いてあった。

その横で一也が小さなすり鉢で何かをすりつぶしている。

数羽のスズメが鳥かごの上や一也の肩の上でチュン、チュンと軽やかに跳ねている。すぐに気が付いたが、スズメばかりでなく黄緑色の小さな鳥や、少し大きいこげ茶のものもいる。一也は清を見て途端にパッと顔が開いた。

「毎日何やってんの。停学って家から出ちゃいけないんだろ」

「学校に行かないですむからいいや。やることいっぱいあるしよ。今、メジロのえさを作ってるんだよ」

「あれ、飼ってるのスズメばかりじゃないんだあ。カゴの中のはメジロかあ、かわいいなあ。でかいのもいるじゃない」

「これヒバリだよ。もう俺に馴れてるんだ」

「へえ、すごいねえ、どうやって捕るの？」

「荒川の麦畑や草むらで巣を見つけておいてよ、ヒナができたら持ってくるんだよ。メジロは椿の枝にモチをつけておいて、とまったら捕まえる。今度教えてやるよ」

　壁に数枚の写真が画びょうでとめてあった。

「そこにヒバリの巣の写真が写ってるだろ。こいつそこで生まれたんだ。俺が写真撮って現像したんだ」

「へえーーっ。ほんとかよ」

　一也はにやにや自慢そうに笑うだけで、ほんとうなのかウソなのかわからなかった。スズメたちは一也の膝や肩に飛び移って楽しそうだ。

　メジロの緑は不思議な色で美しいと思った。ヒバリをすぐ目近で見るのは初めてで、それまでのイメージとは全く違う姿に驚いた。

「友達の家に行っちゃあいけないんだろ？」

「そうなんだってよ。適当にやってりゃいいんだけど、いろんなきまりごとがあるからよ」

「きまりごとって？」

「一番めんどくせーのは、毎日日記を書くってことだよ」

「一日中家の中にいるのに？　書けるのは鳥の世話のことばかりだろ？」

「だから毎日の宿題だの、本だのってのがあってさ。やるわけねえじゃねーか。だけど毎日必ず学校帰りに先公が寄って、どうなってるか話し合うんだぜ」

「なるほど」

「おかげで母ちゃんも大変だよ。いつもは布団敷きっぱなしだけど、こうやってきれいになってるだろ。掃除したりしちゃってよ」

ふと一也の手を見ると赤く腫れあがっているように見えた。

それを指摘すると、一也はよく聞いてくれたといわぬばかりに右のこぶしを左の掌(てのひら)にパンパンと打ち付けて見せた。

「どうだ、ここ真っ平らになってるだろ」

見せられたナックルの部分にうっすらと血がにじんでタコができていた。

一也はやにわに台所に立って裏のガラス戸を開けた。

隣の家との間に一・五メートルほどの空間があった。そこに背の高さ位の厚くて長い板が一枚、地面から真っすぐに立てられている。その板のちょうど一也の胸の高さに幅広く縄が巻き付けられている。

　一也は地面にサンダルで降りると、板の縄面に向かって空手の正拳を突くように思い切り右を繰り出して、素早く引いた。板がしなってブルンブルンとうなった。

「毎日これやってんだよ。日記には書けないけどな。あのよ、俺の後ろの奥を見てみろよ」

　言われるままに隣家との隙間の奥を覗くと、そこには鉄のアングル鋼材が四本立ち、上方に金網を張った小屋が半分屋根にかかってのせられている。

　一也は奥に歩いていってサンダルを脱ぎ、その小屋に向かって立てかけられた梯子をするすると登って屋根に上がった。

　登ってこいと手招きする。

　退院してから間もなくでまだ脚の回復が心もとなかったが、（何をするんだろう?）と半ば興味のままに屋根に上がった。金網を張った小屋の内部がよく見える。

　中には二段の棚が作られ、数羽のハトがいる。

「すごいなあ、これ一也が作ったのかよ」

「ああ、鋼材や金網は岩淵からもらったんだ。ハトはみんな土鳩だけどよ、伝書鳩に訓練してんだ。工兵隊の方にコウモリの防空壕があったろ、あそこからハトを放してここに帰ってくる訓練やってるんだ」

棚の奥に藁(わら)が詰まった箱が数個あるが、それが巣で、ここに卵を産むのだという。大きなハトはコツコツと歩くたびに、膨らんだ胸のところがシャボン玉のように七色に光る。

周りに目をめぐらすと町が一望できた。初めて見渡す自分の町のパノラマは感動的だった。

都電通りが思いのほかすぐ近くで、ちょうど電車が走っていた。屋根から見下ろされているとは気が付かず、通りを思い思いに歩く人たちが面白い。すぐ下の米屋を起点に頭の中の地図をなぞって自分の家を探し当て納得する。少し離れた中学校の校庭が、周囲にぎっしり詰まった人家を無理やり押しのけているように見えた。

瓦が古いので一也の言うままに注意深くその上にあおむけに寝た。

空は深く青かった。白い雲がゆっくり流れてゆく。

遠い国を目指す象の旅団のようだ。

「空って寝転んで見上げるとむちゃむちゃ大きくて青いなあ。ああ、気持ちいい――」

いつの間にか一也がその横に腰かけていた。

荒川の方を遠い目で見つめているのが下からわかった。

清も体を起こして横に並び、聞いた。

「今日は日曜だろ。この時間、松倉んちへ行ってるんだよ」

「えっ、なんで？　あっそうか、妹のゆきみと同じ組なんだ」

「なんか姉ちゃんに勉強教えてもらってるらしいぜ。おまえも松倉と二人で塾に通ってるんだって？」

「えっ、二也から聞いたんだな。・・・・・・二年の時に先生にさ、あいつを入れろってしつこく言われたんだ・・・・・。それ、みんなに言わないでくれないかなあ」

「へへへ、おとからもゆきみんちへ行ってるのは絶対だまってててくれって言われてるんで、おあいこってわけだな。俺が誰に言うんだよ。余計なことは言わねえから安心しろよ。吉津はなんかおまえらを贔屓してたみたいだな。おまえ、優子が好きなのか？」

　清は心臓がドキンと波うち、続いて一気に血が上り、耳の付け根まで赤くなってしまったのをどうにも隠せなかった。

　一也にいきなりぶちまけられるとは、取り繕う余裕もない羞恥だったのだ。

その4

三学年になった優子は清、一也とは別の組に分かれた。

清は級長から陥落したが、優子は新しい組で女子初めての級長になった。

隔月には全教科で九〇〇点を満点とする一斉模擬試験が行われる。そしてその結果が上位から一五〇番まで廊下に貼り出されるのだ。

数メートルにわたる巻紙に順位、組、氏名、獲得点数が一名一行で墨書され、廊下の壁に長々と掲げられる。

皆その下に鈴なりになってそれを見上げる。優子は二回目の試験から三学年トップに躍り出た。清はガクンと学力を落とし、一回目のテストでは廊下の張り紙を見る気にもならなかった。下から十番目くらいに見つかった自分の名前が他人のもののように目に映った。

（二年の三学期のほとんどを休んでたんだからしようがないよ）と思いながら気重く家に帰って、その順位結果が書かれた成績表をお膳の上に置いておいた。

母親が買い物から帰ってその成績表を手に台所に入って行く時、鼻頭から涙がポツンと落ちるのを見た。頑張って高校入試までには復活しようと強く自分に言い聞かせるしかなかった。

その後順位は回を追って上がっていったが、張り出しの一番に毎回松倉優子の名前がある。

そのたびに自分の得点との差を思い知らされるのであった。

優子は級長になっても変わらずいつも控えめだったし、ことさらガリ勉でもなかった。

しかし清には、優子がますます遠く触れがたい存在になってゆくのだった。

英語塾へも休む時が多くなり、それがまた気まずさとなり、足が遠のいた。

空は高く秋も深まりつつあった。

城北駅の東口に食料品百貨店がある。百貨店といってもスレートぶきの長い平屋の中に魚屋、八百屋、肉屋、乾物屋、豆腐屋などの食料品店がごたごたと入店しているものである。

今日の日曜日はこの百貨店の秋の大売り出しだ。

朝からそれを宣伝するチンドン屋が派手に住居地域をねりまわっている。いつもは三人だが今日は男三人に女一人が加わって、清水次郎長一家のいでたちで力が入っている。チンドコ太鼓を先頭に、クラリネット、大太鼓が続き、森ノ石松が周りにくまなくビラを配ってゆく。にぎやかな笛太鼓に町中が明るくなって気分も浮いてくるからすごい技能だ。

チンドン屋にうかれ出た清は目抜き通りを百貨店の方に足が向き、気の向くままにガードをくぐって城北駅の西口から台地に登ってみた。

眼路（めじ）の下方をゴトンゴトンと走ってゆく電車を、いつの日かこの町を出てゆく自分に重ね合わせてあてどなく歩く。

やがていつか一也と行った防空壕の丘に続く荒涼とした荒れ地が開けた。

ところどころに赤さびた鉄条網が張られ、遠く続くコスモスの波が風に揺れていた。

いつか母に聞いた満州の鉄路や曠野（こうや）の風景が胸にひろがった。

ふと、向こうから誰かがやってくるのに気が付いた。

(あれ、一也じゃないか？・・・)

「おお、なんだ、夏川か。なんでこんなところに来てるんだよ」

一也は、見られたくないところを見つかったように一瞬戸惑いの表情を見せた。

「あの小屋に行ってたの？」

「ああ、まあ・・・帰るところだよ」

「じゃあ、一緒に帰ろう」

二人でコスモスのたおれかかる道を風に吹かれながらしばらく歩いてゆくと、一也が前方を見て素っ頓狂な声で清の袖を引いた。

「あれ、おい、あそこに立ってるの松倉じゃねえの？」

「ええーーーっ、あっ、ほんとだ」

赤土の道に一人たたずみ、荒涼と続く花の渚を遠く見やっている。

優子だった。

手に山ブドウのツルで編んだ買い物かごを下げていた。

二人が近づくほどに気が付き、驚いている。

「なんでここに二人でいるの？」

「うん、時々二人で来んだよ。面白いとこがあるんだよ」と、とっさに一也が引き取ったから意外だった。清がフォローした。

「こんなとこで三人がばったりなんて。君こそなんでだよ？」

「今日は駅前の百貨店が売り出しでしょ。お母さんに買い物を頼まれたのよ」

しばらく黙ってから続けた。

「この間バレー部の女子がここを走ったんですって。コスモスがとってもきれいだったって言ってたからちょっと見に来たの」

二人が黙っているので、「こんなに沢山咲いてるのね。きれいだわぁ。私コスモス好きなのよ。でも誰もいないからちょっと怖いわ」と続けた。

一也が唐突に口を開いた。

「あのさあ、・・・・二也がいつも勉強教えてもらってるみたいだし、ありがとう」

「うん、ゆきみのお友達でしょ。この頃すごく成績上がったってゆきみが驚いてた」

一也はみるみる顔面から耳、首までがそれこそかわいそうなくらいに真っ赤に上気した。

同い年の女子に向かって「ありがとう」などと、これまでに経験したことのない言葉が飛び出たハプニングに自分でも驚いてしまったのだろう。一也のこんな顔は見たことがない。

「二人とも帰るんでしょ。私、百貨店に行かなきゃならないから一緒に帰りましょ」

（えっ！）っと意外に思う間もなくいっぺんに嬉しさが込み上げた。

いつからか英語塾には行かなくなってしまってしばらく言葉を交わしたことがなかった。

今、思ってもみなかった偶然と一也のおかげで自然に会話できる雰囲気に巡り合った。

前回の模擬試験や運動会の話を次々に交換した。

一也がスズメやメジロをたくさん馴らしていることに話を向けると、優子は、

「それってホント？　逃げないの？」などと驚き、何度も大きく目を見開いて二人を見た。こんなに楽しいことは生まれて初めてだった。

優子の髪は肩の上あたりまでだったが、茜色がかった黒いプラスチックのカチューシャを付けていた。セーターの胸元のボタンと同じ色だった。

遠くから、秋風が水彩色の花の群生を分けて渡ってきて、優子のカチューシャの髪を撫でていく。それはまるで柔らかな髪の五線譜に流れる旋律のように清の胸へと広がった。

「私ねえ、コスモスは大好きだけど、ハマナスの花っていうのを見てみたいの」

「なんだ、それ？」と一也。

「お母さんに聞いたのよ。コスモスの花みたいな色だけど、バラのように棘がすごく痛いんだって。北国の海の砂地に咲くんですって」

清はその時何故か、優子は大人になったらきっと遠い北の国に行きたいんだな、と思ったのだった。

「ねえ、夏川君は将来何になりたいの？」

優子の真っすぐな突然の質問に面食らったまま答えた。

「ううーん、いろんな外国に行きたいね。この町を飛び出して、アメリカやヨーロッパ。もっと遠くのエジプト、アルゼンチンなんて行ってみたいなあ。そんなことできるかどうかわからないけどさ」

「できるわよ。夏川君、英語は得意じゃない」

「そりゃあ英語は好きだけど・・・。いつも思うんだけど、今学校で習ってる英語って外国人が聞いたらわかるのかなあ？　何だか本当の英語とずいぶん違うんじゃないかって思うんだよ。実際外国で使ってみないとね」

思わず憧れのままに言ったものの正確な返答にならず、代わりにおどけまじりになってすらすらと思わぬ台詞が口を突いて出た。

「一〇年経ったらこの日にまたここで三人で会ってみようか。どんな風に変わってるか面白いんじゃないの？」

意外にも優子が、清にパッと顔を向けて、

「それっていいわね。どうなってるかしら？」と白い歯を輝かせた。

「そんなこと、これからどうなるかなんてわかんねえよ」

一也が怒ったように吐き捨てた。

清は自分に向かって真っすぐに飛び込んだ優子の視線が、幾年を越えても褪せることのない心の宝石となって胸に秘め込められたことを、その時ははっきりと自覚していなかった。

三人は、台地を下りて、百貨店の前で別れた。

百貨店に入ってゆく優子がもう一度振り返って、胸のところでほんの少し小さく手を振った。

（もうこんな風に会えることはないだろうな――）

喪失感が一挙に襲ってきた。こんな空虚な脱力を経験したことはなかった。

（もし一也がいなかったらどうしただろうか？）と考えた時、あらためて一五歳の自分がいかにも成人に遠く、あまりに若すぎるというどうにもならないもどかしさに行きついた。

*

年が明けて、いつもは長く感じられる冬も高校受験と前後のあれこれにせわしなく過ぎた。

優子は学区トップの都立高校に楽々と合格した。

清もどうやらそれに続く高校に進学が決まった。清の高校は城北駅から国鉄に乗り、池袋で乗り換えて通学する。定期券を購入して黒い革靴をはいて通学するのだ。胸が膨らんだ。

そうした高揚感を長嶋茂雄、石原裕次郎などのこれまでとは全く違うヒーローの躍動がいやがうえにも刺激した。自分も早くあんな風に颯爽（さっそう）としたたくましい男になりたいと強くあこがれた。

アメリカから、エルビス・プレスリー、ポール・アンカ、続いてコニー・フランシスなど、次々に押し寄せてくるロックンロールや英語のポピュラーミュージックは、これまでの大人の若者になかった新しい世界を清たちの早春世代に広げて見せた。

皇太子・美智子妃のご成婚を契機に一気に普及したテレビや、ラジオ、レコードから毎日流れ出る「ダイアナ（Diana）」や「君は我が運命（You are my destiny）」にこれまでいだいたことのない共感や感傷が湧きあがった。いよいよ世界に飛躍する日本の舞台が大きく回り始めていたのだ。――

二週間前に春一番の強風が荒れ狂って、その後の寒の戻りに凍えたが、今日の卒業式は穏やかな風の中に校庭の桜が薄桃色につぼみを膨らませていた。

清は、鉄製の朝礼台の四段階段を一歩、二歩と登る優子の姿を、校庭の三分の二ほどに整然と並べられた椅子に座って見つめていた。優子はこの日、女子で初めて五五〇人の卒業生総代として校長から卒業証書を授与されることになったのだ。

校長、教育委員会、ＰＴＡ会長、来賓などの式辞、告示、祝辞、祝電等々の長々と続く式次第に姿勢を崩す生徒もあちこちにいた。

しかしその退屈な時間の後の授与式はさすがに全員が厳粛にこれを注視した。朝礼台の上で証書を読み上げる校長の前に、緊張とはにかみの面持ちで正対する優子の全身をたおやかな風が包んで、セーラー服の胸の白いスカーフと前髪に戯(たわむ)れた。均整のとれたしなやかな肢体は、もう進学高校の制服を着ているかに思えた。椅子列の中にいる清の視線が、証書を右手に階段を降りて、あらかじめ決めていたような歩数で自分のクラス列の前で向き直り、一礼して列の中に消えた優子の姿を追った。

優子はもはやはるかな遠い存在に思えるのだった。

式の終わりに全員起立して「仰げば尊し」を斉唱した。

別れのこの歌がこんなにも厳粛で美しいものだと初めて知った。

校庭に潮のように静かに満ちてゆく自分たち卒業生の歌声がジーンと胸に深くしみた。

ハンカチでそっと涙をぬぐう女教師もいた。

列が解散し、教室内へ片づける椅子を手に下げながら、あちこちで様々なかたまりができた。一也は一人所在無げに面白くもなさそうだ。

清は数人の友達に混じってがやがやと談笑していたが、優子がどこにいるか終始気になって仕方なかった。無意識に目をあちこちにやるうちに、ひとかたまりのにぎやかなグループの中に優子の姿をとらえドキッとした。

すると、優子は、そばの女子に何やら言ってその場に椅子を置くと、こちらに小走りに走ってくる。

（えっ、オレか？）

優子はすこし息を切らして清の前に立つと、

「夏川君、ごめんなさい。これ」と言って小さな本を差し出した。

ファラデーの『ロウソクの科学』だった。

「返さなきゃと思ってたんだけどなかなかその時がなくて・・・・。ありがとう」

「ああ、ずっと持ってたの？」

「うん、今日返さなきゃ、と思って」

すぐ前に立ってじっと見つめてきた少女の瞳は、もうすでに深い女性のものだった。

しばらく視線が重なったが、

「じゃあ、・・・・ね」

「じゃあ」

と、最後の言葉が同時だった。

何か言い残したものが彼女の口元にあった。清にも――。

ふと、後ろに立つ人影に気が付いた。

振り向くと吉津が微笑んで立っていた。

濃紺のスーツに真っ白な開襟のブラウスがまぶしかった。髪を丸くアップにしている。

吉津は数歩清に近づいて教室へと歩みをそろえた。

「先生ね、一昨年が初めての担任だったのよ。学校を卒業したとき病気して出遅れちゃったの。だから夏川君と松倉さんが初めての級長、副級長さんだったのよね。頑張って大きな人になってね」

目を落としながらぎこちなく並んで歩いた。

教師のまっすぐに運ぶ足はいつにないベージュの中ヒールだった。

大人の女性の体温をすぐ隣に感じて、経験したことのない、甘くそれでいて誇らしい感情に包まれた。

教師は校舎に近づいたところで突然大きくストライドを伸ばし、前を行く一也を呼び止めた。「なんだよ?」といった風情で振り向いた一也。

吉津はそんな一也の背中にやさしく手をあてて何やら言っていたが、しばらくして教員室のある別棟に向かって踵を返した。

――ふと、さっき優子に言いそびれたのは、「一〇年たったら・・・・って、あの時、約束(?)したけど、それはいつ?　あのコスモスの場所で?」と確かめたかったのだということに気が付いた。

後になって、「じゃあ、——」と別れたあの瞬間の優子の視線は、清の不確かな、はるかな夢の彼方にじっと向けられていたように思えてならなかった。

その時が、互いにそれからの道を分けて歩き出した瞬間だった。

第二章　旅立ち

その1

一也は今日は残業を八時で切り上げた。

担当している作業場の設備をすべてシャットダウンし、部屋をロックした。

この会社に入って四年目、一也は社長、技術部長の信頼を得てこの担当作業場の全てを任されるようになっていたのだ。

技術部長は今年三五になる社長の長男広瀬信夫で、一也の直属の上司である。

卒業と同時に岩淵が懇意にするこのメッキ工場に入社したのである。城北電化株式会社といい、男二五名、女一〇名で荒川鉄橋の西側にある四階建ビルである。

一也は年端（としは）もゆかぬ時からの岩淵との交わりを通じて、ものを加工したり作ったりすることに馴染み、そういった作業が好きであった。

しかし、この会社の社長も一也の採用については、戦前から親しい岩淵の肝いりではあったものの、その劣悪な成績表や貧相な家庭状況を見ては正社員として雇用することに大いに戸惑ったのであった。

ところが、岩淵を一切の保証人として入社させて以来、与えられた作業の呑み込みが早く、作業所内の様々な機械をたちまち器用に使いこなしてゆく能力に驚嘆した。

一也は実社会にこの仕事を得て、水を得た魚のようにすべてが変わっていった。

この貧しい少年にすれば、新しい知識や技術を獲得させてもらえる上に給料やボーナスが確実に支給されることに、これまで感じたことのない世の中の光を見出したのである。

今年は都内有数の工業高校卒の吉岡が部下についた。多忙時にはアルバイトが一也の指揮の下に与えられることもあり、最小だった部署は一段スケールアップされる状態になった。

一也は、月日を追うごとに上から徐々に信頼を得て新しい仕事や人を任される度に、幼いころから常に鬱積（うっせき）していた絶望感が払しょくされ、すべてにどんどん意欲的になってゆく自分を感じていた。吉岡に作業を教えるうちに、逆に自然と彼が持つ電気回路や電気部品特性の知識を吸収していった。


ロッカーで作業着を革ジャンに着替えヘルメットを小脇に抱えた。

まだ三階の社長室に明かりがともっている。今日の作業終了を報告しようと思って階段を上がる。社長室の扉をノックすると中から野太い声が返った。

「終わったのか？　裏から出ろな、あとは僕がやっとくから」

社長の広瀬信太郎がデスクに大きく広げた集計表に何やら一心に数字を書き込んでいた。

「ご苦労さん。沢井君、君のおかげでな、スター精機から大きな注文が入った。この間の顕微鏡部品の研磨と黒染めが全品ロスなしで納められたんでな。板橋の他社に出していた鏡胴を全部回してくれたよ。それにな、カメラのシャッターブレードと絞り羽の黒染めテストが完ぺきだった。そりゃあそうだ、あの漆のような黒をムラ無しでロス・ゼロでやるってのは君じゃなきゃできんからね」

「へええ、そりゃよかったです」

「今から言うのも早いけどな、年末のボーナスは特別はずむからな。僕の気持ちだよ」

一也はありがとうございますというところを口ごもって、ペコっと頭を下げてから部屋を出た。嬉しさがこみあげてくる。

工場内で一番面積を占領しているアルミメッキ電解槽の横を通り抜け、ビルの裏口から表に出る。途端に作業場で温められていた顔と体が外の冷気に引き締まった。

裏のガレージには働いてからの最大の買い物であった二五〇CCのバイクが置いてある。

三年割賦で買ったもので、広瀬信太郎が保証人になってくれたのだ。

自宅までの通勤距離は一〇キロである。

国道122号の電車道に出たところでふと燃料メーターのガスが0に近いのに気が付いた。そういえばエンジンをかけたときのセルの回転に何か違和感を感じてもいた。

(クソ、またあいつらか)

アルミメッキの三人組が自分に敵意を持っているのが見え見えでわずらわしかった。

後から入社してきて挨拶もろくにできない年下の一也がいつの間にか社長、部長に特別目をかけられていることが気にさわり、ねたみが募っているのであろう。

他の社員やパート従業員に事あるごとに、「沢井は特別給料だからよ。黒染め担当してでラッキーだよな。あんなこちゃこちゃした仕事、失敗がないようにみんな部長が液の調整してるんだからよ。誰だってできるぜ」などと言っているのが折に触れ伝わってくる。

吉岡には、「ボーナス出たらたっぷりおごってもらえよ。仕事ってのは自分だけでやってるんじゃねえんだからよ」と吹き込む。

普段つとめて無視しているのだが、時たま怒りが爆発しそうになる。

今、こらえようのない熱いものがふつふつと込み上げてきた。

三人組の若い一人が時々一也のガソリンをチューブを使って失敬するらしいのである。

その事実はアルバイトの学生が一也に逐次耳打ちしてくれる。三人のリーダー格の男は青野といい、歳は四年上であるが一也へのねたみ意識があからさまである。加えて最近、担当の電解槽作業が機械化される計画があることで自分たちの仕事が合理化される危機感を募らせていることもある。

このままでは明日の通勤に困ることになる。ガス欠になる前にガソリンスタンドで給油しなければならない。

前方に最近めっきり増えた新しい店舗デザインのガソリンスタンドがあり、ガソリン46円、軽油35円、灯油21円と大書した立て看板が見える。

盗まれた分を給油していると思うと再びむらむらと怒りが逆巻いた。

（チクショウ、ひとりひとり呼び出してメッタメタにしてやろうか。あんな奴ら、タイマンだったら屁でもない）

（部長には言っていないが、俺の作業場の大事な小道具や薬品がたびたびなくなって困ることが増えた。あいつらに決まっている。ここはぐっと腹決めて、焦らず証拠を見つけてクビに出来ないか・・・・・）

財布から紙幣を抜き出したとき、喩(たと)えようのない口惜しさがはらわたを締め付けた。

＊

今朝はいつもより早く出かける一也を台所から見送った千代は、鉛のような重い気持ちに沈んでいる。

高校へ進学しなかった長男がこうしてまじめに働いて毎月家計を助けてくれる。一時、この子はどうなるかと不安で仕方なかったのに、それを考えると、（すまない、申し訳ない。人並みに学校へもやってあげられなかったのに）との思いで胸が塞がってしまう。

それなのに、給料日の後には必ずあいつがやってくる。疫病神の亭主だ。一也が働き始めてから頻繁に金をむしり取ってゆくのだ。その都度あいつはばかばかしい嘘と分かる理由を連ねていたが、最近は「稼ぐには金が要るんだ」などと平然と言う。

「なんだそのふくれっ面は。そのうちまとまった金が入る。何倍にもして返してやるよ」と白々しい。

一也がいればただでは済まないことがわかっているので、あいつは必ず平日の夕方四時ごろにやってくる。千代は、一也から初めて金を入れてもらった三ヶ月目に一也名義の銀行通帳を作った。一也から渡されたものはほとんど手を付けず入金し、所帯を持った時にそれを返してやろうと思ったのだ。だから亭主にむしりとられても歯を食いしばってそれを守っている。

それまでしているのに、（それでも親か！　人間か！）といつもブチ切れそうになるが、ひとたび口論になればその場がどんなことになるかもわからない。それが恐ろしい。近所を騒がせては商売の顔がない。二也が働くようになって、二人共成人すれば何かが変わるだろう。今はひたすら積もる憎悪を気にかけないようにして忍耐するしかない。——

（生まれたときから楽しいことなんてなかった。でも今の生活は何の因果なのだろうか。あんなヤツと一緒になった自分が悪いのだ。きっと自分は前世によっぽど悪いことをしたんだろう。その報いが来てるんだ。これは私の運命なのだ。受け入れるしかないんだわ）と自分に言い聞かせてそれ以上考えないようにしてしまうのがいつもの落着点だ。

しかし、今、朝早くからオートバイで出て行った一也の背を見て、思わず、「誰か助けて」と小さく声を出したとき、大量の涙が一気に堰（せき）を切った。

オートバイで家を出た一也は、納期を急がされている研磨と黒染め作業、その他の段取りのことで頭が一杯であった。

　昨夜の残業で今日の仕事にすぐかかれるように準備を整えてきた。午前中に研磨作業と前処理を吉岡と全部やっておけば、午後にはバイトの学生も加わって八時に完璧に仕上げられる。

　電解槽の横を通り抜けるとき三人組が既に持ち場につき働いているのに驚いた。リーダー格の青野はカッパにゴムの前掛けと長靴で身を固め、電解槽に大きな長いラックを突っ込んでいる。青野組の二人が一基しかないバフ研磨機を独占している。今日は一也と吉岡が朝からここでの作業にかかるのは知っているはずだ。

　青野が三日月のように細く反り返った目で電解槽に渡した板の上に立ったまま一也を見下ろした。何やら残酷な薄笑いを浮かべている。

　作業着に着替えて自分の作業場に入ると、「おはようございます」と吉岡が近づいてきた。元気な声の割には不安に曇った表情だ。

「沢井さん、青ガッパたちが研磨機を占領してますけど・・・・」

　青ガッパとは二人の間で通じている青野のことだ。

「ああ、今見たよ。今朝は俺たちの仕事が入ってるってことであそこを確保してるはずだよな。すぐにどいてもらうよ」

　二人して、研磨にかけるパーツの入った籠を下げて作業スペースに入った。

「あのさあ、午前中は俺たちの予約なんだけど、どいてくださいよ」

二人はそれを無視して黙々と作業を続けている。

思わず、「聞いてんのかよ」と低い声をあびせた。

作業台に座っていた方がゆっくり振り向いて、

「おい、沢井、それが年上に向かって言う口の利き方か？　ええ？」

「だから『どいてくださいよ』――って言ってるだろ」

「こっちも仕事が押してるんだよ。ちょっと待てよ。あっちで煙草でも吸ってろよ。ああそうか、おまえたち未成年のガキだったな」

そこへ、ゴムの合羽、ゴム長靴の青野がガバガバと音を立てて近寄った。

「よう、おまえたち、今やってるのは確実に仕上げろよ。こっちは手際よく電解槽を空けてあるんだからよ」と手下の二人に命ずる。

「だけど今日の朝はそっちが使う予定にはなかったろ？」と鼻白む一也。

「何でもかんでも予定通りに行くかよ。押せ押せでたまっちゃってるんだからよ」

「予定の立て方が悪いんじゃねえか。とにかく決めたことはちゃんと守ってくれよ」

「なにおおー、なんだその言い方。俺たちの予定の立て方がなんだって？　もう一度言ってみろや」

一也は昨夜のことがくすぶっていて、思わず顔面を相手にピタッと向けて一歩前に出た。

「どうしたんだ、おまえたち」

いつの間にか、部長の広瀬信夫が後ろに立っていた。広瀬は何が起こっているのか既に分かっている。

「研磨機は今朝は沢井君のところだったよね」

青ガッパはふてくされたように、「わかってますよ。だから俺たち、今日は早朝出勤で来てるんですよ。三協アルミの分が押してるもんで」

「それは大変だけども、限られた機械と道具だからね。週間予定表がそこに貼ってあるじゃないか」と横の壁を顎で指した。続けて、「早出するまでの状況ならせめてなんで昨日僕に言わないんだ。沢井君のところは今日はパンパンだから出来るだけ早くあけてやってくれよ。何時までかかるんだ？」

「わかりましたよ。今どきますよ。だけど納期遅れたら部長、責任持ってくださいよ」とふてくされ、作業の手を止めていた二人に目配せした。明らかな嫌がらせ、妨害だったのだ。奴らとは最近とみに抜き差しならない羽目になるような気がしていつも身構えている。

（――なめんなよ、これ以上何かあったらカタつけてやる）

一也は強い目線を青ガッパの顔に据えて離さなかった。

一方で、（腹立てたら元も子もない。この仕事と職場だけは守りたいんだ。我慢だ）と自分に必死に言い聞かせた。

ふと、何故かその瞬間に、もう五年も前になる情景がフラッシュバックした。

（あの頃、よく防空壕の横の掘立(ほったて)小屋で時間を過ごした。いつも一人だった。でもあの時は、連れて行った清に自慢げにヤッパを出して見せた。やにわに怒った清・・・・）

ヤッパは岩淵の懇意にしていた古道具屋から無理を言って安値で買ったものだ。いぶかる店主に、家の神棚に飾るから買ってこいと言われたのだと言い張ってやっと手に入れた。今もお守りのように後生大事に持っている。

清以外に自分のまわりに友達らしきものなんてずっといなかった。だけど今は違う。今は一緒に働く人間や俺に与えられた責任がある。

ふと、これもどうしたわけか、清と優子と三人で歩いたコスモスの台地の風景とその時かわした言葉が一瞬脳裏をかすめた。

それからは連日通常の受注に加えてスター精機の顕微鏡、カメラ部品の黒染め受注が急増した。一也と吉岡は毎日計画に沿ってほとんどロスがゼロに近い仕上げを続けた。

化成処理の黒染めは素材を濃厚な高温アルカリ溶液中に浸して鉄鋼表面に四三酸化鉄の被膜を作るものである。アルカリ溶液は苛性ソーダ、リン酸ソーダ、亜硝酸ソーダ、塩化カリなどの混合水溶液を沸点に恒温維持したものである。素材の材質や形状に合わせた被膜の厚さや、漆黒の色調が要求され、シミやキズを作らないための前後処理や溶液の撹拌、処理中の温度変化対策などが厳密になされなければならない。

染色作業は全て手動で行われるため、仕上がりの良否は操作する者の熟練度に大きく左右される。

吉岡は、あまりとっつきの良くない一也が一心に技術の習熟に没頭する姿、特に失敗したときの原因究明をたどる姿勢に入社以来日を追うごとに心酔していった。

（この人は、技術部長の探求する溶液組成や化学反応についてどこで勉強するのか自分より理解がはやい。そしてそれらを体験的にどんどん自分のものにしてしまうんだな）とことあるごとに感嘆させられた。

ある日の昼休み、休憩室でお茶を飲みながら聞いてみた。

「沢井さんてなんでもできるんですね。電気も化学もよく知ってるし、どこで勉強するんですか？」

「どこって、勉強はおまえからじゃねえか。俺は学校へ行ってないしさ。見聞きすることから覚えてるだけだよ。部長はさ、実際の作業を示しながら化学反応の理屈なんか教えてくれて、そのあとはそれとなく読む本を言ってくれたり貸してくれたりするんだよな。毎日実際やってることだからその本はすごく面白く読めるんだよ」

「それはそうと、時々時間外に何か小さなもの作ってるでしょ。なんですか、あれ」

「これか？」と言ってズボンのポケットから鶏卵ほどの平たい金属の塊を取り出して見せた。

「あ、それそれ、ずっと大事に持ってて、いつも、なんか丁寧に加工してるでしょ」

「ああ、見てたのか。削ったり、彫ったり、研磨したり、溶接したりな。なかなか思うようなものにできないんだ。最後は象嵌（ぞうがん）仕上げにしようと思ってるんだ」

「なんですか？　興味あるなあ。――あれ、それバックルじゃないんですか？　ベルトの」

「わかるか？　完成には遠いけどな」

「へええ、なんか鳥のデザインなんですか？」

「ああ、鳩のつもりなんだ」

バックルと分かった金属の中央に彫られているものは確かに白鳩だった。

「それ沢井さんの自分用ですか？」

核心を突かれたのか、ぎょっとしたように、それでいて楽しそうに言った。

「ウーーン。俺の夢だよ。だけどそれが何だか言っちゃうとな、かなわなくなりそうだからやめとくわ」

「へええ、なんか秘密っぽいですね」

　一也がそれをズボンのポケットにしまってしまったところで会話が途絶えた。


――


「吉岡、どうしたんだ。ミシン部品は一番ロットで早くかかれよ」

　吉岡がもたもたしている。

「苛性ソーダと塩化カルシウムは言っただけ入れたんだろ？」

「ええ、準備したんですけど・・・・だけど、プロパンの出が一定しないんですよ。ガスメーターは壊れてないんでバルブになにか詰まってるとしか思えない」

「どうしたんだよ。だから昨日ちゃんと今朝の段取りしとけって言ったろ。俺はめんどくさい研磨で手が離せないんだぜ。しょうがねえなあ」

　一也はしばらくガス配管系を点検していたが、「配管に砂かなんか入り込んでバルブを詰まらせてるんだよ。時間がない。バルブを交換してしまえ」と指示した。

――交換作業を終えた吉岡が、「替えましたけど、今度は具合がいいです。時間がキッチキチなのに、なんだって普段ないことが起こっちゃうんだろうなあ？　温度が動いちゃ絶対アウトですもんね」

一番目の開始が一時間も遅れて他の仕事にまで影響が出てしまった。

「昼めし抜きだな。今日の黒染めは四ロットを絶対に仕上げないと今週の一括納品に間に合わない」

（・・・なんで砂みたいなものがガス管に入り込んだんだ？）

何とも言えない疑惑が二人の胸にもやもやとして一日中消えなかった。


その週の土曜日の昼休みであった。近くから配達されてくるいつもの弁当を食べていると、女子事務員が寄ってきて、「社長が呼んでます」と言う。

社長室には広瀬社長と技術部長の信夫が待っていた。デスクの上にはスター精機への一カートンの段ボール箱が置いてある。ガムテープの封がはがされていた。

「それを見てみろ」と言われるままに、中の仕上がり部品に目をやった。

「何かあったんですか」

「その一番上のやつのどれでも手に取ってよく見てみなさい」と広瀬が顎をしゃくる。

仕上がりパーツは丹念にクッション材を使って多層に詰め込まれている。パートのおばさんたちが丁寧にパッキングしたものだ。言われたパーツを取り上げてじっと見る一也の顔に驚きが走った。

更に目を近づけてみる。

「なんで？――」となかばポカンとして部長を見る。

そのパーツにはよく見ると微細な粉体がパラパラと付着している。

「今朝スター精機さんから呼び出されて突き付けられたカートンだよ。こんなもんが付着してくるところにはとっても出せないってどなられたよ。一番上に詰められていたものがそういう状態だったんだと思うんだよ」

社長、部長は交互に、「どんな仕上げ管理をしたんだ？」「そりゃあ研磨の粉体だな？　一体いつどこでどういう風に混入したんだ？　作業着についてたものが落ちたのか？　それにしちゃあ、ちょっと多いしなあ」などと矢継ぎ早の質問を浴びせてくる。

「とにかく昨日までに納めた未開封のカートンを営業が取りに行ってるから、全部検品してくれ。原因究明はそれからだ」

午後に未開封の十二カートンが届いた。

納品伝票から、一昨日の仕上がりで昨日発送したものと確認された。信夫も加わって吉岡と三人で全てを開封し、全品を一つ一つ注意深く検査した。

持ち帰った十二カートンには粉体が混入していたものは一つもなかった。

検品とパッキングを担当したパートのおばさん二人を呼んで状況を聞いた。

二人とも仕上がりに何の異常もなかったし、梱包時に問題があったなど絶対あり得ないと強く訴える。パートといってもこの二人は黒染めの検品に習熟したベテランなのである。

検品、パッキングで異常がなかったと信じれば、カートンをガムテープで封じたあとにまたそれが開けられて、その上に粉体がパラパラと落ちたということになってしまう。

「まさかスター精機さんで入ったんじゃないですよね」と吉岡が言ったが、信夫は全くそれに答えようとはしなかった。

三人は無言であった。

もう定時を過ぎていた。「とにかく残りのロットが沢山あるんだから、仕上げを完璧にして完全納品させてもらうよう説得するしかないよ」

信夫がその場を締めくくった。

＊

一也と吉岡は今日の作業を確実に終え、検品と梱包も最後まで見届けた。

思わぬ残業の連日に、肩にたまった疲労感を引きずったまま裏口から出てバイクに乗った。

「沢井さん、やっぱりあいつらしか考えられませんよ。なんであんなことをするんだろう」

「やめようぜ。証拠がないんだからよ・・・・」

「だけどよくよくあのロットを仕上げたときのことを考えてみると、一昨日(おととい)、あいつらいつになく俺たちより遅くまで残業してましたよね」

「ああ」

　一也はそう言ったきり口をつぐんだ。

「青ガッパは、沢井さんは上に気に入られて給料は人よりたくさんもらってるなんて言いまわってますよ」

「言わせておけよ」

「俺ねえ、たまたま奴らを知ってる高校の友達からいろいろ聞いたんですけどね、あいつらいつも三人つるんで派手な遊びしてまわってる。相当ワルもやってますね。なんであんな奴らがここに集まったんだろう。いくら人手不足だからって、うまいこと猫かぶって入りこんだんでしょうね。沢井さんをいつもつけ狙ってるようで不気味なんですよ。気にしていないかもしれませんが沢井さんを見ている目つきはやばいですよ。なにするかわからないっていう気がして。暗くなっての帰り道なんかほんとに気を付けないと」

「ああ、わかってるよ。いつでも来いって」――

取り付く島がなくなったか、吉岡は、「じゃあまた明日。お疲れさんでした」と先にスクーターを引き出してガレージを出て行った。城北駅に近い実家から通っているのだ。

後に残った暗いガレージでエンジンをかけ、外に出たとき、三つの黒い影が取り囲んだ。

「沢井、ちょっと顔かせよ」と身をかぶせてきたのは青ガッパだった。

二人が後ろに影のように付き従っている。

「なんだよ」

「まあいいから、ちょっと話したいことがあってよ。すぐそこだよ。ついて来いよ」

彼ら三人は二台のバイクに分乗して一也を先導しようとする。

グーッと腹が座った。

（いいだろう、話つけてやる・・・・）と、蒼白になった顔を感じながらその二台についてゆく。一五分と走らず、荒川河川敷の鉄橋の真下でとまった。

青ガッパが歩を寄せ、バイクを降りた一也を見下ろした。二人がピッタリ後に従っている。

月あかりが映るのか、糸のような目が白く光った。

「なんかせっせとよく働いてるじゃねえか。上のおぼえがいいからやりがいあるだろ」

「・・・・・・」

「だけどおまえんとこ、なんかクレームかかえてたみてえじゃねえか」

「・・・・・・」

「粉が混じってたんだってな？」

暗がりの中にも一瞬一也の表情がこわばるのが三人にも分かった。

「それを俺たちがやったってことになってんじゃねえのか？　部長がしょっちゅう俺らんとこにきて研磨剤の管理をちゃんとやれ、みたいなことを言うんだけどなあ。完全に疑ってるよな。どういうことなんだあ、いったい。ケッタクソ悪いよなあ。おまえがなんか吹き込んでんじゃねえのかよ」

一也が初めてくぐもった声を発した。

「・・・・おまえらだろ」

「何をーーーっ、なんて言った？」

たちまち夜気が殺気に凍り付いた。

すうーっと二人が一也の背後に回った。

一也は静かに、ほんの一〇センチばかり両足の位置を左にずらした。

「だからやったのはてめえらだって言ってんだよ！」

突然、腹から発した声を支点にするように少し身を沈め、くるりと反転しながら左後ろの一人のみぞおちに右のこぶしを「ばすん」とめり込ませた。

肘を直角に曲げ全体重を押し込んだすさまじい右のフックだった。

たまらず体をくの字に曲げてかがむ無防備の左顎にナタを振り下ろすように再び右の一撃。ぐしゃっと骨の砕けるような音がして男は声もなく地面にはいつくばった。

一瞬青ガッパともう一人をバッと見てから、右脚の膝を高く挙げてヒキガエルのようになった男の左脚を思い切り踏みつぶした。

「うぎゃあーー」

一瞬のことに唖然とする二人。

一人が気を取り直し慌ててバイクにとりつくと、どこに隠していたのか一メートルくらいの太い鎖をひっつかんで青ガッパの横にもどった。

何か声を上げて一也に向かって突進するやその鎖を思い切りブンと振り下ろした。はすかいによけた肩にあたって前かがみに折れたところに青ガッパがおどりかかった。

狂ったように膝をぶつけてくる。思わず足元を崩し倒れこんだところに馬乗りになられた。鎖の男が「死ね、コノガキ」と横腹を蹴ってくる。

あお向けになった一也の網膜に一瞬鋼(はがね)のような三日月が白くかすめた。

かろうじて体をひねり革ジャンの懐から白っぽいものを引き抜いた。

その白いものの鞘(さや)を払うと思い切り青ガッパの太ももか尻かに突き立てた。

更にグイっとねじって力を入れた。

「ぐあああーーーああ」

青ガッパは一也の上から転げ落ちセミのように丸まった。

左脚が細かく痙攣(けいれん)している。

ゆっくり立ち上がった一也の手に、血に染まった匕首(あいくち)が鈍く光った。

棒立ちになって後ずさりする鎖の男。かまわずズンズンと突き進む。

男はくるりと背中を見せて数メートル走って逃げた。手に鎖を引きずったままだ。

「逃げんじゃねえよ。刺されたやつを病院に運んでやれよ。死ぬぞ！　おまえが担いでバイクに乗せろ」と言いながら地面に落ちていた白鞘(しらさや)を拾って刃を収めた。

その時、頭上の橋梁(きょうりょう)にガタンガタンと間歇音(かんけつおん)が伝わってくるや、鼓膜(こまく)を破るような列車の轟音(ごうおん)が落下して周囲の黒い空間をいっぺんに占領した。

自分のバイクに歩き、ゆっくりとまたがってエンジンを起動した。

バイクの振動で鎖を受けた左肩がずきんずきんと脈打った。多分鎖骨がやられている。

蹴られた肋骨が呼吸を苦しくしている。

空しかった。何も考えたくないままに、ただアクセルグリップを強く握っていた。日に日に、(やつらにはカタを付けなければならない)という思いに追い込まれていった自分。狙われている不穏さから、不測のことに備えて革ジャンの内ポケットに大事にしていた白鞘の匕首をひそませていた。しかしまさかこんなことが本当になってしまうなんて望んでいたわけがない。相当深く刺した。死にはしないだろうが、動脈が切れていたらアウトだ。病院から表沙汰になるだろうが、保証人になってくれている岩淵はどういうことになるんだろう。

走る夜風にいろいろなことが順序にならず頭を巡る。

(俺は今どこに向かって走ってんだ?)

社長、部長、吉岡、おふくろにすまないと思う悔恨がどんどん湧き上がって、(あ、これでみんななくなっちゃうな・・・・)と思った。

四年前、岩淵に連れられて広瀬信太郎に会ったが、ずっとここで働くんだなどとは思っていなかった。ところが部長の信夫から与えられる仕事を片付けるごとに、覚えの速さに感心されたのは意外だった。

そのうちに次第に働くことのやりがい、人に任されることの嬉しさが、この三年半、年毎に培（つちか）われてきた。その間の様々な出来事は、毎年、いや毎月ごとにだって思い出すことができる。ずいぶん本を読んで勉強もした。

ふと二也の顔が浮かんできた時、涙と鼻水が顔に当たる川風に吹き流れた。

――気がついた時、岩淵金属資材に来ていた。

建物の二階の半分に岩淵が居住している部屋がある。

頭が空っぽになったままタラップを上がってドアをノックした。

＊

千代にとって今年はすべての希望の灯が消えてしまったような毎日であった。

盆に夫がふらりと帰ってきた時、一也が少年院に送致されたことをぶつけた。

「だから、あんたにやれるもんなんてないよ。少しでもいいから生活費を入れておくれよ。二也をちゃんとしてやらなきゃなんないだろ！」と強く迫った。

「バカな野郎だ。親を刺そうとするような奴だからな。ろくなものにゃあならねえよ」と捨て台詞（ぜりふ）を残してまた出て行ったきりになった。――

悪いことを考えずただ一心に働く以外にない毎日を、唯一引き立ててくれたのが岩淵であった。事件以来毎日のように店に顔を出す。

岩淵はいつのころからか「お千代さん」と親しく呼んだりして、その日に起こった自分のことや世間の話を精一杯面白く話して聞かせる。

長居はしないが、一時間ほど焼き鳥で飲んでから、その日の店のメニューから一品を注文して持ち帰るのが常だ。

千代もこの頃は特別に岩淵の好みを作って持たせるときもある。

――底冷えのする長い二月に耐えて、寒気が緩んだ三月のある日であった。

いつになく嬉しそうな顔で店の奥に陣取った岩淵がいつものように焼き鳥と熱燗(あつかん)を注文した。さっきまでがやがや飲んでいた四人組が去って、周りは急に静かな空間になっていた。

「なんだか今日は嬉しそうじゃないの」

「ああ、そりゃあな。ホットニュースってやつだよ。一也はこの春で一〇ヶ月だが、どうやら早いとこ出てこられそうだ。今日の面会で法務教官さんに会って聞いてきたんだけどな」

岩淵は一也が働いていた会社への保証人であったし、少年院からの退院に際して引き取りを申し出ている会社社長として親族以外に面会できる形になっているのだ。

「えっ、それ、ほんと？　岩淵さんにはほんとに何から何までお世話かけちゃって」

「お千代さんにはあまりこまごまと話してはいなかったけども、結論的にはあいつはちっとも悪くなかったんだよ。吉岡って一也の下で働いてた若い奴によく聞いたんだけども、あの刺されたやつらはクズだよ。よく我慢してたようで、広瀬の社長も息子の部長も一也のことは絶対的に信頼して可愛がってたんだけどな。そのことはあの親子と吉岡が熱心に警察と教官に話してくれたよ」

「毎日一生懸命働いてたんでほんとに涙が出るほどうれかったんだけど、私には何にも言わないからね。人を刺すなんてね。ほんとに目の前が真っ暗になったわよ。少年院に突っ込まれちゃうんだからね」

「一也にやられた奴らってのはね、一也の働きぶりをやっかんでいろんなワルを働いていたみたいだな。聞けば聞くほど無理もないと思うよ。ヤツも我慢の限界だったんだろう。例えば担当していたスター精機って取引先のクレームは一也を貶(おとし)めるためにやったってのがわかってな。仕上げたカートンを翌朝すぐ発送できるように倉庫に積んでおいたんだが、それをコソコソ開けて何かやってたのがアルミメッキ担当の若い奴だったのを倉庫のジーさんが見ていてな、それを証言したんだよ」

岩淵は悔しそうに首をかたむけながら、「だけどあんなヤー公の持つような物騒(ぶっそう)なもん持ってちゃなあ、銃刀法違反、傷害だよ。よっぽど思い詰めてたってことだよな。まあ、少年院を一〇ヶ月で済みそうだってのが例外だよ。広瀬や部下の吉岡君にはほんとに親身な世話をかけたよ。広瀬は奴らの治療代の一部も見てくれたしな」

「でも城北電化には戻れないんでしょ？」

「ああ、さすがに広瀬も、傷害でいったん解雇したものを戻ってこいとは言わないよな。まあ、たとえどんな事情だろうとヤッパ抜くようなやつは敬遠するだろ。第一、一也が戻してくれとは言わねえよ」

「岩淵さんは何度か面会に行ってくれたみたいだけど、なんかこれからのことについて言ってた？　私が行ったって何にも話してくれないのよ」

「何を考えてるのか一言も言わねえな。何にも考えられないんだろ。だけど、この間はな、好きに生きてくから放っておいてくれ、もう迷惑はかけないって言うんだ。しかし俺はそうはいかねえよ。――あいつをこんな風にしたのは俺なんだ。ガキの頃から俺んとこばっかり来てたものを、考えりゃあ考えるほど俺には責任てものがある」

　目尻にうっすらと光るものがある。

「・・・・・・」

「明日は休みだったよな。じっくり話したいんだが時間を空けてくれよ。駅の東口に荒川屋ってうなぎ屋があるだろ。そこに個室があるから予約しておいた」

「ずいぶん高級なとこに行くのね」

「ああ、働いてばかりでろくなもん食ってないんだろ。あそこはうなぎばかりじゃないからよ。たまには精のつくものたくさん食って骨休めしろよ」

千代は行かなければならないと思ったのだろう、煮物を小皿に移す手をそのままに、小さくうなずいた。


千代はテーブルに広がったウナギのかば焼き、マグロの刺身、茶わん蒸しなどにいちいち美味しいと言いながらも、食べきれないと言う。ビールは最初につがれた一杯を少しずつ口にするだけである。あまり飲める体質ではないのだ。

岩淵は思い詰めた末にここで言うことがあるのだが、何から突破口を開いていいかわからず、もうだいぶ酒が進んだ。

ぐっと半身を乗り出す。

「あいつを今のようにしたのは俺だからなあ。あいつもオヤジって言ってるし・・・・・。俺もここで出直そうと思うんだ」

「出直すって？」

「今の会社をたたんで写真屋やろうと思うんだ」

「写真屋？」

「ああ、写真屋っていっても写真館さ。前からの夢だったんだよ。意外だろ？　技術は何とか自信がある。隣の十王駅の東口に『ローズマリー』って写真館があるんだが、そこの館主はかなりの技術を持っててな、業界じゃ『先生、先生』って言われてずいぶん名が通ってるらしい。面倒見がよくて、写真が好きな連中のサークルを作って指導しててな、本業の暇を見つけての道楽だよ。俺はそこでずいぶん色々教わってたんだよ。ガラじゃねえだろ？　だけど先生ももうトシでな、そのスタジオを誰かに譲りたいって言ってるんだよ」

岩淵はここで一息ついた。

千代が酌してやった猪口を「くっ」とやって続けた。

「色々話してたんだが、この間、居抜きでそこを引き受ける話がまとまった。俺の技術は先生のお墨付きだよ。免許皆伝てわけさ。一也とやろうと思うんだよ。来年は東京オリンピックだから景気は上向きで風が吹いてる」

「え？　一也と？」

「俺が真剣に言えば嫌とは言わねえよ。ヤツは見込みがある。頭もいい。俺が立派な男にしてやる」

千代はにわかに反応できず、岩淵の顔をじっと見つめたままだ。

「もっと言わなきゃならないことは、さっき言った『出直す』ってことのほんとの意味なんだよ。俺は、一也が知ってる以前の俺を一切捨てようと決めたんだよ。この間、過去の俺を残す全てを消した。残っているものは一つ残らず焼いたり捨てたりしてしまったんだ。役所の登記簿謄本だけは消せないけどもな。これからの俺は、少年院から出てくる一也とおまえさんのこれからの記憶の限りであって、その他の人間じゃないんだ。生まれ変わって出直すんだよ」

　岩淵は、千代の戸惑う沈黙をそのままにして静かに話題を変えた。

「俺はなあ、戦争が終わってみりゃあ、みんな無くなっちゃって・・・。おふくろも女房も身寄りに薄かったし、二人が死んじまえば何にも無し。しばらく抜け殻みたいになってたな。何やってたのかなあ、毎日・・・。だけど俺ってのはなあ、まわりでヒロポンくらってヒロポンのために生きてるようなクズやバカとは一緒に腐れ果てたくはないと思ってたんだろうな。それというのもな、ひょんなことから進駐軍のガラクタを扱ってるブローカーと知りあってな、そいつと組んでいろんな生活用具や電気器具を修理したり加工して雑貨屋や工場に卸す仕事をするようになってな、それから目が覚めたんだよ。そうなるとこれがどんどん当たってな。色んな仕事に手を出すようになった。俺には誰もいねえし、何かに熱中してその見返りに金が入ってくるのは『生きる』ってことだと思えたな。とんでもねえことやずいぶんあぶねえ目にもあったけどな。そのうちその相棒はつまんねえヤクザともめて、いやいやそれは俺とは全く関係ないことだったんだけどもさ、突然ぷっつり姿が見えなくなっちまったよ。コンクリート詰めで東京湾の底かもな。また一人になった俺は、世の中の移り変わりの中で無茶苦茶働いてるうちにこうして四十半ばになっちまったってわけよ」

「・・・・」

「昨日な、一也をあんなに風にしたのは俺なんだって言ったよな。あいつに就職先を探してる時だったな、それまでの自分を振り返って毎日頭から水を浴びせかけられたような気持ちになったよ。つくづく思ったんだよ。これからは少しでも人様のためになる働きが出来たらなあってな」

心底から絞り出した声に聞こえた。——

話が今に戻った。

「二也（おとや）だけども、あいつすごく成績がいいらしいな。あんたに似たんだよ。大学までやらしてあげなきゃな」

「だって・・・・」

「あんたは頭がいいよ。数字をしっかり掴んでるよな。店の切り盛りをずっと見てきたが感心させられることが沢山ある。それがあいつらに遺伝したな」

「何を言ってるのよ。毎日きりきり舞いなだけで、そんなこと言われたことないわよ」

岩淵はしばらく黙り込むと、徳利の酒をコップに移し、ぐうーーっと一気にあおった。

テーブルにカタンとコップを置いた音で勢いをつけるように言い放った。

「お千代、俺と一緒にならねえか？　あんたはまだ若い。新しくみんなで十王でやり直そう。やり直すには俺にはどうしてもあんたが必要なんだ」

千代は口に手を当て、目を大きく開けたまま声が出ない。

「安心しろよ。俺なあ、金は十分すぎるくらい持ってるんだよ。今言ったようになりふり構わずしゃかりきに働いてきたからな。今の会社の土地もいいところにあるからな、売ろうと思えばすぐ売れるしよ」

「・・・・・・」

「どうしたんだ、こんなきったねえ中年おやじじゃまっぴらか？」

「・・・だってそんなこと、できるわけないじゃないの。私は亭主がいるのよ」

「だから別れるにきまってるじゃないか」

「怖いよ。なにされるかわかんない」

「バカ言ってんじゃねえよ。女に手をかける半端もんだろ。俺がきっちり話付けてやるよ。伊達に命張って生きてきたわけじゃないんだ。任せておけよ」

目が据わっていた。

一方の千代の目は驚きに大きく見張られたまま光るものが今にも溢れんばかりになっている。

岩淵は、親身に寄り添うような穏やかな声で語り掛けるのだった。

「あんな店たたんで十王のレストランかなんかでしばらく皿洗いでもしろよ。落ち着いたらほんとの経理を勉強してくれ。学校に行かせてやる。ローズマリー写真館の経理部長ってわけさ」

千代はたまらず両手でハンカチを目に押し付け、波打つ背中を二つに折った。

＊

少年院に送られた一也は何も考える気力が起こらず、ただただ空虚だった。何もかも失ってしまったという喪失感がすべてだった。

朝六時一五分起床—九時消灯の毎日は、食事もうまくはないが十分で、生活必需品のすべてが整っていた。他の院生との余計な会話が禁じられていることはかえってわずらわしさや不便を感じないですんだ。一般学習、職業訓練、講話などの日課では特に何かを獲得しようとも、誰に向かって何を主張しようとも思わなかった。

ただ淡々として規律生活にしたがっているだけの毎日の繰り返しであった。

そうした一也はあるいは模範的な院生であったのかもしれないが、何の目標も見いだせなかったし、あえて将来を考えようともしなかった。

（これからをどうする？）と考えようとしても、たちまちそれは、（俺にはもともと皆のようにまともなものなんて何にもなかったんだ。そんな俺に人並みに歩いてゆく道なんてあるわけがない）という、取り除きようもない灰色の鉛がすべての思考を押しつぶしてしまうのだった。


そんな一也をにわかに蘇生させたものがあった。

それは、どこからか桜の花びらが施設の庭に舞い込んでくる日に、続けて届いた二通の手紙であった。

その一通、岩淵から届いた封書の文面に腰が抜けるほどの衝撃を受けた。

――母親が離婚して岩淵と一緒になる！　さらに、岩淵は岩淵金属資材をたたんで十王駅の近くで写真館を経営する。――そして、その経営の構想を丁寧に綴った中に、「一也、おまえが頼りだ」と訴えられていた。

一字一字丹念にびっしりと書き詰められた四角い文字。

確かに岩淵の筆跡に違いないが、オヤジのこんな長文をこれまで見たことがなかった。

寄る辺ないうつろな空間に突然予期していなかった一艘の船が漕ぎよった。一筋の光が射して何かが開いたような気がした。

もう一通は城北電化の吉岡のものだった。

そこには、――「自分は社会に出て、沢井先輩に出会えて本当に幸運でした。最初はあまり口をきいてくれなかったので戸惑うことが多かったですが、仕事に真剣に取り組む姿に、これが実社会なんだと知りました。問題点を見つけて改善してゆくアイディアや行動はいつも新鮮でした。特にそれまでどうしてもうまくいかなかった仕上がりの難点を、部長の考えを聞きながら独自の方法で解決してゆく能力には驚きました。一緒にいるうちにまるで兄のような思いやりをかけてくれていることに気が付きました。沢井兄貴、早く帰ってきてください。これからもよろしくお願いします」と記されていた。

今までそんなことを言われた経験など一度としてなく、座り心地が不安定な椅子に腰を下ろしたような気にさせられた。

しかし一方で、自分の城北電化の中での仕事ぶりをそういう風に見てくれたものがいたと気づかされ、それは岩淵からの手紙に加えて今の自分の中に少なからず前向きな力を生んでくれるものになった。

(これからのことなんて、どうなるかもどうしていいかもわからないんだ。素直にオヤジについてゆこう・・・・)という風に目の前におぼろげながら一筋の道がぼんやりと浮かんできたように思えた。

それから間もなく、事件の情状と院内生活が真面目であったことから一〇ヶ月というはやさで出院することができた。

その2

ローズマリー写真館は十王駅に近接の二階建てで、一階が受付と待合室、スタジオ、着付け室。二階は事務所に館主の一室、加えて現像暗室と用具置き場が備わっていた。岩淵はローズマリー写真館の税理士から債権債務を含むすべての資産を掌握した。手早く岩淵金属資材をたたみ、土地を売り払った資金でこの写真館をそっくり買い取ることにした。旧館主は岩淵の予想外の資金力と思い切った裁断に驚愕するままに喜んでこれを受け入れ、自分はまとまった現金を確保し、老妻を連れて悠々自適の田舎生活に移っていった。

千代は、岩淵が前夫との間にどのように話を付けたのか不明であったが、きっぱりと離婚が成立し、岩淵、二也と三人で近くの新築アパートに新居を構えた。折を見て地味に結婚式を挙げようということになっている。

出院した一也は、十王町に台所付き一間のアパートを借りた。

岩淵は一也への貸付を立てて一切の資金を賄(まかな)った。

どこでどのように身に付けたものなのか八方に水際立った裁量であった。

それというのも、小さなことにはこだわらず、重要案件に対しては驚くほどの度胸と決断がものを言ったのだろう。


岩淵と一也のコンビはたちまち勢いよく稼働し始めた。

岩淵は撮影と営業、一也は現像、写真加工部門に責任を持った。千代は受付と帳簿付けを担い、兼業主婦として新生活に船出した。

岩淵はエネルギッシュであった。

旧館主から見よう見まねで会得した撮影技術は確かなもので、開業後更に日に日に上達した。

既存の仕事が軌道に乗ると、あらためて半径七、八キロ内の結婚式場、公民館、料亭、神社などの婚礼、披露宴会場、加えて主だった学校をしらみつぶしに訪問して、それらへの出入り写真館として食い込んでいった。

一也は水を得た魚のようだった。岩淵が大型組み立てカメラを使って撮影する六つ切り（二〇三ミリ×二五四ミリ）、八つ切り（二一六ミリ×一六五ミリ）等の大判白黒フィルムを現像して、印画紙に密着焼き付けする暗室作業に没頭した。同時に、現像済みのネガフィルムの裏側にラッカーを塗布して鋭く削った鉛筆で顔のシミやニキビを修正する技術にも習熟した。いずれもプロ写真としての諧調の良い、美しい顔の皮膚感を出すためには熟練の技術を必要とするものである。

しかし本来機械に関心の強い一也はそういった暗室の職人作業には満足できず、だれがやってもうまくいく仕組みを作ることをもっぱら考えていた。

ネガを印画紙に焼き付けるプリンターや引き伸ばし機などの暗室機材を、既成モデルに試行錯誤の改造を加えて効率の良い高機能なものに変えていった。

現像工程の最後には長時間の流水による水洗作業がある。これをしっかりやっておかないと画像の黄ばみや退色が起こってしまう。

一也はこのかなりの水量と時間を必要とする最終工程に対してコンパクトなドラム式の自動水洗機を考案した。この画期的なアイディアを岩淵の親しくしていた町工場に持ち込んで独自のモデルを試作した。

岩淵はその出来上がりを見て大いに感動し、パッとひらめいた。

「一也、これなら短時間で効率的な水洗が出来るな。水の大幅な節約につながるしな。うちだけで使うのはもったいない。意匠をこらして市販できるものに完成させよう」

それからの岩淵は、素早く特許を申請した後、業界の勉強会や展示会があるたびにそれを出展し、業界誌にも広告を出した。

果たしてこれが当たったのである。

全国の写真館ばかりか現像・焼き付け、引き伸ばし（ＤＰＥサービス）をしているカメラ店からの注文が引きも切らず、製作させている小さな町工場の製造能力はたちまち手いっぱいになってしまった。

「一也、おまえの改造したプリンターや現像設備も同じようにちゃんとやれば売れるけど、何せ態勢がお粗末だもんなあ。人を入れなきゃな。一般向けの現像・焼き付け・引き伸ばしのサービスも店頭で受け付ける形にしよう。同じＤＰＥでもそこらの写真屋とは違う《プロフェッショナルＤＰＥ》っていう看板を掲げるんだよ。それにはここではあまりにも手狭すぎるから、もっと広いところへ移るか、第二スタジオを設営するか、思い切った手を打たなくちゃなあ。おまえのおかげでこんなに忙しくなるとは嬉しい悲鳴だよ」――

岩淵と一也は食事も惜しむくらいに働き、隣接の貸しビルに第二スタジオを開設、スタッフが総勢一五人となった。個人家業が通常となっている営業写真館業界であるだけに一五人の体制というのはかなりの規模となる。

面白いくらいに儲かった。

＊

今日は春の卒業、入学写真の来館客に備えて朝から準備に忙しい。この春は忙しくなる。

一也はあわただしく食堂で昼食の配達弁当を食べているが、朝から二也のことが気になって仕方がない。今日は大学入試の結果発表日なのだ。

受かれば、すぐに電話がくるか、直接こちらに報告に来るはずだ。

（よりによって日本一の国立大学じゃあ夢みたいなもんだ。受けられただけでとんでもないことだ。そんなたいそうなとこじゃなくてもよかったんだ。とにかく弟には大学に入ってほしい。それがずっと夢だった。いずれにしろ分かるのは午後だろう）

「――――では理科一類の合格者です――――」誰かが切り忘れたのかポータブルラジオがつきっぱなしになっている。

（あれ、二也の受験大学の合格発表か？　ラジオでやってるのか？）思わず全神経がスピーカーに集中する。次々に名前を言い始めた。どうも五十音順のようだ。たちまち緊張で胸が苦しい。

「いわぶちおとや」という氏名が何の抑揚もなく耳に飛び込んできた。

（うわっ、受かったのか？　確かに『いわぶちおとや』と言った。『岩淵二也』なのか？　ほんとなのか？）心臓が早鐘を打つように音を立てた。（聞き間違いだったかもしれない）

しばらく座ったままで気持ちを落ち着けてから二階の事務所にことさらゆっくりと上がってゆく。入室してきた一也を見た千代がガタッと立ち上がった。

大粒の涙をハンカチで抑えて言った。

「今、二也から電話があったよ。受かったって」

「へええ、奇跡だよなあ、ほんと。今ラジオで名前を言ってたんだけど耳を疑ったよ」

とことさら平静を装う。

岩淵がお茶を口に運びながらてらてらと光った満面の笑みを浮かべている。

「合格者発表の張り出しを見に行ってたんだがこっちへ寄るって言ってたから一時間くらいで来るんじゃないか」——

岩淵の言った通り、それから一時間後に玄関のステンドグラスがはめ込まれた重いドアを押して入ってきたのは二也だった。同じ兄弟であるのに弟の二也はすらりと背が高い。

受付にいた若い娘がパッと顔を上げて心得ているように言った。

「社長は二階で、一也さんはスタジオです」

この娘は先代館主の孫で理津子といった。昨年美術短大を卒業してローズマリーに入ってきた。写真や、ポスターのデザインが好きで、先代館主が岩淵に斡旋したのである。

写真技術ばかりでなく宣伝ポスターやチラシのデザイン、婚礼の着付けから事務、雑務全般にわたるまで何事にも興味を持ちよく働く。性格が素直で岩淵のお気に入りとなり、何かにつけ「理津子、理津子」といっては助手に使っている。

二也は真っすぐにスタジオに向かう。照明装置のコンデンサーまわりの配線を整えていた一也が立ち上がって歩み寄った。

「受かったなあー！　帝都大学の理一なんて、おまえがなあ、信じられないよ。おめでとう」

「ありがとう。兄さんにはずっと心配かけてたと思うんで、一番最初に知らせたかったよ」

一也はすぐに、「ちょっと待ってろ」と言って撮影用のチークのウッドデスクにおいてあった何やらギフトボックスらしきものを手に取って二也の前に戻った。

「これ、祝いにあげるよ。開けてみな」

「え、なに？」

箱の裏をそっと覗くように返すと、小さく1967.3.20 From Kazuyaと万年筆で署名がある。

包装紙がかかっていないのですぐに開けてみる。

「あ、ベルトだね」

「長さが合わないかもしれないけど巻いてみな」

「うわっ、あれえー、これすごいバックル。銀の鳩だ」

重厚な黒革には鶏卵大のバックルが付き、その中央に胸から上を形どった白鳩のレリーフがデザインされていた。

「鳩の胸にOTOYAって彫ってあるけど、これ特製？」

「ああ、俺が作ったんだけどかっこいいだろ？　ベルトの長さをいくらでも調節できるような細工になってるからな。革は浅草の専門店であつらえたのさ」

「うわー、精密な彫刻だなあ、エッチング？　これって象嵌（ぞうがん）ていうのかなあ？　美しい！　って感じ。すごい。いつの間に作ったの？」

「ああ、ずっと前から少しずつね。いつか今日の日が来たら渡そうって思ってたのさ」

と言ったのだが、突然最後の語尾がグーッと込み上げてくるものでつぶれてしまった。

あわてて、「二階でみんな待ってるからはやく行ってやれよ」と背中で言いながらトイレに向かった。

トイレのドアを閉めるや否や、こらえていた涙が一気にあふれ出た。

壁に手をついて声を必死に飲み込んだので腹膜が引きつって波打った。

（最後まで仕上げてよかった。この日まで持っててよかった）

少年院の生活で、何度も捨ててしまおうと捨て場を探していた。

（こんなもの持ってたって、少年院上がりの兄貴からなんて、弟が受け取れるもんか）

しかし吉岡からもらった手紙を読んだ夜、眠れぬベットで布団にくるまりながら涙に濡れた丸い金属をしっかりと握りしめたのだった。

（二也、おまえに礼を言われることはないんだ。感謝しなけりゃならないのは俺なんだ。鳩のバックルはおまえが俺にくれたお守りだったんだよ）

＊

岩淵の撮影技術は驚くほど進化した。

ローズマリーは婚礼写真が主業ではあるものの、岩淵の得意とする作品は重厚なポートレートである。全体を重いローキーなトーンとしながら、光の明暗を際立たせる作風である。

被写体のただ一点に目を射るばかりのハイライトを置き、中間から深いシャドーに落ち込んでゆく諧調はまるでレンブラントの肖像画を彷彿させるものであった。

ある時商工会議所の支部会長を撮ってやった写真が評判を呼び、口コミが広がって各地、各界のＶＩＰから次々に予約が入り嬉しい悲鳴となってゆく。

秀逸な出来ばえに対する評価が広まってゆくとともに高額な料金が通用していった。

各地の写真師はほとんどが個人営業であるだけに、親しいグループを形成したりして互いの技術や営業の情報を交換する。精力的な岩淵は業界の集まりにもよく顔を出し、その交遊が広がるとともにローズマリー写真館の業績や技術が広く知られるところとなっていった。

プロ用フィルム、カメラはじめ撮影機器、暗室用具などのメーカー、卸業者などの協賛によって各地で開催される研究会や業界団体の支部、全国大会で講演を頼まれることが頻繁になった。婚礼の閑散な夏季などは千代を帯同して全国各地への公演出張スケジュールがカレンダーをうめた。

そんな中で岩淵は零細な写真館には手を取って自分の技術を惜しげもなく開示した。

彼らの粗末な設備の改良やメーカーへの特別な口利きに労をとったりする面倒見の良さがあって、岩淵を師として仰ぐ写真館が増えていった。こうした岩淵の頻繁な留守によって必然的にローズマリー写真館の日常業務が一也にかかってくる。

一也が二五歳になった時、岩淵があらたまって駅前の中華料理屋に千代を含めた三人の席を設けた。

「一也、ローズマリー写真館もすっかり形が出来た。自分が望んでるわけじゃないが、あっちこっちでお声がかかるのもありがたいことだ。先代の知名度も大いにあるが、短期間でここまでになったってことで、下町の風雲児なんてこと言うやつもいるからな、ハハハハ。歯が浮くようなことを言われて、いい加減なことを講演出来るわけがなく、俺は新しい撮影技術というものを身をもって勉強してゆかなければならないわけだよ。学のない俺なんでね、著名な人物と交遊するときなど赤っ恥や冷や汗をかくこともしょっちゅうだよ。だから写真に限らず広く読み聞きして勉強せんとな」

確かに岩淵はこの頃とみに、各地での講演や著名な業界人との交流を通じて、時に意外な知識や洗練された風格を垣間見せるようになった。住まいも大きくはないが品格のある瀟洒な家を町内に新築し、それまでのアパート住まいから転居した。

「一也、ローズマリー写真館はいよいよこれからだ。暗箱の組み立てカメラをかついで現場に行って、ボカーンとマグネシューム発光器を焚いてる写真屋の時代は終わりだよ。どんどんカラーになってゆくし、カラー現像所もあっちこっちに出来てくる。これからは科学も技術も芸術も柔軟に取り込んでいける若いもんの時代だ」

岩淵は一つ咳払いをして一也の顔を直視した。

「そこでだ。ここも会社組織にして、一也、おまえが社長をやれ。俺は会長さ。ローズマリー写真館オーナーということで更に館の拡張を助けるような外部環境を作ることに力を入れるよ」

「え、俺が社長？　まだ二五になったばかりだぜ」

「ああ。驚くことはないじゃねえか。俺なんて戦争終わってから社長以外やったことないぜ。なんでも自分でやってきたからな。なんだかわかんねえうちに会社にしたら自分で社長になってた。ハハハハハ」

岩淵は真顔になって再び一也の目をしっかりと見た。

「しかし、この古臭い徒弟社会にそんな例はないし、みんなびっくりするだろうけども、そこんとこが斬新で、いかにもこれから向きじゃねえか。技術も営業もおまえが人材を育成して思い通りにやってみろ。金だけは俺と、千代に相談ずくでやってもらわなきゃならんけどな。だからおまえは取締役社長、俺は代表取締役会長ってわけよ。たった一五人の会社で大げさだけどな。どうだ、五年程、いや三年、実績を見て代表権も渡すよ。早くそうなってくれ」

　驚きで反応できない一方で、ふと、（おやじもこの頃はなんだか文化人まがいになっちゃったんじゃないのか？　あっちこっちで『先生、先生』と言われてすっかりその気になってるのか？）と思ったが、――（いやいや、戦後のベビーブームがこれからの結婚ブームにつながって、婚礼ビジネスは大きな伸長が見込まれている。そこに目を付けた一流ホテル、婚礼会館、互助会等の大資本がどんどん投資を拡大してくる。うかうかしてたら婚礼の一部に過ぎない写真なんて、ちっぽけな家業ベースでやってるんじゃどうなるかわかったもんじゃないな。オヤジはそこのところを俺にぶつけて自覚を促しているんだな）と得心した。

＊

　一也は吉岡を何年振りかで呼び出して、城北駅前の喫茶店でテーブルを中に向き合っていた。この日は土曜日で、城北電化株式会社も昨今の一般的な大手会社に広がってきた『半ドン』と呼ばれる、午前中で業務を終了する勤務体制となっている。

「沢井先輩が社長になってるなんて。ほんと、立派になっちゃって。最初見たときは全然わかりませんでしたよ。さすがです。でも、僕をその会社に誘ってくれるなんてもっと驚きです。正直言って僕もメッキ職人でこのまま行くことに疑問を持ち始めてたとこなんです。先輩のおかげで今はシステムは出来上がっているし、やめるとなれば社長、部長もきっとわかってくれると思います。だけど、僕は写真のことなんて、カメラ部品の一部を黒染めしてるだけでちっとも知らないんですけど、何をやれっていうんですか?」

「これから白黒写真がどんどんカラーになってゆくんで、勉強しなきゃならない技術はたくさんあるけども、おまえならすぐに覚えるさ。それよりも婚礼、誕生、七五三、入学、卒業とプロのカラー写真の仕事はどんどん増えてくるし、ホテル、式場、学校なんかへの営業では他館に負けないようにしなけりゃならないんだよ。技術を知ったうえでの営業は強い。最初は勉強のためにスタジオや暗室に入ってもらうけども、ゆくゆくは営業全般をみてもらいたいんだよ」

若い二人の話は夢を含んで尽きることがなかったが、他日あらためて吉岡の結論を聞くということで別れた。

城北駅に向かったが、この駅といえば必ず胸に浮かび上がることがあった。

特に、個人写真館が会社組織となり、「有限会社ローズマリー写真館 取締役社長」という名刺を作ってからというもの、(あの日はいつだったか?)と記憶をたどる自分がいる。

それは、一〇年前、西口から上がった台地で、清、優子と出会った時の情景だった。

あの時、「二〇年経ったらまたここで三人で会ってみようか」と清が言った。

「どういう風に変わってるか面白いんじゃないの？」とも。

優子が意外に乗ってきて、「それっていいわね。どうなってるかしら？」と返したのだった。

それは、その時の清たちの思いつきだったに過ぎず、ばかばかしくて聞き流していたが、不思議に今でもその瞬間のやり取りが脳裏に張り付いている。

一也にとって、あの頃、自分の認識に「友達」と刻印された記憶は清しかいなかった。

優子は二也の同級生、ゆきみの姉であるというだけで本人については何も知ることがなかったのに、唐突に「三人で」と言われた馴染みない違和感が鮮明な記憶となっているのだ。

（あいつら『三人で』って言ったよな・・・・）

再会の日時を約束するほどのものではなかったが、あの日は一〇月の第二日曜日、一二日だった。一〇年たったら・・・とは二五歳の今日なのだ・・・・。

一也はウグイス色のツイードジャケットに茶のズボン、白と茶のコンビの革靴を履いていた。吉岡も目を見張るようなそのあか抜けた変貌ぶりに心底驚いていた。そのスタイルは社長になった祝いにと池袋のデパートであつらえたものだ。このところすっかり趣味の良くなった岩淵と千代に無理やり引っ張っていかれて押し着せられた。自分でも驚きつつ生まれ変わった気持ちでそれを受けたのだ。

(今日は一〇月一二日だ。何かの導きだな。行ってみるか・・・・)

広いコンクリートになった道路に驚きながら、のぼった台地は目を疑う変貌を遂げていた。

聞いてはいたが、コスモスの海だった荒れ野は住宅公団によってマンモス団地として大開発されていた。コスモスはところどころの空き地にわずかに見つけられるだけだ。

(いろんなことがあったけど、ここに来なくなって一〇年・・・・)

あまりの別世界にただ呆然とするだけだった。

ビルの隙間から途切れ途切れに見える台地の下の鉄道を垣間見ながら並行してしばらく歩いた。あの時の距離感から、(三人で会ったのは確かこのあたりだったなあ・・・・)と歩みをとめる。

しかし、高台を整然と埋め尽くす団地のビル群には記憶を呼び起こすべくとりつく島もない。

（あいつらまだ同じ家に住んでるんだろうか？　連絡取り合ってるんだろうか？　三人で会ってみようかなんていい加減な思い付きを言いやがって。しかし、たとえ今ここにあいつらが来ていたってこんな別世界じゃわかりっこねえよな）

あの防空壕や竹藪の廃屋はこの先の西の方向だった。しかしそんなものもみんなこの圧倒的なビルと道路のコンクリートに埋めつぶされてしまったに違いない。

――あの頃はいつも独りでいたかった。自分の家に近づくだけで気が塞がったのだ。

時に手あたり次第の破壊衝動が頭を持ち上げたが、そのたびに二也のことが思われて、気持ちを励ましては家に帰った。

――隣町にボクシングジムがあった。いろいろな練習生の中に多分プロだと思える背の低い少しずんぐり気味の自分に似た若者がいる。その男が練習する時刻を狙ってガラス越しにジムの中を覗きに行った。そのボクサーが左右に軽いステップを踏んで少し身を沈めたかと思うと飛びつくようにして放つ強烈なフックに大きなサンドバックが音を立ててスウィングした。黒豹のような筋肉の躍動にすっかり心を奪われた。ここに通うにはいったいいくらいるんだろう？　働いて金を稼ぐようになったら絶対入門しようと思った。

荒川の土手に行ってはそのステップとフックを一心にまねて汗を流した。家に帰ってから縄をまいた板を打ってこぶしを鍛えた。自分で見つけた憤懣のはけ口だったのだ。

――しかし、あの防空壕と竹藪の小屋にいるときは不思議なほど安らいで、時間を忘れた。あそこの内部を知っているのは清だけだが、あの時は何を考えていたのだろうか、自慢げに秘匿していた匕首を取り出したのであった。やにわに怒ったようなヤツの顔を思い出す。

(今ここでバッタリ会えねえかなあ)

胸にツーンとこみ上げるものがあった。

――長たらしい卒業式が終わって教室に戻る時、二年のときの担任だった吉津に呼び止められた。

「先生の住んでるところをお手紙するから困ったときは訪ねてきてね」と。

驚いて何も言えなかったが、嬉しかった。

背中に当てられた柔らかな掌のぬくもりが今もそのまま残っている。

卒業式の三日後、吉津の葉書がすぐに届いて再び驚いた。

一也には珍しく、その葉書をアルバムの最後のページにゼムピンでとめた。

――少年院の生活で、その時のやさしい思い出が悲しいくらいに押し寄せてくることが何度もあった。そのたびに（こんな俺が行けるわけねえじゃねえか）と、かえってどうしようもない暗い気持ちに落ち込んだ。

しかし、出院後に世界が一転して、写真館の仕事がすっかり軌道に乗ってきた二二歳のとき、（新しい居場所と今の自分を知らせておきたい）との気付きが電撃的にひらめいた。

アルバムを探し出し、葉書の住所に、今は十王駅の前で一生懸命写真館の仕事をしていることを書き綴って投函した。

返事が来なかった。

（卒業してからもう七年もたってしまったもんなあ・・・・手紙はどこかに行ってしまったんだろうな？）とあきらめた。

ところが、半月後くらいだったか、杉並区の住所で高橋昭美（旧姓吉津）と書かれた差出人からの葉書がアパートに届いた。流れるように美しい細いペン字だった。

すぐに、吉津は結婚したのだなと頭が回転した。教師らしく転出先と苗字の変更をきちんとしていったのだろう。一也の手紙は届いていたのだ。

お互いの変転を越えて（よくこうして返信が届いたなあ）と胸が高鳴った。

――季節のあいさつに続けて、

「どれほどかお会いしない間に見事に成長されたようで本当に頼もしく思います。私の方は少し健康がぐらついておとなしくしているところです。忙しさやら疲労やら季節の変わり目が重なったのか、いや年のせいかもしれません。あなたが立派な青年に成長するくらいですから片方がそれだけ歳をとるわけで・・・、とあった後に、どんな時も余裕ある人になってほしいですね。小さなごちごちした人間にならないよう、高いところから大きく眺めるような」と綴られていた。——

あの先生が、今、自分と同じ高さにおりてきて私的な心境を吐露してくれたことに言いようのない感動が押しあがってくるのを抑えようがなかった。

かつての自分にこんな経験も感情もありはしなかった。

——ふと我に返った。

あの時の背に伝わった掌の一瞬のぬくもりが、この変貌した硬いコンクリートの街並みにそっくり塗り替えられてしまうような恐れに襲われた。

（一〇年後のその日は一〇月十二日ではなくて、第二日曜日ということだったのかなあ。もしそうなら明日ってことになってしまう・・・。どっちにしろあいつ達、今どこにいるんだか知らないが、少なくとも俺との連絡は付くはずがなかったもんなあ。わざわざここに来るわけはないよな。それにしても清のやつ、あの日のことなどすっかり忘れてしまったのかなあ。いい加減なこと言いやがって。どっちが言ったのか忘れたが、『その時どうなってるかなあ？』なんてすっかり乗ってたくせに・・・あの時のオマケみたいな俺だけが覚えていて、こうしてやってきたってわけか・・・・。それとも二人は今も連絡取りあってんのかなあ・・・？）

すっぱり気持ちを切り替えて帰ろうと思ったが、やはりあの防空壕と竹藪のあたりはどうなっているのかが気にかかる。西に向かって続く道路をまた歩き始めた。

空は夕焼けになりかかって薄い黄金色のドームになっていた。

建物や街路樹の影が長く自分に向かって伸びている。物悲しくも懐かしい空気。寄る辺ないかつての少年の日の心象が遠い国からの潮のようにひた寄せた。

夕焼けの町に、帰るところもなく、月見草の揺れる道をあてどなくさまよう夢を見て、少年院の夜闇の布団の中で、耳に流れ込む涙に目を覚ました。枕と耳の穴がじくっと濡れていた。いまだに同じ夢を見る。時に母親が親父に殴られてその血に染まった顔面が拡大される。

恐怖の衝撃にガバッと半身を起こしてしまったり、自分のうなされる声で目が覚める。

――――今でも記憶の奥底に判然としない光景が潜んでいる。

深夜の城北駅の踏切である。

何本もの線路が川のように横たわり、向こう岸に沿って炭のように真っ黒な建物が何本もの信号灯の明かりに点滅している。

一也の小さな手は母親の手に強く包まれ、一也はその親指をしっかりと握っている。なぜこんな夜中の踏切に二人して立っているのかわからぬままに、その異常を小さな胸に感じていたと思う。目の前の線路に小さな響きがカタカタと起こったかと思うと右手の大きな暗闇から黒い汽車の塊がみるみる襲ってきた。母親の手にぎゅうーっと驚くほどの力が入った。

次の瞬間、一也はさっと抱き上げられ強く抱きしめられた。

耳をつんざく大音響と衝撃波、地面の恐ろしい振動。一切の聴覚が吹き飛んだ。巨大な恐怖がおおいかぶさって大声で泣き出したが息が詰まって呼吸が止まってしまった。

真っ黒な恐怖がどのくらい続いたことだろうか、ただただ母親の胸に必死にかじりついていた。——あのとき彼女は、自分とともに襲い来る列車に身を投げようとしていたのではないか？——今は、そうだったに違いないと思っている。

二也はあの時どうしていたのだろうか？　まだ生まれていなかったのだろう。自分だけが知る自分の最も古い記憶の切片なのだ。——

しめつけられるように苦しくなった胸を無理やりほどいて今の千代を思う時、物心ついた時から常に近くにいた岩淵は本当のオヤジのように思える。

しみじみとした感謝の思いに包まれた。

ふと団地のビルが途絶えて工事中の荒れ地が開け、風景が一変した。

荒れ地の先に雑草の繁茂する小高いマウンドが見えた。その向こうは竹藪のようだ。

(待てよ、あれは防空壕じゃないのか？　その向こうはあの廃屋のあった竹林？)

ずんずん歩いて行く。(ああ、間違いない。ここだ！)

そこは、あの時のままの空間がまるで大きなガラスの水槽の中にそっくりそのまま閉じ込められて保存されているようであった。

防空壕の穴はつぶされて、竹藪の奥には小屋がなかった。しかしまさしくここだ。

思い巡らす周囲の地形の記憶とともに次々と一〇年前の風景がよみがえってくる。

しかし、それはこんなにも小さなところだったのかと驚く。防空壕の丘はもっと高くそびえていたし、竹藪はもっともっと深かった。あの頃の自分が小さかったのだろう。

夏から残り咲いた月見草の一叢が風に揺れていた。

花の黄色は、見入る目の底までを澄み透らせるほどに清らかだった。

しばし茫然とする間に夕焼けが始まっていた。

広角の空に真っ赤な火の鳥が大きく羽を広げ迫ってくる。

その上空に不気味な黒い雲の底が赤く燃えている。

（あぁー、帝印の大火事だ）

あの夜がまざまざとよみがえる。

一也にとってその日から一〇年の月日はあまりに濃密な変化の連続であった。

（自分は、卒業を境にそれまでの日常が一変したのだ。だが、四年後にふっと城北の町から姿を消してしまったんだ）

みるみるあたりの照度が落ち始め、肌寒さを感じて自失から覚めた。


夕闇の帳（とばり）が降りる中を十王駅の灯りに向けてとぼとぼと歩いた。

赤提灯が一つ下がる、格子戸のしっかりした小料理屋にぶつかった。

忙しい毎日、駅のこちら側を丹念に歩いたことはなかったので気が付かなかったが、「どんぐり」と絞り染められた暖簾がかかっている。

中に入ると三つばかりのテーブル席とカウンターがあって一人の小さな老人がカウンターで徳利を傾けていた。

奥から初老の主人が「いらっしゃい。ああ、お客さん、よかったらカウンターじゃいけませんか？」と言う。料理を運ぶのが面倒なのかといぶかしかったが、「いいよ」と言って老人から一つ椅子をおいて腰掛けた。

「お客さん、今日はキンメをうまく煮たけどもどうですか。すぐ出せますが」

（自分勝手なオヤジだな・・・・）と思ったが、「いいよ。お酒は常温でコップでいいや。漬物あったら出してよ」

空腹だったし煮魚は好きだ。しばらく黙々と飲んでいると、手持ち無沙汰だったのか老人が声をかけてきた。

「お若いのに立派な格好してるねえ。見かけない顔だが、このあたりに会社があるのかい？」

「ええ、十王駅の向こう側なんです。城北駅の近くで友人に会ったんですが、懐かしくてここまで歩いてきたんですよ」

「ほう、そりゃあまた」

「城北で生まれ育ったんですけど城北中学の生徒だったころ時々遊びに来たんですよ」

「ほおー、しかし遊びったって何もなかっただろ、ここらあたり。城北の町の方が色々あるしなあ」

六〇半ばかとみえるこの老人、粋なスタイルの若い一也に興味を持ったようだ。

「そのころ、そこの団地の途切れるあたりに防空壕があって、よく一人で来て・・・家からちょっと遠かったですから探検みたいなもんですよ。竹藪の中に空き家があって、そこも面白かったんで」

さっきのなつかしさの余韻からついつい口が滑ってしまった。

「ほお、そりゃあまた」と同じセリフの反応だったが、一瞬下がった瞼の奥が光って、ますます興味を持った様子。

「あの防空壕は埋められちゃったんですね」

「ああ、もう五、六年前ですかなあ。子どもたちにちょっとした事故が続いたんでな。埋めた。しかしあれはしっかりしたつくりでしてな。開戦の前、昭和一五年に内務省の『防空壕構築指導要領』ってのに沿って開戦の翌年に作ったんですよ。わしは赤紙もぎりぎりの歳だったんだが病気しましてな、戦地には出なんだった。お国にささげられた若者の銃後の守りをしっかりするのが残ったものの務めと思いましてな。しかし、まったくバカな話で、戦況が傾いてくると、『国民は防空壕に避難するな、身を挺して焼夷弾を消火せよ』てなことになって、それ以後使わずで、軍の武器や資材置き場になってしまったよ。あの頃の軍部のばかばかしさには時代が経てば経つほどあきれ返るというか腹が立つねえ」

「へええ、詳しいですねえ」

「ハハハ、あの辺りはみんなわしの土地だからねえ。ほとんどは公団さんに売っちゃったんだが、あそこの丘と竹林の地形がなんとも気に入っていてねえ。やたら団地のビルにするより何か面白い利用方法もあるんじゃないかと思って残しておいたんだがね。あんたもあそこで遊んだとはなあ」

老人は心から楽しそうに顔じゅうを皺にして笑った。

「すると、竹林の小屋でも遊んだんだな。あれを取り壊したとき床下に石室が作ってあったなあ・・・・」言いながら一也を探るような目を向けた。

思わず、ぎょっとする。それを見透かすように、大笑いを爆発させた。

「なんか随分危ない刃物だのガラクタがごちゃごちゃ入ってたが、妙な写真もあったなあ。壊し屋がわざわざ持ってきてくれたよ。変質者か？　と思って気味が悪かったが、中学生だったか。いったい何してたんだ？」

一也の動揺を見て老人が笑ってたたみかけた。

「あんたもガキの頃はちょっとしたワルだったのか？」

「いえ、悪くはないです」赤面のまま思わず妙な反応になった。

「ハハハ、めでたく随分立派になったようだが、今は何をやってるんだね？」

立派になったといわれては、口で名乗るよりは早いと思って名刺を差し出した。

しばらくそれに目を落としていた老人は顔を上げると、「おお、おお、東口の写真館さんかね。あそこの館主は昔からよう知っとったよ。経営者が変わって随分立派になったと思ってたが、あんたが社長とはねえ。どんないきさつか知らんが若いねえ。おどろいた」

老人はしばし黙り込んで、コップの酒をチビリとやって喉仏を上下させた。

「しかし、なんだね、あそこで遊んだ悪ガキさんが、こうして立派な社長さんになるなんてね。・・・・わしもトシとったせいでちょっとしたことで感激しちまうんだよ」

にわかに親しみを感じ、一也の方から一つ席を寄せた。語り始めた老人から聞く一〇年前の城北から十王の町の様子、一也の知らないずっと昔の思い出話にすっかり引き込まれてしまった。一也もつられて母親の再婚とローズマリーの買収のことまで話してしまった。

「しかし、あんたのオヤジさんてのもなかなかのもんだね。連れ子の二五歳の青二才に経営を譲っちゃうんだからなあ。いやいや、青二才とは失礼、失礼」

「ええ、これからはどんどんカラー化が進んでゆくし技術も革新されるから、新しい感覚でやってみろって」

「ほおお・・・・」

「僕が前から感じているのは、まず『写真屋』ってのがカビ臭くて小さいなあって思うんですよね。これを何とかしたいですよ。カメラもフィルムも照明器具もどんどん新しくなって、かっこいいコマーシャルフォトグラファーが次々にデビューしてる。テレビやファッション雑誌には、彼らの撮りまくるきれいな女優さんや、トップモデルがほんとに華やかなのに」

コップ酒を口に持ってゆくごとにエンジンをふかされて、いつになく話が止まらなくなってしまった。

「僕は子どものころから色々物を作るのが好きだったんですけど、今は最先端の機材や技術を最大限に使いこなして新しい商売の形を創ってゆきたいって強く思いますよ。昔からずっと続いてきた古臭い形を見直して新しい元気なスタイルに変えるっていうか・・・。この『営業写真館』てものは皆さんの大事な人生の思い出を残すわけですけども、僕はそれを創り出すところだと思うんですよ。撮影機材や感光材料も大きく進歩したわけですから昔から決まりきった型物の写真じゃなくて、アルバムや画像を見るたびにまた新しい生きる力が湧いてくるっていうか、うまく言えませんけど、そういうものを創り出す未開拓の世界があるはずだって思うんですよ。・・・なんか、何言ってるかわからなくなっちゃったですけど」

「うーーん、君、言うねえ。いいねえ、そういうの。わしの家も代々古臭い金物や道具類を扱ってきたんだけどもね、わしの代になってから、わしはそういうような強い気概でいろいろなことをやってきたよ。ずいぶん失敗もしたけどね、今はいくつか良い会社が育ってね。みんな若い世代に継いでもらったがそれぞれどんどんでやってるよ」

老人は一也の目を正視してうなずきながら黙って杯を上げ、一也のコップにチンと音をたててからうまそうに飲み干した。

「では僕はそろそろお暇（いとま）します。今日はほんとに面白いお話をうかがいました。楽しかったです。なんか一人でしゃべっちゃってすみません」

「ああ、またご縁があったら会えますかな。わしは館野というもんじゃが、ここの大将に聞けば居所もわかる。まあ、いくら若い時に戻ろうと思ってもせんないことじゃが、あんたの躍進を肴にまた一杯やれればカになるというもんじゃ、ははは。あんたはそれだけ若い社長なんだからなんでもできるよ。東京一の、新しい時代の写真館にしてください」


今日は清と優子に会うことなどなかったが、三人が遭遇したコスモスの秋の日から一〇年、成長した自分自身の姿を、吉岡と館野老人の目になって外から見ることが出来た気がする。

暖簾を分けて夜空を見上げれば、満天の星であった。

雑多な建物の向こうに十王の駅がイカ釣り船団のように夜の底に輝いている。

――静かな街の光が理津子への人知れぬ慕情をいやが上にも募らせた。

しかしその娘は、けがれない月見草の黄色のように、自分には容易に犯しがたいものだった。

その3

一也が工兵隊の丘に行ったこの日、清は大阪にいた。

大学を卒業して就職し三年目、東京からここに転勤となって未だ落ち着かないうちに入社以来最悪の洗礼を受けていた。

今日は土曜日、仕事は午前中であがる半休日である。社員にとってはなんとも楽しい響きの「半ドン」と言われる週末であるにもかかわらず、課長の怒鳴り声の中で次々と指示される資料整理に追い回されていた。


優子は、おりしも羽田からホノルルへ向けて飛び立ったダグラスＤＣ―８の機上の人となっていた。行く先はホノルル―シアトル経由ニューヨーク。楕円の窓の眼下に敷き詰められた純白の雲海と濃紺の空。異次元の二相が交わる無限の接線の向こうには、未知への期待と不安をはらんだ人生が広がっているのであった。

第三章　夏草

その1

戦後二五年、日本は西ドイツを抜いて国民総生産世界第二位の経済大国に躍り上がっていた。

日本の国際化をぐいぐいとけん引する花形は「総合商社」と言われる他国に類を見ない業態であった。「ラーメンから航空機まで」を旗印にあらゆるマーケットに様々なビジネスネットワークを構築し、特にその最たる活力は電力、エネルギー、鉄鋼、船舶、航空機、プラントなど政府機関・企業間をコーディネートすることによって多様なビジネスに参入し、巨大な売り上げを計上させていた。

一方それに並行して化学品、合成樹脂、電子、車両、機械、精密機器、医療機器等、特に専門的な知識、技能とプロフェッショナルな顧客サービスを伴う分野に「専門商社」とよばれる業態がある。

清は、大阪御堂筋に本社を置く丸興産商（まるこうさんしょう）株式会社東京支社に入社して三年目であった。丸興産商は海外においても、特に化学品業界にあってはMARCO Companyとしてその名が通っている有力専門商社なのである。

清の入社時の配属は東京支社産業機械部一課であったが、入社三年目の今年四月、大阪本社産業機械部に転勤となった。

扱う商品は産業機械、工作機械、農機具、印刷機械、食品包装機械、精密機器などとその部品、消耗品など多岐にわたり、主にそれらの輸入品を扱っている。五年前にそれまで売り上げの柱となっていたデンマークの農機具メーカーの日本代理権を失う失態があった。以来、これに代わる売り上げの主柱が見つからず厳しい状況が長く続いている。これを立て直すべく化学品部から四年前に異動してきたのが社内名うての猛烈課長、犬鳴紘一(いぬなきこういち)。陰口ではイヌコウで通る。

何事にも頭ごなしに部下に吠えまくる圧政スタイルで、今や若手にとってここだけには配属されたくないという部隊となっているのだ。

この下半期が始まって間もない昨日一〇月一一日、未だ債権回収実務に未熟な清にとっては初めての衝撃的な洗礼を受けた。

担当する都島の大手食品包装問屋が倒産したのである。

直属上司は昨年春東京から転勤してきた土方(ひじかた)勇一郎課長補佐、三五歳。

昨日出勤するや一〇日の手形が落ちなかったとの社内電話を受けた土方は、ガタッと席を立った。そばの女子社員に「篠田に行ってくる！」というや否や清についてくるように顎で合図し素早く部屋を飛び出した。

その時犬鳴は大きな窓を背にして課長席に座りこちらに鋭い眼光を向けながら受話器を握っていた。突然部屋を出てゆく土方に何かを言わんとして一瞬受話器を離し、人差し指を空中に泳がせた。

土方はその素振りにかまわず、外に飛び出した。

二人は篠田包装資材（株）にタクシーで乗り付けた。

会社は、すべての来訪を拒絶するシャッターが寒々しく下りていた。

債権者と思われる数人が恨めし気にうろうろとあたりを徘徊したり、静まりかえった社屋を所在なげに見上げたりしている。

シャッターの接地線に目を落としながら行ったり来たりしている中年の男に近寄ると、男は、「こうなっちゃあもうあかんで。社長はもう夜のうちに逃げてしもて行方知れずやし、マンションは鍵がかかってもぬけの空や」と言うと声を潜めてそばの土方に耳打ちした。

「あっこにうろうろしとるおっそろしい坊主頭よ、何ぞ持ちだすやつがおらんかどうかあたりを脅しとるつもりなんやろ。違法にどこぞこじあけて中に仲間が入っとるんかもしれんな。奴らにかかっちゃあ夜にめぼしいものは持ち出されてしまっとるんやろ。多分前もって知っとったんやろな。一回目に落ちなんだ手形はわけのわからん会社のものだったっちゅうことやさかい。どないもならんわ」と投げやりに道路に唾を吐いた。

「夏川君、篠田のマンションは橋の向こうの天満だよな。一応どうなってるか見に行ってみてくれ。僕はとりあえず課長に社長の行方不明を報告しておくことから始めるので先に桜ノ宮から帰るよ。審査部と業務管理課に行って純債権の算定にかからなきゃな。オッサン、ヤカンみたいに沸騰してるだろうが、ワンワン吠えられたってどうにもならんもんなあ。少しは冷めたかなあ。何も言わずに無視して飛び出したからな。なお煮えたぎってるんだろな。あ～～あ」

一課は犬鳴の独裁だが、唯一土方がイエスマンとはなっていない。犬鳴にとってはどうにも勝手が良くない部下なのだ。

そのおかげで平素から何かにつけ清に対する犬鳴のあたりは強い。

源八橋（げんぱちばし）を渡る清の足どりは重かった。川面の鈍色（にびいろ）を見下ろせば気持ちがますます沈んでゆく。課長との間には土方課長補佐という緩衝（かんしょう）があるのだが、あたりかまわず吠えまくるイヌコウの姿を想像するとたまらない。

（情報が入ったとき、土方さんはイヌコウの最初の咬みつきをかわすために一緒に外

へ連れ出してくれたんだな・・・・・）

何といっても我々が甘かったことはぬぐい切れない失態だ。

しかし、根本的には、土方と犬鳴課長のそりが合わないということが仇（あだ）となって日々まめに報告せず進めてきたのもその要因のひとつなのだ。

篠田は見るからに温厚、知的な人物で、その面貌はお多福のお面のようだった。

しかしその経営ぶりは穏やかな風貌に似つかわしくなく積極的であった。

取引額が順調に増えていくにしたがって土方、夏川との付き合いも極めて良好であった。

社長室で篠田の披瀝する問屋としての経営論は理路整然として納得がゆくものであったし、加えて世界の歴史や芸術、果ては哲学などに及ぶ幅広い文化論には常に新鮮な知識欲を触発された。従業員は一〇〇人を越えて、売り上げは力強く伸びてきた。

犬鳴も土方の篠田に対する裁量を認めざるを得なくなっていたが、一方で審査部の与信管理課からは常に支払いサイトの短縮を言われていた。

篠田に何度かこれを申し入れてはいたが、これについては取引先の手形が長く、何とか支援してほしいとの強い要請にやむを得ずこれを容認してきた経緯がある。

この夏に篠田から相談を申し入れられた。

時に繁忙だった土方に代わって都島の本社に行った。社長室の篠田はいつもの温顔をさらに緩くして清に言った。

「夏川さん、ぜひ土方さんとも相談していただきたい一件があるんですわ。弟が所長をやっとる神戸営業所なんですがね。ご存じのようにごっつう成績がいいんですわ。ほんで彼のやる気ぃ後押しするためにここを独立会社に分離させよう思うとるんですわ」

「ほう、それはまた思い切ったお考えですね」

「そうなんですわ、彼ももう四〇代半ばやしね。いつまで兄貴の庇護のもとでってのもね。神戸は精肉、お菓子、その他食品メーカーがようけあって弟はそれらとずいぶん入魂(じっこん)な付き合いが出来上がってましてな。さらにやる気ぃ出したら御社の機械も包装資材も売り上げはどんどん伸びると思いますよ」と話が進展した。

清は、「では、その会社の事業計画の概要と我々への購買計画を作成していただけませんかねえ。土方に報告の上、お取引の条件なども検討させていただきます」と返答した。

「それを聞いて安心しました。頼りにしてますさかいどうかよろしゅうお願いいたします。まあ新会社のことやから当初のお支払い条件はこの本社と同じ条件で支援していただけるとありがたいのやけど、そこんところはあんじょうみたってや」

清の報告と篠田の神戸計画書を添えて土方は犬鳴に新規取引口座開設の稟議書を提出した。

「課長、支払い条件が引っかかるでしょうが、管理部の方にはよく説明しておきました。課長の口からもお力添えをお願いいたします」

犬鳴は停滞している輸入機械の不振に欲求不満の塊になっているところから、その斬新な取引拡大案件に我が意を得たりと一も二もなく決裁印を押したのだった。


——


案の定篠田の自宅マンションのドアは固く閉ざされ、『転居しました。ご連絡は以下にお願い致します』として白々しく都島の本社の電話と住所を記した張り紙が貼られていた。

帰社した営業一課のオフィスは、予想通り小会議室から犬鳴の怒鳴り声が響いていた。

女子社員が、「土方さん、中なんですよ」と背後の会議室に視線を向けた。

迷いなくドアに進んでノックした。

「失礼します」

犬鳴の充血した眼光と正面からぶつかった。手前に土方が座っている。

「なんや。がん首並べるんか？　あんたは関係ないわなあ。責任者がここでしおらしくしとるんやさかい。はよいねや。やることようけあるやろ。はよ取り掛からんかい！　まあええわ、隣に座っとけ」

土方が振り向いて言った。

「君はいいよ。自宅は閉まっていただろ。確認しに行ってもらっただけだよ」

沈着に開き直っている体（てい）だが額が白んでいる。先ほどから犬鳴の罵倒（ばとう）に耐えていたのだろう。

「どうでもええけど、いつの間にこんなしょーもない取引条件になっとったんや？　まるで台風手形やがな。こんなお化けみたいなもん丸興産商（うち）にあったんかいな。二〇日締め月末払いはいいが、翌月一〇日起算六〇日の約手ってのは・・・・前月二一日の受注は一一〇日後の回収ってわけやがな。それにドイツの輸入ものやったら発注から入荷までにざっと八〇日だろが。メーカーに前金払ってから一九〇日も資金が寝るわけや。あんたの自信顔にだまされて稟議通したようなもんや」

「いやそれは消耗品の支払い条件ですがその他は前任からの申し送りです。機械はその都度別の決済条件になってます。新しい神戸勘定については、それまでの積み立て保証金を受注金額の三％から五％に引き上げてあります」

「なんしかあんたの人を見る目は甘いで。あんな虫も殺さへんような顔にいいようにされた、うちの会社の金でどんどん拡張してゆくんやからな。知らん間に与信限度額をとっくに超えとるがな。ほとんど一〇億やないか！　気が付かなんだのか」

「私の最終責任であることに間違いありませんから言い訳はできませんが、これまでの取引条件については課長にもご了解いただいてますよね。そんな時、『新しいことやろうと思ったら向こう傷の一つや二つ恐れるな！』と発破かけられてましたことはお忘れなく」

「なんやてえ、何をごちゃごちゃ言うとんねん。十分言い訳言うとるやないか。なんしかいくらの取りっぱぐれになるのかはっきりさせんかい。担保、保証金、他に・・・・・一体なんぼ戻せるんや？」

「・・・・・保証金以外はあまりあてになりません。不動産の抵当権は社有も個人もみんな銀行が上位ですし、社長の個人連帯保証も形ばかりになっていると思います。担保をつけてある機械は引き取ってもすぐに有効な転売がおぼつきませんし」

「何を他人事みたいに言うとんねん。自分がやったことなんやで。考えつく限り鬼になって取り返すしかあらへんがな」

犬鳴は繰り返す罵倒（ばとう）と説教に次第に愚痴が混じってきたことに間が取れなくなってきたのだろう、うっそりと椅子から立ち上がった。

「なんぼ戻るのか回収計画っちゅうか、目標を書きだして提出せぇ。明日は土曜日やな。月曜日朝一で出せや。いろいろやらなきゃなれへんこっちの立場にもなってみいや」

ズボンのポケットに手を突っ込みながらドアのところで振り向き、ドロッとした目でどういうわけか清に向かって言った。

「夏川、損した分はこれからの稼ぎで何としても取り返すんや。今日はそれをしっかり腹に据えておくことや。ええな」

＊

翌週、清は犬鳴と京阪門真市駅近くの（株）守口マシナリーの社長室で社長の森田と向かい合っていた。

今まで土方課長補佐と行動することはあっても犬鳴課長にこうして一人だけ引っ張り出されて商談に同行するのは初めてであった。

この会社は丸興の産業機械部が特注する各種工作機械を中心に様々な改造や部品を製造しているメーカーである。同時に全国四〇ヶ所の営業所を通じて自動車用のエンジン油、ギヤー油などの潤滑油、土木、建設向けの特殊部品や工業用のグリースを自動車はじめ大手重機メーカーに納入している商社でもある。一〇年程前に急速な拡張が裏目に出て経営が傾いたときに丸興産商が立て直しに乗り出し、三三%の株式を取得している。

社長の森田は五八歳で丸興からの出向である。

「森田さん、早速折り入っての話なんやけど、ちょっと変則的なお願いなんですわ」

「なんですか？　また改まって」

「うちの潤滑油やグリース、汎用機械部品の仕入れを少し大きく動かしてほしいと思いまして、たってのお願いに伺ったわけなんです」

「そりゃまた藪から棒に・・・・あんたそれ、また売り上げを作る話やな？」

半面に皮肉なうす笑いが浮いた。

「・・・篠田でこけたんであんたも当面苦しいわけや。図星やろ？　こんどはどんな手え考えたんですかな？」

「腹割って話しますとその通りなんですわ。長いお付き合いの森田さんとの信頼関係に頼るしかないと思いまして」

「・・・・・・・」

「今月末に三〇〇〇万の油類を当月のご発注の他にご指定の倉庫に納めさせてもろて、来月の締め日二〇日前に引き取り伝票を入れさせてもらます。うちとしては今月一〇月の売り上げ実績になるわけですが御社への請求は起これへんわけです。商品はそのまま保管しておいてもろて一一月末にまた同額程度の売上伝票を切り、翌月の引き取り伝票でチャラにするっちゅう具合にお願いしたいわけです。預かってもろた商品はその売り切りに販促金その他で色々協力させていただきますさかいに」

「あんたの売り上げ実績に毎月三〇〇〇万円の下駄はかせるっていうわけやな」

「で？　あんたの悪事に加担してうちにどんなメリットがあるんですかな？」

「悪事だなんて人聞きの悪いことを言わんでください。形を変えた委託販売ですわ。商品を保管していただく分の倉庫料を負担させていただきますさかい余計な損はおかけしまへん。その分の金額の二％を販売促進費の名目でご提供します」犬鳴は深々と頭を下げた。

「そないに頭下げられちゃあしゃあないですなあ。何せ丸興さんには弱い立場やからな。うちに損が出ぇへんなら・・・、そのうちなんかええこともあるんやろと期待してまっせ。いつまで続けたらよろしいんですかなあ？」

「とりあえず今期末までっちゅうことで。来期どないするかまた考えます。この金額の消化努力を全力でやらにゃあなりません。ここにおる夏川を新規開発担当っちゅうことでこの件の特命にしますんでよろしくお願いしますわ」

　突然の指名に清は仰天したがその場で反論するわけにはいかず黙っていた。

帰りのタクシーの中はむっつり押し黙ったままの犬鳴の圧力に息が詰まりそうだ。

その空気を破って聞いた。

「私が特命担当、開発担当というのは・・・・突然聞きましたけど・・・・」

「あのなあ、事件を起こしたらすぐに対処することや。なにより責任のけじめやで。戦犯は土方や。勇ましい名前なんやからわかりやすい責任を取ってもらわんとな。自分は若いんやからこれからの働きで失敗を取り戻す以外にないで。わしが部長に言えるのは『必ず取り返します』っていう以外にあらへん」

「・・・・・なんでもやりますけど、どうしたら」

「まずはさっきやって見せた通りの方法で売り上げを維持するんや。全国八営業所に平均五〇〇〇万、総計四億。これを売り上げの比重を考えて割り当ててならん。話をまとめられる得意先の数もあるからなあ。各エリアマネージャーとよくすり合わせにゃならん。話がまとめやすいところはもっと数量を上積みせにゃならんやろな。各営業所と協力してあんたが中心になってまとめあげるんや」

「ええ、そんな難しいことを急にやれと言われても・・・・ですけど・・・・それって架空売り上げじゃないんですか」

「アホ、さっき森田社長に説明したのを聞いとったやろ。販売を促進するために在庫を預けるだけや。心配するな、うちはずっと苦しいから多かれ少なかれみんなやっとるし、心得たもんや。運命共同体やで。最初はわしに言われる通りやっていけばええ。はよ覚えて一人でやりこなすようにしたれや。ええか、大事なことは新規の取引先を開拓してゆくことや。新規を開発してこの預け在庫を取り崩していくんや」

犬鳴は「預け在庫」とか「委託販売」とかを強調した。

（何を言ってるんだ。実際はインチキじゃないか。架空売り上げだ。それを俺に加担させようというんだな）

即座に「お断りします！」と言えず、重苦しい沈黙のままシートに固まっていた。

帰社までの犬鳴との時間が耐えられない長さだった。

＊

年が明けた一月一〇日付で突然異例の異動通知が回付された。

土方勇一郎課長補佐の出向であった。

出向先はゼネラル・モールディング（株）という合成樹脂部の傘下子会社である。

丸興は米国の巨大コングロマリット、ゼネラル・パワーリング・カンパニーが製造するエンジニアリング・プラスチックのアジア太平洋地域代理店である。

ゼネラル・モールディング（株）はこのプラスチックに多様なコンパウンド（混合

添加物）を加えて使用目的にあったプラスチックを作ると同時に、これを使った特殊な工業部品の金型も製作している。

課員は先月の事件で近々何かのお達しがあるとは予想していたが、内心そのあからさまな処置に驚き、土方への思いはみな一様に同情的であるのがうかがえた。

土方への異動発令に伴い犬鳴課長の招集による緊急のエリアマネージャー会議が行われ、三月末決算に向けて残り三ヶ月の売り上げ目標とともに犬鳴の激しい檄（げき）が飛ばされた。

土方は同席せず、会議席上で犬鳴から異動の発表があったが理由についての説明はなかった。

清は課内における担当替えとして、「営業一課　課長付・広域開発担当」ということになった。

全エリアをまたぐ新設任務ということで、これを全エリアマネージャーに周知させるため会議に出席させられていた。

末席に着席させられた清の任務に関心が集まり、その趣旨を質す質問が犬鳴に集まった。

「夏川君の『課長付・広域開発担当』というのは何をやるんですか？」

「エリア営業担当との関係はどうなるんですか?」、「一人で担当するんですか?」、「課長直属なんですね?」などというものであった。

　犬鳴は、「この間のとりっぱぐれでその修復にいろいろわしの特命をやってもらわななならん。それに何と言うても新規開拓がうちの課の重要課題であるのはみなも承知のことと思うので、各営業所のテリトリーをまたぐ新規の広域開発をやってもらう。夏川君はまだ若いのでみんなの協力が必要や。よろしゅう頼むで」と応答した。

　清を見て、「ああ、夏川、会議が終わったらちょっと残ってくれ、今の確認を二、三しておかなならん」

　清が会議室にいる時、土方は段ボール箱に私物資料を詰め込んでいた。なんの動揺もなく快活であったため、言葉を交わす周囲にぎこちなさが起こらない。

　犬鳴がいないのをいいことに課員が次々と声をかけている。

「土方さん、なんだかえらい交通事故にあったみたいなもんですね」

「ハハハ、東京から転勤してきて間もないのに今度は子会社で課長になって故郷に錦を飾るってわけだよな。今回の事故は何といっても僕の人を見る目があまかったわけだから文句は言えないよ。皆さんに迷惑をかけて本当に申し訳ないと思ってますよ。まあ、僕にも先があるんだから何とかお返ししてゆかないとね」

「売り上げのプレッシャーが無茶苦茶ですよね。僕ら正直なところ土方さんの異動がうらやましいですよ。土方さんみたいな人はまた本社に這い上がってくると信じてますよ。だけど後任は誰なんですかね？　新しい誰かが来るんでしょうか？」

「そんなのないだろ。一人削減して利益確保するのは課長の命綱だからな。だけど夏川にはほんとにすまないことをした」

「こともあろうにイヌコウの綱に直につながれちゃったみたいじゃないですか。夏川のヤツ、これからが前途多難だなあ」

「まあな、だけどヤツはまだ駆け出しだからな。こんなことでつぶれるようじゃ先もないよ。俺だって東京でいろいろ泥水飲まされた挙句に大阪に来てオッサンの下につながれたんだぞ、ハハハハハ」

「イヌコウ抜きで我々で盛大に送別会、じゃなくて、激励会やりますから東京に行く前に時間空けてくださいよ」

「そりゃああありがとう。ナニワの酒もしっかり飲んどかんと」と笑って言いながら、土方は再び引き出しの中を整理し始めた。

　清は残された会議室で犬鳴と対面していた。

「その表にリストアップしたお客はこれまでいろいろ面倒みてきた先や。この間の話を持ってゆけば無下には断れん。各営業所のみんなもそこんところはよお心得とる。

一つ一つうまくまとめてゆくんや。書き込んである数字が今期中に上積みせなならん数字や。総計しても土方がへこましたものの足しにもならん。あとは何としても新規の開発や。どうもみんな自分のシマのことばかりで広域にまたがる顧客の開発がどうもうまく進まん。本部でみなを調整してそういうでかい新規を開拓せなならん。ええな、今回の事故は仮にもおのれも絡んだ失敗なんやからな、何としても失地回復に全力を尽くすんや」

清はここで初めて「特命」の意味を知ったのであった。

各営業所の一課責任者はエリアマネージャーというタイトルがついている。今まで知らなかったが、おそらくエリアマネージャー全員がそれを阿吽（あうん）の呼吸で承知しているのであろうことにも気が付いた。

三月の決算末に向けて全国各地への出張が俄然多くなった。

先日特命実行先として犬鳴から示された表が「犬鳴メモ」となって清に常にまとわりつくことになった。

その「犬鳴メモ」を懐に全国のエリアマネージャーを回るうちに、経験の浅い清にとっては驚くばかりの営業一課の苦しい実態を知ったのである。

犬鳴から特命とされた案件は各エリア幹部間で暦年の既成事実になって申し送られ、

年々膨れ上がっている。これを彼らは共通の隠語で「プッシュ在庫」と呼んでいる。

このプッシュ在庫金額は課内全員に公表されてはおらず、他の地域ではどのくらいの数字になっているかお互いに知らされていない。

高すぎる販売目標の達成に対する犬鳴の圧力から、結局は自分で作ったプッシュ在庫であるがゆえに、とにかく自分のテリトリーにおけるこの不明朗な蓄積を何とかまっとうな売り上げ増で置き換えてゆくことに呻吟（しんぎん）しているのだ。

今日は名古屋の奥田エリアマネージャーと三月決算における推定売上実績を詰めていた。

「とにかく今期の目標を達成するために今年のプッシュ分は前年の一五％アップになってしまうんだぜ。さらにおまえの言う金額を割り振られたんじゃとっても消化できんよ」

「自動車関連の新規開拓は進んでないんですか？　東邦自動車に大衆車が出たことですし」

「そんな簡単にいったら世話ないわ。自動車業界は無駄な在庫は持たないよ。販売目標が高すぎるよ。自分で立てた計画だろって言われりゃどうにもならんが、売上目標を高く立てなきゃ経費予算も認められんしな。ジレンマの脂汗だよ。来年の目標はどんな感じなんだ？　イヌコウから聞いてるか？」

「犬鳴課長の気持ちは一八％アップくらいにしたいと言ってますけどねえ」

「けっ、でかすぎるよ。またプッシュが増えるな。いいのかなあ、こんなんで・・・。ほかの営業所はどうなんだ？　外にゃあ言えんけど、うちだけか？　こんなめちゃめちゃなの。どうなんだ、ほんとのところ」

「・・・・それを言っちゃいますと僕を誰も信用してくれなくなっちゃいますし・・・・、犬鳴課長に直接聞いてください、というしか・・・・」

「君も若いのに一課のグレーなところに紛れ込んでしまったってことだよなあ。特命のおかげで各営業所の今まで見えなかったところがわかっただろ」

「僕はこのプッシュ関連の仕事が夢に出るほどいやですよ。何とか全国レベルの新規顧客を見つけてプッシュを一掃したいですよ」

「フフン、君はまだなにせ経験が浅すぎるよなあ。イヌコウも各地のプッシュ状況がごちゃごちゃしてきたんで一本にまとめる担当を作らなきゃならんのだろうけども、君には荷が重いんじゃないか？　まあ、頑張ってくれや」

「そんなこと言われましても・・・。とにかく今日のこの数字は課長に報告しておきます。最後の詰めについては課長とよく話し合ってください。よろしくお願いします」

帰社早々犬鳴の課長席に行って名古屋の計画数字が書かれた表を手渡した。

「なんやこの案は？　こちらからの数字は織り込んどるのか？」

「奥田さんは、これでいっぱいいっぱいだと言ってます。来期の目標数字が気にかかっているようです。毎年プッシュ在庫が増えてく一方みたいですし」

「何を泣きごと言うとるんじゃゃ。いつもの『泣きの奥田』やな。せやさかいまっとうな売上増で消していく以外ないがな。必死にならんかい！　新規といえば東邦自動車部品の開発部には行ってきたか？　奥田には連れていくように言うておいたんやけど」

「現地のことは現地に任せてりゃいいんだってことで取りあってくれないんですよ」

「何を言うとんねん、あっこは東邦の部品開発本部なんやで。名古屋だけのもんとちゃう。自分は本部の広域開発担当っちゅうことで課長に名刺の一つも置いてこんかい。全国を見据えたあんた自身のパイプを作らな本部におる意味があらへんがな。明日は西南農機の豊田部長と六甲にゴルフに行くことなっとるんやがここに予約を入れといてくれ。急だが丸興の犬鳴と言えばええ。うまい神戸牛を食わせるところや。ゴルフ場から六時に直行するからおまえは席で待っとってくれ。ホテルはオリエンタルにとってあるので確認しておいてくれんか」

「わかりました」

「もういっぺん言うとくぞ、この間のペガサス電機の部長接待の時のようにどうでもいいようなただ乗りは許さんぞ」

「はい、わかってます」

「ほんでなあ、遊びの時に仕事の話を入れるのはよっぽど空気を読んでやらななららん。酒でも麻雀でも楽しくやる中にその人間の性格が表れるもんや。ええ気持ちで話すうちについついいろんなことが口に出てしまうんや。家族、友人の好き嫌いやつながり、組織や取引の裏話、そういうのをしっかり頭に叩き込んでゆかなならん。そういう個人情報や裏話がその後の新しい取引のきっかけや駆け引きに役立ってくるんやからな」

（・・・・またそれかよ、しつこいんだよ。人の顔見りゃあ説教と頭ごなしの怒鳴り声だかんな）いい加減慣れたが、すっかり辟易しているこの頃である。犬鳴節はまだ続く。

「その場を盛りあげて楽しく遊ばなならん。絶対相手の話をそらしたらいかん。酒が喉まで来てむかむかしてきよったら、何食わぬ顔でトイレに立って喉に指突っ込んでみんなもどしてくるんじゃ。きれいに口を拭って水飲んでな、すうっと戻る。ええな。わかっとるんか？」

三月の決算月となった。犬鳴が衝立の向こうの自席で何やらがなりっぱなしである。全国の営業所から提出された集計表を見ながら片っ端からエリアマネージャーに電話しているのだ。自分では声を抑えているつもりなのだろうが、野犬が吠えまくるような声が衝立を揺るがせている。

「これじゃあせっかく作ってきた数字が肝心の決算で総崩れやんけ。肝心の三月で押し込みが維持でけへんのじゃ何のために四苦八苦してきたのかわからんやないか」

「お得意さんのほとんどが三月決算ですから極力在庫はもちたくないんですよ」

「そんなもん毎年わかりきったことやろが。せやから彼らにもメリットが出るように特別販促金を使い切ってしまえとゆうとるやんけ。多少は予算をはみ出してもかまへん。年初に言っとった推定金額は何としても死守や。もういっぺん客回りしてこい。でけへん理由は聞き飽きた。正念場やで。わかっとるな」

その2

経済成長の高速道路を疾走する日本。一九七〇年はまさに新たなエポックの到来を告げるものであった。

大阪は吹田市千里丘三三〇ヘクタールを会場として世界七七ヵ国の参加による万国博覧会の開催に成功した。「人類の進歩と調和」とうたった未曽有のスケールに、EXPO '70というそれまでなじみのなかった耳新しい英字標語が国民の間に広く行き渡った。岡本太郎創作の「太陽の塔」を目指して世界中から人の波が押し寄せた。

丸興本社にも国内外各地からの来客が引きも切らなかった。清たち独身にとっては東京から見学にやってくる若い女子社員が事務所に立ち寄るのはなんとも心弾むものであった。

中でも東京受注グループの女子社員数人が訪れた時、東西親睦マッチと称しミナミで興じたボーリング対抗戦はとびきり楽しかった。

その中に抜群のセンスと運動神経で高得点を挙げたとびきり若い女子社員の愛らしさに普段の仕事の憂さが吹き飛んだ。その女子社員は大井恵子といった。

しかしそれとは裏腹に、清の胸の底には常にヘドロのような憂鬱が沈積していた。ヘドロの正体は犬鳴の特命のおかげで知った一課全体の営業所別販売実績の裏に潜む深刻なごまかしの実態であった。

プッシュ在庫のあまりの大きさに愕然とする思いだった。この在庫はいわば表に出ていないマイナス売上であるから、これを清算するとすれば販売目標の達成は最早絶望的ある。

　そして今期もまたこの陰のプッシュ在庫が増え続けているのだ。

　割り切れない思いがふつふつと湧いてくる。

　犬鳴はなぜこんな不明朗な特命案件を自分にまとめさせようとしているのか？

　それに地域間にまたがる新規開拓などは組織間の高度な立ち回りを必要とし、自分のような若いものよりは経験豊かなベテラン、少なくとも課長補佐クラスの中堅が犬鳴とマネージャー間の呼吸をはかって進めてゆくべきものではないのだろうか？

　それが証拠に最近ではエリアマネージャーたちが清を、「犬鳴の右腕」ならまだよいが、「イヌコウの使い走り」として見ている気がするのだ。

　しかし一方では、一般的な若手の域から急速に一皮むけた自分を感じるときがある。

　それは、これまで自分とは距離のある中堅幹部とみていたエリアマネージャーの多くが意外にこせこせした小人物たちであることを知る機会が増えたせいだ。

　彼らは犬鳴に直接言いにくいことや難題を抱えたときに、「イヌコウにこの実情は言っておいてくれよ」などとすり寄ってくる。

　中でも粘着質なのが清より五、六年年長で名古屋を中心とする大きな市場を担当している奥田である。犬鳴に「泣きの奥田」と揶揄（やゆ）されたが、顧客よりも常に犬鳴の動向や社内事情を気にしている。それでいながら、「あのなあ、夏川、こんな状況でイヌコウと角突き合わせても始まらんからここだけの話だぞ。俺はな、一時的に売り上げがへこんでもプッシュ在庫なんて清算して、もっとまっとうな形で一からやり直してゆくべきだと思うぞ。このゆがみがすべてを狂わせてるんだよ。問題はイヌコウに責任をかぶる度胸がないっていうことだろうけどな」などと陰のご高説をのたまう。

フラストレーションがたまっているのはほかならぬ清である。

あまりに陰口や不満をたらすエリアマネージャーに対しては、「そう思うならご自分で言ってくださいよ。言わしてもらいますけど、プッシュ在庫は課長ばかりが作ったんじゃないですよ。誰とはなく皆さんが年々申し送って膨れ上がってきた、うちの課の癌みたいなものじゃないですか。だけどマネージャーがこの営業所から怪しげな操作を一掃するというなら僕は絶対応援します」と憤懣を返してしまう。

その点、営業の最初の上司であった土方はそれらと一線を画す男であった。

短期間であったがその下で働いていた時の土方の言動を思い出し、折につけその姿勢を真似しようとしている自分がいる。

今日も新規開拓の状況について朝から犬鳴に頭ごなしの罵声を浴びてもやもやした気持ちのまま自席に戻ると、女子社員に東京の土方からの電話を告げられた。

「おお、夏川君か、元気か？　ややこしい担当で苦労してるだろ。無事決算は乗り越えたわけだな？」

「ご無沙汰してます。いや、いろいろあるんですよ。土方さんの下にいたときは何にも知らず楽なもんでした。最近は例のものが膨らんじゃって・・・、今年はますます苦しいです」

「そのことだけどな、しょっちゅう東京に来てるみたいじゃないか、僕の事務所に寄れよ。話したいことがある。来るとき前もって電話してくれよ」

「それはうれしいです。実は来週金曜日に東京に行くんですよ」

「わかった。夕方に来い。一杯やろう」


金曜日、朝一番の新幹線に乗った。

開いた朝刊に、沖縄返還協定調印の大報道が目に飛び込んだ。昨日、一九七一年六月一七日、東京、ワシントンにおける調印の模様が日米同時宇宙中継されたのだ。首相官邸で佐藤栄作首相に代わって署名する愛知揆一外務大臣の写真が大きく掲載されている。横に着席し見守るマイヤー駐日大使立ち合いのもとに端然として筆を走らす老齢の男の姿が清の胸を揺さぶった。

新聞の記事は、この歴史的モニュメントを称賛するものと、内包する難題や、交渉の裏に詮索されるグレーな猜疑（さいぎ）をあれこれと羅列する評論が半々であった。

実社会の現実に翻弄（ほんろう）されつつある清には、誰でも言える美しい評論よりも批判をかぶりながらも突き進む実行者の姿に共感するのであった。

父が晩酌の膳で饒舌（じょうぜつ）となり、幾度となく聞かされた言葉を今になって懐かしく思い出す。

「清、人の成したことを評論することや批判することは誰でもできる。大事なのは自分で責任をひっかぶって成すことだ。批判するより批判される男になれ。間違っても評論家にはなるな。それが武士っていうもんだ」と。

そうした酒飲みの口上を聞かされるのは幼心にあまり快いものではなかったが、それは無意識のうちに今の自分にも脈々として流れていると気づかされるのである。

明治に生まれ、半生を地方公務員として奉職した父は、酔うほどに自分を「木っ端（こっぱ）役人」と自虐（じぎゃく）していたが、その芯に貫く明治の気骨、自分の仕事に対する矜持（きょうじ）というものを胸に秘めていたのだろう。

あれこれと来し方に思いをめぐらしつつ熱海を過ぎて東京に近づくころ、ふと懐かしいあの日のことが胸に去来した。中学三年の秋、城北駅西側のコスモスの台地の思い出である。

あれから一三年の月日がたっていた。三年前の一〇月一二日土曜日、もしその日に倒産事件がなかったら、きっとそこに行ってみたことだろう。

優子、一也とは中学を卒業して以来全く連絡が途絶えたままになっていた。

その日に彼らがあそこに行ったとは考えられない。

同級生の人伝（ひとづて）に、優子は帝都大学から大手の出版社に行ったと聞いた。

多分二八歳になった彼女は素晴らしい年上の男にめぐりあって結婚していることだろう。

清が描く優子の相手は、頼りがいのある年上のビッグな男、長嶋茂雄か石原裕次郎のイメージであった。自分も高校―大学、そして社会人になって体格ばかりでなく男としてもずいぶん成長したと自覚してはいるのだが、（どうにもあの優子の相手には程遠い・・・・『心もとない同い年のぺーぺーサラリーマンじゃなあ』・・・）などと思う。

一也に至ってはあの約束を覚えているわけがない。恵まれない環境にいたことだし、今はどこでどうしているんだろう・・・、想像がつかない。

そもそもそれは約束だったのかどうか曖昧（あいまい）であったたし、その日を覚えているのは自分だけだろう。自分はあの時に、（一〇年後というのは一九六八年の一〇月一二日だな）と瞬時に頭の計算器が回り、それが記憶に刻み付けられて、折につけ思い起こされるにすぎないのだ。

それは、その後一〇年の多くの人々との出会いや次々と起こる現実の出来事の中で、次第に「約束」から「思い出」に変わっていっただけなのだ。

一方で、彼らが覚えていようとなかろうと、一つの人生の区切りとして、その日になったら自分はあそこに行ってみようと思っていたのだった。

＊

地図に印をつけた事務所の住所を訪ねた。

工場は栃木県だが本部事務所は丸興商産東京本社に近い茅場町の雑居ビルにあるのだ。

三階にある事務所はガランとして、作業服ジャンパーの数人の社員が図面や表に一心に何かを書き込んでいる。夕方のせいなのか、電灯の照度が低いのか、部屋が薄暗かった。

奥の席にいた土方が大きく手を挙げた。

「土方さん、ジャンパー似合いますね」

「ああ、これか？　これ着ちゃうと背広なんか肩がこるよ。うちはみんなこれだよ」

カーキ色の布地の胸にY.HIJIKATAと赤い刺繍が縫い付けてある。

「だけどせっかく寄ってくれたのに作業着でコップ酒じゃ失礼だからな。背広に着替えてくるよ」と言いながらデスクの上を片付けた。

出がけに、一心にデスクワークに取り組むメガネの一人の社員の背中を軽くたたいた。

「今日は来客だからお先に。がんばってくれよ」

と声をかけた。


八丁堀の小ぶりな割烹のカウンターに席が予約されていた。いかにも江戸風の魚がうまそうな粋な店である。

紺の背広の土方と並んで座る。

「さっきのメガネの若いやつなあ、根っからの技術屋で世渡りの要領が悪いんだけどな、僕がここにきてから年来の懸案課題に取り組ませてるんだよ。プラスチックの成型品にバリが出るだろ。精密部品には御法度なんだが、彼はそれを超音波水槽の中できれいに完全除去しちゃうという技術開発にのめりこんでるんだ。成果を上げるまでどのくらいの期間が必要なのかわからんが、あの集中力には期待してるんだよ」

椅子に座った最初の言葉がそれであった。

「ここは魚が滅法うまい。酒は何でもあるぞ。好きなものを頼んで好きなだけやっていいぞ」

糊のきいた清潔な割烹着に鉢巻のオヤジがカウンターの中から声をかけた。

「土方さん、今晩は珍しく生きの良さそうな若い人ですね」

「ああ、大阪でちょっと苦労させちゃってね。僕は弟分みたいに思ってるんだけどね」

その一言のそこはかとないうれしさにグーッとこみ上げてくるものがあった。

磨き上げられた冷たいコップのビールで乾杯したあとは日本酒になってどんどん杯が進んだ。たちまち堰を切ったように清の近況報告に突入してしまった。

「そうか、まあ、いろいろ勉強だな」

「しかし、なんで課長は僕みたいな青二才に小難しい仕事を押し付けるんでしょうね」

「そうだなあ、営業一課は思うように売り上げが伸びない中でエリアマネージャーの連中はみな犬鳴(おっさん)のやり方にイチモツあるしなあ。身近で思うように動かせる若手を作り上げる以外にないと思ったんじゃないか?」

土方は犬鳴を課長ともイヌコウとも呼ばず、おっさんという。

「プッシュ在庫は、むなしいですよ。余分なお金使ってインチキの売り上げを作って、それがどんどん増えてるんですからね」

「そうだな。正常化するには何とかまっとうな新しい売り上げを作るか、インチキを清算して課の縮小をはかるかのどちらかしかないわけだけどもな。一番の問題は、暦年皆でそれをやっているとこれが集団的な常識になってきて、その常識が会社に対する背反であるということがどこかに行ってしまうことなんだよ」

　土方は徳利の横においてあるロングピースを抜いて深々と吸い込んでから天井に向かって高々と吹き出した。

「僕はおっさんからこれを命じられても断固やらなかった。だから大阪エリアのプッシュはおっさん自らやってたよ。僕に対しては腹が煮えくり返っていただろうな。ただ強く言えなかったのは何かと新規開拓の実績を上げていたからだろうな」

「そうだったんですか。何も知りませんでした」

「しかしなあ、どうしても無理はいくもんで、結局は篠田包装資材で大きな失敗をやらかしちゃったんだから立派なことは言えんよな。篠田社長は頭もよく信用のおける人物だったし、それをテコに取引条件を緩くして売り上げを伸ばしてきたんだがなあ。あんなに弟に甘かったとは見抜けなかった。あのはんぱもんは兄貴の語り口をまねてつらつらうまいこと言っちゃあ遊び放題だったんだからなあ。気が付くのが遅かったよ。不覚だった」

「・・・・・・」

「結果的に君にはその後散々苦労を掛けてしまっているわけなんだが、取り返しのつかない深みにはまらないうちに軌道修正しなきゃと思って声かけたのさ」

「どうしたらいいですかねえ」

「僕が有望とみて取りかかってきた取引先が数社ある。それを一つ一つものにしていけ。特に大阪に転勤以来いろいろと気脈を通じてきたクリーニング工場があるんだが、僕自身のとん挫で中断してしまった。本社が熊本なんでね。関西エリアを越えて活動するのはいろいろ障害があったな。君ははれて広域開発担当っていうことだからな、堂々とやれる。一度社長と会ってみろ。これまでの自社クリーニング工場の経験を活かし他のどこにもない革新的なシステムを開発しようと進めている。システムが完成したらこれを全国展開に向けて支援すれば必ず大きく発展すると思う」

「お話っていうのはそれだったんですね」

「そうだ。いいか、その社長っていうのは梁川金男（やながわかねお）という在日韓国人だよ。一九三三年生まれって聞いてるがね。両親は大正時代から大牟田に定住した韓国人なんだが、戦後一旦帰国したんだそうだ。朝鮮戦争のどさくさに長崎に密航して熊本に移住したと聞いてる。大阪でこの会社のグループになっている社長の情報だけどもね。僕は何度か熊本に出張したり社長が大阪に来た時何度も会ってビジネスの構想を聞いている。向こうさんも僕のことはずいぶん気に入ってくれていたようだ。ちょっとそこらにいない激しいタイプの社長だけども頭のキレと実行力は抜群だ。邦国データバンクで調査はとってある。いろいろ不明なところはあるが人物は信用できるとみてる。どうだビビらないでやってみるか？」

「ハイ、僕にできるかどうかわかりませんが土方さんの引継ぎならこんなやりがいのあることはありません」

「いいか、まず梁川社長の信頼と将来展望を掌握することだ。彼はこれまでにない全く新しいトータルシステムを開発しようとしている。その画期的な機械システムを熊本本社で完成させたら全国の要所に点在している仲間とともにこれをボランタリーチェーンから将来はフランチャイズチェーンにして一気に全国展開にもってゆこうと構想しているんだよ。機械の量産をはじめ全国展開に向けてうちが支援する部分がたくさんある。途中で僕がとん挫しちゃったのには梁川さんも当てが外れたことだろう。梁川さんには最近うちの広域開発担当としての君のことを後継ぎとして話してあるんだがね。この男はねえ、自分の相手をこれと見込んだらその会社への一切の窓口をそこ一本に絞るんだよ。相手の組織内の地位や序列、若さなど問題にしないんだ。君ならやれると思うぞ。困ったら陰ながら僕が手伝えることもあるだろう。どうだ、これをテコにしてつまらん特命など遠慮させてもらってまっとうな道で一本立ちするんだ」

「そうしたいです。しかし特命を遠慮するって言っても・・・・・」

「どうなんだ、今年も目標達成が難しいんだろ？　ますますインチキのプレッシャーがかかってくるよな。その時に『広域開発に専念したい。必ず実績を上げます』と啖呵を切ってしまえ。いいか、君は若い。理不尽な上司と大ゲンカするんなら今だ。あとになって自分自身のいい武勇伝になるんじゃないか、ハハハハハ。薄暗い役目は誰かロートルがやりゃあいいだけだよ。そういうのを喜んでやるヤツもいるしな。これからは本当にどうしたもんかと道に迷うことが多くなるさ。そんなときは今の混乱から道を探るのではなく、将来なりたいと思う自分の姿から今を見るんだよ。おのずと答えは浮かび上がってくる。胸張って王道を歩まなきゃな。びくびくして喧嘩もやれないやつらにうらやましがられるぞ。仮に干されようが、ジャンパー着ようが、こうして酒はいつもうまいぞ。ハッハッハッハッハッ」

　まわってきたアルコールのせいもあってその快活な笑い声に何やら腹が座ってきた。

　土方はちらちらと腕時計を見る。

　すると暖簾をくぐって一人の男が入ってきた。

「すまん、すまん、ちょっと遅れた」と言いながら土方の横に空けてあった椅子に腰を掛けた。背は低いが箱のような体にトノサマガエルを思わせるギョロ目の頭が乗っている。

「ああ、紹介しておこうと思ってな。丸興本社人事部の亀岡君だよ」

「亀岡です。よろしく。東京支社が本社に格上げされたんで大阪からの転勤さ」

人事部と聞いて意外だった。

「亀岡君は僕の同期さ。花の三一年組ってわけさ」

「大阪で犬鳴課長の下でしごかれてるんだって？　いいことだ」

何やら人事部にそぐわない豪快な雰囲気の人物だ。

ギョロ目をむいてぐいぐい飲んでたちまち二人に追いつく。

「さっき土方さんに、道に迷ったときは将来の自分から今を見る・・・って言われてなんか目が開いたような気がしてたんですよ」

「おお、土方もいいこと言うねえ。僕もそう思うぞ。若い時に小さい型にはまっちゃうとそれ以上伸びんもんな。相撲と同じだよ。泥だらけになってぶつかりげいこ。小技は後だ。それでなくても知らぬ間に身に付いちゃうからな。ハッハッハッ」

土方が亀岡の盃に一杯注いだ。亀岡は軽く土方の肩に手を置いて清に向かって盃を上げた。

「夏川君、この男なあ、必ず将来本社に戻ってくるぞ。思いっきりやってもらわにゃなあ。おっと、人事部だからって各部内の人事権があるってわけじゃないんだから誤解するなよ」

亀岡と土方、同期ということだが片や出世階段に足をかけ、一方は本流からそれた道に迷い込んでいる。しかし二人にはなんのわだかまりもなく話が回転する。うらやましいと思った。楽しかった。時間があっという間に過ぎた。

亀岡が区切りを入れた。

「ここは土方のおごりだから、一杯返さなきゃならんのでね。俺たちはここで失礼するよ」

土方が店にタクシーを呼びつけて新橋の宿泊ホテルに送ってくれた。

銀座八丁目へのネオンに消えてゆく二人の男。

肩の高さと横幅が凸凹に違う後ろ姿に向かって真っすぐ腰を折って頭を下げた。

翌朝、新幹線の中で眠りなおせばよいと思い、早く起きて東京発の始発に乗った。

昨夜は飲みすぎるくらい飲んだが、よくしゃべったので胃が絶えず動いたせいなのだろう、すっきりしていた。何より、一〇年先を行く同期の桜の男らしい匂いが快く残っているせいだ。なんだか生まれ変わったような気分になっていた。

今こそが自分の出発だとさえ思った。

ふと亀岡が酔うほどに冗談めかして言った言葉が強く残った。

「君なあ、はやいとこ嫁さんもらえよ。家庭を持って仕事と家族にもみくちゃにされてこそ周りもついてくるというもんだ。そもそも丸興にはピチピチした若い娘(こ)がどんどん入ってくるだろ。僕ら人事部員はなあ、地道に学校回って、いい女子を厳選した末に家庭訪問までして入社させるんだぜ。どれとっても間違いないわけだ。ワッハッハッハッ」

（そうだ結婚しよう！）

東京本社から万博見物にやってきてボーリングを楽しんだ大井恵子の姿が頭を占領した。

春の光が車窓にさし始めた。

いつの間にかうつらうらとした眠りに誘われ意識が消えた。

＊

はじめて熊本健軍飛行場に降り立った。草深い殺風景な飛行場であった。

（こんなところから果たして大きなビジネスの芽がふいてゆくのだろうか？）というのがまず第一の印象であった。

土方に紹介された梁川化学は熊本市電の健軍線終点駅からタクシーで数分である。

社長の梁川金男は忙しく、無駄と思われる面接には応じないとのことであったが、土方の仲介によってこの日健軍の本社で十一時に時間をとったとのこと。

きわめて個性的な人物らしく、タクシー運転手、運送業、焼き肉店など様々な仕事、商売に手を出した後、クリーニング取次店を多店舗化することから始めてクリーニング工場の設立に乗り出したと聞いた。

土方は梁川の将来展望に電撃的な感銘を受けたとのこと。

丸興の売り上げにつながるまでにどのくらいの時間が必要かわからないが早いうちからその進捗にピッタリ接近するように言われたのである。

今日は、聞くところの梁川からして、間違いなく人物を検分されに来たようで緊張している。

清は土方とは一〇歳も年齢が違い、いかにも格が違う。一目会ったとたんに、もう来なくてよいと言われるのではないかと不安一杯ではあるが、同時に興味津々（しんしん）である。

（それにしてもどんな人間なんだろう？）

本社はどういうわけか瓦吹きの大きな建物であった。植え込みをめぐらせた広い庭の中央に大きな池が見え、そこに巨大な水車が回っていた。

駐車している数台の車を縫って進み、分厚い木のドアに寄ってチャイムを押す。すぐに三十代半ばと思われるエプロンをした婦人が顔を出した。空色のVネックセーターが健康そうな肢体を彩っている。

「梁川の家内です。お待ちしとりました。どうぞ奥へ」と言ってスリッパをそろえた。

縁側を先に立って広間に入ると梁川と思われる四十がらみの男が座ってテーブルに新聞を広げていた。

「ああ、夏川君たいね。梁川です。土方君から聞いとるよ。まあ座んなっせ」と言って新聞をガサガサとたたみテーブルの隅に押しやった。ポロシャツ姿である。

さっきの夫人がお茶をもってきて二人の前に置いた。

「ああ、家内ですたい。専務ばしとります」想像していた雰囲気から大きく外れ戸惑った。

「たいぎゃあ若っかとねえ。想像外だったばい」と夫人。

「すみません、こんな若造で。今日はすぐに追い返されるんじゃないかと心配してお伺いしたようなわけです」

「ふあっ、ふあっ、ふあっ、土方君の弟分だけん、そぎゃん失礼なこつはせんよ。まあ、わしはそぎゃんやたら人前に出らんけんね」

「恐縮です」一種得体のしれない貫禄と迫力にけおされる。

「わしが構想しとる業んことは土方君に聞いてからここさん来なはったと思おとるけど、確実に進めれば太か商売になるとたい。わしも人生の後半はこの業に賭けとる。若いのは頼りんなかともいえるが、必死に食らいつけば吸収が早か。まあ、どこまでやれるか食らいついてくるこっちゃ。専務、張本を呼ばんね」

たちまち門前払いになるかと危惧していたがすんなりと通行証をもらったような成り行きだ。

廊下をすべるようにすぐ一人の若者がやってきた。

「まず機械開発が丸興さんとの協力関係のスタートたい。この図面ば下地にいくつかの機械システムば数社に試作ばさせてみるたい。わしゃあ、何のかんのするこつがあるけん余り会えんばってん、この張本がそんの担当だけん。大事なつぁ、スピードたい。決めたこつぁすぐやるちゅうとがうちの掟ですけん、この男がよおう分かっとるけん。よろしく頼む。こん人が夏川君だ。名刺ばわたしとくたい」

清はここで初めてハッと姿勢を正し張本と名刺を交換した。

「今後よろしくお願いします。今研修会中なんで今日のところはご挨拶だけで失礼します」

年恰好は清と同じくらいだろうか、歯切れのよい若者だ。

「おおそぎゃん、そぎゃん、研修生の飯時間になるけん。わしら先に食おうや」

梁川は先に立って廊下を歩き、突き当たりの部屋に入ってゆく。広い食堂風のダイニングを大きな食卓が占め、夫人がエプロン姿で盛んに食事の準備をしている。

すすめられるままに座った食卓に煮魚や鶏のから揚げ、漬物が手際よく並べられた。

「さあ、たくさん食べてくださいよ。おかわりは遠慮せんな言うて」と夫人が大きめの茶碗に盛った白米と、湯気の立った豚汁を二人の前に置く。

「ここは本社ばってん、こん前まで太か焼き肉屋ばしよったけん。池に水車があったりして気持ちんよかろお。本社と言うたっちゃ仲間ん研修が主でいつも誰るかが受講しよる。受講とちゅうよりは修行やな。うまい食い物はどぎゃしこでんあるし、寝床も気持ち良かごつ作ってある。『相撲部屋のごつあったいね』と誰かが言うとった。ふあっ、ふあっ、ふあっ」

確かにこの飯はうまい。気が付くとどんぶりに盛られたさまざまな食品がテーブルに乗り、梁川は小皿のそれをとってはいちいち「これはうまい、ほおお、うまかあ」と言いながら飯をかき込む。

「お母さん、富山と長野から持ってきたあれば出しなっせ。最後は茶漬けにするけん」

夫人が、壁際に並んだ大きな食器棚のガラス戸を開けて、どんぶりに入ったイカの塩辛らしきものと青い野沢菜を盛った大皿を梁川の前に置く。

「おお、これや、これや、こらあこぎゃんして食うとたまらんばい」と言って茶碗の飯に茶を注ぐ。

「ほおお、うまか、ほおお、うまか、ついつい食い過ぎてしまうばい、ふあっ、ふ

あっ、ふあっ。あんたもやってみなっせ。こらあ今来とる富山と長野からの研修生の持ってきたものたい。仲間はまだ九州内が殆どばってん、これからは全国から来るもんな。そのたびにみんなそん国ん自慢の食い物を争って持参して来らすとたい。ここでなみんなワイワイ言いながるいろんな土地のうまかもんを愛でながら精を付けるとたい。まあ、自然と連帯意識っちゅうもんが生まるっとですたい。いずれこのエネルギーがこれからこの業の爆発力になっとだけん」

清もついつい食べることに夢中になってすっかりくつろいだ。

「社長は今までいろんなことをやってきたとお聞きしましたが・・・・」

「ああ、いろんな商売ばしてきたなあ。そるこそ若きゃあ時からこの母ちゃんとな。わしはなあ、何ばするにも人と同じようなこつはせんとたい。まだ何にもしよらんだったところ、個人タクシーの運ちゃんばしよってなあ。夜になると熊本駅のタクシー乗り場には行列が出来るとたい。博多や久留米で一杯やって乗り過ごしてくる客はすぐわかる。列に並びながら忙しゅう腕時計ば見てイライラしとるけんな。そこへこの母ちゃんが『福岡に帰る人いませんか？　ちょうど帰る車があるんだけどまとめて乗りませんか？』と言って列の横を歩くとたい。すると中には母ちゃんのおっぱいの太さに目がくらんで、オレもオレもと手を挙げてすぐ集まる。そこで母ちゃんは近くの路肩に停めておいた車でそん人らを高速の入り口まで連れてくるわけや。そこに待っているわしが大型車でまとめて引き取り高速道路を一直線。博多で客を次々おろしたら猛スピードでとんぼ返り。帰ったときはいい頃合いに母ちゃんが次のグループ客を集めて待っているわけだ。よう儲けたとよ。違反ばってんな、実際人助けたい。みんなよう喜ぶ。しかしこれは誰でも出来ん。下手すると同業のワルに袋叩きにされて足腰たたんことになる。そうされないためにはコツがあっとたい」

「どうするんですか？　いったい」

「ふあっ、ふあっ、ふあっ、そらあ企業秘密ばい。があっ、はっ、はっ、はっ」

夫人が、「お父さん研修生の食事の時間ですとたい」

「おお、そぎゃん、そぎゃん、つい良か気分でしゃべりすぎてしもうたたい。これから余り会えんと思うばってんが張本とどんどん進めてはいよ。年恰好も同じだし問題はにゃかろう。専務からわしん名刺ば貰ろうてはいよ」

梁川は、立ち際に容器から爪楊枝（つまようじ）を一本抜きとって口にくわえ、そのまま部屋を出て行ってしまった。

「おーお、忙しいこと。でも夏川さんていいなはった？　会長はいつになく上機嫌でなんかずいぶんしゃべったわね。珍しかとよ。いつもはぶっきらぼうな人ですけんね」

夫人は改めた調子で言った。「今私、梁川のことを『会長』て言うたったとばってんですね、便宜的にそぎゃん言いよっとですたい。あん人はクリーニングばかっじぁのうして、いろんな会社ばしよっとるもんですけん、時たま混乱すっとですたい。そって、こんクリーニングは将来フランチャイズ組織にすっとですもん、みんなそん関係の人たちゃあ『会長』て言いよるとですたい。そぎゃんしとくと、ほかんこつとの区別がつくじゃなかですか」とルールを説明するようにそう言うと、やにわにそばの電話器を上げ、「一台回してはいよ、梁川化学ですたい」と、タクシー会社に配車を命じた。

「すんまっせんね、今日は会長ばかりでのうして、みんな忙しかっですたい。送っていかれんで申し訳なかばってんがタクシーで帰ってはいよ。愛想んのうして、すんまっせん」

＊

清は翌朝犬鳴のデスクに呼びつけられた。

「なんかいろいろ動きまわっとるようやな」

「はあ、土方さんの進めていた新規開拓先を片っ端から回ってます」

「おお、それや、それや。気になってたんやけど、土方の報告が十分でなかったさかいどうなっとったのか調べてみなならんと思うてたんや。ところでもう第一・四半期の仮決算なんだがどうも各地こぞって目標からへこんどる。プッシュ在庫の方の状態はどないやねん?」

「それなんですが、このところ広域開拓の方に忙しくてよく各エリアの動きをつかんでないんですよ」

「なんやて? つかんでないじゃあすまんやろ。また期末になってバタバタはかなわんぞ」

「課長、プッシュでのバタバタは気が乗らないんですよ。僕は本来の仕事に専念します」

「なんやて? 本来の仕事やて?」

「その特命という仕事を解除していただけませんか? こういう特別なことを諸先輩を相手にして僕のような若造がまとめるなんて力不足ですよ。課長の直接指示に従って各エリアマネージャーの責任で進めてゆけばいいんじゃないんですかねえ。僕が真ん中でチョロチョロするなんて課長ご自身もまどろっこしいんじゃないですか?」

突然溜まっている憤懣(ふんまん)に話を向けられたので、土方、亀岡との会食以来腹をくっていたことがとっさに吐き出されてしまった。

「なんやて、そういうのを敵前逃亡っちゅうねん。こんだけおまえに目えかけとるのに。なにを考えとんねん」

「敵前逃亡ですか？」

言葉が続かなかったが、烈しい蒸気が腹に吹きあがる気がした。

思いもよらぬ反抗の気色に戸惑った犬鳴はしばらく口をつぐんでしまった。

その代わりに、みるみる怒りに燃え上がる眼光がジーッと突き刺さってくる。

そのあからさまな圧力に、逆に冷静な空気が腹の中に戻ってくるのが不思議だった。

「課長、特命っていうのは僕もよく納得できないままにやってきたんですよ。エリアマネージャーの皆さんを課長の言うように操ってゆくには僕は力不足です。しかし、少なくとも大阪エリアの分は新規開拓でこれを一掃してみせます。ですからこの全国の在庫操作をまとめる仕事はだれかベテランに代えていただけませんか。僕みたいな青二才じゃ諸先輩も本気で従いませんよ」

「・・・・・・・」

コイツはすっかり腹を据えていると見た犬鳴は、この一件でそんな若造と言い合うのは得策ではないと思い返したのだろう、清をにらみ上げると言い放った。

「わかった。その担当は代えよう。せやけど今自分で言うたことを忘れるなよ。胸張って言うたことやで。それから広域開発はそろそろ実を上げろや。本来の仕事やで」

「わかりました。ありがとうございます。失礼します！」と、大げさに直立し、警察官の礼のように腰を折って頭を下げた。

自席に戻ったが、しばらく何も考えられなかった。皆が恐れる上司に突然逆らったハプニングが思考を停止させてしまったのだ。今になって指が少し震えていた。

トイレに立った。

鏡に映る火照（ほて）った自分の顔に向かって、「よおーーしっ、これで男になった！」と胸の内で叫び、蛇口を開けてざぶざぶと顔を洗った。

＊

一九七三年一〇月六日、エジプト、シリアをはじめとするアラブ軍が先の中東戦争で失った領土の奪還を目指してゴラン高原、スエズ運河に展開するイスラエル軍に対して戦端を切った。戦争の拡大に伴ってアラブ石油輸出国機構が日本を含む親イスラエル国に対して石油の禁輸を断行したことにより原油価格が上昇、ガソリン、灯油をはじめ石油を原料とする工業製品の不足と価格急騰をひき起こした。

日本経済に対する衝撃は大きく、後年「オイルショック」として語り継がれることになる。石油製品の高騰の中で一部商社はそれらの買い占め、売り惜しみに流れていった。

　流言飛語の中でトイレットペーパーを求めてスーパーに長蛇の列ができるなど社会は混乱し、後日、これをエスカレートさせた商社の行動が大きな社会問題となって糾弾される。

　今朝、犬鳴は全国エリアマネージャーを緊急招集し、年来の過剰在庫の扱いと今後の対応について細かな指示を与えていた。終始ハイテンションで口から唾が飛んでいる。

「夏川、おまえんとこの在庫はどうなってる？」

「潤滑油や消耗品はゼロです。系列の問屋も含め全部吐き出すよう指導しました」

「な、なんやてえ。誰の指示や！　千載一遇のチャンスやないか！」

「そうです。長いこともたれてきた在庫一掃の千載一遇のチャンスですから」

「チャンスの意味が逆や。アホか、ものも言えん。おまえはもうええ！」

　特命を断って以来この二年、犬鳴は何かにつけて清に辛く当たる。直属の指揮官とうまくいかない毎日は何かにつけて気持ちの晴れることがない。しかし、どんなにがなり立てられようと、今回、年来にわたって癌のように増長していた不明朗在庫を一掃してしまったことがなんとも爽快であった。宿していた体中の毒素がすっかり排泄（はいせつ）されてしまったようだ。

休憩となって廊下に出た時、名古屋の奥田エリアマネージャーがスーッと寄ってきた。

「夏川君、在庫の一掃は課長に何の相談もしなかったのか?」

顔を近づけ上目づかいにささやいた。たばこのヤニの臭いが鼻を突いた。

「しませんよ。何でですか? 長いこと持て余してきたじゃないですか。思わず、チャンスだ！ と手を打ちましたよ。それに新聞やテレビでも、悪いのは商社の買い占めだ、売り惜しみだ、なんだかんだとまるで悪の元凶みたいにたたかれてるじゃないですか」

「そうか、良く思い切ったと言ってやりたいところだがなあ・・・・、名古屋の数字はでかいしなあ、こっちはそう単純にはいかんよ」

「奥田さんは前から『課長の今のやり方はいかん、まっとうな形にするべきだ』って強く言ってたじゃないですか。今ならたまったプッシュ在庫一掃の絶好のチャンスですよ。誰が見たって」

「他のエリアはどうなんだろうな?」

「もう僕は特命を外されたんでわかりませんよ。今は課長が直接やってるんですから。奥田さんねえ、奥田さんこそが先頭切って膿(うみ)を出すべきじゃないんですか。みんな迷ってるんですから」

いつの間にか奥田を見下げている自分を感じた。広域担当主任の自分だが、なんだか課長補佐クラスにはろくなヤツがいないと不遜な気持ちになっていた。

（さあ、不明朗な在庫一掃！　土方さんに胸を張って報告できる）と晴れ晴れしていた。


そんな中で、清にとって起死回生の一発となるべきは梁川化学であった。

張本との本格的な協力関係が深まっていた。熊本、大阪、横浜などの工場現場に行き、梁川化学の試行錯誤する機械システムについての課題を検討しあった。

「なんか思いもよらなかったえらいことになって、洗剤も燃料もどんどん値上がりですからたまったもんじゃないですよ。社長はかたくなに値上げに踏み出さないし、我々の給料はどうなっちゃうんでしょうね。みんな不安ですよ」

「クリーニングが世の中からなくなっちゃうことはないわけだから。やるべきことを確実にやってゆく以外にないですよ」

「そうですね。・・・・夏川さん、工場のシステムですが、とにかくすべての流れ作業が横に広がることを抑えて、縦方向の空間を最大限に使うようにしたいんです。作業ステップも機材の据え付け面積を小さくするために極力縦型にしたいですね」

「それはよく理解してます。なるべく工場の敷地面積を小さくするためですよね」

「そうです。我々が考えてる工場は極限まで小さく、郊外であろうと都会であろうと全国どこにでも建設できるものです。規模より数です。それとエコですね。夏の工場内の冷房電力節減なんかでも、地域によっては窓を大きく風上に向けてとり、風が吹き抜けてゆく設計にしてます。ほこり対策が鍵ですけどね。工場内の付帯設備、機械の配置は何通りかのパターンを用意して、あらゆる設置環境に応じられるようにしなけりゃなりません」

「いやいや、これまでの設計や試作機を見させてもらってそういうことが色々研究されていることがよくわかりました」

「そうですか。それがすべて洗濯代の低料金とスピード仕上げの二点を実現することに繋がるわけです」

「そうですね、すべてその最終ゴールを忘れちゃいけませんよね」

「立派なことを言ってますが、あまりにも研究課題が残されていて・・・。やってみなけりゃわからないことばかりですもんね。とにかくうちの会長は中途半端を許さないんですよ。この辺でいいかなと思って持って行くと、パッと聞いただけで、『ぬしゃあ、なんば考えとるとかい』って図面でもなんでも破り捨てられちゃいますからね。とにかく動かせない使命のひとつは、『ワイシャツ一〇〇円、朝受けたものはその日の夕方に仕上がり』なんですよ。めちゃくちゃですよ。これを実現できるように懸命に開発している機械、機材なんですが、問題なのは製作工場なんです。いくつか話しましたように今までいろんなところとやってるんですが技術もコストもどうも心もとないんですよ。大事なことは今どんどん改良を加えてゆくことに対する対応力ですね。それとこれが完成した時には一気に発注しますからその製造能力ですね。大手メーカー、小規模メーカー、一長一短で、その両方に乗ってくるところがないですねえ。欲しいのは守秘義務も含め我々に賭けるほんとのパートナーシップなんですよ。丸興さんのグループ会社で何とかなりませんかねえ。それに丸興さんには主要都市に様々なサービスセンター、エデュケーションセンターがあって、これをわれわれに各地での教育施設として利用させていただけませんかねえ。そうして洗剤などの供給網とともに総合的なタイアップが出来上がれば業界にかつてない強力なフランチャイズシステムが出来上がるんですけどねえ」

張本の渇望するところがまさに清の望むところなのだ。

(株)守口マシナリーの存在が切り札のように胸中にある。

(よおおーーし、他部や関連会社も巻き込んで自分の仕事の道を切り拓いてゆこう！)と、むらむらと湧き上がってくるものを抑えきれなかった。

一方で張本との付き合いが深まるにつれて、この同世代の男が自分にはない異質な能力と行動力を備えていることを日に日に実感するようになっていた。

その口から自らの出自や家族について詳しく語られたことはないが、梁川と同じく韓国の生まれであるらしい。梁川の支援を受けて、この業界にはそぐわない帝都工業大学を卒業したという噂を耳にしている。

この男と一つ一つじっくり仕事に取り組んでいけば、一つの業界に革命を起こさせるような大仕事に繋がってゆくかもしれないと予感するのだった。

清は一転、世界に目を向けるようになった。

目の前の課題ばかりにとらわれていてはいけない。広い視野からの展開が必要だと痛感したからだ。以来、クリーニング工場にとどまらず、特に流れ作業の自動化に関連した機械やシステムに関する情報に敏感になった。梁川化学との連携を軸に、守口マシナリーや張本との同行を織り交ぜて世界的な機械見本市、展示会の視察やメーカー訪問を精力的に展開した。

その産物として守口マシナリーの販売網に乗せて取り扱う製品群も広がり、着実に実績を伸ばしたことから、犬鳴にも文句は言わせなかった。

その3

一也が社長になってからのローズマリー写真館はまさに破竹の進撃であった。

戦後のベビーブームによって誕生した若者が次々と婚期に達してゆくことから一九七二年（昭和四七年）には年間婚礼組数が一〇〇万組をこえ、ブライダルビジネスはそのピークに達した。ローズマリー写真館は都内有力ホテル、結婚式場、デパートなどにスタジオを進出し、本館と第二スタジオを合わせ一〇ヶ所に写場を運営するまでに成長した。社員は総勢で六〇名になった。会社は活気にあふれ、ウェディング写真ばかりでなく、七五三、誕生、入学、卒業、成人式等プロのカラー写真を撮りに訪れる生徒、学生、カップル、ファミリーなどなどが引きも切らなかった。

岩淵は、（有）ローズマリー写真館を株式会社に改組して、弱冠二九歳の一也を代表取締役社長とし、自らは取締役会長に退いた。

一方で、躍進するローズマリーの斬新な撮影技術と先進のスタジオ設備を学ぼうとする同業者やメーカーからの見学や講演依頼が絶えず、経営現場から一線を画した岩淵は水を得た魚のように全国を飛び回った。

——吉岡の営業活動は出色であった。有力式場やホテルの専属写真室として常設スタジオを獲得する競争は常勝であった。担当責任者やオーナーにピッタリ取り入って、その家族へも献身的な奉仕を提供することによって心をつかんでしまう術は、ライバル写真館の及ぶところではなかった。

吉岡はその実績によって今や営業全般を取り仕切る常務取締役営業部長となった。

——千代は顔も体もふっくらと丸みがつき、従業員や来館者への心配りも細やかでスキがない。岩淵に付き添って、様々な人物との交流にもなじんだせいかどことなく品格も身についてきた。

経理担当専務であるが仕入れも兼務し、その存在感を増している。

カラーフィルムや現像薬品、アルバム、台紙、撮影機材、消耗品などの卸問屋には整然と論を立てて交渉する。

「あなた、これじゃあ定常値引きだけじゃないの」

「はあ、しかしこれは新製品ですので」

「あら、新製品だろうと何だろうと私んところは全て現金なのよ。毎月二〇日締めの当月末現金払いで一度も遅れたことはないわよね」

「いや専務、ローズマリーさんとこはいつも最優遇ですんで」

「それならいつもの値引き率にしてよ。だって今は預金金利は五%だったかしら。あんたんところは現金で入れればその分資金の運用もできるじゃないの」

額にうっすらと汗をにじませる相手に一拍おいて続ける。

「私んとこなんて一流写真館さんに比べたらまだまだなんだけど、コストが高くちゃ大手さんに勝てないの。コストが安くなった分はみんな私たちの懐に入れちゃうんじゃなくて出来る限りお客様に還元して信用を得てるのよ。うちが大きくなればなるほどお宅も売り上げが上がるじゃないの」

ここからが千代の上手なところで、やにわにトーンを変えて穏やかに言うのだ。

「それにね、私はある大手さんみたいに条件によってしょっちゅう仕入れ先をコロコロ変えるなんてことは性に合わないの。わかってるでしょ。商売は長いお付き合いの中で売る方も買う方も両方が伸びてゆかないとね。銀行さんとの取引もそう。うちは創業時にお世話になった城台信金さん一本で、いろんな銀行さんから手をかえ品をかえいい話を持ってくるけど天秤にかけたことなんて一度もないのよ」

「わかりました。専務にはまいりますよ。おっしゃる通りにしますからこれからもよろしくお願いしますよ」

「ありがと。さすがだわ。この新製品はすぐにテストして、良い作品が出来れば岩淵が今年の全国大会で大いに宣伝のお役に立てるような講演をすると思いますよ」

問屋が尻尾を巻くようにしてそそくさと帰ると、理津子がテーブルのお茶をかたづけに入ってきた。

社員は千代をみな「専務」と呼んでいるが、理津子はいつのころからか愛嬌をこめて「おかみさん」と「専務」を使い分ける。手際よくテーブルをふきんで拭きながら、

「おかみさん、お上手ですね。脅したり、ほろっとさせたり。とても誰にも真似ができません」

「あら、褒めてくれたらしいのはいいけど、脅したりっていうのは、何よそれ」

「だって、いろんな問屋さんがおかみさんのところに来るけど、みんな帰るときは同じ顔をして出てくるのがおもしろいんです」

「何よそれ、どんな顔なのよ」

「うう－ーん、なんか、空気が抜けてしまったっていうか、毒がなくなっちゃうんですよね」

「あら私は吸血鬼じゃないわよ」

二人が声を合わせて大笑いする。まるで母娘のようだ。

「ところで、理津子ちゃん、あなたいくつになったの？　確かもう二六よね」

「そうですけど、悪いですか？」

「うー－ん、そうじゃなくて、そろそろねえ。いいお年頃ってこと」

「あら・・・・・」

「誰かもうお付き合いしている人でもいるの？」

「いませんよ、そんなの」

「そうなの？・・・・いやね、私ももうトシだし、そろそろあんたにおかみさんやってもらえたらねえ・・・・と思ったのよ」

「そんな・・・、何を言ってらっしゃるんですか？」

不意を突かれた理津子の隠しきれない動揺が手にしたお盆に伝わった。

＊

一也は今日は吉岡から鹿鳴記念館の綾野社長の接待に引っ張り出されている。どうしても出ていかなければならない大手クライアントの接待はたいてい会長の岩淵が受け持っているのであるが、いつもというわけにはいかない。一也が吉岡に注文を付けている。

「社長はよんどころない所用があって途中で失礼させていただくと言っておいてくれよ」

吉岡は心得ていて、「わかってます。社長はあんまり派手な女がチャラチャラいるところは好きじゃないですもんね。今日はちょっと顔を出してくれるだけでいいですよ。今回は私だけじゃ恰好がつかないもんで。うまくやっておきますから適当にお帰りください」

「ああ、頼むよ。綾野社長も君と二人だけの方がのびのびしていいだろ。思いっきりきれいな姉ちゃんがいるところへ連れてってやれよ」

「今日はちょっと広小路で寿司をつまんだ後、銀座のカトレアに連れて行きます。軍資金の方はよろしくお願いします」

「どこでも行けよ。俺は貧乏が身に染みてるからな、焼き鳥屋がいいよ。そういうところなら朝まで付き合うぜ。じゃあ、最初の寿司屋だけでいいな」——

そんな段取りだったので、八時を回った頃であろうか、一也は二人から早々に退散して十王駅間近にある小料理屋の前でタクシーを降りた。ぽつぽつと小雨が降り始めていた。

ここは料理が口に合い、仕事が遅くなったときはよく立ち寄る馴染みの店なのだ。べらんめえ口調の大将の気っ風がいいし、京美という若い娘がよく笑う。ここに来る以前は池袋のスナックにいたという。ここで三人と掛け合っているとついつい時間を忘れる。

良い頃合いで店を出る時はちょっとしたおかずを添えた握り飯を夜食のお土産にし

てもらうこともある。

　京美は時に、「沢井さん」と呼んだり、「社長さん」と言ったりして雰囲気を使い分ける。

　調子に乗ると「一也さん」「かずちゃん」などと友達言葉で呼ぶときもある。

　いつでも居心地が良く、一也には似合わない軽口も出る。今日はきちんとネクタイを締め、濃紺のスーツを着ていたせいか、

「あら社長、今日はどちらからのお帰り？」

「ああ、銀座のクラブだよ」

「あらあ、そんなとこ、うそっ！　堅苦しいお客様から退散してきたんでしょ？」

「そんな野暮じゃあねえよ。きれいな姉ちゃんにとり巻かれちゃってね、シャンパンをバンバン抜いちゃったよ。だけど京美ちゃんの顔見て飲むビールの方がなんぼかうまいけどね」

「またあ、無理しちゃって」

　大将が口をはさんだ。

「ハハハ、社長いくつになるんだい。そろそろ三〇になるんかい。男だったら女の二人や三人色々あるってことよ」

「やめてくれよ。まだ二九だよ。三十男とは全然違うからねえ」

そんな調子で始まっていつの間にか一〇時を回ってしまった。

京美は一〇時で勤務終了だ。

「あらずいぶん雨が降ってきちゃったわ。アパートまで送ってあげるわ」

と奥から傘を一本持ってきた。

オヤジが、「ああ、もう一本持ってけよ。今度来た時返してくれりゃあいいからよ」

「いいの、私一度一也さんと相合傘してみたかったの」

「ええっ、人が見てたら恥ずかしいよ」

一也は、（そんなところを理津子に見られたら・・・）と一瞬戸惑ったのだ。

このごろは何かにつけ理津子のことが頭から離れない。就業時間中は従業員に内心を気取られてはならないと、彼女に対してはことさら仕事本位に扱っているが、いつもその存在にとりつかれている。――

「てれない、てれない。さあ行きましょ」

「おいおい、独身社長をたぶらかそうってのか？」という大将の笑い声を背中に外に出た。

傘を持つ一也の腕に京美がすがって頬を乗せてくる。

一也のアパートはここに来た時に入居したままだ。岩淵と千代にいい加減もっといいところに引っ越せと言われているがどうにも面倒くさい。

左半身が大分濡れてアパートに着いたが、京美は二階への外階段を一也の腕に重みをかけたまま一緒に上る。二階の自室ドアの前についた。

「社長っていったって、こんなボロアパートだからな、笑っちゃうだろ?」

「ううん、一生懸命働いてる一也さんて素敵よ」

「またまた、その気にさせるなよ。気を付けて帰れよ、ありがとう」

京美は一つ隣の駅だ。ここで別れることに未練たっぷりに、「あらあら、すっかり濡れちゃったじゃないの」と言いながら一也の肩から下へとかいがいしくハンカチではたたいてゆく。

突然、階段を上がってくる音がした。ほの暗い廊下通路に女の姿が現れた。寄り添う二人の姿に驚いてつんのめるように止まって硬直した。

「あっ、理津子」

理津子はハッと固まった狼狽のままに小さな声を出した。

「すみません。おじゃまして・・・・・」更に二人を見たままで動けない。

京美が一也に視線を切り返して、「あら、まずいタイミングだったわけなのね」

一也はほの暗い理津子の姿の正面に向き直り、目をそらさない。

なんとも歪んだ間の悪さを京美が断ち切った。

「じゃあ、おやすみなさい。また来てくださいね」

階段を速足で下りてゆく。

「ごめんなさい・・・・・専務に、帰る時これを渡してくるように言われたんです。問題があれば電話をするようにって言ってました。まだ帰っていなければ新聞受けに入れておけばいいからって」

大事なことを告げるように言い足した。

「鹿鳴記念館さんへの見積書なので中に専務のメモが入れてあるそうです」

一也が無言で茶封筒を受けとった。

「じゃあ、帰ります。おやすみなさい」

パッと踵(きびす)を返すと、コンクリートの廊下を小走りに走って階段に消えた。

ヒールが金属にたてる高い音が階下に落ちていった。

予期せぬ出来事を飲み込む間もなく立ちすくんでいた一也に何かが突然点火した。

黒豹のように階段を二段おきで地面に跳ね下だって前を見た。ほの明るい街灯の下を走ってゆく黒い影。大きな声で呼び止めてたちまち追いついた。

傘の柄を両手で胸のところに持って向き直った理津子の目が大きく見開かれていた。

「どうしたんだ。こんな晩い時間に」

弾む息のままに更に空気を吸い込んで大きくはいた。

「今晩は会長の新しいマンションで晩御飯をご馳走になったんです。帰りにさっきの用を言いつかって」

「ありがとう」

小糠のように降る雨の中にきりりとした強いまなざしが透ってきた。

一也はそれをはねつけるように、自分でも思いのほかの唐突なセリフが飛び出した。

「こんな晩くなって用を言いつけるなんて無茶苦茶だよ、なあ。――今度の日曜に映画を見に行こう。日比谷のスカラ座で。前から君と行きたかったんだ」

前髪を伝って雨滴が落ちた。

「・・・・・」

「いいね？」と力強くかぶせた。

「はい。・・・・・濡れちゃうわ」

傘を前に差しかけようとした。

「おやすみ！」

弾むように体を反転させてアパートに走った。

銀色に煙る雨の夜気に金木犀（きんもくせい）の甘たるい芳香が漂っていた。

一也は三〇歳になると同時に理津子と結婚した。

千代はこれまでの変転に思いを巡らし、その感慨と喜びはたとえようのないものであった。

＊

おりしも第四次中東戦争が引き起こしたオイルショックによる物価高騰に社会は騒然としていた。連日大手商社のコメ、砂糖などの物資買い占め、売り惜しみが国会や省庁において連日糾弾されていた。

理津子は新婚早々そんなパニックに踊らされ、千代と交互にスーパーに立ち並んでトイレットペーパーや生活物資の買い出しに走ったり、社内消耗品の調達、整理に奔走するといったスタートになった。しかし、そんなのちのちまで語り草になる二人の結束が、その後の社内業務システムを協力して進化させてゆく大きな力となった。

五年が過ぎた。——一也、三五歳の若き経営者を取り巻く市場は年々加速的に変容してゆく。

戦後のベビーブームによって膨張を続けた婚礼組数も一九七二年をピークに年々少しずつ下降線をたどる状況になり、業界の競争はにわかに激化してゆくのである。

＊

一也は吉岡常務の報告を聞きながら、「ふざけた話だ」と呆れかえっていた。

「それで、西浦の言う金額はいくらだって？」

「四五〇〇万です」

「なんだ、それは。どこからそんな金額が出てくるんだ？」

「今の権利金相場だと五〇〇〇万だが、一緒にここまでやってきたローズマリーさんだから四五〇〇万なんだということです。いろいろなところが契約したいと言ってきているそうですが、『お宅が嫌なら老舗の本所写真館が無難だろう』などと言ってます。いずれにしろ社長に出てもらいませんと・・・」

「しかし、あいつはこれまでいろいろ我々が面倒見たからこそやってこられたのに、今はなんだってえ、ブライダル部長ってか。笑わせるよなあ。急に偉そうに今までの権利金を九倍にするってんだろ。無茶な話だよなあ。呆れるよ」

「部長が言うにはこの間都心に進出した航空会社のホテルの専属スタジオ権利金は一億っていうことです」

報告する吉岡も、聞く一也も、昨今のホテルや婚礼式場の、専属写真室に対する高圧的な要求に危機意識を募らせるのである。

吉岡の一番のストレスはラ・ベルフォーレである。豊島区に本拠を置き都内を中心として関東圏一五ヶ所に婚礼式場を展開しているが、ローズマリーはそのうちの八ヶ所にスタジオを設営し駒込写真館の七ヶ所と分け合っているのだ。

ローズマリー写真館の先代からの取引であるが、その昔は華姫殿（はなひめでん）と称し、大した規模ではなかったが駒込の好立地にあった。

代々の土地っ子である鈴森庄蔵という男が所有の遊休地を売却した資金で、流行りのウェディングホールに模様替えし、社名もそのイメージに合うように今のようにネーミングしたものである。ラ・ベルフォーレ、通称ベルフォーレとはオーナーの鈴森の名をもじったものであるが、これが時流に乗って急成長した裏には岩淵のスタジオ写真人気の貢献が大きかった。

鈴森はこの式場もさることながら数か所に貸しマンションを所有している資産家であるのをよいことに、ベルフォーレは番頭であった西浦を支配人として実業の全てを任し、あちこちに女を囲う艶福家（えんぷくか）の御身分である。自然ベルフォーレは西浦のやりたい放題となっている。

吉岡はちょうど今、ベルフォーレの今春の挙式予定について担当者と打ち合わせが終わったところである。商談室から廊下に出たところで西浦と出くわした。

（いやなタイミングでぶつかったなあ。いや、今日打ち合わせに来るのを知っていて俺をつかまえようと思ってやってきたんじゃないのか？）悪い予感がする。

「ほほ、これは吉岡常務。春の打ち合わせですかな。どうです大繁盛でしょ。まあせいぜいお稼ぎなさい。ああ、言おうと思ってたんですがね、来週の日曜日の橘家の婚礼写真なんですけどね。ああいう名家ですからね、昔からの御指名の写真師がいるんですよ。ところがその写真館が遠いもんでね。ちょっとその撮影にお宅のスタジオを貸してあげてくれませんかなあ。困ったことで、たびたびこういうことがあるわけなんでお断りしてるんですが、御両親がね、『一生に一度の婚礼写真なんでどうしてもその写真師で』って譲らないんですよ」

（クソ、またか）と歯噛みするもののこれを受けておかないと駒込写真館との仕事配分でどんな理不尽をかぶせられるかわかったものではない。

「支配人、専属スタジオとしてはそれはお受けできないことは重々ご承知いただいていると思うんですが・・・これを限りにしてくださいよ」

「フフフ、よく分かってるよ。しかしこの家ばかりはお好みに従わないわけにはいかないでしょ。鈴森会長のコネとはいえ、うちみたいなところをお選びいただいたんですからなあ。どれだけ大変だったかお察しくださいよ。ふつうはもちろんはっきりお断りしてますよ」

魂胆は見え透いている。こういった大口のお客に自分の息のかかった写真師を引っ張ってきてわずかな下請け料金で仕事をさせ、差額を裏金にして自分個人の懐にがっぽりやるのだ。

（橘家御指名の写真師なんているわけねえじゃねえか。全くうす汚え野郎だ。この間のバカ息子の誕生日だってことで箱根のホテル宿泊券を贈らされたばかりなのに礼のひとつも言わない。どういう感覚なんだ？）

「ああ、それからねえ、社長さんに今日こちらに来ていただける時間は一〇時でしたねえ。確認しておいてくださいよ。ちょっと大事な話がしたいんだけどね」

（まだ何か企んでるのか？　最近ますます図に乗ってるな・・・・）

「お宅の社長さんすっかり偉くなっちゃってこのところとんとご無沙汰だねえ。駒込さんは気さくに良く来るよ。堅苦しくアポ取らなくったってそれが何事も阿吽のコミュニケーションに繋がるってわけですよ」ねめあげるような薄笑いに吐き気がする。

西浦は数年前、大小一〇〇社ほどある仕入れ業者に「ベルフォーレ友の会」なる親睦団体を立ち上げさせている。ローズマリーは先代から続く取引が古いことから一也はその会長をいやいや引き受けさせられているのである。

小ずるい西浦の「友の会」設立の目的は、何かにつけて仕入れ業者から寄付、賛助金、祝い金などをむしり取るについてその効率を上げることなのである。

一也は、今日は吉岡を通じて西浦に呼び出されている日なのだ。

虫の良い無理難題を吹っかけようという魂胆がうかがえるいつものパターンだ。最近とみにこれがエスカレートしている。朝目覚めたときから憂鬱である。

西浦の顔が昨日から瞼の裏にこびりついている。浅黒い丸顔で真ん中の低い鼻に二つの鼻孔が黒く上を向いた見るからに卑しい面相である。

不承不承約束の一〇時にベルフォーレ本館に行くと、花柄スカーフに紺のユニフォームを身に付けた受付嬢が柔らかな丁寧な応対で、西浦支配人は二階の支配人室でお待ちだという。その部屋は本来社長室であったが、鈴森はめったに出社しないので支配人室として西浦が使うことを許されている。

秘書兼務の女子事務員に丁重にハーブティーを出されて西浦とローテーブルを挟んだ。

「どうです。うちの受付嬢は全然雰囲気が違うでしょ。お客様が我々と最初に接触するのは受付なんですが、我々のお客様というのは様々な質問を胸に抱いて来られるんですよ。式次第や、披露宴、料理、引き出物、もちろんあんたんとこの写真室ね。まあそれぞれ専門がありますんでね。まずはお客様のご用件のポイントは何かということを最初にパッとつかむことが大事なんですよ。ですからね、うちの場合は普通の受付嬢なんて思わないでくださいよ。レセプショニストっていうんですわ。そんなもんで、幅広い知識を身に付けさせるためにずいぶんな研修経費をかけてるんですよ」

話のトーンは猫なで声で非常に柔らかい。こういう時はとんでもないたくらみを腹に抱えているのだ。

(何を気取ったこと言ってやがるんだ。早く言いたいことをはきだせよ。聞きたくねえけども・・・・・)と胸の中で毒づいている。

西浦は更に最近の婚礼式場の競争動向をあれこれ話し、「次々と新たな投資が大変だ」と話を回してきた。

(さあ、来たぞ・・・・・)

「そこでなんだけども、近々南館の方を大改装しなきゃならないと思ってるんですよ。半端な投資じゃないんでねえ」

「・・・・・・」

「まあ、これはお取引先の皆さんの繁栄にもつながることなんでね。どうだろう、友の会として会員さんから相応の寄付を集めてくれんだろうかね」

(またか――――。やれ三〇周年記念だ、お客様感謝デーだ、広告協賛だ、などとそのたびに手を替え品を替えこの類の話が多すぎる。もうたくさんだ！）

「寄付ですか？　それはちょっとややこしいですよ。税金とか取引金額の兼ね合いだとかお互いに面倒です。会員といったって取引形態や経理処理は各社各様ですしね」

「そうかね。一口一万円として取引金額に応じたガイドラインをあんたんところで作ってもらえたら考えやすいんじゃない？　寄付なら無税でしょ？」

「そうはいきませんよ。むやみな理由じゃ交際費ってことにもなるんじゃないですかね。その場合は有税ですよ」

「君ねえ、面倒なことはそりゃあどんなことにもつきものだろうけどもねえ。あんたにはコミッションを払いますよ」目元と口の端がにやりとゆがむ。

「とんでもないですよ。それでなくても何かといつも支配人のご意向を取りまとめるもんだから会員さんからは痛くもない腹をあれこれさぐられてるんですからね」

「痛くもない腹って、あんたんところとはもうかれこれ三〇年にもなる付き合いなんですよ。皆さんがあんたを頼りにするのは当たり前じゃないの」

　西浦はやにわに背を伸ばし威圧するように言い放った。

「仮に最低一〇〇口、百万円ということなら無理ない金額なんじゃないですか？」

　一也はいい加減我慢も限界に達していた。

「考えさせてください」

ハタと思い直して毅然として言い放った。

「いや、はっきりここでお答えしておいた方がいいですね。正直言ってこの話は乗り気になれません」


その翌々日であった。吉岡がこわばった顔で事務所に帰ってきた。

顧客ファイルを整理している一也のデスクに直進すると、

「社長、ベルフォーレさんなんですけどね・・・・・」

既に予想していたように一也が顔を上げる。

「取引条件の変更を言ってきました。――それがもう一方的なんですわ。一昨日西浦支配人となんかあったんですか?」

「まあな」

「ベルフォーレのマージンを四〇%にして約手サイトを九〇日にしてくれっていうことです。南館を全面改装して積極展開するので協力してくれと。うちはこれまで二〇日締めの翌月一〇日起算六〇日約手でもらってますからねえ。撮影日から大体一〇〇日後の入金ですよ。これを呑めば一三〇日後になっちゃう。そこへもってきてこれまでの彼らの取り分三五%を四〇%に上げろっていうんですから、無茶苦茶ですわ。

『いやなら契約解除で結構ですよ。駒込写真館さんがほんとに喜ぶだろうね。急とは言わないからよく考えて一週間以内にご返事を下さいや。どお？　紳士的でしょ？』

などとうそぶいてますが、あの尊大な態度、ほんとに腹立ちますわ」

「返答しないでいいよ。ほっときゃあいいよ」

「ほっとくってどういうことですか？　私の苦労もわかって下さいよ。何かと顔を合わさなきゃならないんですから」とつい愚痴が出た。

「それよりちょっと頼みがあるんだけども、これまで君が西浦から個人的に強要されたことが色々あると思うんだけど、よく思い起こして小さなことから大きなことまで期日別に箇条書きにしてくれないかなあ」

「そりゃあ上げたらきりがないですけども、接待やワイロまがい、それに女とのトラブル解決。主なものは報告してますけども、いちいち社長にご注進も能がありませんから私のところで何とか捌いてきたこともたくさんあります。しかしそんなものどうするんですか？」

「もういい加減限界だろ？」

「はい、しかし、とは言っても何しろ一番の取引先ですからねえ。年間七〇〇〇万はありますもんね」

「今、専務に、ヤツに使ったこれまでの交際費、広告費や会費名目の何だかわけのわかんないもののすべてを書き出してもらってるんだけど、君からの資料と合わせてまとまったところでいつでも会うさ」

「ええーーっ、なんだか嫌な予感がしますねえ。穏便に願いますよ。僕はずっと我慢してきたんですから」


西浦から一也に直接電話がかかった。一週間を過ぎていた。

「なんだか逃げまくってるみたいだけど、あんたらしくないねえ。この間吉岡常務さんに言っておいたんだけど返事がないのは了解したってことでいいんですね？」

「ああ、これは支配人。ちょっと野暮用が重なってましたんで忘れてましたわ。いつお伺いしましょうか」

「忘れてたぁー？　ちょっ、ちょっと、今なんて言ったの？　耳を疑いますねえ」

少し絶句してから、「今から来なさいよ！」甲高い声とともにガチャンと電話が切れた。


ベルフォーレの支配人室で向き合った。吉岡を帯同している。

西浦のゴルフ焼けの浅黒い額に動脈が浮いて、怒りを押し殺している。

「あんたねえ、『忘れてた』ってのは、そこの吉岡さんからよく報告を聞いてなかったってことかね？」

「いや聞いてますけど、何か追加することがあれば今おうかがいしますが」

「日頃私から逃げまくっていてここに来ないいんじゃ話もくそもないじゃないの。言っておくけど駆け引きはないですよ。こんな言い方は私らしくはないんですが、いやならご自由にどうぞ」怒りが噴火したように傲然と吐き出した。

「出て行けってことですね。わかりました。しかし、お言葉に従うとしたらいろいろ清算しなきゃならないことがありますねえ。手短にお話ししましょう」

「ほおー」西浦は思ってもみなかった反応に顎を上げ、一瞬面くらった体。

「まず一番の案件は敷金の返還ですね。売り上げに対する高額なマージンに加えて権利金が設定してありますので敷金は解約時に全額返還というのが先代からの契約ですよね？」

「・・・・ふーーん、出てくんだ・・・・・。しかしそれは契約書にあるだろ。解約の日から一〇年返還てことで明記してあるんじゃないの」

「それはこちらからの申し出の時であって、そちら様の都合で『出て行け』ってことですから、即全額返還ってことだと私は理解してるんですけどね。昨年強引に加算されましたから全スタジオで五五〇〇万ですね」

「バカな！　おまえさんとうちの関係でそんな解釈が通用するわけないだろ」

「そうですか。それでは先ほど色々清算の話が出ましたけど、お客様の引継ぎとアフターフォローも含めて後釜の駒込写真館さんに申し送りをしておくことがありますね」

「何を申し送るんだ。駒込は機材も何もそっくり新しくするだろ。全部持って帰りなさいよ。全然問題はないよ」

「いやね、そんなことは駒込さんとの間で合理的な方法で引き継げますよ。出ていけっていう限りは機材、備品は一切お宅で買い取ってくださいよ。そんなことより一番の申し送りは支配人、あんたのことですよ」

「な、なんだ、そりゃあ・・・・」

「なんといっても駒込さんにとってはうちと支配人さんとの関係が一番の関心事になると思いますんでね。西浦さん、まあ、これを見てくださいよ」

といってA4サイズのペーパー三枚をテーブルにパサッと軽く投げおいた。

「年月日を追ってなるべく簡単に箇条書きでわかりやすくしてあります。表にした方はやはり日付毎に、金額と使用目的を書き出したものです。うちの帳簿に記載されている通りです。少し時間をいただければもっと詳しく書き出せますけどね」

西浦はいかにも大儀そうにペーパーを手に取ると脚を高々と組んで紙面に目を落とす。

しばらくするうちにみるみる表情が険悪にこわばってくる。

「なんだこれ、みんな私がらみなのか？　そうだよな？」

「がらみはもっとありますけども、それはみんな西浦さん直接の記録ですよ。広告費はあなたに言われた通りの名目が書き込んでありますが、中にはその実態があいまいなものが相当ありましてね。実は税務申告でずいぶん否認されてるんですよ。ベルフォーレさんにはご迷惑が行かないようにー何とかうまく処理してるんですがね。それから交際費ですが、ただ単に『ベルフォーレ西浦支配人様』とだけ書かれているのは、あんたが勝手に飲み食いして付けを回してくるものです」

西浦は懸命に平静を装っているが不意を突かれて動揺が隠せない。

「これがどうかしたのか？　別におかしなことは何もないいんじゃないの？　どうするんですか？　こんなのもの。いったい何を言いたいんですか？」

「ですから駒込写真館さんへの引継ぎ情報ですよ。駒込さんにとっては結構大事な情報だと思いますよ」

「なんだってえ。そんなやり口聞いたことないわ」

「ああそれから、これは鈴森社長にもお会いして、これまでお世話になった締めくくりの報告資料として提出させていただきます。うちの岩淵会長と鈴森社長はなんといってもベルフォーレ立ち上げの戦友ですからね。うちの会長としてもここを出ていくからにはちゃんと御礼を申し上げたいでしょうし。鈴森社長もすっかり西浦支配人に任せっぱなしで現場のご苦労を知らないことも多いと思いますんでね、いい機会ですよ。うちの会長が久しぶりにお会いしたいと言えば鈴森社長もきっと喜ぶと思いますけどね」

「・・・・・・」

鈴森の名が出たとたん額に玉のような脂汗がドッと噴き出た。予期以上の反応だ。

一也は顔を西浦の鼻先にゆっくり近づけ、一段トーンを落とした声を吹き付けた。

「西浦さん、ローズマリー写真館を見くびらないでいただきたい。私たちはねえ、あんたみたいに幕の向こうの虎の威を借りて小細工している薄っぺらな手品師じゃないんですよ」

「・・・・な、なんだ、脅してるのか？　恐喝か？」

二人を凝視（ぎょうし）する吉岡が硬直し、指が震えている。

「恐喝？　何だかわかりませんが、うちがそんなことするわけないじゃないですか。追い出されるにあたっての清算と引継ぎの話でしたよね」

「・・・・・・」

「清算金ということでは、敷金の返還を契約通り解約と同時に全額返還をお願いしているわけです。後釜の駒込写真館さんからは当然権利金と敷金が入るんでしょうからベルフォーレさんは何も傷がつかないじゃないですか。いや、また高くしてふんだくればいいだけのことでしょ？」

「わ、わかった、せっかくここまで仲良くやってきたんだ。最後は紳士的にやらないか」

一也を見る目に一変して哀願の色が宿っている。完全に腰が引け、なんだかかわいらしく映る所作になっている。


帰りの自動車のハンドルを吉岡が握っている。一也が助手席にいる。

「社長、西浦の慌て顔には胸がスカッとしましたよ。玉の汗って言いますけどほんとに突然吹き出しましたもんね。笑っちゃいそうでしたよ。しかしどうしますか、この売り上げの穴埋めは」

吉岡には一也が最初から腹を決めてベルフォーレにやってきたのはわかっていたが、何やらそれ以上に強い決意を胸に秘めているように思えたのである。

「今日はローズマリーが新しい転換へ舵を切った記念すべき日だよ」

「どういうことですか？」

「もう婚礼式場の下請けなんぞやめようぜ。俺たちは写真のプロだ。ウェディング写真撮影の殿堂を作るんだよ」

「殿堂？　それってどういうことですか？」

「結婚式で一番大事なものって何だと思う。後々にまでずっと残る写真じゃないかと思うんだよ。だから式を挙げるお金がないんだけども記念に二人の写真だけは撮っておきたいっていうカップルが時々本店に来るじゃないか。この間、テスト撮影用の衣装を貸してあげて撮ってあげたらしいんだけど本当に感動してたって報告があったよ。世の中にはお金の都合ばかりでなく、急な転勤、家族や親戚その他との折り合いで式を上げられないってケースがたくさんある。だけど写真だけ撮っておけばそれは二人にとって後々すごい宝物になる」

「しかし、衣装をどうするか？　とか、チャペル、神前とかでの写真は撮れませんよね？」

「みんな作っちゃうんだよ。写真専用だから実物より写真映えするように造作する。言ってみれば映画のセットだよな。衣装は貸衣装を自前でストックする。好きなものを選んでもらうんだ。貸衣裳屋と提携できればなおいいかな。このシステムをいろいろな方法で積極的に宣伝するんだ。おそらく様々なケースのカップルが沢山スタジオに来ると思うよ。なかには結婚式を挙げられなかったけれどもそんな素晴らしいウェディング写真が撮れるんなら是非お願いしたい、なんてケースもあるんじゃないか」

「なるほど・・・」

「その写真が手ごろな料金で素晴しいものだったら、やがて二人に子供が出来て、誕生日、お宮参り、七五三、入学、卒業記念とどんどんつながってゆく。会員制にするのさ。それこそ二人のファミリーフォト&ヒストリーがその殿堂から生み出されるってわけさ。成功へのカギは宣伝だな。色々な考えが膨らんでくるよ」

「なんかいけそうですね。しかし・・・・・」

「しかし何だよ」

「チャペルまで作っちゃうって言っても、その殿堂を作る資金とか場所とか・・・・」

「これから次々に婚礼式場とのスタジオ契約を解約していけば敷金が回収できる。城台信金さんだって協力してくれるよ。ま、中途半端な資金じゃ挫折しちゃうけどな。甘くはないと思ってるけども今はそれを先に考える場合じゃないよ」

「なるほど。そうなればもう奴らに上前はねられなくて済むし、夢がありますね」

「それに、これまでカラー現像所に出してる現像とプリントも設備を導入して技術者を育てて、みんな自前でやるようにもってゆきたいね」

「婚礼、ファミリーフォトの一貫生産ですね。しかし、やっぱり、婚礼式場にくっついてるのと違ってほんとにそんなにうまくお客さんが来てくれますかねえ？」

「しかし、しかしっておまえ。チャレンジだよチャレンジ。三年がかりで、世間の人がこれまで見たこともなかった、どこにもない形を創り上げるんだよ。あのな、夢の描き方が足りないから現実の障害が気になるんだよ。もっともっと構想を膨らませればそれがエネルギーになるんじゃないの。描くのはタダだもんな」

　ここまで言って少し厳しい口調になって追加した。

「そうはいっても投資するには無駄なものをセーブしたり不要になるものを思い切って切り捨てていかんとね。この際だからあえて言っておくけど、おまえだってこれまでの営業スタイルからの体質を転換していかなきゃならないと思うぞ。最近はなんだか色々派手になっているように思うんだけどな」

「えっ、色々って、そうですか？」吉岡は不意を突かれたように動揺した。


　一也は自らの着想が革新的な世界を開くことを予感した。

　それは家業に毛の生えた古い写真館から、誰もが描けなかった新時代のビジネスモデルへと架かる大きなアーチなのだ、と。――

（それには、なんとしてもあの人物に会わなければならない）と日に日に思いが募った。

　しかし、あれから一〇年もたってしまったのだ、果たして元気でいるのだろうか？　健在だとしても覚えていてくれるだろうか？　という危惧が先に立った。

＊

一也は一〇年前、工兵隊の台地に行った帰りに館野に会った時のことをつい昨日のことのように思い出しながら歩いた。

坂道を登り切ったところから長く続く白壁の練塀(ねりべい)に、（これか！）と驚嘆していた。石積みの基礎に漆喰(しっくい)の長壁、その天端(てんば)が瓦葺きになった塀が五〇メートルほど続いている。その内側に武家屋敷風の平屋の屋根が鬱蒼(うっそう)とした樹木に埋もれて垣間見える。塀の中ほどに立派な数寄屋門(すきやもん)が現れた。

しばらくその門の前にたたずみ、大木の梢を見上げてから一呼吸おいてチャイムを押した。

インターホーンに名を名乗って来訪を告げると初老かと思われる女性の声が流れ出て、

「お待ちしておりました。ただいま参ります」と返答があった。

しばらくすると軽やかな下駄の音がして一人の老女が千本格子の戸を開けた。

「館野の家内でございます。お待ちしておりました。どうぞどうぞ」と邸内に先立つ。

端正に刈り込まれた植え込みや大木にいちいち驚きながら、案内されるままに屋敷に上がり長い廊下を渡ってゆくと、客間と思われる広間に行き着いた。

座敷に上がって庭に目をやった時、大きな池が広がっていることに更に驚いた。

一人の小さな老人が黒檀（こくたん）の大きな座卓を前にして座っていた。

茶の作務衣（さむえ）を着た館野であった。

先日来「どんぐり」に通って店主との旧交を温め、この老人が健在であることを確かめていた。店の主人は喜んで老人との再会の労をとってくれた。

すぐに連絡がついたが、自宅に来てくれとのことで、住所と道順を聞いてここに来たのである。十王の駅から高台に二十分ほど歩いたところであった。

こちらの方角に来たことがなかったのでこんな広大な屋敷があるとは思わなかった。来てみて、「どんぐり」の大将が「まあ、行ってごらんよ。驚くことになるよ」と笑っていた意味が今わかった。

「しばらくですな。いやいや忘れずによく来てくれましたな。さあそちらにどうぞ」と床の間を背にした上座をすすめられた。

驚きと恐縮で夫人の運んできた緑茶と茶菓子を前に身を小さくして座ったが、何から話してよいかわからない。

「すみませんなあ、横着にこんなところにまでお呼びたていたしまして。何せわしもトシなもんでな。とうとう八〇になっちまったよ。それにまあこんな格好でご無礼します。まあお気楽にしてください。実はわしもね、あんたがいつか訪れてくれるやしらんと楽しみにしておったんだがね。写真館もすっかり繁盛なようですな。死ぬ前に来てくれてよかったですよ。ワッハッハッハッハ」

八〇などとはとても思えない。少ししわが増えたが、日に焼けた顔に表情が生き生きとして明るかった。まずそのことを率直に言ったがうまく来訪目的の切り出しが出来ず、野暮丸出しのまま掛け軸の書の意味や庭木の名前を尋ねてはその答えにいちいち感嘆まじりの声を発する。

「さあね、家は大きいが面倒なことが嫌いで何も大仰なことはしとらんのですよ。大きな樹は好きですがね。あれは菩提樹（ぼだいじゅ）、こっちは高野槙（こうやまき）ですかな。あの一番でかいのはケヤキだが百年以上は経ってる。爺さんが植えたもんだと聞いてるが、戦争にも焼け残ったんだからすごいもんだ。大木は見上げているだけで気持ちが大きくなりますな。池にはね、普通立派な緋鯉を泳がすんだろうけども、みんな鮒や野鯉ですよ。この池から細い川が流れ出て向こうを回って戻るようになっているんだがね、川底は池底より高くしてあって浅いんですよ。クチボソ、メダカの群れ、それにオイカワ、タナゴ、数種のダボハゼなんかもいますかな。大きな魚が上れないようにして小魚の生息を確保してある。全部荒川や江戸川、多摩川、たまに地方まで行って自分で獲ってくるんです。子どもみたいに網や釣り竿を持ってね。新しいのをとった時は嬉しいねえ、この間ヨシノボリが獲れた。魚ばかりじゃなくザリガニや手長エビ、ヤゴもいるし、見ているだけで楽しい。ああ、腹の赤いイモリまでいますからな。それから水草だけどもこれもみんな野生のもので楽しいもんです。生存競争もあるから季節ごとに違ったことが起こってね、飽きない。おたまじゃくしがカエルになってゆくのを見るのなんて実に楽しいですよ。人間の造形みたいな高価な緋鯉や金魚なんて興味ないわなあ。子どもの時の気持ちに帰れるし。ホタルを何とか生きづかせようとやってるんだがなかなかうまくいかないねえ。大敵は大雨でね。水が溢れたら全部壊滅。何度も痛い目にあったんでね。バイパスと貯水槽を作って外の溝に放流する仕組みを作りあげたんじゃが、わしの作ったこの生態系を守るのはそりゃあ大変でね。ドイツなんかでね、人工的な川や池に自然を移植して野生小動植物の生態系を根付かせるということが行われてましてね、ビオトープというんじゃが、わしは造園にそれを持ち込みたくってね、ずいぶん前から始めたんですよ。ああ、こりゃいかん、いかん、この話したら止まらなくなってしまうわ」

久し振りだというのに話のツボが最初から老人の一番の趣味にはまったのであろう、無邪気にどんどん話す。すっかり気が楽になった。自分も少年時代に飼いならしたスズメやひばり、鳩の話をすると更に一気に盛り上がってしまった。

「ほう、野鳥まで飼いならしたんですかな。この近所に鳩をたくさん飼ってる親子がいてね。遊びに行ったことがあるんだが鳩もかわいいもんだね」

　旧知の付き合いがずっと続いていたかのようにすっかり気持ちがほぐれてしまった。

「そうですか、もうあれから一〇年にもなるんですかなあ。わしにはあっという間だったが、あんたのような若い人にとってはいろんなことがあっただろうね」

「ええ、五年前の三〇の時に結婚したんですよ。社長が自分の会社の従業員に手を付けるとはけしからんと言われそうですけど、ローズマリー写真館の先代の孫娘なんです。駅前のマンションに住んでます」

「ほう、駅前のって『ポラリスガーデン』かい？　どうです、あそこの住み心地は？」

「はあ、無理して買ったんですが、ほんとに満足してます。その名前の通り夜は星が明るくて、仕事から帰ってそれを眺めると疲れが取れます。池袋や新宿のネオンの海まで見渡せるんですよ。それにベランダに花壇がありまして、給排水までできるようになっているのは嫁さんのお気に入りです。なんだか自慢話になっちゃったですけど」

「ほお、そりゃあ良かった。安心しましたよ。あれはね、わしの次男にやらせてる会社が建設したもんですよ」

「えっ」

老人は腰を上げると座敷の隅の小机の引き出しから名刺を一枚取り出して差し出した。

表には、北斗グループ顧問 館野長一郎　とあった。

おそるおそるといった風に裏を返すと、

株式会社 北斗不動産
株式会社 北斗建設
株式会社 北斗造園
株式会社 北斗エンジニアリング

などなど、一〇社に近い会社名が印刷されていた。

「これにあるようにわしはもう実務からは引退の身でね。三人の息子がおるんですがな、事業は造園と不動産関係を長男、建設を次男にやらせているんですよ。ほかにあんたと同世代の三男がいましてな、お話をうかがう限り多分あんたより二つ三つ上かもしれんね。これには何か明日を開くような先進的な新事業を切り拓いてくれんかとの勝手な希望から今は（株）北斗エンジニアリングという小さな会社をやらせとりますす。大鷹と言いまして、あんたと同じように色々新しいことに苦労しとるようですわ」

息をのむ思いで名刺に目を落としていると、老人はその場を取り繕うように、

「自慢の弟さんがいるってあの時話してましたなあ。どうなさってるんですかな？」

「ああ、二也のことですね。あれは僕とは別世界みたいなもんで、大学を出てからペガサス電気に就職したんですが、すぐにアメリカに留学してしまいました。スタンフォード大学ってところなんです。なんでもコンピューターの画像処理やらいうものを研究してるらしいんですが、その後ＭＢＡとかなんとかいう経営学の資格をとるということで会社側の了解を得ているようです」

話の焦点がすっかり目的から離れてしまった。

居住まいをただして真っすぐに言った。

「すみません。話がどんどん広がってしまいまして。実は今日こうしてお伺いしましたのは折り入ってお願いの儀がありまして」

「うむ、そう来なくっちゃな」

「今どのような事情になっているのかも知らないままで無茶な話なんですが、結論から言いますと、あの防空壕があった土地を譲っていただけないかと」

「フーーン、あの土地のことについてはあの時の酒の肴だったたね。まだあのままにしてあるがね」

「背伸びしても資金に限界がありますもんで・・・・」

「まあ、金のことは後にして、何をしたいんだか言ってみんかね」

「そうですね。『ファミリーフォトの殿堂』ですね。婚礼写真から始まって、その後に二人の作るファミリーが歩んでゆく人生の記念碑、それを写真に残すための映画のセットのようなスタジオを作りたいんです。夢に描いた衣装やロケーションを自分で選ぶ、決まりきった結婚式場の写真室では絶対あり得ないカメラワークを可能にする屋内外のスタジオです」

「殿堂ねえ・・・・」

「一般の婚礼写真ていうのは決まりきった型物で、結婚式と披露宴とのセットに組み込まれています。写真館はホテルや婚礼会館にスタジオを設営して撮影の下請けをしているのが一般的なんです。ですから写真はともすれば豪華な披露宴の味付けみたいな脇役になっています。ですが、写真はずっと一生の記念として残りますので、後になってみれば派手な披露宴の思い出なんかより、良く撮れた写真を大切にするというのが実際なんです。中にはお金がなくて式や披露宴をやれない人も記念になる写真だけは欲しい、という潜在的な需要もあります。特に最近の結婚披露宴はやたら奇をてらったものにエスカレートしてまして、来賓の頭上を二人がゴンドラで降りてきたり、突然ステージから煙とともにせりあがって幻想的な七色の照明やフラッシュに取り巻かれるっていうのも流行っています。大音量の音楽の中で会場の端っこに両親があっけにとられて取り残されてるって情景ですよ。なんかばかばかしいって言うか。そんな一過性のバカ騒ぎより、二人の生き生きした型物でない写真というものがどんなに貴重な宝物になるかってことですよ。気をつけ姿勢の定型でないウェディングフォトを制作するには、一般的な式、披露宴の流れ作業の中では不可能な、撮影のロケーションと技術が必要です。僕が考えているのは映画のセットやロケのようなドラマチックな撮影のための仕掛けなんです。そこには背景を彩るチャペルや社殿も必要になってきます。資金に制約がありますので夢のような話ですが、余裕ある土地と環境が手に入れば、幸せな二人が青葉や紅葉の林道を歩いたり、馬車に乗ってもいいですね。そこには『写真師』なんて古臭いイメージを超えるプロのフォトグラファーが新しいテクニックとカメラワークでファンタジックな写真を撮るわけです。しかもそれは今のホテルや会館の高額な写真料金がばかばかしくなるような低料金で。――僕はそれをつくるための殿堂を作りたいんです」

自分でも驚くほど、夢に描くコンセプトモデルを一気に表現した。

「そうして制作した婚礼写真に二人が感動すれば、その後に二人がつくり出すファミリーの、ベビー誕生から始まって、お宮参り、誕生日、お正月、七五三、入学、卒業、就職、そしてまた結婚、と、ずうーっと続く人生のイベント写真をこのスタジオに撮りに来てくれるでしょう。ネガはいつでも取り出してリプリントが出来る完全保管システムを作ります。魅力ある会員制度を考えだして生涯を通したお客様フォローを追求します。色々なメディアを使いわける画期的な宣伝方法を開発するのも重要な課題です」

「ふーん、チャペルか、あの小高い丘にはピッタリだな。そうか、草地も残して『風の中の二人』なんてのはどうだい？　西洋の城のセットを作ったり、屋内には二条城の大広間みたいなセットがあったら格式のある写真になるわな。いっそ天井を銀河の空にして星を輝かせたらそんじょそこらの写真とは違うものができはせんかい？　そうだ、チャペルや城を作るんなら竹藪を掘り起こして馬車の林道を通しちまったら。うーーん、ちょっと待てよ、チャペルでの撮影には白鳩を空に向けて飛ばすのさ。わしの家の近所の、鳩をたくさん飼い馴らしてる親子ねえ、あれ利用できないかねえ。とにかく何か『あっ！』と驚かすものを加えなくちゃな。どうですか？　肝心の撮れる技術は」

老人が次々と繰り出し始めたアイディアは若く柔軟で、その意外性に圧倒されてしまうことになった。

「世の中にないものを創り出すってのは面白いもんだよ。そういう時は限界意識を取り払って思い切り大きな絵を描くってのがまず大事ですわな。話が大きければ大きいほど意欲につながるってもんで、寝ても覚めてもそのことを考えるってことですよ。とはいうもののわしは写真スタジオってものを見たことがないもんで、一度ローズマリーさんにうかがってもいいですかな？　お互いに口ばっかりが先走ったかもしれないし、現場を見ながら可能な現実に頭をセットしなおしてからまたお話しすることが必要だろうね。そのうえで、どうもこれはいかんなと思えば自然とそれまでになる。わしはそそっかしいのでね。頭を冷やす必要もあるんですよ。ワッハハハハ」

のどぼとけを上下させながら老人とは思えない豪快な笑いであった。

＊

一也の決断に予想以上の好反応を見せたのは理津子であった。

「それって何もかも素晴らしいわ。これまで思いもつかなかったけど、パッと目の前が開いたわ。私がずっとやってみたかったことみたい。デザイン学校で勉強したことも新しい宣伝媒体の制作なんかに活きるし。私、ウェディングファッションや着付けの勉強も一生懸命やるわ。でも一番の問題はお金ね。これまでの大得意様を失ってゆく中でそんな思い切ったこと出来るのかしら？　お父さんやおかみさんはそんなこと許すかしら？」

「会長と専務にはざっと大まかなところを話したよ。おふくろはびっくりして、『何もそんな突飛なことに踏み出す必要はないじゃないか。今のままでまじめに堅くやってゆくことが大事よ』って力こめてたよ。オヤジは黙ってたけども、『とにかく館野さんという人の反応次第だな。話はそれからだよ』って」

「館野さんてどういう人だか知らないけど、ここだって第一にお金次第でしょ？」

「館野さんには来週の日曜日に本館に来てもらってスタジオにご案内するつもりなんだよ。それまでにプレゼン資料を作っておかなくちゃあ。ああ、それでね、おまえ、絵が得意なんだから、このプロジェクトについて思い描くものをイラストにしてくれないかなあ。それが口や文章で説明するより一番早道だよ」

「絵って？　何を描けばいいのよ」

「何でもいいよ。チャペルの丘の二人でもいいし、美しい林の道でのポーズ、馬車に乗って祝福されているところ、あるいは豪華なお城の大広間に笑顔で座る二人でもいい。こういう写真になるんだっていうものだよ。頼むよ」

「わかったわ。明日、その丘と竹林に連れて行ってよ」

館野は約束通りにやって来た。一也と同じ年くらいと見える男を一人同伴していた。

「今日は断りもなく大変失礼なんだが、三男を引っ張ってきました。御社の事業内容に興味を惹かれましてな」

「突然ご了解も得ず申し訳ありません。館野大鷹と申します」と言って姿勢を正し、名刺を差し出した。

株式会社 北斗エンジニアリング 代表取締役 館野大鷹　とあった。

「何かなかなかまとまらない事業を手掛けてはお金を失ってるんですが、最近はコンピューターとかかわる写真、印刷機器関連の新技術開発を色々と食い散らしております。知れば知るほど奥深いものを感じまして今日はプロの写真作業を見学させていただこうと金魚のフンみたいについてきてしまいました」

一也は理津子を紹介し早速二人でスタジオを見学案内した後、別室に招いた。

「なるほど、私の知っている昔の写真館とは大違いなんですなあ。そのころは白黒だったしタングステンライトに照らされてじっとしてたなあ。新郎が椅子に座った嫁さんの横に立って、写真師が『ハイ、笑ってえ』ってね。マグネシウムっていうんですかな？　ボカーンとスゴイ発光がして目が見えなくなっちゃうやつもありましたなあ」

「そうですね。今は高出力のストロボでメインとサイド、それにバックライトがシンクロ発光して光が回り、あっという間にカラーのシートフィルムに撮影できます。しかし婚礼式場での写真は一定の型が出来ていてカップルが次々と流れ作業のように撮影されてゆく相変わらずの型物写真ですよ。僕たちのやりたいものは婚礼会館やホテルの写真室で撮るしゃちこばった定型ポーズでなく、二人のその時間を生涯に活き活きと残すように切り取るものなんですよ。それに先ほど現像処理室でお見せしたような合成写真ですね。新技術の開発によってこれに何か大きな将来性があるように思ってるんですよ」

「ほおーー」

「口で説明するより、妻がイラストにしておきましたのでそれを見てください」と言って傍らの理津子を促した。

理津子は待っていましたというようにA３サイズ画用紙を閉じこんだスケッチブックを館野の座るテーブルの前に押し出した。

「下手な絵なんですけど、作品の例と撮影の様子をイラストにしておきました。一ページから順にご覧になってみてください」

館野がそれを手に取ってゆっくりとページを開くにしたがって、みるみる感嘆の表情に変わってゆく。

「ほおお・・・これは楽しそうですなあ」と言って大鷹に回す。

「最初のページは、メインスタジオで撮影するスタンダードの写真です。これはここのウィンドウに飾ってある数例と同じです。そのあとのイラストは今ご説明したような写真のイメージです」

　イラストには幸せそうなカップルが丘のチャペルで空に飛び立つたくさんの白鳩を見上げている瞬間だったり、ポプラや白樺の並木を行く馬車の窓からよろこびいっぱいに手を振る姿、ズームアップの二人が掌に青や白の小鳥を乗せて見つめあっているカット。加えて厳かな神前やチャペルでの挙式が描かれていた。

「その小鳥たちのいるカット、可愛いでしょ。『幸せの青い鳥』ですから。白鳩も小鳥も脇役として訓練できるって社長は言ってるんですよ。神殿やチャペル、ステンドグラス、大広間はみんなセットを組み立ててるんです。でもFuture Dreamって小さく右上に書いてある絵は将来的な夢です。調子に乗って少し大げさに描いちゃってますので。並木道なんて現実離れしてますよね。みんな屋外や屋内スタジオでの映画のようなセットで撮られるものなんですけど、その撮影風景がそのあとのイラストです」

「ふーん、なるほど。しかし牧師さんや神主さんも入っているのがありますが、まるで実際の結婚式ですなあ、これは」

　一也が中に入った。

「ハイ、そうです。これまでの式場でのお付き合いから色々な牧師さんや神主さんと親しくさせていただいておりますので、何人かの方とは快くこちらに来ていただいて挙式をとりおこなっていただける契約をします。ですからもちろん挙式写真はご希望者の時間予約制です。二人だけの挙式写真に加えて参列者の集合写真を望まれる方の席も作るつもりです。スペースに制限がありますけどね。写真を撮ることに絞るわけですから大仰な披露宴はないわけです。『こんな写真が残せるんなら挙式はこれでいいか』というお客さんが予想以上に多くなっちゃうんじゃないかと、これはちょっと心配ですけどね」

「なるほど、うーーん、ごてごて金かけた料理や大げさな披露宴、引き出物、それに宿泊なんていらないっていう人は多いかもしれんね」

「そうです。親戚の皆さんやご友人なんかにはあとからそれこそ素晴らしい写真が送られてくるわけです」

理津子が追っかける。

「それに、二人の衣裳なんですけど、これは私たちの写真館に備えられている貸衣裳室から撮影用にお好きなものを自由に選んでもらえるというのが売りなんです。もちろん専門スタッフが着付けのお手伝いをします。美容室には専門の美容師が居ますから二人はジーパンで手ぶらでやってくればいいんです」

「なーるほど、こりゃあ合理的で受けるかもしれんねえ」

「それからこれなんですけど、写真はスタンダードな台紙に加えてこういったアルバムでお渡ししたいと思ってるんです。お部屋に飾れるようなお好みのフレームも用意しますけどそのデザインはちょっと違った楽しいものにしようと思ってます。あの小鳥たちとの写真や馬車の風景にピッタリ合うような・・・・」

一也が総括した。

「セットでの挙式シーンを含めて美しくいつまでも思い出に残る、バラエティーに富んだウェディングフォトを婚礼業者を通さず直接びっくりするような安い価格で提供するということなんです。それから出来るだけ早いうちに自社設備のカラー現像所を作りたいと思います。スピード仕上げと合成写真をやりたいんです。資金と人材の育成によるわけですが優れた合成技術なんかが出来れば更に新しい世界が開けてきます。三年がかりでこの体制を必ず実現したいです。投資のポイントはなんといっても土地、建物、スタジオの造作なんですが資金をはじめもちろん色々な課題があります」

最後に力を込めて追加した。

「それから大きな変革としては営業なんですが、今までのように会館やホテルの担当者を相手にする人間関係の絡むアプローチがなくなります。我々の相手は最終のお客様ですから、ここへの直接的な宣伝とプロモーションを新聞、ラジオ、雑誌、チラシなどで訴求することになります。会員制にしてメンバーメリットを打ち出し、家族の歴史にずっとつながってゆく恒久的なファミリー固定客をつかんでゆきたいんです。人間関係偏重の営業から科学的な手法に大転換してゆくわけですが、これには色々なアイディアを持ってます。特に女性の力を引き出したいと思いまして、理津子を中心とする女子社員中心のチームで販売促進部を作りたいと思います。このチームは電話での相談や質問に答える役割も持ってもらいますが、これがとても重要になるはずで、優秀なスタッフを育成して社内のシステムと連携させていかなければなりません。他業界の例も勉強して先進的な手法を開発してゆきます」

館野は「わかった」とうなずいて、「あの小さな丘の土地にどのような建造がなされるかの大体のイメージは浮かんだが、奥さんのイラストのような並木道を作るとなるとあの竹藪を造成してポプラやメタセコイア、白樺のような大きな樹を植えなきゃならんね。写真撮影用とはいうもののうちの北斗造園の分野だなあ」

老人は煙草に火をつけてもう一度スケッチブックに目を落としながらしばらく沈黙した後、ぼそっと言った。

「最低必要とする用地、どのくらい必要とするんかなあ。建物、造作、それに貸衣装の在庫も相当な資金が必要なんだろうな。・・・総額どのくらいの投資になるのか？当初の自己資金はなんぼ用意できるのかな？」

一也は一枚の紙にリストアップした投資計画表を手渡して即答した。

「丘の上に一階床面積七〇坪の三階建てビル。三階の一部にあくまで撮影用のチャペルを建造します。小さくても丘の環境を生かした庭園が欲しいです。丘の上は興ざめな電線が入らない空が写せるんです。ビルの屋内にはメインスタジオに加えて、ウェディングチャペルの祭壇と神式の祭壇セットを造作します。ほとんど組み立て可能の撮影用セットです。着付け室、衣裳ストック室、事務所、ゲストルームその他が必要です。そうですねえ、最低用地はぎりぎり三〇〇坪は欲しいんです。並木のカット写真を撮影するための最低の植林を丘のふもとに工夫しなければなりませんが、何とかぎりぎりのところで・・・・・投資総額はほぼ五億を考えてます。今の本社の土地建物の売却、自己資金と銀行融資でと思っています」

「・・・・奥さんの夢に近いものをと考えると、投資額はそれじゃあちょっと甘いんじゃないかね。お聞きしたプロジェクトは中途半端じゃ台無しになりますよ」

にわかに厳しい顔であった。

「沢井君、いや今日は君の考えていることがよく分かった。まあせっかくだからスケッチブックと計画書類をちょっとあずからしてもらいますよ。しばらく考えさせてください」

大鷹は何かに心を打たれたようで、一也に握手を求めてきた。

「今日はありがとうございました。ここでの製品や販売促進、宣伝を将来的に考えられるコンピューターでの情報処理に結び付けて考えると学習することが多く大変勉強になりました。新しいものを目指す者同士、これに限らずこれからもよろしくお付き合いのほどお願いいたします」

　館野はゆっくりと立ち上がり礼を述べると、二人に玄関を出るまで送られて大鷹を伴いひょうひょうと帰って行った。


　それから一週間たっても館野の返事はなかった。

　一也の不安はつのった。何度か電話機に手が伸びたが、簡単な返答とともにすべての話が消えてしまいそうでためらった。

　理津子は自分の作成資料が悪かったのかと気をもんでいるようだ。

「あのイラストがあまりに現実と違っているように思えたのかしら？」

「いや、館野さんの感覚では投資額とプロジェクトのイメージの間に違和感があったんだろ。土地建物ばかりじゃなく、例えば貸し衣裳なんかもお粗末で在庫点数が少なかったらインパクトがないもんな。初めてスタジオに来たお客さんに強烈な印象が与えられなかったら期待するお客の入りは絵に描いた餅だろうな。そこは一番不安なところだよ。それに駐車場・・・。館野さんは経験豊かな事業家だからなあ」

　すっかり意気消沈気味の二人の横にいつの間にか岩淵が立っていた。

「一也、夢は大きく持つことがまず第一歩だ。やりたいと思うことは寝ても覚めても一心に実現させる方法を考えていれば思わぬいいことが舞い込んでくるもんだ。自分が一番関心のある情報や人物との出会いにものすごく敏感になるからだよ。俺の一生はこんな男までで止まりだけども、おまえのおかげで多少の蓄財もできた。おまえたちの夢の実現のためだったら多少のことはできる。ここまで生きて俺に残ったものは、おまえたちの夢と将来だからな。別に貧しくても千代と二人で何とかやってゆければいいんだ。何にも要らねえよ。いいな、どんなことがあってもあきらめるんじゃねえぞ」

言うだけ言うと一旦ふたりに背中を向けたが、もうひとこと言い足して部屋を出て行った。

「一也、行き詰まったときは人生の浮き沈みを思え。歌にもあるじゃねえか、〝花も嵐も踏み越えて、行くが男の生きる道――やがて芽を吹く春が来る〟ってな」

情を込めてこんなに言葉を重ねられたのは初めてだった。

館野から電話があったのはその翌日だった。

「しばらく音沙汰なしですみませんでしたな。沢井君、奥さんと三人で現場で会いませんかな。色々疑問も湧いてきましたもんでな」

「ハイ、よろしくお願いします。次々ご疑問がわいてくるのは当然じゃないかと思ってます。ご都合の良い日を二、三、ご指示願えれば」

「こっちはたいていどうにでも都合がつきますよ。大鷹も是非連れてってくれと言ってましたな。早い方がいいんでしょ。雨の日はいかんが今週は幸い良い天気が続きそうだ」——

にわかに気持ちがはやって翌日の午前一〇時と約束し、丘のふもとに車で乗り付けた。

驚くことに丘とその周りの雑草がきれいに刈り取ってあり、すっかり景観が変わっていた。茶の作務衣(さむえ)姿の老人が理津子のスケッチブックを小脇に抱えながら空を仰いで雲を眺めていた。どうも歩いてきたようだ。

「やあやあ、年をとると目の覚めるのが早くなってね。朝飯を食べてからぶらぶらと散歩ですよ。久しぶりにここへやってきましたよ。雑草が大分伸びてご近所に迷惑だろうと、刈るように言っておいたが大分きれいになってるね。すぐ伸びちゃうもんでね、厄介ですよ」

老人は草地に立って、早速どのあたりに何を建てるのかと聞いてきた。

一気に目が覚め、明るい陽が輝く草地を歩きながら説明を始めた。

老人がスケッチブックを開いている。実際に丘に登るのは初めてだった。

草の丘の上は思った以上に町が見渡せ美しかった。チャペルが建てばなんと印象的な風景になることだろう。理津子の描いたイラストとほとんど同じになるだろう。

「なるほど。その殿堂とかいうものの用地は十分なんだろうけども、建物にすぐ入れるような位置に駐車場が必要だな。繁盛するなら大分広さが必要になってくる」

まさに駐車場は気になっていたが、丘の裾を半分巻くように放射状に並べるつもりだが、その想定の用地計算はあいまいのまま突き詰めていない。不十分な分は近所の空き地の駐車場を借りるほかないと思っていた。

「このイラストの並木道だけどね。これもお客さんには斬新な目玉だねえ。それをやるんなら丘の西側に広がってる竹藪をそっくり掘り起こして道を通すんだな。絵は白樺のようだが、ポプラやケヤキ、トウカエデ、プラタナス、それにメタセコイア、ユーカリなんてのは伸びるのが早くてね、一〇メートルのものを植えれば二〇メートルになるには五年とかからんのが多い。姿が良くて目を引くのはメタセコイアだろうね。この紡錘形(ぼうすいけい)の形は写真に撮ったらきっと素晴らしいよ。結婚シーズンの緑や紅葉は実に美しいし、冬の枯木立はもっと素晴らしい。でかくなると六〇メートル以上になりますよ。アメリカのヨセミテなんかにはあんまりでかくて根元をくりぬいて車が走ってるのがありますぞ。しかし写真に撮るには何メートルぐらいの高さで何本くらいがいいのかね？　道の両側でなくとも片側に一〇本もあれば写真にならんかね。あんまり樹が高ければ人物が小さくなっちゃうんじゃないかと思うし、まあ写真の専門家じゃないから何とも言えんが、どのような絵をつくるのかで樹木が決まるわけだ」

理津子が素っ頓狂な声を出した。

「うわあ、最初からそんなスケールでやるなんてほんとう言って考えていないんです。その絵は、ゆくゆくは・・・・っていう風に・・・・Future Dream（将来の夢）ですから。すみません。何せそんなお金が・・・・・」

「まあ、うちの長男がやってる北斗造園なら簡単だがね。掘り起こしての根巻き作業、運搬、掘り方、客土。あの荒れ放題の竹藪からだからね、土地改良、施肥、養生など色々あるだろうな。費用の相場ってものはあるんだが、こういう仕事は今でも職人仕事でね、カチッとした金額は出せず業者によってまちまちですよ」

二人はすっかり話に呑まれてしまった。

沈黙が続くので老人はそれをゆるませようと思ったのか違ったことを語りだした。

「もともとこの造園がうちの発祥と言えるもんなんですよ。長男はいつの頃からだったか造形やデザインが好きになってね、大学は京都に行ってランドスケープとかいう造園デザインの方に進みましてな。だから庭園で撮影する環境のデザインなんかは喜んでお手伝いするだろうね。この地盤で寺元さんていう代々の政治家一家がおるでしょ。あの家とは旧来のお付き合いなんだが、今の永一郎さん、国土庁の長官やった議員さんね、あのお方の代になってから特に関東から北の道路や公園の植樹は北斗造園が随分請け負ってきましてね。まあ、御礼のようなこともそこそこしてるわけなんだが。ですから今言ったようなことはどうってことはありゃせん。会社には優秀なプランナーもおりますから、奥さん、いろいろ相談してみてはどうかね」

「うわああ、それは全くすごいですが・・・・」と今度は一也が感に堪えない声を発したものの、同時にたちまち資金の問題が先に立ってしまってあいまいな顔つきになった。

「なんだか気が入っとらんようだねえ。君たちが描いた構想じゃろ？　それでねえ、あれからよく考えたんだが、どうだろ、丘を含めて五〇〇坪ほど刈り取ってあるがねえ、あんたの計画通り三〇〇坪を買い取っていただいて、残りと竹藪に今言った造成をわしがやる。駐車場を含めてね。駐車場は最低どのくらいの面積が必要になるのかわからんが検討してください。これからはゆったりした駐車場、これが重要なカギですぞ。そうしておいてそれはあんたたちに賃貸するようにしたらどうだ。ゆくゆく利益が蓄積してきたらいいようなスケジュールで買い取っていってください。賃貸料は経営企画をはっきりさせて無理のないように設定したらいい。息子たちの手前もあるからあんまり無茶なことはできんがね。土地はわし個人のものだから問題はないですよ。近所の環境保全や税金のことが面倒だし、何よりわしも先行き不死身じゃないからねえ。もうそろそろ何とか処分しとかなくちゃと思ってたんでね」

　思いの他の展開に二人は唖然としている。

「ああ、但し、ぜひ再検討してほしい点がある。それは衣装部門に対する投資ですよ。これがお粗末じゃあ、お客さんの心は決まらないんじゃないですかなあ。少なくともホテルや会館の品質と、それ相当の点数をそろえなきゃあ『なんだあ、やっぱり写真屋の衣裳かあ、みんな張りぼてだな』となりゃせんかねえ。打掛や、ドレス、それにイミテーションでもいいがネックレスなど夢あるデザインの宝飾品、これが花嫁さんの心をとらえないと殿堂の全てが詐欺っぽくなっちゃう。写真的効果が最優先ではあるんだろうが、どうだね？——ああ、それからねえ、大鷹が今日は立て込んでいて来れなくなったがくれぐれもよろしくと申しておりました。新しいことに挑むお二人の姿勢にずいぶん打たれたようじゃ、将来のコンピューターとのシステム開発に強い関心があるんじゃな。何かとこれからも巻き込んでやってください」

それからの一也はものに取りつかれたように事業計画に没頭した。

ベルフォーレから撤退後、現在五ヶ所あるスタジオを三年がかりで縮小し、この新業態に集約する計画であるが、それらのスタジオの円滑な譲渡、従業員の職務転換と再配置、トレーニングなど、それに立ちはだかる問題のクリアーは容易ではない。

これまでの婚礼業者との取引を切り捨ててしまう路線であるから、踏み出したら最後、絶対に途中下車や後戻りは許されない。

資金問題は転換のステップをどのようにするかで大きく違ってくる。専務である千代とは何度か衝突した。

ついにベストと自信が持てる計画が出来上がり、近々館野との詰めを行うばかりになった。苦しい部分は正直にぶちまけて協力を懇請するしかない。

＊

そんな最中に千代が浮かぬ顔で「ちょっと来てちょうだい」と会長室に一也を連れ込んだ。岩淵が業界紙に目を落としていた。

「変なこと突然言うようだけど、吉岡君ね、ずっと気になっていることがあるのよ」

吉岡は今週、嫁の広島の実家にどうしても行かなければならない用があるので休みをくれということで出社していない。

「何が気になるんだい？　彼、なんだかこのごろ元気がないよな。広島に何か問題があるのかなあ」

「そうね、そのことなんだけどね、常務取締役ということで営業全般を任してきたわけだけど、なんだか様子が変わってきたわよね。だんだんにずいぶん生活が派手になってお金遣いが荒くなったように感じてたんだけど、この頃はなんか人の話も上の空で落ち着きがないんじゃない？　変な借金してるんじゃないだろうね？」

「金遣いって？　変な借金？」

「この間、丸福商事とかいう会社、サラ金だと思うけど、何とかという人から代表番号に電話があって社長に会いたいっていうことらしいのよ。用件を聞かせたら吉岡さんへのご融資の返済についてお話をうかがいたいって言うんだよ。気味が悪いし、とにかく怪しい電話なので、吉岡も社長も不在だと言って切らしたら、今日の午後にここに来るというのよねえ。有無を言わさぬ強引さだったと言ってたわ。やだねえ、気味悪いわよ」

「ふうーん。吉岡はいないし、とりあえず会ってみて何か問題があれば呼んでよ」

「吉岡君の働きと実績にはほんとに感謝してるんだけど、自信をつけるに従ってなんだか身なりも高級になってきて、遊びも目立ってきたように思ってたのよ。お客様とのお付き合いだかプライベートだか区別の付かないことも多くなったんじゃないの？この変な電話もなんかそれに関係があるような気がするんだけどねえ」

吉岡に対する千代の観察にはうなずけるものがある。

何やら厄介なことが起こる予感がした。

突然ノックがあった。女子社員がドアから顔をのぞかせ一枚の名刺を手に一人の人物の来訪を告げた。

書　名			
お買上 書　店	都道　　　市区 府県　　　郡	書店名	書店
		ご購入日	年　　月　　日

本書をどこでお知りになりましたか?
1.書店店頭　2.知人にすすめられて　3.インターネット(サイト名　　　　)
4.DMハガキ　5.広告、記事を見て(新聞、雑誌名　　　　)

上の質問に関連して、ご購入の決め手となったのは?
1.タイトル　2.著者　3.内容　4.カバーデザイン　5.帯
その他ご自由にお書きください。
(　　　　)

本書についてのご意見、ご感想をお聞かせください。
①内容について

②カバー、タイトル、帯について

弊社Webサイトからもご意見、ご感想をお寄せいただけます。

ご協力ありがとうございました。
※お寄せいただいたご意見、ご感想は新聞広告等で匿名にて使わせていただくことがあります。
※お客様の個人情報は、小社からの連絡のみに使用します。社外に提供することは一切ありません。

■書籍のご注文は、お近くの書店または、ブックサービス(0120-29-9625)、セブンネットショッピング(http://7net.omni7.jp/)にお申し込み下さい。

料金受取人払郵便

新宿局承認

2523

差出有効期間
2025年3月
31日まで
（切手不要）

郵便はがき

1 6 0-8 7 9 1

1 4 1

東京都新宿区新宿1－10－1

(株)文芸社

愛読者カード係 行

ふりがな お名前		明治 大正 昭和 平成 年生 歳
ふりがな ご住所	□□□-□□□□	性別 男・女
お電話 番 号	（書籍ご注文の際に必要です）	ご職業
E-mail		

ご購読雑誌(複数可)	ご購読新聞 新聞

最近読んでおもしろかった本や今後、とりあげてほしいテーマをお教えください。

ご自分の研究成果や経験、お考え等を出版してみたいというお気持ちはありますか。

ある　ない　内容・テーマ（　　）

現在完成した作品をお持ちですか。

ある　ない　ジャンル・原稿量（　　）

名刺には『株式会社 丸福商事 管理部長 桐野静二』とある。

「やだわねえ、ほんとに来たわ。いったい何なの？　玄関に待たせておいて。私がちょっと会ってみるわ」

玄関の受付前に、しわひとつないダークスーツの背広の男が立っていた。長身、頭髪を七三にきちんと分け、ポマードで固めている。つま先の長いエナメルの黒靴が鏡のようにピカピカである。

「私、専務の岩淵ですが、社長に何か御用なんですか？」

「そうですね、重要なお話なんですが、前もってお伝えしておきましたよね。社長さんはおられますか？」

「よく聞いていませんが、吉岡がどうとか？」

「どうとか・・・・・ってというお話じゃなくて、ご融資の返済の件で伺いました」

「・・・・・・」

すると男はやにわに持っていたアタッシェケースを沓脱の前のフロアーに下ろすと、腰を落として金色の留め金をパチンと上げた。

一枚のクリアーファイルを千代の眼前に差し出し、「ここでお話してもいいんですが、社長さんはいらっしゃいますか？」と再び社長面談を請うた。

男の動きは一つ一つ芝居じみた流れが堂に入っている。透明のファイルの中に『融資残高確認書』として署名と印が押してある書類があるのを示した。

　受付嬢が何か異常な雰囲気を感じて顔を硬くさせている。

「今吉岡も社長も不在なんですが、じゃあ、どういうことなのかお聞かせください」

と応接室に招き入れざるを得なかった。

　来客ソファーに対峙した男が言った。

「そこに明示してありますように先月末残高で三五四〇万円をお宅の吉岡常務さんにお貸ししておりまして、これを吉岡さんからお返しいただけないもんですから、ここにうかがったわけなんです」

「なんですか？　それ？」

「吉岡さんの自署捺印と一緒に連帯保証人としてここの社長さんになっていただいておりますもんで」

「ええっ、社長はそんなもん知りませんよ。いったいなんなんですか？」

「そこの連帯保証人の欄に代表取締役 岩淵一也のタイプと印鑑が押してあるじゃないですか。吉岡さんからいただいたものです」

　千代は唖然としてその書類を穴のあくほど見直す。

「・・・・この角印ですけど・・・・、確かに私んところの社印ですけど、これって実印でも何でもありませんよ。社長の名前も自署じゃありませんし」

「それがどうしたんですか？　仮にも常務取締役さんが捺印した御社の社印ですよ。ご自分の借り入れ残高を認めて会社で保証しますってことですよ。こちらは困っておられる常務さんに懇願されてお貸ししたわけですから、そろそろいい加減清算していただきませんと。かれこれもう二年近くになるわけですが何度か借り増し・借り換えのままで滞っているわけでして、最近は全く返済話にらちがあきません」

「そんなこと言ったたって、吉岡本人と社長に確認できませんし、私にはさっぱりわかりませんよ。お引き取りいただきたいですね」

「わざわざこうしておうかがいしても一部のご返済もいただけず、しかも前もってご連絡してあるのに社長にはお目通りもかなわずですか。そりゃあないんじゃないですか。今日はその明細書の中の一番古い部分、一〇〇万円だけでもお返しいただけませんか」

「そんな無茶なことってありません。お引き取りください」

千代はピンと背を張って毅然としてはねのけた。

一也のとりかかる新事業に対してキチキチの資金計画を組んだばかりのところである。

千代の頭の中はその算段で一銭の失敗も許されないという気持ちでいっぱいなのであった。ここでわけのわからない借金の肩代わりなどもってのほかである。

男の顔が紙のように白くなった。

「ほお、こんなに丁重に紳士的にやってるんですがねえ。ばかばかしくなりますよ。こんな誠意のない会社だったなんて見かけによりませんねえ。わかりました。お取引先様にも広く知らせておく必要がありますねえ」

ぬらりと千代をねめ上げた目は爬虫類のものだった。

「仕方ないですねえ、じゃあ社長さんとお会いできる時をお渡しした名刺の電話にお知らせくださいい。吉岡さんとは連絡がつかなくなってしまいましたもんでね。こちらにも出社されてないんでしょ？　ご自宅マンションにうかがったんですがロックされててご不在です。小さいお子さんもおられるのに家族でいなくなっちゃうなんてね。あんまりですよ。ご実家にでも帰っちゃったんですかね？」

男は、一段声音を落として、凄みを利かせた。

「いい加減にされちゃあ困りますよ。私は責任問題で全然あとがないんです。おたくみたいな立派な会社じゃないんですよ。明日ご連絡お願いしますよ」と念を押し、四方をぐるりとゆっくり見まわしながら部屋を出ていった。

門前から大きな黒塗りのセダンが静かに離れていった。――

千代は急いで会長室に戻り一也と岩淵にありのままを報告する。

岩淵が名刺に目を落として口を開いた。

「この会社、城北駅の東口に近いとこじゃないか。なんか聞いたことがあるような気がするなあ。しかし肝心の吉岡がいないんじゃ話にならんじゃないか。いつ出てくるって？」

「珍しく明日の金曜日まで休暇くれっていうことだったんだけどね。ちょっと自宅に電話してみよう」と一也がデスクの電話を取り上げた。

しばらく受話器を耳にあてたままだったが応答がない。岩淵が大儀そうに言った。

「とにかく本人の確認が取れなくちゃ話にならんよ。それまでほっとけよ」

「そうよね。冗談じゃないわよねえ」と言ってから千代が岩淵の顔を覗き込んだ。

「あなたこの頃顔色が悪いわよ。要らぬこと考えないで今日は早く帰ったら」

「ああそうするか。なんかこの頃しょっちゅう左の背中が痛くなってなあ。調子が悪い時は左肩まで痛くなるよ。さすがの俺もガタが来たか」と言って椅子にもたれた背中を伸ばし、左腕をぐるりと回した。

翌日は丸福商事に電話せず、放っておいたが、午後五時に桐野の電話があった。岩淵社長につないでもらいたいということだったが、社員たちには前もって社長も専務も外出で不在として取り次ぐなと言っておいた。

するとその直後、一也に吉岡から電話が入った。

岩淵が在室する会長室に電話を回させて即座に受話器をつかんだ。すっかりおびえきった消え入りそうな声が受話器の向こうで震えていた。

「え、今どこにいるんだ？　えっ、なに？　聞こえないよ。——ああ、変なのが来てるよ」

そのあと、声が小さいせいか何度も同じ質問をする一也。ついにじれて、

「とにかく会社に出て来いよ。何か困ったことになってるなら正直に話してくれよ。えっ？　今は広島？　カミさんの実家？——わかった。うちに来いよ。二人きりで話した方がいいだろ。早く帰っているようにするから夜に来て泊まっていけよ。明後日だな。わかった」

受話器を置くと、その電話の応答に神経を集中していた岩淵に向き直った。

「今電話で聞いてもらった通りなんだけど、広島の奥さんの実家にいるようだね。なんでも大きな農家だと聞いてたけどね」

「ふうーん、なんだか状況は良くないな。とにかくヤツから本当のことを聞き出さないことにはな」

翌日、スタジオを設営している婚礼式場、宝寿会館の経理部長から、「ほかでもないあんただから、まずはあんたに連絡をと思って電話したんだが」という連絡が千代

にあった。

「今朝なんだけどねえ、丸福商事とかいう会社の管理部長というのが訪ねてきてね。『うちに対するあんたんところの債権を譲渡してもらうことになるんだけども現在多方準備しているので前もってお知らせしておきます』ってな妙なことを言ってきた」

「え、なんですか、それ？」

「男の言うところは、あんたの所に貸してある金が返済されないので、うちのおたくに支払うべき金額を差し押さえるっていうことなんだよ。あんたの名前をあげて、了解を得るところだと言ってたが、なにがあったの？　ひょっとしたら悪い筋のうまい投資話にでもひっかかったんですかね？」

「えええーーっ、なんですかそれ。うちは部長さんにはよく分かっていただいてますように御社とのお取引については誠心誠意公明正大にやらせてもらってます。債権譲渡だなんてそんな妙なこと一切ありませんよ。なんか悪い会社の嫌がらせなんでしょうかね。丸福商事っていう会社ですね。調べてみます」

すぐに桐野の顔が浮かんだがそのことには触れずに、「しばらくおうかがいもしてませんので近々ご挨拶に伺います。とにかくご連絡ありがとうございました」と言うにとどめた。

電話を切ると同時にハッとひらめくことがあった。それは七五三やお宮参り写真などの神社からの入金が最近とみに不定期になったことである。

その関係の帳簿を改めて調べてみると、数か所からの入金が毎月遅れ、不定期に後から入金されている。これらの神社の支払いは現金なのだが集金に行かなければならない。確か吉岡が外出のついでということで集金業務に協力しているはずの得意先だ。

千代は身支度を整え、事務社員に「熊野神社に行ってきます」と言いおいて外出した。


その夜会長室に一也、岩淵、千代の三人が集まった。千代が今日の出来事を報告した。

「あの桐野という男が宝寿会館に現れて、うちの債権を譲渡してもらうことになると言ってきたそうよ。明らかにうちに対する圧力ね」

「ううーん、その同じことを他にも言って回ってるな、そりゃあ」と岩淵が唸った。

一也が報告した。

「昨夜、吉岡の城北の実家のおふくろさんから電話があってね、息子は会社に出社しているかどうかの問い合わせだったんだよ。二、三日前から不審な電話がしつこくあって、吉岡がいるかどうかをうるさく聞かれる。マンションの方に何度も電話したが誰も出ないので社長さんに電話させてもらった、って言うんだけどね。『彼は今週の金曜まで休暇をとっていて、昨日、本人から広島の奥さんの実家にいるとの連絡があった。お母さんの方からも広島に確認してください。もしまたその不審な電話があったらどこの誰だかをはっきり確認して、彼の所在については一切知らないと言っておいてください』と言ってしまったのでかなり不安にさせてしまったみたいだ。しかし吉岡が明日の夜ここに来るということについてはあえて言わないでおいたよ。とにかく彼の話を聞いてからだと思ってね」

千代がすっかり暗くなった顔で後を受けた。

「いつからかあっちこっちの神社の現金入金が遅れているのよ。ハッと気が付いたんだけどみんな吉岡君が自ら集金しているところなのよ。とりあえず熊野神社にご挨拶を装ってうかがってそれとなく確認してみたんだけど、どうも支払いはこれまで完璧に行われているわね。そうだとすると吉岡君が集金した現金を着服しているってことになるわね。どこかでお金を作っては穴埋めしてやりくりしてるんでしょ。なんでそんなことになってるのかしらねえ」

岩淵がそれを引き取った。

「なんだか面倒なことになってるようだな。事務所には桐野から何度もしつこく電話が入って、そのたびに社長、専務は不在だと言わせてるが、社員に妙な不審感を起こさせるのも限界があるわな。とにかく明日の夜、ヤツの話を聞いてからの対処だな。

桐野ってやつ、明日はまたこっちに押しかけてくるかもしれないがおまえたちは会わない方がいいよ。真相がわかるまでの時間稼ぎにはなるだろうから会長のわしがそいつの顔を見ておいてもいいがね」

翌日一也は得意先数軒を回って帰社せず、早めに帰宅して吉岡を待つことにした。帰宅前、社の会長に電話して確かめると、予期した通り桐野がやってきたのでしばらく相手したが、自分は何も聞いていないので何のことやらさっぱりわからん、と言って追い返したとのことだった。——

八時を回った頃、玄関のチャイムが鳴った。理津子が開けたドアの向こうに吉岡が亡霊のように立っていて一瞬全身をすくませた。門灯の陰に幽鬼のような顔が深い隈を作っていた。


吉岡はダイニングに招じ入れられた。食卓には二人分の夕食の用意が出来ていた。

「どうしたんだ。心配したよ。まあビールでも一杯やって落ち着こう」

吉岡は数日見ないうちにげっそりと憔悴(しょうすい)して、ワイシャツから覗く首がめっきり細くなり、ネクタイが力なくゆるんでいる。

「すみません。色々ご迷惑をおかけしていると思います」

消え入りそうな声である。

「まあ、まずビール飲んでからだよ。腹が減っては戦はできずだよ。別に戦じゃないけどね。二人の仲じゃないか、なんでも話してくれよ」

応接室に移って二人だけになった。吉岡は大分緊張もほどけたのか一也の質問に一つ一つ答え始めた。八方行き詰まったあげくすっかり観念したようだ。

「僕の控えでは丸福商事へのほんとに身に覚えのある借金は六〇〇万ほどです。署名捺印した確認書の金額は複雑な複利や借り換え手数料、違約金という風にそのたびにべたべた上乗せされてその金額になったものです。しかしマンションは既にカタに取られてしまったので十分完済してるはずです。怪我を大きくしたのは一気に返済しようと焦って、丸福に持ち掛けられた賭け事に手を出したことです」

「しかし六〇〇万てのもとんでもない借金だよな」

「ほんとに馬鹿でした。営業の延長上で身の丈以上のクラブや料亭、身に付ける高額なものなんかにマヒしていって、いつの間にか自分を見失ってしまったんです。たちまち貯金が減っていって、会社の集金の一部を拝借したりしてやりくりするようになったんですが・・・」と一瞬言葉を詰まらせ、「戸田のボートで知り合った男に丸福を紹介されたのが地獄への道でした」と言ったとたんに吉岡の両目から涙が噴き出した。

「会社からの仮払いの穴埋めが追い付かなくなって、・・・そのたびについつい丸福商事の借金が増えてしまいました」声もとぎれとぎれに続けるのがやっとである。

マンションを奪った上、日常的な桐野の追い込みは聞けば聞くほど過酷であった。

「うう――ん、とにかく丸福との清算をしなければどんな手立てをしてもだめだな。どうしたらいいと思うんだよ」

「いや、もう返しても返しても一生追い回されると思います。桐野は城北の実家にも行っているし、そのうち広島にも来ると思います。あいつに、『返せねえんじゃ生命保険の受取人を変更してもらうぜ。これから何が起こらんとも限らんし』とわけのわからない脅迫ですごまれて・・・死ぬまであいつらの餌食です。この頃はどうしたらみんなから姿を消せるか、そのことばっかり考えてます」

苦渋に絞り出された言葉尻がはっきりしなかったが、不吉なうめきに聞こえた。

最早解決法を探りだすためのそれ以上を吉岡から聞き出すことは不可能であった。

「今晩はこのくらいにしておこう。おまえは明日はずっとここにいて、しばらく泊まっていけよ。頭を冷やしてよく考えなきゃな。明日会長と専務の意見も聞いてみるよ」

翌朝、会長は出社していなかった。千代に聞けば、「夕方に帰る」と言ったまま朝から出かけたという。千代には昨晩の吉岡の供述をそのまま伝えておいた。

桐野への対応や吉岡に対する善後策など会長が帰ってから話し合うことにした。

出社した一也に理津子から電話が入った。

「吉岡さんね、あなたが出て行った後に二階から下りてきて、『これ以上ご迷惑かけるわけにはいきませんので失礼させてください。ちょっと行くところもありますので外からお電話差し上げます』と言って、一生懸命に引き留めたんだけど出て行ってしまったのよ」

「なんだってえ、これから色々どうするか決めようっていうときに、まったく。まあ気持ちもわからなくもないけど金は持ってるのかなあ。連絡があったらすぐ知らせてくれ」

「なんだかこのまま帰ってきそうな気がしなかったので、お金がないだろうと思って上着のポケットに無理に五万円を押し込んでやったわ」

ひとまず電話を切ったが、そうこうするうちに今度は桐野から電話があった。

女子社員が言われていた通りに対応する。

「申し訳ありません、社長、専務は今日は終日不在です」

相手はとってつけたように丁重であった。

「居留守をつかわれているんじゃ仕方ないですね。まあ、社長がお帰りになったら明日午後四時にお伺いしますとお伝えください。もしご在社でなければ今後はご自宅の方に毎日でもお伺いいたしますとお伝えください。失礼ですがあなた様のお名前は?」女子社員は反射的に、自分の名前を答えざるを得なかった。


夕刻に岩淵が帰って、会長室に一也と千代を呼び入れてからゆっくり口を開いた。

「城北の丸福商事って会社だけどなあ、・・・終戦後の駅裏周辺はいろんなヤクザだのゴロツキだののたまり場になっててな、いろんなアコギなことがまかり通ってたんだよ。その後世の中が落ち着くにしたがってヤクザはシノギのための正業の形が必要になってきたわけだけども、そいつらの中の知恵の回る連中が不動産、土建、運送、人材派遣、債権回収なんかで会社を興してきたわけだよ。会社といってもクズみてえな奴らをそれこそゴミくずみたいに使いこなして、まともな人間のやらない部分をやってるわけだ。今じゃあキャバレー、風俗、デートクラブ、闇金融っていうようなもんの殆どは陰でそいつらが操ってるわけだ」

千代が持ってきた茶をすすって一息入れた岩淵は、どこか遠くを見やる面持ちであった。が、ふと元の表情に戻ると、「その中の一つが丸福商事ってサラ金だよ。今の社長が大村だよ。大村龍一。おまえも覚えてるだろ? あんまり思い出してほしくはないけどな」

と一也に顔を向ける。

「大村ってあの相撲取りみたいな?」

「ああ、昔の知り合いから聞いて驚いた。あんまり思い出したくもない時代だけども、一方でヤツには正直懐かしいことも色々あるよ。今は色んな会社に手を出してその道の顔らしいけどな」

二人の間にしばらく沈黙がきた。

「それでな、桐野ってヤツが来たら俺が出るからここへ通してくれ。二人で話す。魔法瓶に茶を入れてそこに置いておいてくれ」


翌日午後四時ピッタリ、果たして桐野が黒塗りのセダンでやってきた。

女子社員が応対に出て、言われていた通り会長室に桐野を案内した。伊達男は型通りに名を名乗ってから大きく足を開き、ソファーに深々と腰を沈めた。

「お約束通りの時間にこうしてお伺いしましたが、社長さんはいかがされましたか?」

「会長の岩淵です。お話は専務からすっかり聞きましたが、私がこの会社の頭ですからな。話は私がはやいでしょうな」

岩淵はおもむろにデスクに向かうと、魔法瓶から二つの茶碗に茶を注ぎ盆にのせてセンターテーブルに運んだ。

「すまんですな、色気がなくて。なかなか十分な人手がありませんで」

岩淵はそれからしばらく丸福商事の会社概要や業務内容について次々と質問をぶつけるのであった。イライラとしびれを切らした桐野が自分の本題に切り込んだ。

「無駄話はその辺にしてほしいねえ、会長さん、そもそも立場が逆ですがな。金を貸してるのはこっちなんですよ。いつ返すんだってことですよ」

「ああ、その話ならねえ。大村社長とお話しさせていただきますよ」

「えっ？」

「明日にでも御社をお訪ねしたいんですが、大村社長はおられるんですかな？」

「な、なにい！　なめてんのか、おい」

たちまち額に青筋が浮きあがり、蒼白になって立ち上がる。

「まあ、そうムキにならんで。社長さんに『岩淵賢太郎です。お会いいただきたい』とお伝えくださください。お取次ぎいただけるなら、今、この電話でも結構ですよ。どうぞお使いくださいさい。くれぐれも失礼にならないように面会をお願いしていただけませんかな。岩淵賢太郎と言ってくだされればわかりますよ。あんたに恥はかかせんわ」

「・・・ほお、大きく出たんですねえ。わかってんのか？　ガキの使いじゃねえんでな。これで帰るわけにゃあいかねえんだよ。あんた、泣き面かくなよ。ほんとにいいんだな。電話貸してもらうぜ。ほんとにいいな？」

ソファーから立ち上がった桐野は、デスクの電話に手をかけて、もう一度岩淵の顔を睨んでからダイアルを回し始めた。

「ああ、俺だ。社長にちょっと確認させてほしいことがあるんで、もう少ししたったら電話するわ。連絡つくようにしておいてくれや」

受話器を置いてそのまま向き直ると、「会長さん、そこまで言うんならあとで連絡するから待っててくださいや」と腹を決めた言葉を投げた。

爬虫類のような目が岩淵にねっとりとした光を絡ませている。

「こんな面(つら)でもつぶされたらただじゃ済みませんよ」と言い置くや、背中を向けた。

セダンの発車音が低く伝わってきた。――

三〇分ほどして岩淵に電話がかかった。

「桐野です。社長が明日は一〇時なら会社で会うと言っているので城北に来てください。大丈夫ですね」と調子の改まった手短なものであった。

桐野の言葉は、丁寧であったり、ヤクザ丸出しの片言(へんげん)であったり、岩淵という年配人物の本性をつかみかねているのがありありであった。

丸福商事は何の変哲もない雑居ビルの二階であった。

チェック柄ベストスタイルの受付女子事務員に奥へ案内された。一枚ドアを開くと窮屈な部屋を応接セットがいっぱいに占領していて、ソファーにぎょっとするような大男がどっかと身をうずめていた。横に桐野が背を伸ばして直立している。

「よお、岩淵社長。今は会長さんだって？　貫禄ついたなあ」

「ご無沙汰しております。お元気そうで何よりです」

大村は昔よりまた一回り肥満した体で変わらず短い角刈りであったが、めっきりゴマ塩になっている。圧倒的な威圧感が小さな部屋の空気をパンパンに圧縮している。

「お宅の常務さんの一件は聞いたよ」と言いながら卓上煙草ケースから一本をつまみ出した。桐野がさっと寄って、両手でライターを囲い火をつけた。

煙を一服してから桐野を一瞥して、やおらのっそり立ち上がった。でかい。

「この人はなあ、昔少し世話しあったお人だ。二人で話すからちょっと外しとけや」

「ハイ」と一言、桐野はドアを開けてサッと部屋を出て行った。

「ほんとに久しぶりじゃねえか、随分ご発展のようだな。まあ座れや」

「もうかれこれ一五年以上になりますでしょうかね。その後十王の方でチマチマ写真屋をやってるようなわけです」

「桐野に聞くと、チマチマどころか今や大きな一流写真館の会長さんだってな。わしはしょっちゅうここに来てないんでな、わからんかったけども、報告を聞いたときはあれひょっとしたら・・・とは思っていたよ」

「恐れ入ります」

「戦後のどさくさであそこのゴミ置き場を買い取ってしまったってのが先見性があったっちゅうわけだ。三〇〇坪は優にあっただろ？」

「ええ、でもあの時は持ち主のばあさんに、どうしてもあそこを手放してすぐに現金が欲しいんだと泣きつかれましてね。こっちもどうにも精一杯の人助けですよ」

　ドアがノックされて蝶ネクタイの若い男がおかもちにコーヒーを持ってきた。隣の喫茶店からボーイが配達してきたようだ。

「まあな、あんときゃなにもかも無茶苦茶だったからな。おまえさんもあっちこっちドブネズミみたいに走り回ってたようだがチクチクため込んだんだろうや。俺は体に任せてあっちこっち片っ端からぶちのめしちゃあメシ食ってたってわけよ」

「・・・・・」

「ところで、おまえさんとこの若社長ってのは、大火事の時に電線だったか何だかを持ち込んできたあんときのガキか？　するとおまえさんのカミさんは二丁目のヤキトン屋の年増ってわけか」

「そういうわけです」

　大村の巨体にはコーヒーカップはまるでままごと遊びのようだ。

　小さなカップを大きな顔に運び、煙草を指に挟んだまま一口すすると、しばらく遠くを見るように目を細めて天井を見上げた。

「そうか・・・立派なもんじゃねえか。とうとうカタギを通してそんだけになりあがったんだからな。今やどこから押しても崩れねえ大事業家ってわけじゃねえか。そこにゆくと俺なんざ、命張るばかりでこんな悪党ってわけさ」

「とんでもない、色々手広く事業やってるみたいじゃないですか」

「ふふん、やたら数ばっかり寄ってきてな。城北のハンパモンはみんな食わしてやんなきゃなんねえことになってるよ。ところでよ、面倒見てるのは三五四〇万円てことじゃねえか。大実業家さんにはちっぽけなもんだろ。どうするんだ？」

「ハイ、それなんですが、当の吉岡にすれば賭け事の負けも含めて覚えのある金額は六〇〇万ということで、既にマンションもカタに取られていると言ってるんですよ」

「ああ、調べたらマンションたって、まだまだローンがたっぷり残ってるじゃねえか。社長のワシとしちゃあこれで良しというわけにはいかんわなあ。桐野にすりゃあ実家や会社に肩代わりしてもらうようお願いするのは当然と思うがね」

大村の腫れぼったい瞼の奥がギロリと動いた。

「とにかく、会社の連帯保証っていうのは全く寝耳に水で、失礼ですが何の法的義務もないわけです。ただ私が気にしてますのは、吉岡は当社の常務取締役だってことで、これには確かに私の責任はあると思ってます」

「そのことだけどもな、よりによってほかでもないおまえさんのところじゃあるんだが、話を聞く限りじゃ桐野に任しておくほかねえな。よろしくやってくれや」

巨体が無関心を装うように立ちかけた。

「大村社長の顔があることは重々わかってます」

岩淵は、背広の懐に手を突っ込むと白い封筒を抜いて大村の前に差し出した。

「兄貴、私個人のいっぱいいいっぱいのところです。吉岡はどうなろうと無慈悲に絶縁してしまえば済むことですが、年寄りが考えた末の、これが精一杯のところです。これで一切を水に流しちゃくれませんでしょうか」

「なんだ、そりゃ。年上のカタギさんに兄貴って言われるのも歯が浮くわなあ」

ヒグマのような分厚い手で大村が封書からつまみ出したものは小切手であった。

額面一〇〇〇万円。

座りなおして不機嫌な顔で小切手と岩淵を見比べていた大村が、のっそり立ってデスクの呼び鈴を押した。桐野が驚くほどすぐにドアを開けて入り口に立った。

「桐野、今日付けの書面で、ええと、いくらだったかな？　この小切手の領収書と、これをもって一切を清算します、ローズマリーさん、吉岡さんに対して今後一切の返済請求をいたしません』といった文言を書いて持ってこい」と命じた。

桐野は小切手を両手で受けると、きちんと頭を下げてから素早くその場を立ち退いた。

「岩淵さんよ。世の中もあの頃とはずいぶん変わったよな。俺たちのやることや立場がこんなにも変わっちまったんだからな」

しばらくして桐野が命じられた書類を持ってくると、大村はそれを岩淵に渡して、

「これでいいな。良ければ俺が署名捺印するぜ」と了解を求めた。

岩淵がそれを見て承諾すると、大村はデスクに立って引き出しの中から印肉ケースを取り出してガラスマットの上にパチンとおいた。

何をするかと思えば熊のような指を器用に使ってカッターシャツの前ボタンを大きく外し、巨大な腹に巻いた白い晒（さらし）の内側を探った。背中から胸、両腕の一面にしょっているのであろうおどろおどろしい入れ墨が青黒くのぞき、何の部分か不気味な赤い色が一瞬目をかすめた。分厚い財布のようなものをサッと抜き出し、その中から象牙の印鑑を抜き取って書類に署名捺印した。

「ありがとうございます。言葉もありません」

大村はのっそりと立ち上がりドアに巨体を運ぶと振り向いて言った。

「会長さん、若いもんはしっかり管理しろよ。会社も何もそっくりケツの毛まで抜かれるぞ。こんなきれいごとなんぞないんだぜ」

大村の目がギラリと岩淵を射抜いた。

会長室で一也と千代は岩淵の手短な報告を聞いていた。

「一〇〇〇万は俺個人が小切手を振り出した。とにかくやつらとは一切きれいに清算することが肝心だ」

「ええーーっ、会長が一〇〇〇万を用意して行ったたってのは驚きだなあ……」

「驚きだって？　そうだろうけども、大村を相手にするのはコツがあるんだよ。ヤツはな、昔っから『俺は侠客だ』って自負、まあ、願望だな、があるんだよ。最近は昔と違って自分がやってることとの矛盾に行きあたって、あれで悩むこともあるんじゃないのか？　まあ、ああいう男はこれからのやつらの渡世じゃ通用しなくなってくんだろうな。今どきのヤクザなんて薄汚ねえクズの集まりに、映画じゃあるまいし、侠客なんてものがあるわけないだろ」

しばらく何かを思う間があってからきっぱりと言った。

「とにかく、こういう連中とのいざこざは一切をきっぱり断ち切る手立てが大事なんだよ。

吉岡を依願退職として規定の退職金を広島の実家のカミサンに送ってやれ。バカなやつだが会社をここまでにしてくれた功績もある。損得は考えるな。これきりで吉岡とうちは一切絶縁だ」背もたれに体をあずけながら一也に強い視線を向け直した。

「うちもこれからは人間関係べたべたの営業スタイルとは縁切りにするいい機会になるってわけだろ?」

「うん、そうするよ。——だけど肝心の吉岡がおとというちを出て行ったきり音沙汰がないんだよ」

「なんだって、——まあいいや。奴から連絡があったら今日の結末をしっかり伝えることだな。多分まだあっちこっちに不義理してると思うが、あとは自分でしっかり始末することだ。逃げずに捨て身になってな。その大村から獲った書類のコピーを持たせてやれや」

左腕をぐるりと回し、右手のこぶしを後ろに回して背をたたくと、帰り支度を始める。

「あーあ、昨日、今日と久しぶりに気が張って疲れたよ。早引きさせてもらうよ、いいよな、専務、社長」

その背中を見る一也の目には、それがあらためて大きなものに、それでいて未だ還暦前の五八歳とはいうものの、ひそかに忍び寄っている老いの影が裏打ちされて映ったのだった。

＊

朝六時を回った時、一也の自宅の電話がけたたましく鳴った。

受話器を持ったまま理津子が絶句している。

顔を洗ったばかりの一也が寝ぐせ髪のままのパジャマ姿で近寄った。

「なんだよ、こんな朝早く。誰だよ」

「お母さんよ。――会長が倒れたって」

「倒れたあ?――ってなんだよ」

奪い取った受話器の向こうに、千代の、既に絶望の声があった。

「お父さんが、・・・・もう駄目だわ。全然動かないの。救急車を待ってるところ」

駆けつけた救急病院で医師に告げられた報告は急性心筋梗塞。

詳しい原因は解剖を要するとのことだった。

起床してから一時間と経っていない今、ここで起こっていることが現実とは思えなかった。

それからは、翌日が土曜日で通夜、引きつづきその翌日を葬儀としたが、自分も家族もそれぞれがどのように動いたかが後になってもよく思い出せない。

そんな状態の中で、その夜、吉岡から自宅に電話があった。絶え絶えの声であった。

「すみません。本当にご迷惑をおかけしました。自分で始末しなけりゃならないと思ってます。そのことだけをお伝えしたいと思ってこうして電話しました」

最後は涙で震えて続かない。

「あのなあ、丸福の件は昨日会長が一切の話をつけてきた。もう何にも心配はいらないからあとは捨て身になって真っすぐ頑張れと伝えておくように言われたよ」

「えっ」

「その会長は今朝亡くなったよ」

「ええーーっ」

「今晩駅前の葬儀社で通夜だ。参列してくれるな?」

吉岡は理解が追いつかない。絶句してしまった。

静かに受話器を置いた。


通夜は岩淵の業界知己や現取引先の参列者で埋め尽くされた。

一也は次々と訪れる弔問者に驚きながら、それらの人々の顔をほとんど識別できないまま気丈に応対する千代、理津子とともに、ただ際限なく頭を下げた。

吉岡もひそかに訪れているに違いないが気が付かなかった。

連絡すべき岩淵の親族は全くたどりようもなく、その関係の参列者は一人としていなかった。アメリカにいる二也にはとりあえず国際電話で訃報を知らせたが、明日の葬儀参列は無理だろう。

読経が一段落し、通夜振る舞いの用意された別室に入る時、一也は千代と理津子に突然強引に後事を託して葬儀社を飛び出した。

あっけにとられる二人をおいてハンドルを握ると、夜の都電通りへと脱出した。ただただ岩淵と二人だけになりたかったのだ。

都電通りを北に向かって疾走した。

建物の記憶をたどりながら岩淵金属資材の角地を探したが容易に見つからない。仕方なくUターンして小学校の近くの駐車場に車を止めた。歩いて目的地を見つけることにしたのだ。

いくつかの町角を記憶を呼び覚ましながら通り過ぎたとき、ここだと確信した大きな交差点に行きあたった。

（ここだ。絶対に間違いない）

堂々たるマンション棟が冷たい夜空に向かって鋭角に切り立っていた。棟のところどころに灯る窓明かりが、エントランスアプローチのポトスの木や植え込みの葉に反射している。

――あの時から二一年。灰色の幼年時代を鮮烈に貫いている記憶。

それが、黒煙と炎がごうごうと渦巻いた大火の夜のここなのだ。

少年がなじんだボロ建物やくず鉄の山は、この世にあったことが否定されるように、その跡形もない。

（オヤジー、本当のオヤジ以上のオヤジだった。オヤジイイーー、俺とおふくろを突然置き去りにして、なんだっててんだよーーっ）

初めて、一度も口にしたことのない呼び声で叫んだ。

「お父さん！」

腹筋が激しく波打った。ひとたび堰を切った涙は滂沱として流れ落ちた。

（お父さん、あんたこそ本当の侠客だったよ）

一也の慟哭を鎮めるように、漆黒の空の深みに、北の星が青く強くまたたいた。

その４

三六歳の一也が岩淵を失った時、清はようやく丸興産商中堅社員として産業機械部の中にその頭角を現しつつあった。

梁川化学とのビジネスが動き出したことで認められた清の広域開発活動はさまざまな新規顧客の開発に広がっていった。その押しの強さで部長にのし上がった犬鳴も伸び盛りの広域開発を強化せざるを得ず、清は課長補佐に昇進して、適性を選りすぐられた七人のチームリーダーとなった。

梁川化学、守口マシナリー、丸興のトライアングル・パートナーシップは次々と打ち出される梁川金男の斬新な発想と情熱に強烈に牽引されていった。画期的な料金の安さと仕上がりの速さを前面に押し出し、これまでのクリーニング業界になかったビジネスモデルが形成されていったのである。

この年、梁川式クリーニング工場は発足時のボランタリーチェーンから梁川化学を本部とするフランチャイズチェーンに進化した。グループ名「純白ジェット」を旗印に九州を中心に五〇工場の地域フランチャイジーがおよそ一二〇〇の取次店舗を展開している。

梁川のもとにこの実働を確実に推進しているのが張本で、清が丸興の組織をバックに機械や資材の供給と宣伝サポートでこれを強力にバックアップしている。それに伴って清に対する梁川の信頼は絶対的なものになっていった。犬鳴は清のお膳立てで梁川との親交を得たが、梁川も心得たもので何かと清の社内的な力を持ち上げてゆくようにふるまった。

梁川化学の純白ジェット・フランチャイズチェーンの勢いは八年前の一九七一年に熊本空港が健軍から阿蘇の山麓に移転拡充したことに力を得、九州を越えて西日本から全国への進出が容易に展望されるようになった。

この飛躍に大きく橋を架ける中心会員が広島の西丸クリーニングであった。社長の西丸勝の父親は戦後パチンコ業で財を成し斯界(しかい)にその名を成していた。しかしながら最早高齢となったため、三年前、勝に代表の座を譲ったのである。

投資意欲の盛んな西丸はさまざまな商売に手を出してきたが、一昨年梁川化学の斬新的なビジネスモデルに目をつけ、純白ジェットFCの会員となった。本拠の広島に加えて山口、福山に三工場を持ち、父親の人脈から札幌、仙台、東京、千葉、静岡、名古屋に純白ジェット・フランチャイズチェーンの会員をつくってグループの東部進出に大きく貢献している。

しかし、育ちの環境と性格から他人や組織の風下に立つことに満足できず、最近とみに純白ジェットのFC会員規則を乱す言動が目立つようになった。

先日梁川化学本社で行われたオーナー会議の後、味噌天神の馬刺し店に西丸他五人の東日本オーナーが車座になってビールをあおっていた。会話の温度をどんどん高める中心は西丸である。額に汗の粒を光らせながら盛んに吠えている。

「この店の馬肉は最高じゃなあ。評判を聞いとってな。去年梁川のオヤジと差しで話しとったらの、そりゃあけったくそ悪うてな。ここらを一人でほっつき歩いとったら見つけたんよ。皆さん、昨日今日とお疲れさんでした。まあここはぎょうさん飲んでどんどん食えや。ワシのおごりじゃ。精力付けたら下通りに面白いクラブがあるけえ、そこで思い切り発散といこうやあ」

千葉のオーナーがコップをグーッとあおる。

「なんか今日も梁川会長の独演会でしたなあ。梁川教みたいなもんですわな」

「そうよ、梁川教よ。まちごうたらいけんのはフランチャイズとはいうもののわしらにとってはまだまだボランタリーチェーンじゃけえのお。基本はともかくとしてそれぞれの工夫や方法で自由にやったらええんじゃ。あんたらのところに張本っていうのが回ってくるじゃろ。あんなぁがくせもんなんよ」

札幌のオーナーが続く。

「しかし本社は機械据え付けて高い機械代金をせしめた後は部品や洗剤その他の消耗品代、何といっても上納金。毎月ザクザク入ってくる仕組みだねえ」

「そうじゃ。笑いが止まらんじゃろうよ。まあしかしヤツらにとって九州を出りゃあ外国じゃけえのう。わしらが結束すりゃ何というこたはにゃあ。それぞれの土地で汗流しよるもんがそれに見合った稼ぎを手にするのが道理じゃ。まあ見ようれ、奴らに甘い汁を吸わしたままにゃあしておかんわ。わしにはパチンコの業で得ているいろんなノウハウってものがあるけえのお」

「だけども梁川会長の強烈な個性で組織のタガはゆるむすきがありそうもないし、あれでいて会員の全員と言ってもいいほどみんな信奉者だしなあ」

「ああ、今はな。だけどそれはしょせん九州の中での話じゃ。どんな組織にもどこかに穴や落ち度ってものはあるけえのお。今色々調査かけてるし、そのうち皆協力してくれや。わしの考えはのお、ここにおるもんがそれぞれシマを大きく分割してそれぞれの元締めになりゃええのよ。今はその将来をにらんで我々の意の通った新規会員を開拓していくことじゃ」

不穏な話は尽きず、西丸のすり込みはどんどんエスカレートしていった。

＊

会議が散会した後に張本が梁川に進言していた。

「会長、どうも広島の動きがおかしいです。会議ではおとなしくしていますが、終われば我々の親睦会をそこそこにして東日本の六人と集まっては何やらたくらんでいる様子です」

「ああ、わしもそぎゃんした雰囲気はわかっとるとたい。まあ、あやつどもあ、何のかんのヨゴレば被っとる商売人だけんね。一筋縄じゃあいかんどたい」

「やはり東日本は要所にまず直営工場を建設して進出拠点をつくるべきですね。問題は資金ですが、直営は金がかかりますからね。仕入れ資材を丸興さんに可能な限り集中して互いの協力関係を一層強くしていく必要がありますねえ」

「まあ、西丸の息がかりの誰がどぎゃん動いとるのかよう見とかにゃんたい」

「私の調べた限りではこの六人からの息のかかった潜在会員が少なくとも一五人くらいいますね。今はおとなしくしながら我々のノウハウを盗むつもりでしょう。やがて機械や消耗品の供給先を握って奴らのフランチャイズを立ち上げてゆくに違いないですよ」

「ま、気取られんごつ、そぎゃんした人間ともつきあいは深こうしとかにゃんたい」

いつもの梁川なら、「そぎゃんした連中は食えんごつなるまじ打ったたく」などと言い放つところだ。これまでの梁川のやり方はそういう反乱分子は絶対に許さなかった。直営工場や隣接のシンパ工場からその営業店へ特別な条件で強烈な売り込みをかける、工場へ洗剤や消耗品の値上げ、機械のメインテナンスサービスを止めてしまう、果ては本部の枢要人材を引き抜いてしまう、などの苛烈な攻撃をその反乱分子がつぶれるまで続けるのだ。

　その工場がつぶれたとみればすぐに買い取って他のエリア・フランチャイジーに結び付けたり、直営傘下に呑み込んでしまうのだ。そういった工作の原動力となっているのは各地区のオーナーとその家族についての詳細にわたる情報掌握である。オーナーの女性関係を含む交友関係、家族事情、個人的な投資や貯蓄。どのような方法でそれを知るのか、それらはほぼ正確に梁川の頭の中に入っているのである。

　ところが今日は、詳しく聞きただそうともしない。いつもとは違う梁川の反応に張本は何やら納得のいかないまま退席した。


　清はどうも最近張本の生気がないのが気になっていた。一度そのことを聞きただしてみなければならないと思い、張本を電話でつかまえ、丸興福岡営業所で会うことにした。

　丸興福岡営業所は福岡天神ビジネス街一番の高層ビルの最上階を占拠していた。会議室で向き合った。九州内の会員の開拓は順調に伸びており、当初分割設定したテリトリーも要所はずいぶん詰まってきた中で今後の進出案件を話し合った。

　順調な展開に一段拍車がかかったのは、守口マシナリーが梁川式システム機材の積極的な開発投資に踏み切ったことが大きく貢献している。社長の森田は当初清から持ち込まれた話を海のものとも山のものともはかりかね、投資に懐疑的であった。しかし東京の土方からの背景説明と強い勧めによって大きな決断を下したのであった。

森田は犬鳴がらみの商談にはいつも警戒感を緩めない。犬鳴に対する不信が根にあるのである。反面土方へ向けた信用は絶対であった。

話が一段落したところで、清は張本に問いかけた。

「張本さん、なんだかこの頃元気がありませんねえ。気のせいかなあ。ひょっとしたら会長とうまくいってないなんてことないでしょうね」

張本はギョッとしたように清を見つめて、「さすが夏川さんだなあ・・・・」と声を押し出した。もしやというカンが当たった反応に、張本の顔をあらためて見る。

「まあね。本当のことを言うと、おおっぴらにされては困りますが、関西から東部方面開拓への会長の熱意が今一つ感じられないというのが気になってるんですよ」

「進出戦略の基本は要所要所に直営工場を建設して取次店の開拓を進めるということじゃなかったんですか？　広島をはじめ工場フランチャイジーはぽつぽつ出てきているようですが・・・広島の西丸さんなんか正直言ってあまりいい会員じゃないですよね。なんか腹にいちもつあるような動きだし」

「そこなんですよね、彼はもう既にかなりの潜在会員を獲得してますよ。儲け話に乗せるのは天才的にうまいですから・・・・だけどこの押さえつけに対する会長の熱意が今ひとつでね。なんか最近はほかの事業を立ち上げることに気持ちがいってるようだし・・・。まあ今日はこの辺にしておきましょうか」

「ええっ？　何だか張本さんらしくないなあ。中洲へ出てガソリン入れますか」

「いやいや、今日は愚痴が出そうだからやめときますわ」

誘いを固辞して辞去する張本をエレベーターに送りながら、（直接梁川に会ってみなければならない）と思った。


数日後、朝早く熊本の梁川化学本社に飛んだ。

守口マシナリーとの連携や洗剤などの供給が軌道に乗ったことで清はすっかり梁川の信頼を獲得していた。最近は個人の直通電話を知らされるなど、いつでも会える関係になっていた。

梁川は社長室で作業着のまま、妙な形をしたモーターらしきものに数種のパイプやエルボーを一心に脱着していた。

「なんや、要件もはっきりせんでなにゃあ、わしぁあ忙したったい。なんかあったつかい？　張本とはうまくやっとるとだろう？」

「お忙しいところすみません。九州内の開拓もずいぶん進んできましたので、今後の本土進出について会長の方針などをお聞きしたいと思いまして。我々の機械その他の開発計画もありますんで」

「まあな、ことは急ぐといかんこつもあるたい。いつもイケイケドンドンじゃいかん。ちっと立ち止まってゆっくり腰ば据ゆるこつも必要ばい」

「しかし、余計なことですけども、広島の西丸さんの動きなど今後にあまり好ましい動きとも思えないところが気になるんですけどね。早期に直営拠点の建設に踏み切りませんか？」

「なんなあ、張本と同じこつば言いよる。とこっで、アイツこん頃なんか覇気がにぁあね。そぎゃん思わんか？　そるはそうと、せっかく来なはったけん、これば見なっせ。これはなあ、沖縄の米軍基地で使こうとるモーターばってん、いろいろに使わるっとたい。こっちゃん来てみなっせ」

　と言ってさっきからいじっていたモーターらしいものを手にすると、清を社長室から引っ張りだし、庭の大池の前に連れ出した。何をするかと思えば、その傍らの簡易物置から長いパイプとエルボーを取り出しモーターに手早くつないだ。屋外コンセントにモータープラグをつなぐ。それからパイプの一方を池の水中に突っ込み一方をまっすぐに空に向けた。無邪気な悪ガキのようになっている。

「よかなあ、びっくりしなすなよ」と言ってからモーターのスウィッチを入れた。

　途端にパイプから空高く猛烈な水流が噴出した。びっくりするほどの勢いであった。

水ははるか空高く吹き上がって雨のような水滴を広範囲に振りまいた。

思わず軒の下に身を避けて、何が起こったのかと驚くばかり。梁川は消防士が散水ホースを上方に向かって構える格好で脚を広げて腰を落とし、「ウワッハッハッハッハッハアー」と大きな口を開けて笑っている。やおらスウィッチを切ると。頭髪と肩に水をあびたまま、「どぎゃんなあ、こまか割にゃあすごか出力でっしょ。これを反対に使うとものすげえ吸引力になるとたい」

「へええー、しかしそんなものをどうするんですか？」

「これはいろんなビジネスにつながると思わんか。以前から研究しとるとばってん、わしはビルの清掃業に興味があるとたい。こんモーターば使うとしゃが、色々な清掃用具ができる。また守口マシナリーさんとの提携にもっていこうかの。でかい業になるばい、これは。どぎゃんね？」

ハタと気が付いた。張本が言っていた「ほかの事業」とはこのことか？

「会長、新しい事業に気が行ってクリーニング業の方から気持ちが離れてるんじゃないですか？　まだまだフランチャイズシステムは穴だらけですしやらなきゃならないことは山のようにあるんですけども」

「それはやってかなきゃいかん。しかしそるば一段充実さすっとなら組織の拡大一方でなく九州内でじっくり磨き上げげにゃんとと違うか？」

「ええ？　なんか会長らしくないですねえ。いったん立ち止まるなんて。そんなことやってたら西丸一派などの抑えがきかなくなりますよ」

「あのなあ、ビジネスってのはどぎゃんして広がってゆくと思う？　それは『利』たい。利がないところに人は集まっちゃあこん」

「・・・・・・・」

「広島の一派が何やらぐずぐず言っとるのも利に不満があるけんたい。西丸が自分で一旗揚げようごつあるなら勝手にやってみっとよかたい。いっそ暖簾分けしてやろうかね」

「ええーーっ、なんですって？」

梁川は続けた。

「張本だっちゃあ、そぎゃんたい、金に不満があるっちゅうこつたい。長男が心臓を患っとって手術に金が要るらしかもんな」

清は訪問時の勢いが急速に萎えてゆくのをどうしようもなかった。

＊

西丸の広島本社社長室で東京、仙台の「純白ジェット」フランチャイズ工場オーナーと西丸が話し込んでいた。三人は互いに兄弟と呼びあう親密な関係になっているのである。

「兄弟、わしはな、今後の我々の展開に当たっての重要な案件はこの三人が先ず合意しておく必要があると思うんじゃ。もう既にわしらには札幌、千葉、静岡、名古屋に気持ちを通じ合った舎弟がおって、ここを拠点にしていつでも全国に純白ジェット会員を広げてゆけるわけよ。じゃけのお、これをいかに円滑に運転してゆくかが大事や。中にゃあ機密の情報に基づく方向決定も出てくるわけや。何から何までをいちいち会員にさらけ出すのは混乱を招くだけや。そういったことにゃあ先ずこの三人がしっかり方針を固めておかんといけん」

「そりゃあそうだな。いちいち各地のオーナーに意見聞いてたらまとまるもんもまとまらんよな。ましてや全国会議なんかやる前にはしっかり方針を固めておかんと」と東京が返し、仙台があいづちを打った。

「話はこれからなんじゃが、ええか、いよいよ面白うなってきてな。張本おるじゃろ、あれとな最近付き合いが深くしてきてな。いろんなことがわかってきたんよ」

「ほう、付き合いったってあいつは梁川の懐刀(ふところがたな)だろ。何がおもしろくなってきたって?」

「ああ、それがわしのただもんじゃないところよ。人間誰にも不満や弱みはあるもんじゃ」

　西丸は前に座る二人に向かって右肩を落としてグッと顔を近づけた。

「ヤツはな、働きのわりに給料が安すぎるってな、相当に不満が溜まっとるんじゃ。そりゃあそうじゃ、梁川のオヤジの懐にザクザク入ってくるのはよう知っとるわけじゃけえ。それにな、どうも子どもが心臓が悪うらしゅうてな。手術が必要で、金が要るらしいんよ。金には相当追い込まれとるわけよ」

「へええ、聞いてみなきゃわからんもんだねえ。で、なんか面白い火種でもあるんかね？」

「ああ、ヤツにゃあ何かにつけ鼻薬を嗅がせてあるんや。ええか、話が面白いってのはなあ、驚くなよ。梁川のオヤジは九州以外のフランチャイズ展開にやる気をなくしとるっていうんじゃ。どうも他の事業の立ち上げに気がいっとるらしいんや。張本から内密に聞いた」

「なんだって？」

「そこでや。——わしの腹は、まず張本を引っこ抜く。こいつが純白ジェットの経営の何もかもを知りつくしとるからな。思い切った給料をはずめば必ず動きよる。しばらくわしんとこか兄弟のところに預かってもらう。ヤツから色々梁川の急所を聞き出してな、中国から北海道までのフランチャイズ展開権利を譲ってもらう。梁川と向き合って正面突破や。何せわしらが十分すぎるくらい開拓能力を持っとるこたあ火を見るより明らかじゃけ。梁川はようわかっとるはずや。最大の問題は金や、梁川のごうつくが生っちょろい金で手放すはずがないけえ。あんたら兄弟にも応援してもらわにゃならんかもしれん。丸興からの機械や洗剤の供給が問題だが梁川のオヤジが投げ出せばどうしようもなかろう。奴らも商売じゃ、必ずついてくらあ。梁川からの権利譲渡を決めたら丸興との条件交渉じゃな。担当は夏川って張本と同じくらいの歳のヤツや。こっちの組織が動き出したら条件なんかどうにでもなるわ」

それからの三人は話し込むほどに欲望の火がメラメラと燃え盛り、梁川からの独立作戦にぐんぐんとのめりこんでいった。

「さあ、兄弟。この間は熊本の馬刺しでよう力付けよったが、今晩は元安川の牡蠣船(かきぶね)や。うまいでえ。はるばる来てくれたんや、たっぷり力付けたらそのあとは流川で思いのたけ遊んで行ってや。ぴちぴちええおなごが待っとるぜ。今回は男の契りの夜ってわけや」

西丸は大声で社員の一人を呼び、車を回すように命じた。

三人が表に出るとチョコレート色のトヨタクラウン・ロイヤルサルーンが待っていた。

「西丸さん、こりゃあ豪華だねえ。新車だね。洗濯屋じゃちょっと乗れんなあ」

「せや、これ今年の新モデルや。あんたら東日本の頭じゃけえのお、思い切りええ車に乗らにゃあいけんわ。梁川は売り上げによって会員の社長車の格を決めてるけえのお。わしらには余計なおせっかいじゃがあれはええ決まりだと思うんよ。わしらもそれを取り入れようや」

　大型車は野望に膨れ上がった三人を鎮めるように、静かに太田川分流のカキ船に向けて滑り出した。

＊

　清は腰が抜けるほど驚いた。張本が退社したという。

　打ち合わせ事項があり梁川化学に電話したところ、先週突然退社して会社に来ていないと。清に特に挨拶がなかった。（一体どうしたというんだ！）

　梁川に電話すると不在であったが夫人が出て、「こっちさん来なはるなら会長にゃあ連絡ば取りますけん、何時でん来なはりなっせ」という。とるものもとりあえず熊本に飛んだ。

　梁川は会長室で悠然と待っていた。

「会長、張本さんはいったいどうしたんですか？」

「わしは去りたかち言うもんは追わんとよ。こないだも話したばってん、ヤツは金に不満があってたい。子どもの病気でまとまったもんが欲しかとよ」

「辞めてどこへ行ったんですか？」

「知らん。わしん目は節穴じゃなか。西丸の甘か汁に乗ったんだろたい。それ以外考えられん」

「それってまずいですよね。ものすごくまずい」

しばらく沈黙が続いたが、梁川がとんでもないことを切りだし、耳を疑った。

「日曜日にな、西丸が会いたかていうけん、ここで会うた」

「ええっ、いったい何の用でわざわざ？」

「九州以外の開拓を任せてくれとズバリ言ってきよったたい。よか度胸ばってん、指が細こう震えとったたい。ふぁっはっはっはっはっはっはっは」

「ええっ！　それで叩きかえしたんですか？」

「なんの、『いくら払うとかい』たって言うたったたい」

「そんなあ――」

「ヤツはもう既に仲間ば作っとるとたい。真正面から来たからにはよっぽど自信があっとだろたい。こんままワシの下でやらしておけば組織が割れて面倒なこつになる。こっちは要の張本がおらんごつなってしもうたばってんが、九州ば固めていけばまだまだいくらでも伸びるたい」

「うちからの機械や消耗品、洗剤を止めてしまえばどうにもならんでしょ」

「そこたい。だけん張本ばさろうたったってわけたい。あんたんところに袖にされてもヤツは独自でやってゆく道を何とか作る。ばってんなあ、あんたがうちの道ずれになることはなかろう。あっこと取引する、せんなあんたの自由や。したたかに商売してかにゃあ商社マンとはいえんだろたい。わしは泣き言や得意先に圧力かけるようなことは好かん。ただし、うちへの納入価格は安くせないかんばい」

「・・・・・・」

　梁川はにやりと笑う。

「まあ見とんなっせ、張本がそのうちあんたんところにひょくっと顔出すばい。まあ気持ちの知れた仲たい、こっちの商売荒らさんごと、よお話ばすることばい」

「・・・・・・」

「それにな、本音ば言うとな、面倒なこつばしてこの商売ば続くっとも、せからしかなったったい。こん間も言うたばってん、わしの頭は今新しい業を立ち上ぐるこつでいっぱいだけん。この仕事はもうかるばい。おいそれと他人に真似ばできるようなものにゃあせん」

西丸を中心とする新しいフランチャイズ、「白鳥スピードクリーニング」がスタートした。

＊

新組織の発足にあたって張本が訪ねてきたのには驚かされた。梁川の言う通りであった。

張本が示した名刺には「白鳥スピードクリーニング・FC本部・企画部長」とあった。

張本は、清に何のことわりもなく退社したことを深く謝罪し、「九州には絶対手を出さない」と明言した。

張本の説明では西丸は梁川に三億の権利譲渡金を支払った。一部を仙台、千葉、静岡、名古屋に分担させて、彼らが西丸理事長を中心とする新しいFCの理事会メンバーとなるとのことであった。

張本は辞去する時、「今後自分は夏川さんの前に顔を出すことありません。新しい担当者に早速挨拶にうかがわせますのでよろしくお願いします」ときっぱり言い置いた。

新ＦＣの立ち上がりで清の販売成績は一段跳ね上がった。

各地で新工場の建設が相次ぎ、守口マシナリーの機械設置は多忙を極めた。

清は、白鳥スピードクリーニング新工場の建設段取りや取次店の開拓が手際よく進む背後に、本部で組織を采配する張本の存在を強く意識していた。

丸興における犬鳴はと言えば、好調な業績を背景に今や来期の取締役昇進をささやかれ、何かにつけ意気軒高であった。

清はそんな犬鳴にこれまでにない重みをつけた口調で課長昇進を告げられたのであった。

「君は今年四一やったなあ。六月一日付けで昇進辞令が出とる。これからは実績を追求するのはもちろんやが、丸興産商・産業機械部営業一課長にふさわしい人格を身に付けるようにせなならん。部下の失敗には気持ちを大きく、自分がすべての責任を背負って先頭に立たなならん」

（よく言うわ！）と内心吹き出しながらも営業一課長への評価を得たことはうれしかった。しかし一方で、伸長する販売実績の裏側にどことなく得体のしれない不安と憂鬱が漂うのであった。それは、一課の好成績を支える白鳥スピードクリーニングＦＣの拡大する実態を、張本と直接連携していた時のようにしっかり掌握していないからなのであろう。

さらには梁川のカリスマ性に比して西丸は野心先行の生臭さが鼻につき、(この男が父親から引きついだパチンコ業に加え、急進するFC組織を真っ当に統率してゆけるのだろうか?)という懐疑、不信であった。

数字だけは目を見張るように伸びてゆく。張本と直接会ってその急進の実態を確認しようと思いつつ、「今後は夏川さんの前に顔を出すことはありません」と言ったいつかの言葉が頭をよぎり、うらはらな思いのままに日常の取引は進行していった。


張本が広島に消えてから二年がたった。

あの時の宣言通りに張本からの接触は一切絶えてなくなった。

一方で清と守口マシナリーのパートナーシップは新しい海外メーカーとの取引を一段と拡大させ、営業一課長としての毎日は息つく間もなく転がってゆく。

白鳥スピードクリーニングは中国地方から北海道の広範囲にわたって四〇工場を超えた。

しかし、清の不安はついにその姿を現すことになったのである。丸興への支払いがとどこおる事態が頻発してきたのである。

営業一課担当係長は西丸社長に会うことを常にはぐらかされるので経理部長に執拗

な支払い催促を繰り返す。これに対して、時にもっともらしい理由をつけて部分的にまとめて払うが、また再び止まってしまうという繰り返しである。このままの状態を続けるならば不良債権は際限なく増えてゆくことは明白である。事態は日に日に深刻となった。もはや審査部によって設定された与信限度額を超過しており、回収の目途が立たないならば資材の出荷止めを断行しなければならない。それは同時にこのフランチャイズの活動を頓挫させるということになり、損失を確定することによって取引の終末処理へと一気に転落することを意味する。

清は、進むか引くかの堂々巡りの中で、張本をつかまえて実情をただそうと企画本部に再三面会を迫るが、外出中、出張中というのが常である。いったい張本は丸興に対するこの事態をどう考えているのだろうか？　すっかり西丸のやり様に取り込まれてしまったのか？　面談を逃げていることがその証左だ。

何よりも西丸をつかまえなければならないが、不在だの出張中だのといったことでその都度はぐらかされる。最近は海外出張で当分不在ということに至っている。

重なるその不誠意についに怒りが爆発した。ことわりを入れず広島本社を突然単身で訪問した。社長車のあることを確認して、エレベーターで三階に踏み込む。夏川課長の突然の来訪に戸惑う事務員。

「西丸さんいらっしゃいますね。失礼しますよ」と言うや、制止をきかず奥の社長室にずかずかと直進しドアをノックした。四方に注意を払ったが張本を見ることはなかった。

突然の来訪に驚き、狼狽と腹立ちの入り混じった体の西丸と対峙して状況を詰問した。

「なんじゃ、ことわりものう。わしはなあ、遊技場の方と両足かけとるけえなあ、体がなんぼあっても足らん。パチンコはフィーバー機がすっかり普及しよってな、今年はまた風営法の規制なんぞで遊技機の取り換えや店の改装再投資で大忙しや。韓国に出る話も進んどる。しかしあんたんところは順調にいっとるじゃろ」

「おかげさまで新工場や取次営業所の開拓は進んでますが、お支払いが不定期なのが困りますねえ。それから現場ではいろいろなところで本部に対する様々な問題や不満が頻発してますよ。知ってますか？」

「不満？　そんなんどこでも同じじゃ。小さいこと言うたらキリがにゃあ。大きな流れで見にゃあいけんんで。張本はなにしとんやろな。すべったりころんだりしとるんなら各地を担当する理事に聞いて解決をサポートするんがあんたんところの役目じゃろうが。ただ涼しいところに座って金が入ってきたらそんなうまいこたあないで」

「西丸さん、うちへの支払いだけはちゃんとしてくださいよ。すべったりころんだりとはわけが違う。信頼関係の基本ですからね」

「そりゃあ経理部長に任してあるが、ちゃんと支払っとると報告受けとるで」

「ほう、報告受けておられるんなら、これがお送りしてあるこれまで月別支払い実績と現在の約定外の支払残です。ご確認いただいているわけですね。滞留金の清算予定を文書でいただけませんかねえ。口だけじゃ信用できません」

「文書だってえ？　さすがに大会社さんはお役所じゃのう。実際の商売は生きもんじゃけえ、ましてやクリーニングだの遊技場ゆうんは毎日様相が変わるんじゃ。そいつをうまく馬に乗るように捌いてゆくんが商売じゃ」

清が、出した書類を引っ込めようとしないので、西丸は不承不承に言った。

「まあええわ、あんたんところとの信頼関係は大事じゃけえの。経理部長に渡して調べさせるけえ、後日返事を受け取ってくれや」


広島から帰るやすぐに翌朝新幹線一番で発ち、千葉を訪ねた。

千葉は、これまで何度か来ているので社長の清水は気を許しているのであろう、雑然とした部屋でデスクに足を投げ出しビデオを観ていた。なんと違法のアダルトビデオである。

「社長、昼間っからたいそうなもの楽しんでるじゃないですか」

「ああ、西丸会長にもらったんだよ。韓国の土産だとよ。さすがにすげえんだよ」

テレビを切って向き直った。

「順調に開拓は進んでるようですね」

「ああ、神奈川から関東全域ブロックを息のかかったものから確実につぶしてるからねえ。聞いてるだろうけども西丸に乗せられてね。広島本部の下でサブの運営権利を持つ理事になる為にずいぶんふんだくられたからねえ。しかし言ったらキリないが最初の約束は大分反故にされたな」

「どんな約束違いがあるんですか？」

「広島への上納金の計算条件とか、資材の支払いその他いろいろあるけども、言うのも腹が立つのでやめとくわ。それよりなにより、定例会や打ち合わせで決まったことのフォローがとにかくいい加減だわ。まあ、張本が色々調整してくれるんだが、あいつがいなかったらテーブルひっくり返してるぜ」

「張本さんはよく来るんですか？」

「ああ、あいつはよくわかる男なのでうちの裏表を全部話してる。名古屋も仙台もみな同じだよ。静岡もな。しかし西丸はパチンコの方、韓国に進出するとかなんとか言ってしょっちゅう姿くらますが、足元がうまくいってないんじゃないか？　てめえの請求書ばかり送ってきおってヤツとの約束はいつもいい加減だよ。このところ特にひどい。まあしばらく会員開拓は様子見だな。丸興さんと直接やれんかね」

清の不安はいよいよ募った。

張本が「今後夏川さんの前に顔を出しません」と言ってから丸二年がたつ。こうなったら何としても張本に会わなければならないと思った。

＊

マスコミはこの年九月二二日のプラザ合意後、急速に進む円高と輸出製造業の危機的観測、東京、大阪の中小工場の窮状を連日報じていた。

課員といつも行く蕎麦屋で昼食をとっている清の耳にいつもの円高不況報道に続き突然聴覚を打つ固有名詞が飛び込んだ。はっとして棚に据えられたテレビを見る。

「広島に本部を置く大型パチンコチェーンに国税局の強制調査が入るとともに西丸勝社長の聴取が行われています。同時に西丸氏の経営するクリーニングフランチャイズ、白鳥スピードクリーニングにも同様の脱税の疑いで査察が入っています。かねてから大掛かりな脱税に関する内部告発があり、当局の内定が進められていたものです。

——次のニュースです——」

ガタッと椅子をはじき、社の自席に戻ると、千葉の清水に電話した。

清水は話し中ということで電話口に出られない。折り返し電話をほしい旨を伝えて、白鳥クリーニング本部との取引状況表を課員に持ってこさせ一覧する。

イライラと電話を待つうちに清水から電話があった。

「お電話の件は西丸の本部の報道ですな。私も今、昼のテレビで見たところです。びっくりというかやっぱりというか。西丸と近い東京、仙台に知る限りの状況を聞いておったところです」

「どう言ってるんですか？」

「ううーーん、脱税はともかく、彼らは西丸のうす暗い経営状態をかなりよく嗅ぎ取っていたね。何より驚いたのは、内部の告発というのはどうも張本らしいですな。なんでも古くからの経理担当の女子社員、これは西丸の女というのは社内で知られていたようだが、張本はそれをすっかりたらしこんでしまったらしい。ほんとのことはわからんが西丸も甘いよ。どうでもいいけどわしらはどうしたらいいかってことですよ。あんたんところと直接取引するわけにはいかんのかね」

内部告発が張本であるとのことに息が止まるほど驚愕した。

間を置かず、脊椎にビビーンと電撃が走った。熊本の梁川の直通に電話した。

何事もなかったように梁川が出た。

「どぎゃんしたね。広島のこつか？」

「いえ、張本さんのことです。明日伺いますが、おられますか？」

「ほう、そらあよかが慌(あわ)つるこつぁなかばい」

何もかも承知のように悠然とした対応であった。

広島に対する債権の確保をしっかり押さえておかなければならないが、それこそじたばたしても始まらない。担当者に広島に飛んでどのような事態になっているかしっかりつかんでおくよう指示した。自分は熊本行きの最終便を抑えて伊丹空港にタクシーを飛ばした。

翌朝熊本市内のホテルのベッドを蹴って梁川のもとに突撃した。

「会長、張本さんをうまいこと突っ込んだんですね？」

「当然じゃろ。張本なら確実に出来るだろと思ってな。裏帳簿ば抑えたったたい。西丸は即死たい。二年かかったが新規工場の開拓も大分進んだしな、そっくりいただくことにするよ。わしはな、この業にまっとうに投資してくれたもんを裏切りゃせんばい。ガアッハッハッハッハッハー」

「会長って人は・・・・・恐ろしい人ですねえ」

「まあ、しばらく見とくことたい、張本がみんなうまくやりよる。これで『純白ジェット』も一〇〇工場を超えるだろう。あんたんとこもこれで安泰ばい」

＊

法善寺の小料理屋の一室で清と張本が向き合っていた。

「西丸のＦＣを純白ジェットＦＣへ切れ替えするっていってもいろんな難しい問題があるんでしょうね」

「そうね、個別の隠れた条件も色々出てきてますんでね。しかし奴らの新工場を作って取次店を開拓してきたのはやがて純白ジェットにそっくりそのまま呑み込むつもりでやってきたわけですからね」

「そこんとこですが、すっかり騙されてたなあ、役者だなあ。こっちは裏切られたと思ってましたよ。まったく」

「ほんとに申し訳ない。絶対失敗は許されなかったんでねえ。まず一番親しい人から騙させてもらったってわけですよ。最初は西丸一派の不穏な動きを会長に訴えて奴らを切るように進言していたんですけどね。相手にされないんでイライラしてましたよ」

ここで張本は調子を変えて真顔になった。

「突然会長に『おまやぁ、潜れっ！』て言われたんですよ。『西丸一派の懐さん身体ごつ入ってかる、あやつらの開拓をじゃんじゃん進めなっせ』って言うんですからねえ。何を言っててんだかわからず、一瞬ポカンとしてましたよ」

——梁川は詳細な調査を進めていたのだ。その結果、西丸が社長になってからのパチンコチェーンはガタガタになっていることをつかんだのだ。梁川は張本に命じた。

「ヤツはパチンコであけっしもうた穴ばクリーニング業で埋めようと画策したわけたい。泥棒猫ごつある真似がうまくいくか。逆にやりたかごつどんどん開拓させち、良かしこ太らちかるそっくりいただくたい。こっちにとっちぁ渡りに船ばい。そぎゃんは思わんか？」

梁川は張本に信頼を込めたまなざしで続けた。

「ヤツに不満や弱みばもっともらしく漏らしてみい。すぐ食らいついてくるばい。うまいこと懐に入ったら新しいＦＣを立ち上げてどんどん会員工場をつくるたい。こっちんノウハウばそっくりに生かせ。それから丸興とん取引ばつなげて維持せえ。わしは何もゆわん。よかか、いずれそればそっくりこっちに移すとが目的なんやぞ。大事なことは金ん流ればつかむことに集中して目ば離しゃんこつばい。ヤツにまっとうな経営ができるわけがなか。必ず不正に走ってゆく状況だけんね。頃合いば見てその決定的な証拠ば握ったところでおまえの使命は完了たい」——

「息子さんの病状が思わしくなくてお金がいるってのも嘘だったんですか？」

「いや、息子を道具に使った嘘はつきませんよ。ほんとにピンチだったんですよ。でも会長が十分すぎるほど助けてくれまして、高額な手術もうまくいきました。何といっても専務、会長の奥さんですが、なにくれとなく嫁を支えてくれて、僕は広島での工作活動に安心して専念出来ました。どんなに感謝してもしきれません」

「また、今度は一気に倍になった純白ジェット開拓の仕事を一緒にやれるわけですね。楽しみだなあ」

「いや、僕は戻りません」

「えっ！」

「会長がね、『いっぺん潜ったもんが同じとこさん浮いてくっとでけんたい。色々りにくっかこつが出ちくるけんな』って言うんですよ。確かにそうなんですよ。今回のことで、良し悪しは別にみんな『張本は会長の密命でスパイもやる』って見たわけですからね。実際この二年、僕のやったことはきれいごとばかりじゃありませんでしたからね。気が付かないところで恨まれてることもあるだろうし。純白ジェットに復帰してまたやり出したら、場合によってはつまらんことで会員の不信を食らうかもしれないですからね。・・・・お見通しだなあって思いました」

「で？」

「新しく立ち上げるビルクリーニングの仕事をやるんですよ。会長は『もうおまえぁ社長になったっちゃあよかたい。この業は太うなるとばい。自分のこつぁ自分で決めらるるごつ頑張らにゃんたい!』って言うんですからね。人使いが荒いっていうか、うまいっていうか。クリーニングの方は僕の後を引き受けてる若いもんが育ってますからね。大丈夫ですよ。会長には息子さんがいましてね。もうたしか二七、八になるんですが、これまで直営工場で十分修業を積んでますんでね、これから全国フランチャイズの組織はこの息子さんが取り仕切ってゆきますよ」

張本は手許のビジネスバッグから大型の封筒を取り出し、その中から三〇センチ四方くらいのケント紙を清の前に広げて見せた。

対角いっぱいに翼を広げ目に染みるような青空を飛ぶカモメが白く抜かれていた。「純白ジェット」のロゴが鮮やかに印字されている。

「息子さんの最初の仕事は大々的なCI活動ですね。現在純白ジェット加盟工場数一〇〇超、営業店数は五〇〇〇店くらいになっていると思うんですが、これら全部の宣伝広告物、施設、作業着、消耗品、文書などすべてに対してこのマークとロゴを完全に施します。業界では初めてのことですが、大手の広告代理店に思い切った大金が投じられると思います。これと同時にフランチャイズ規約の見直しと充実が図られるはずです。これをやってしまえば広島事件みたいなことは二度と起こらず、今の勢いで行けば五年後にはおそらく会員工場数三〇〇、取次店数一万五〇〇〇店には到達するでしょうね」

張本を見送った後、なぜかため息がついて出た。安堵の吐息ではあったのだろうがそれだけではない。気が付くと自分の人生を梁川ファミリーに並べて映している自分があった。

――梁川は自分が賭ける自分の仕事の道を家族と共有し、直属の部下を家族のように扱っている。もちろん夫人も子どもも梁川の活動のすべてを知っているわけではないが、その歩んでいく道程と日々の辛苦や喜びを目の当たりにしている。

ひるがえって自分はどうだ。自分は家庭とは完全に離れた大きな組織の歯車として日々を送っている。組織にプライベートの持ち込みは厳禁といってもよい。妻はこの弱肉強食の世界の喜怒哀楽とは離れたところで自分の足元を支えてくれている。梁川の子どもは日々父の苦難と喜びの背中を見て育ち、一方でサラリーマンの自分の仕事は子どもの成育と何ら接することもない。

自分は何かを見失っていないか？　人生の価値を勘違いしていないのか？

ふと清は一瞬、町の商店や工場で、家族が力を合わせて生きる姿をうらやましいと思った。

今年も年度末が迫り、近々恒例の人事異動が発表されるだろう。自分には関係ないだろうが大きな異動であれば内示がある。今日は早く帰宅しよう。

せめて週末は恵子の家庭料理と一家団らん、翌日は子どもたちと少年に戻って魚釣りに行こう。

その5

一九八五年九月二二日のプラザ合意を契機に、先進五か国による円高誘導とともに輸入品には好環境の波が押し寄せた。

機を見るに敏な犬鳴は一転輸入機械に目の色が変わり、利益を急伸させた。持ち前の猛烈イメージが好調の印象を倍加させることもあって、ついに取締役社長室長（産業機械部部長兼務）への昇進を遂げた。

一方で国内の円高不況是正のために断行された公定歩合引き下げの水準は一九八七年には史上最低の二・五％となり、企業は金融の軟化に触発された土地投機を主とする本業以外のマネーゲームに突入していった。

本屋の店頭は「財テク」という新語に踊る書籍が平積みの山となり、著名な評論家が、「財テクをやらない経営者は無能である」とまで決めつけていた。

丸輿も半ば例外でなく、社長室特別チームによって独自の投機ビジネスに乗り出したようであった。そのチームは瀬黒常務取締役の意を受けた犬鳴社長室長が社内からごく数人の人材をピックアップして内々に動き出しているとささやかれていた。

必然的に産業機械部は課長の裁量にかかることが多くなり、清はその好環境に乗って国際的な有力機械メーカーとのネットワークを更に積極的にひろげていった。

たまに席にいる犬鳴に決裁書類をあげる時などは犬鳴取締役は大きく足を組み、

「好きにやったらええやろ。そないなこと自分で責任ひっかぶってやればええがな。どこの部も最近はスケールがこまくていかん。古臭いかカビの生えてるようなことを手間暇かけてしこしこやっても利益は上がらんよ」と言ってのける。

身に付けるものも高級ブランドが目につき、毎夕五時になると黒塗りの社用車でどこへともなく消えてゆく。東京本社への出張も多く、銀座や六本木のネオン街でいわくありげな紳士たちと高級クラブに出入りするところを見たという話をよく聞く。そんな傍若無人のふるまいは既に相当な利益実績を上げている自信に裏打ちされているのであろう。

活況と言ってよい社内状況の中で四月も終わろうとするある日、犬鳴の役員室に呼ばれた。犬鳴は大きな革張りチェアーにふんぞり返っていた。

「夏川、五月一日付けで異動や。あんたも大阪が長くなったしなあ、ここらで大きく転換が必要やろ。中国に行ってくれ」

　中国と聞いてまず広島のクリーニングフランチャイズの顛末(てんまつ)が頭に浮かんだ。

「え、広島の一件はとっくに落着ですよ。何でまたここで広島に腰を据えなきゃならないんですか？」

「アホか、なんでそんなとこで遊ばさなあかんのや。チャイナや、チャイナ！　これからの市場は中国や。香港の現地法人は合成樹脂、化学品が主だが産業機械部としてもここに力を入れてゆかなならん。香港に行ってくれ。たしかあんたは今年四五になるよな。ええトシや、ここで社長をやってみい。機械ばかりじゃなく、丸興香港(MARCO Hong Kong Ltd)が扱ってる化学品、合成樹脂、研磨剤、電子部品、産業機械、すべての責任を負うんや。合成樹脂売るんなら成型機や金型にもっと力入れんとな」

　一瞬反応できなかった。しかし犬鳴はその内示もそこそこにほかのことを言い出した。

「うちの合成樹脂部がＧＰ社のエンジニアリング・プラスックのアジア太平洋独占代理店だってのは知っとるな。その彼らがこれからの時代を見据えて医療用画像診断機器の分野を強化するっちゅうことが経済紙や業界誌に盛んに取り上げられとるわな。その日本代理店権利をうちの医療システム部がとったっちゅうことや」

「ああ、そうですか」

「まあ、驚くな。それを統括することになったのが土方勇一郎やと内々で常務に聞いた。一気に取締役事業本部長やで。腰が抜けるわ。なんでもGP社の医療機器製品のプラスチック成型や部品製造にヤツの担当しとった子会社数社の技術が次々採用されたっちゅうことや。出向から戻って関連会社担当部長として何やら活躍しとったことは知っとったが、突然ここまでとはな。大抜擢や」

　GPとはゼネラル・パワーリング・カンパニーの通称である。

　創業一〇〇年の歴史を誇る米国最大の多国籍コングロマリットで、本社をコネチカット州フェアフィールドに置く。世界に一七〇の事業拠点を有し、全従業員数は三〇万人とされる。今や世界最高の経営者とされるジャック・ウィンチ最高経営責任者(CEO)率いる、航空機エンジン、発電、プラスチック、機関車、家庭電化製品、放送、医薬、金融、など一四の事業部門からなる巨大企業なのである。

　丸興産商は耐熱性と強度に優れるプラスチック、「GPエンジニアリング・プラスチック」のアジア太平洋地域におけるナンバーワンサプライヤーである。

　それというのもこれらの原料樹脂に顔料や添加剤その他を混ぜ合わせ、用途に合わせて加工する樹脂コンパウンド工場をアジアの諸国に配置し、同時に秀逸なテクニカルサービス網を持っているのである。

ＧＰ社の丸興に対するこの分野の信頼を足掛かりに、土方がこの巨大企業の将来的な力点と手を結ぶことに成功したとすればこれはすごいことだ。

犬鳴はここで自分が追い出したかつての部下が役員陣に這い上がってくるという予想外の展開に腹が煮えくり返っているのであろう。その口ぶりの端々に内心の歯ぎしりが見てとれた。自席に戻ろうとする清に椅子の背もたれに大きくそっくりかえって言った。

「夏川、おまえも今回は大抜擢や。海外子会社の社長人事は人事部はもちろん関係部間の調整に骨が折れるんや。おまえとも長かったけど、まあ、ええ潮時やろ。わしもこのご時世での勝負勘が評価されたんやろが、社長室の財テク責任者として専任することになるんでな。おまえへの最後のはなむけや。ええか、もう面倒みたるわけにはいかんのやで。ＧＰ社の樹脂だって独占にあぐらかいてたらあかんで、いつヤツらが中国に直接進出してくるかわからんのやさけ。しっかりやれや」

尊大で恩着せがましい物言いであった。――

気持ちを落ち着かせるために廊下に出た。海外転勤はもっと早いうちに一度はあるだろうと思っていたがこのような職責での異動は思ってもみなかった。一瞬人事部の亀岡のトノサマガエルのようなギョロ目が脳裏をかすめた。

自分の受けた衝撃と同時に土方の昇進のニュースが頭を離れない。

（あれは沖縄返還の年だったからもう一八年も前になるなあ・・・・）

あの時土方は作業ジャンパーを着ていた。その晩、亀岡が混じって八丁堀の割烹でごちそうになったのだった。将来に光を見いだせないでいた自分だった。しかし花の三一年組と言って誇らしく酒をくみかわす二人の男の肩を見て、ふつふつと力が湧きあがったのだった。

亀岡に「早く嫁さんもらえ」と冗談めかした言葉で背中を押され、（結婚しよう！）と決意したことも・・・・。

土方はあの頃おそらくどん底であったのかもしれない。

その後も本社の合成樹脂部傘下子会社のエンジニアリング・プラスチック・コンパウンド工場やその金型成形子会社を担当していた。決して日の当たる部署とは言えない。

しかし、同期の亀岡が、「この男は必ず本社に戻ってくるぞ。思いっきりやってもらわにゃなあ」というようなことを言っていたのだった。

犬鳴の言ったことが本当だとすれば、今その通りになった。

そして自分の海外転勤、新たな使命。

突然の海外転勤で解決しなければならない私事が頭をめぐるが、何が起こるかわからない大きな波のうねりが明日に向かって連なっていることに身が引き締まるのであった。

その6

一九八九年五月、九龍半島内陸側の啓徳空港に下降するキャセイ航空機は大きく旋回した。窓からビクトリア湾岸の青い山並みに林立する高層ビルが眼下に大きく傾いた。感動だった。

連絡を受けていた通り、「歓迎・夏川清様」とマジックで太く書いた厚紙を胸に一人の若い男が出迎えロビーに立っていた。海外の空港に降り立つと、まずその国独特のにおいが臭覚に漂う。ここにはアメリカやヨーロッパとは全く違う異臭が鼻をついた。

笑顔で近寄り、「夏川です」と握手の手を伸ばした。

すぐに、（あれ、ブルース・リーに似ているな）と直感した。清と同じくらいの背丈であるが、細身の精悍な肉体が半袖シャツからのぞく両腕にみなぎっていた。

「朱力です。会社ではみんなシューリーと呼んでます」

少しイントネーションがおかしいがしっかりした日本語で名刺を差し出した。

少し緊張している様子に見えたので、声を明るく快活に言った。

「君、ブルース・リーに似てるね。ハハハハ、知ってるよね？　ブルース・リー」

たちまち好反応が返ってきた。

「もちろんですよ。香港のヒーローね。私、映画を見たのは中学生でしたけど、このスターにあこがれて、高校を卒業してすぐ香港に出てきました」

人なつっこく白い歯を見せる笑顔に、たちまち気持ちが打ち解けた。

この若者がホテルまで運転する自動車の中で次々と連射してくる強弱の違う日本語に、（ああ、これから中国で生活するんだ）という実感が湧いてくるのであった。

おりしも大きな台風が迫っていた。

シューリーの説明では、台風が来ると警報シグナルが発令され、「シグナル８」以上は会社も交通機関も休みとなるとのことであった。果たして翌日はその台風直撃によるシグナル８。

「社長、この様子じゃ、しばらくこのホテルに缶詰めね。私、営業の仕事休むけど、呼ばれれば嵐関係ないよ。すぐここに駆けつけて助けるよ。遠慮なくつかってください」

オフィスに出社する前にこの男から色々聞いてみるのも好都合だ。こっちは単身赴任の身で自由なのだ。

シューリーは若く見えたが、三二歳で、九龍(カウルーン)に住居があるという。山東省で生まれ育ったが、香港で観たブルース・リーの映画、「龍争虎鬥」（英題 Enter the Dragon. 日本では「燃えよドラゴン」）に衝撃を受け、共産主義に嫌気がさして、友人とはかり香港に飛び出してきたという。話に入り込むほどに、今の日本とはおよそ違う若者の、生命力にあふれた行動に感動を覚えた。任地に降り立って初めて会話した現地社員なのに、右左もわからない異郷に責任者として赴任した身にとっては、（この男、若いに似ずかなりの修羅場もくぐっている。つかえるな！）と思わせられた。――

それにしても、何しろ急な海外赴任で、致し方なく家族を大阪に残してこざるを得なかった。十分な準備もしてこなかった着任ののっけから容赦なく嵐のお出迎えになろうとは。

しかしそれは出社後に起きる騒乱のほんの序章であったのだ。

一九九七年の中国返還を控え、国内にいわゆる「民主化運動」が活発化してきており、各地でその支援デモが頻発していた。

香港丸興社(MARCO Hong Kong LTD)は香港島中環(セントラル)のビジネス街にあった。職場周辺の環境もつかめぬまま、毎週末は社から東のビクトリア公園に向かうコーズウェイ大通りの片側が延々何キロにもわたる群衆で埋まるのには驚いた。新聞報道では一〇〇万人の参加とあるではないか。

香港丸興などの外資法人を含めて香港全人口は五五〇万人と聞いていたので、民主化に対する香港人の関心の高さがこれに表れていた。

そしてついに六月四日、天安門で大騒乱が起こる事態になった。のちに「天安門事件、俗にいう6・4事件」である。北京に集まった民衆デモに向かって中国軍が発砲し、多くの死傷者が出ているとのTV、新聞の報道が緊迫感を煽っていた。

落ち着かない気持ちのまま出社した。社内はさまざまな情報で沸き返っていた。香港人の若手社員がただならぬ面持ちで必死に報告に来る。それでなくともいつもせわしないしゃべり様であるからことさら耳に障る日本語である。

「社長、中国軍、深センとの国境を越えて香港に入ってくるよ！」

次々と張り上げられる雑音の中に「中国との国境は閉鎖という話あります」という興奮の声。

とにかく異質な環境の中での異常事態に正しい判断と具体的な指示が下せない。

香港にある製造業の大半はその生産工場を経済特区、中国深センに移しているのだ。日系企業もその例外ではない。毎日原料や製品が国境を越えて行き来している状態で、事の重大さに震撼せざるを得なかった。

混乱の空気の中でシューリーの挙動に注目した。彼は特に慌てた様子も見せていない。それを見るや、(今この時は、まず正しい情報の掌握だ)と腹を据え、社員全員を集めた。

「手分けして、香港系、日系を問わず取引先や関係筋から正しい情報を聞きまくれ!」との指令を発し、黒板に向かって情報収集の担当を大まかにグループ分けして書きだした。

全社員に対する赴任最初の指令らしきものであった。

自分自身は、日本にいたころから親しくしていた取引先で、今では深セン工場の人事部長をやっている人物に連絡を取った。この人物を含めて知る限りの信頼できる筋に片っ端から連絡を取った。

漸次様々な情報が入ってくる。それらは街や社内に飛び交った流言とは次第に大きく乖離し、深センあたりは特に変わったことはなく、国境でもいつも通りの往来が行われているという実態が浮かび上がった。——

これに限らず赴任一ヶ月間は、これに似通った根も葉もない想像や脚色が相乗的に膨れ上がってゆく中国の社会というものに遭遇し、意識を新たにさせられたのであった。

六ヶ月経ってビジネスも個人の日常もどうやら現地になじみつつあった。

思い切って妻子を呼び寄せ、二人の息子をそれぞれ香港小、中学校に編入させた。思いのほか日本人生徒の学校生活に不便はなく、大きく安堵したのであった。街中に漂う独特な異臭も全く気にならなくなった。

食事は街の大きなレストランばかりでなく現地人に混じって何でも食べた。

中華料理店では大きなところでも客が皿、箸、茶わんをお茶で洗っている。出された食器を見ると、中には洗い残しではないかとは思われるホコリや異物がたくさんついている。これも抵抗なく現地人の真似をしてお茶で洗ってから使うようになった。

九龍（カウルーン）の不気味に入り組んだ迷路は中に入ることに二の足を踏む。特に九龍城砦（じょうさい）の周辺スラムは危険で、外国人の蒸発、消失がよく起こるという。知らぬものが入ったら最後、出られないなどとの警告を受けていたが、好奇心は抑えようもなく、シューリーを帯同して奥深く魔窟のような隘路（あいろ）への潜入を敢行（かんこう）した。

どこにでもある、間口が狭く奥行きのある細長いメシ屋の入り口には何かの腸詰やカモ、鶏がぶら下がっている。皿に飯を盛りその上に各種の具をのせて食べるぶっかけご飯。ワンタンや麺類もある。清のお気に入りは、チャーシューに目玉焼きの乗ったご飯。これにぷりぷりのエビが入ったワンタンスープを添えてモリモリと食う。

チャーシューの味は店によってまちまち、雲泥の差があるので、取引先の町でも自然とチャーシューのうまそうな店を探してしまう。不思議なもので、日常の食生活が香港人と変わりなくなると得意先との交流も円滑になり、取引交渉もはかどるようになった。

社内では、改善につながる日本式のオフィスワークを適時香港人スタッフに移植していった。

文化大革命後の経済を立て直すべく鄧小平は経済特区の設置や海外資本の導入などさまざまな改革開放を打ち出した。経済特区としての深センは、その改革の旗頭として日々変貌を遂げつつあった。

香港丸興の得意先も深センが中心であったため、まずは深セン詣でから精力的な活動を開始した。深センに行くには香港島の中環（セントラル）からビクトリア湾対岸の九龍にフェリーで渡り、紅勘（ホンハム）駅を始発とする九廣鐵路（ガウロンティエロウ）に乗って国境を越える。パスポートとＶＩＳＡが必要である。イミグレーションを通って市内に入る。車で行く場合はあらかじめ中国に入れる車と運転手の登録が必要である。駅前はそれなりに開発され、大きなホテルもオフィスビルも建っているが、駅付近には通行人に金銭をせがむ子どもたちがたむろしていてビジターを見ると寄ってくる。場合によっては足にしがみついて放さないこともありこれには戸惑ったが、今は普通の風景としてすっかり慣れてしまった。

中国一番の経済特区とはいっても、駅から少し離れると道路は舗装されておらず赤土の道がほとんどだ。センターラインなどなく、車や自転車、牛馬の引くリヤカーなどがごっちゃに通行する。時折大きな豚肉を自転車の後部に縛り付け、フラフラしながら凸凹道を走ってゆく姿も見受けられるのだ。

丸興の得意先はほとんどがこの深センにあったが、中でも一番の大きな工場は日系のマイクロモーターメーカーで、ここには研磨剤や洗浄剤の供給が前任者から軌道に乗っていた。

清は主力の深センに加えて新たな市場を開発することを自身に課していた。経済特区ばかりでなく上海など一四の沿海都市に指定された「経済技術開発区」には常に情報の耳目をそばだてた。

大陸は広大である。幼いころ母に聞いた満州に想いを馳せた。

今や自分はその陸続きのところに生活しているのだ。休暇を取って吉林省や黒竜江省を母の思い出を胸に温めてさまよってみようかと思いながら、「北東へ三〇〇〇キロ」のはるかな距離に圧倒され、それを実行できないままになっている。

「母を訪ねて三〇〇〇里」のマルコ少年はイタリアのジェノバから南米アルゼンチン

へその四倍を旅する物語だ。それに比べれば長春（チャンチュン）には飛行機で行くんだからその気さえあればどうってことはないと思いつつ、次々に押し寄せる仕事の波に追いまくられて実行できないままになっている。

不思議なことに遥かな郷愁にかられる時は、決まってそれが生まれた町の工兵隊の、今や遠くなったコスモスの風景に連なってゆくのであった。

＊

早くも一〇月になった。

広州交易会から帰社した時、東京本社医療システム部の土方取締役から「帰社次第連絡が欲しい」との電話があったと告げられた。土方とはもうずいぶん会っていない気がする。

一度報告のための東京出張があったが忙しさに訪ねる機会を逸している。

驚きとなつかしさですぐ電話を入れた。

「おお、夏川君か、何の連絡もないところを見ると忙しくやってるわけだな？」

変わらない声にうれしさがこみ上げた。

「今度ちょっとそちらに出向かなきゃならんことがあってな。君が案内してくれるんなら僕が行こうと思ってるんだが、どうかね」

「え、そうですか。本部長が来られるんならどこだってお供しますが、どこなんですか？」

「うん、山東省だよ。済南（ジーナン）市というところなんだが。行ったことあるか？」

「ええっ！　済南ですか。何でそんなところに？　先月にはじめて行ってえらい目にあいましたんで・・・・・行き帰りが大変なんですよ。あんまり行きたくはないところですよ」

「ほう、交通が不便なんだな」

「ええ。飛行機を乗り継ぐのがはやいんですが、まず上海に飛んでそこから今度は小さなプロペラ機ですね。これがまた頼りないっていうか、スリル満点というか、一口では説明できないですよ」

「ふーーん。まあ中国はめったに行く用もないんでね。どうだ、案内してくれないか」

「どうしてもとおっしゃるんなら、腹くくってご案内します。大きめの保険をかけてきてくださいよ」

「おどかすなよ。ハハハハ」

土方は翌週香港にやってきて清とはおよそ一年ぶりの再会となった。

翌朝早く、宿泊を手配しておいたザ・ペニンシュラ香港に迎えに行った。

「おはよう。何とも格式のあるホテルだなあ。歴史の重みがなんともいえん。君はいつもこんなホテルで贅沢しとるのか？」

「とんでもない、昨夜はお疲れと思って一番のラグジュアリーホテルをとったんですよ。ご存じと思いますけど、ここは大戦の緒戦で香港に進駐した日本軍がイギリス軍に勝利して、マーク・ヤングとかいうイギリス軍の総督が降伏文書に署名したホテルですよ。三三六号室だったってことですよ。ゆっくりされましたか？　なにせこれからどうなるかわからない旅ですからね」

「また脅しか？　ゆっくりできたし、惜しい命でもないからな。ハハハハ」

「またそんなこと。昨夜は着いたばかりで堅苦しい話は無しと思いまして聞かなかったんですが、どんなご用向きなんですか？」

「ああ、二年前にシカゴの医療機器展示会でGPの幹部に紹介された中国人で蔡さんという人がいてね。これが元政府高官で今は済南市と上海でたくさんの企業集団を持つ商工業界の大立者だったんだよ。この人物が済南市と上海に最先端の総合病院を建設するという話が持ち上がってね。シーメンス、GPはもちろん日本メーカーも加わって熾烈な戦いになったんだが、MRI、CT、X線撮影装置などの画像診断装置を中心に我々ＧＰ連合が大半の機器を勝ち取ることに成功したんだよ。まあー、海千山千のオヤジでね、にこにこしているばかりでなかなか本音がつかめんのよ。まあ、そうなってくると日本のもんだけどね」

「どうやって落としたんですか？」

「こっちもずっとにこにこ笑ってな、いい頃合いに短い言葉で、『信頼してくださ
い』と一発。蔡さんにとっては総合的に信頼を置けるかどうかなんだよ。シーメンスのやつらは寄ってたかってたくさんの資料を用意して連日ペラペラと大変だったようだぞ」

　相変わらず土方の話には嫌が上でも興味をそそられる。

「中国は、最初の井戸を掘った人間を大切にするっていうじゃないか。この御仁にシカゴであった時は一人英語の通訳を連れてはいたがさすがにアメリカにはなじみが薄かったようだったんでね、滞在中はいろんな製品や米・欧の業界事情を分かりやすく紹介してアドバイスしてやったんだよ。それをすっかり恩に着たんだろうな。今度は契約書にサインを交換するだけのセレモニーなんで、うちは常務か副社長に出てもらって上海でそれをやろうということだったんだがね、井戸を掘った僕が済南に行くべきだということになってしまったんだよ」

土方とともにキャセイの子会社であるドラゴンエアーで上海に到着した。

タラップを降りて徒歩でターミナルに行きトランジットの手続きをした。

しかし搭乗口で待つが時間を過ぎても済南行きの案内がない。次第に不安が募る。

「部長、待ってても案内ってのはないのかもしれないですね。発着場まで行ってみますか。あっ、ソ連製のアントノフのはずですから向こうにとまってるあのプロペラ機ですね」

徒歩で飛行機まで行く。タラップを上がって「ジーナン？」と聞くと「ドゥエ、ドゥエ」とまるで怒っているように言う。よく聞く言葉だがイエスという相づちだ。

機内に入ると左側は一座席、右側が二座席で二人は右翼のすぐ前の二連座席に座った。

数えると総座席は二〇ほどである。

しかし機内の係員がやたらやかましくがなり立てている。何が起こっているのかわからない。

土方に「どうなってるんだ？」と聞かれるが「さあ？」と答えるしかない。

するとようやくエンジンが起動して発進。ほっとする。ところがそれもつかの間の急ブレーキ！　緊張が走る。なんと機体をUターンさせて元の場所に逆戻りしたではないか。

「おいおい、どうなってるんだ？　なにが起こったんだ？」

「さあ？」

係員とおぼしき数人がその状況にそぐわない調子で地上をちんたらと機体に寄ってきたが、何か言い合っている。すると空港職員とは思えない服装の野次馬（？）がこれに加わり、更にワイワイがなりあう。乗客など気にする様子が全く感じられないまま一時間経過。

最初にやってきた職員が機内に入ってきて大声で何か言い始めた。

「いったいどうしたんだ？　君、一年たっても中国語はカラキシなのか？」

「すみません。実践中国語はさっぱりで」

ビジネスマン風の中国人乗客に英語に中国語をまじえて身振り手振りで聞く。

「なんか飛行機を乗り換えろと言ってるみたいです。どうも何かのメーターが作動しないみたいですね」

なるほど乗客が降りてぞろぞろと歩き出す。

「なんだかわからんがついてゆくしかないよな」――情けないが二人は事態の動くままに従ってゆくほかない。

乗り換えた機体がようやく離陸。上空に向かって座席がグイグイ仰向けになってゆく。むらむらと尋常でない不安が走る。機体が水平飛行になったと同時に今度はプロペラの粗っぽい騒音と不気味な振動が襲ってきた。

生きた心地がしない。

プルプル、ガッタン、ゴットン、プルプル、ガッタン、ゴットン。

恐怖に身が縮むが、二人ともジタバタしてはみっともないと虚勢を張り、ひたすら無言でやせ我慢。座席のレストアームを脂汗の手でしっかり握っている。

何のアナウンスもなくそのまま飛行。長い長い一時間ほどが経過したろうか、かろうじて、

「すげえな、前回もこうなのか？」

「だから言ったでしょ、この間とはまた違うことが重なってるんですが・・・・・高い保険をかけてきてくださいって言いましたよね」

真剣な顔で漫才のような会話。

ふと気が付くと、下方に陸地が迫っている。思わず祈るような気持ちでゆらゆらとシーソーのように左右に傾斜する地面を凝視する。ついに車輪が滑走路に接地した。クライシス映画の旅客機が無事着陸した時のように「助かった！」と拍手したいような安堵感であった。

蔡オーナーは遠路の来訪に対して本社の貴賓室で出迎え、満面の笑顔で謝意を表し

た。

若い女性秘書を通訳として伴って契約書に署名した。

土方と蔡オーナーは互いに胸を寄せ、かたく握った手を上下に強く振った。それはまるで一九七二年、田中角栄と周恩来が日中国交正常化共同声明に調印した時に交わした握手に似て感動的だった。

その後は迎賓館とおぼしき料理店にベンツで誘われ、豪華な晩餐に浴した。

蔡は土方から、「ここにいる夏川は以前信頼する直属部下だったんですが、今は香港原地法人の責任者であるからよろしくお引き立て願いたい」との紹介を受け、清に律儀な視線を向けた。

「夏川さん、何かお役に立てることがあったらできる限り協力しますよ。私にご用向きの際はここにいる秘書の夏琳(シャーリー)にいつでも連絡を取ってください。英語、日本語の読み書きに不自由はありません。英語名でシャーリーと言ってくれればいい」と言った。

女性はすぐに名刺を差し出したが、それにはShirleyと印字され、その下に夏琳と小さく併記してあった。

「シャーリーは優秀でね。アメリカの、特に西海岸の不動産ビジネスシンジケートに通じていて広いコネクションを持ってますよ。ビジネスはもちろんですが、夏川さん、いずれ偉くなって別荘など手に入れたくなりましたらお役に立ちますよ。ふぉっ、

ふぉっ、ふぉっ、ふぉっ」当の彼女が半ばはにかみながらそのまま日本語で通訳した。福々しい笑顔に向かって「はあ、そうなる時がくればいいんですがねえ」と笑って返す清だった。

復路の航空券は現地で調達するシステムなのであるがその帰国がまたトラブル続きであった。ホテルに着いたときにボーイにチケットを買っておくように頼んでおいたのがいけなかった。帰る朝になって、「ホテルの自転車を誰かが使用中で、まだ買いに行っていない」と口がアングリとなるような返事。おっとり刀で飛行場に行くと、上海行きの空席は三日先までないとのこと。最初から蔡オーナーに頼めばよかったと後悔したが後の祭りであった。

結局香港に逆行すること二時間の北京に飛行し、北京で香港行きの航空券を買うことになってしまった。クレジットカードが使えないため遠いところにある両替所とチケットカウンターの間をバタバタと往復。加えて両替所は長蛇の列。ようやく香港に帰着した時は疲労困憊（こんぱい）、精根尽き果ててしまった。しかしながら、このまたとない、二人だけの恐怖のドタバタ体験が土方との人知れぬ連帯感を深めることになったと思えてふつふつとした嬉しさが湧き上がってくるのだった。

その夜はペニンシュラホテルのバーカウンターでゆっくりとくつろいだ。

「いやはや大冒険だったなあ。まあ無事に帰れたんだから文句が言えないよ。おかげで生涯に残る君との思い出になったよ」

「そう言っていただけると、なんとも・・・・・」

「それにな、僕が一人でここに来たのは君としっかり話しておくことが目的だったからな」

「えっ？　そんな」

「・・・この商売は合わせて二〇億ほどになったんだが、僕は全然不満なんだよ」

「と言いますと？」

「ああ、医療機器はこれからますますデジタル化、コンピューター化されてどんどん進化してゆくんだが、それらの周辺関連システムやサービスを束（バンドル）にして一括納品できる力を持たなきゃならんということだよ。単品でアプローチするんではなくバンドル、システムで成約するようにもってゆかんとな。それにはねえ、特に様々な画像診断装置に対するデジタル画像処理技術のシステム開発が鍵なんだよ」

I・Wハーパーのロックをグッとあおった土方の口吻に一段ギアが入った。

「GPはかなり以前からそれに取り組んでいるんだが、なかなか進まないんでね、今考えていることがあるんだよ。君はこういう分野には興味があるか?」

「なんだか難しそうですが、これからを考えると是非やってみたいですねえ」

土方は何かを考えるような面持ちになってから清の肩をたたいた。

「そうか、じゃあ、一緒にやるか!」――

土方が帰国した後も清の脳裏に土方の最後の一言がこびりついて離れなかった。

(一緒にやるか)とはどういう意味なんだ?

その7

犬鳴は銀座並木通りの高級クラブを出た。

腕にすがって見送るきらびやかな数人のホステスに背を向けて晴海通りの方向にゆっくりと歩き出した。ネオンの光彩が揺らめく中をしばらく進んでから一つのビルの前で足をとめた。

そのビルは地上六階、地下二階であったが、一階から四階までがブティック、喫茶、レストラン、などのテナントが入っていて五階と最上階を蔡華貿易という会社が占拠している。

犬鳴はもう何度か昼夜様々な時間に一人で、時には数人の男たちと訪れてはいろいろな角度からこのビルを観察している。

蔡華貿易は丸興との各種計測機器の取引があるが、業務の全容は定かではない。三年前の一九八七年、某機械メーカーのソ連に対するココム（対共産圏輸出統制委員会）違反によりこのメーカーと関連数社がアメリカからの強烈な制裁を受けた事件が世上を騒がせた。しかし蔡華貿易は、これによる経済界のトラウマがある中で、依然として共産圏への禁輸物資の取引仲介を行っているとのうわさがある。

犬鳴はこの蔡華貿易が入居する不動産に強い興味を抱き、精細な調査を続けているのである。

犬鳴は社長室財テクチームの主導者になって以来、主として東京、大阪の中心繁華街にある不動産に投機し、連戦連勝の驚異的な転売益を得ていた。大きすぎることはなく流動性が見込まれ、持ち主が手放す動機を内在している物件を標的にするという目付けが鋭いのである。時には徹底した調査をベースに相手の弱みを突いたえげつない買い上げ、地上げもやってのけた。常務から一気に副社長にのし上がった瀬黒の覚えめでたく、瀬黒の昇進と同時に専務取締役に駆け上がった。それ以来周囲に対する尊大な態度は一段とエスカレートし、夜の行状はまさにバブル紳士そのものであった。

＊

犬鳴は蔡華貿易とその入居ビル、そして蔡オーナーに関する可能な限りの調査をおこなった上で香港の清と連絡をつけた。

「夏川、うちの取引先で蔡華貿易いう中国資本の会社があったやろ。そのオーナーは蔡成龍っちゅうんやけど、そっちじゃずいぶんの大物だそうやな。君は土方君に紹介されていつでも会えるていうことらしいやないか。そっちに行くさかいに何とか会えるように段取りしてくれんか？　会えることになったら期日と場所を知らせてくれ。いつでもそれに合わせるようにするし」

突然の電話を受けた清は戸惑ったが、会見希望の理由を聞くと、銀座にある蔡華貿易が所有する入居ビルを買い取りたいとの無謀な話で驚いた。取引先の入居する自社ビルを買い取りたいなどの突飛な話は聞いたことがない。

犬鳴はその威圧的な物言いに変わりはないが、以前の河内弁まがいの大阪弁はところどころに標準語と混じってきて、東京での時間がほとんどになったことがうかがわれた。

「いや、君も知っとるようにあの会社はココム事件以来窮地に立っていて今の事業をたたまにゃならんように追い込まれてるはずや。赤字も膨らんで有利な条件で不動産を処分できるとなれば必ず乗ってくる話なんや」

「しかし取り次ぐにも、僕はなんて言えばいいんですか？　唐突に変なことは言えませんよ」

「いや、せやさかい、『蔡華貿易のことで重要な話があり、うちの社長室長がお伺いして是非お話ししたい』と言えばええねん。君の顔をつぶすようなことにはせぇへんよ」

「わかりました。やってみます。しかし済南市に行くのはちょっと厄介なので、上海で会えるように出来ればと思います。どうしてかは土方部長に聞いてみてくださいよ」


犬鳴に言われた用件でシャーリーに蔡オーナーとの面会を乞うた。

翌日、「蔡は来週からしばらく上海に滞在するので、他ならぬ夏川さんのご依頼なら上海インターコンチネンタルホテルでお会いしましょう」と返事があった。

指定された一週間後、蔡と犬鳴が上海インターコンチネンタル・スウィートのミーティングルームで円卓に向かい合っていた。

同じテーブルにシャーリーと清が同席している。犬鳴は蔡と初対面である。

犬鳴は、「ココム事件以来当局の締め付けも厳しく、蔡華貿易のビジネス環境は悪くなる一方ではないか」ということから話を切り出した。丸興に入ってくる経済官庁や公安関係の情報などに触れ、蔡華貿易の今後の展望を端的に質問した。

蔡はいつものにこやかな面持ちを崩さず、「まあ、ビジネスは良い時も悪い時もありますよ」という反応で、シャーリーからはのらくらりの通訳が返ってくる。

「犬鳴さんは、今は機械関係のご担当ではないのに、産業機械部の取引にご関心があるのですか？　最近はもっぱら財テクでずいぶんご貢献なさっているとうかがってますが、犬鳴さんはミスター不動産だと聞いてます」と福笑いのような視線を送ってきた。

「そこなんですが、こういう蔡華貿易周辺が悪環境である一方で不動産の価値は上がっています。しかしこの値上がりはいつまで続くとも限りません。この際、貿易関係の事務所をもっと効率的なビジネス街に移してイメージを一新し、この不動産は当社に譲っていただくことをお考えになってはどうかと・・・・」

「ふぉっ、ふぉっ、ふぉっ、ふぉっ、今日のご用向きはそういうことだと思ってましたよ。御社とのお付き合いも長いですからね。いっそのことビジネスも不動産も丸ごと買い取ってくださいよ」

（何もかもあんたの考えていることはお見通しだよ）と、てらてらした顔の皮膚にさらに笑みが漂っている。

驚くことに犬鳴は即座に答えた。

「そのお気持ちならそのように考えてもよろしいですよ」――

話はそれまででそれ以上の進展はなく、犬鳴は「帰国したら一つ私から企画書をお送りしますので是非積極的にお考え下さい」と言ってその場を辞去するべく清を促した。

二人の宿泊する空港ホテルに帰って地下の静かなバーカウンターで一息ついた。

「会社ごと引き受けるなんて強引ですねえ。大丈夫なんですか？」

「ふふん、怪しげな商売をやっとる会社を誰にも売り渡せるわけないやろ？　全部バレちゃうやないか。ああ言ってはおいたが、債権債務は一切引き受けず、社員を引き受けて怪しげなものを洗い落とした資産と商権を買い取ればええねん。かわりに不動産は触手の動く値で提示するさ。あのあたりは今は坪一億を超えるいう地価なんやが八〇坪でまとまってるしな。ここは勝負やが、まあ、長引くような交渉になったら即やめや。企画書の何通りかはもうあらかじめ出来とんのや。すべてお見通しや。今日はまず売る気があるのかどうか顔見に来たわけや。――あれは会社ごと全部処分する気やな。ジーさん、はよ逃げへんとやばいやろ」

犬鳴はあおったグラスをカタンとカウンターに置くと、「さあ今夜はよう寝るとするか。帰ってもう一度よく案を調整してからそれをあんたに送るから蔡さんに丁重に渡してくれや。シャーリーっていう秘書に上海で渡したらええのやろ?」

椅子を立った犬鳴は、「今日はご苦労さん。おかげでうまくいくと思うぞ。腹が減っとったらなんでも好きなもの食ってわしの部屋に付けといてくれ。夏川よ、ええ機会やから言うとくが、君は若い時からわしの仕事ぶりをずっとみてきたわけや。ええか、地べた這いずり回るのも大事やが、きょうびはクズみたいなもんなんぼ拾ったところでどないもならん。大事なのは時流をよう見てそれに乗っていかなあかんのや。利益は最大に膨れ上がるタイミングってものがあるんや。ま、頭使ってせいぜい頑張れや」と言って清の肩をポンとたたき、ゆったりと背を向けたのだった。

取り残された清はなんともいえぬ不快感を洗い流すように、うまくも感じない琥珀の液体を無理に喉に流し込んだ。

＊

一週間後、メッセンジャーボーイとなった清は、東京から届いた封のされた企画書を不承不承そのまま上海のシャーリーに持っていった。相手が蔡であることからして、内容がどういうものかは知らないがそうは簡単に問屋が卸すものかとタカをくっていた。

ところが、驚くことに、犬鳴の持ち掛けた話は一気に進行した。

蔡の命を受けたシャーリーが清の案内で東京の犬鳴のもとに来て、丸興の並木通り不動産の買取条件はほぼ犬鳴の申し出通りに合意された。

代わりに蔡華貿易のビジネスを引き取るとの条件は、清の采配によって丸興産業機械部と丸興香港が蔡華貿易の取引先とその内容を選別する作業にあたることから始まった。

その結果丸興香港は蔡華貿易の中国における選別商権とそれに見合う社員を引き取ることで落着したのである。

思いのほかのスピード成約に犬鳴は底抜けの上機嫌であった。

おりしも平成元年、専務取締役に特進した犬鳴にとって我が世の春となったこの年は、一二月二九日、東証大納会の終値が三万八九一五円八七銭という日経平均史上最高値を記録した空前の好景気で締めくくられた。

「夏川、ようやってくれた。瀬黒副社長には今度の功績は香港の夏川清だと報告しとくからな。そのうちええこともあるやろうから楽しみにしとくんやな」

清にとっても平成という新しい年号に変わったこの一年は、外地に舞台を移した我が身も、バブルに踊る国内も、まるで毎日が音を立てるように走って、そして暮れていった。

しかし、バラ色の平成が約束されたかに見えたその前途には、果てしなく深い奈落へと落ち込んでゆく巨大なブラックホールがひそかに口を開けていることを予期するものはなかった。

バブル経済は一九九〇年にピークに乗り上げた。

一方で、経済拡大に伴う物価上昇の予防措置として日銀は前年の五月から段階的に公定歩合の引き上げを断行した。これによって二年七ヶ月に及ぶ金融緩和策は終焉し、株価はジリ下がりしていたのである。

しかし犬鳴は「土地は絶対だ！」としてその鼻息はますます荒かった。世上の土地に対する異常な投機熱も依然として冷めることはなかった。

ところがここにきて、三月二七日、大蔵省銀行局は不動産への異常な投機熱を冷やし、行き過ぎた土地価格の高騰にブレーキをかける目的で、不動産向け融資の伸び率を総貸出の伸び率以下に抑えるべしという趣旨の「不動産融資総量規制」なる銀行局長通達を全国金融機関に向けて発した。これが予期以上のブレーキ効果となって、後に言われるバブル景気の崩壊につながってゆくのである。

＊

香港三年目、すっかり現地に慣れた清はそれまで手づかずであった未開拓地域に次々と進撃していった。特に全体をけん引したのは、九龍城砦地区、および上海から浙江省の沿海経済技術開発区に照準を定め、丸興産商産業機械部が扱う日本製射出成型機を戦略製品として、各地にプラスチック成型工場を次々と作り上げていったことである。必然的にGP合成樹脂の販路は大きく広がっていった。新規開拓のリーダーとして朱力（シューリー）を抜擢し、日本の成型機や金型メーカーの技術トレーニングに再三出張させてその技量と士気を鼓舞したことが破竹の進撃につながったのである。

丸興香港での清の任務遂行が脂に乗る一方で、世界を震撼する大事変が中東に勃発した。

それは、一九九〇年八月、クウェートに侵攻したイラクをたたくべく、米中央軍ノーマン・シュワルツコフ軍司令官率いる多国籍軍のイラク空爆で始まった。

中東湾岸で火を噴いた戦端によって日本国内の株価が暴落。清は、香港にもたらされる日本の株価、地価関連の報道に耳目をそばだてざるを得なかった。にわかに姿を現した不気味な景気崩壊の狼煙（のろし）を犬鳴はどのように見ているのだろうかと気になった。

年末が近づき本社の海外事業統括本部への業績見込み報告に東京へ出張した。

かねて土方に、東京に来るならちょっと部屋に寄ってくれと声をかけられていたので事前にアポを取っておいた。約束の時間に部屋に行くと、土方はのっけから本題に入る口調である。

「ＧＰの医療機器（メディカル・インスツルーメンツ）事業部のボスはウィルバー・ガードナーっていう男なんだが、ある日本企業と合弁新会社を作ろうという話が出てるんだよ。日本のデジタル画像技術と融合することによって新時代に向けた製品開発、市場開発を進めようというわけだ」

「へええ、なんか面白そうですねえ。その日本企業ってどういう会社なんですか？」

「うん。印刷工程での原稿のカラー分解から始まる画像処理技術に非常に優れたものを蓄積してる会社なんだ」

「画像処理技術ですか。このところよく聞くイメージングテクノロジーってやつですね」

「うん、これからの医療機器開発においてもね、例えばレントゲンや内視鏡ひとつとっても、従来のアナログ写真がデジタル画像システムに変わってゆくわけだ。メーカー各社はそのデジタルイメージング技術を取り入れた画像診断装置の開発に血眼（ちまなこ）

になってるわけだよ。ＧＰにとって一番の近道は今ターゲットにしているその日本企業の内在技術を手中にして自社の各種デジタル画像診断装置を進化させようという構図だろうな。もちろんうちもその新会社に出資させてもらう。最終製品は中国でのノックダウン方式にしようとの目論見なんだが、既に蔡さんとＧＰの間で合弁会社をつくることも視野に入れてる。うまく動き出せば、蔡さんは上海、あるいは浙江省、深センのいずれかで工場を建設するだろうな。ここまでもってくるのは一言で言えない山あり谷ありだったよ。途中で何度となく投げ出そうと思ったが何とかこのような構図を描けるところに収れんしてきたってわけだよ」

「日本側の会社っていったいどこなんですか？」

「まだ極秘なんだが、帝国印刷技研という会社だよ。通称帝印で通ってるんだがね。昔、大火災を起こしてね。その後悪戦苦闘の末現在の分野で立ち直ってきた。しかし今後のデジタル革命に向けてさらに大きな資金が必要になるわけだ。このあたりをめぐって相互の補完性を追求したいというＧＰ社と帝印の経営戦略があるというわけさ」

「ああ、それで蔡さんと本部長の握手があんなに力が入ってたんですね。帝印ですかぁー。北区の荒川沿いにある大きな工場ですよね？」

「ああ、そうだが、知ってるのか？　そうか君は確か北区の城北の生まれだったたなあ」

「そうなんですよ、あの大火事は僕がまだ中学の時で、今でもはっきり覚えています。町中が黒煙と焦げる臭いでおおわれてしまって、消防車や救急車、パトカーのサイレンが鳴りっぱなしでしたよ。なんか四、五日やまなかった思い出があります」

「うーーん、そうか・・・・これも何かの縁だなあ」

「はっ?」

「この事業は丸興としても性根(しょうね)を据えてかからなきゃならん。何せ最初の井戸掘りを始めた立場になってしまったんでね。何としても成功させなけりゃならん。僕に大きな責任がかかっている。そこでなんだが、いい加減なことを言うと思われると心外なんだが・・・・・」と土方は一拍置いた。

「この事業の担当として君をと思ってね。まあ、君がどうしてもいやだというなら大きくシナリオを変えなきゃならん。君も覚えているだろうが人事の亀岡君が新しい人事循環制度の提唱とともに関連部署に根回ししてくれている。転勤生活も長くなってることだし、東京に帰るのに文句はないだろ? まずは君の気持ちを確かめてみようと思ってな」

耳を疑う衝撃だった。

「ええーーっ! ほんとですか?」それ以上の言葉がつながらなかった。

土方はパッと開いた清の顔を見て、一転慎重な言葉で続けた。

「しかしなあ、決して軽はずみなことを言える段階ではないことも確かなんだ。何といっても、帝印の赤羽社長とGP本社の間には調整しなければならない大きな思惑の違いが横たわってるんでね。めでたく新会社発足にこぎつけたとして、内在する様々なハードルを飛び越えてゆくには、僕としては君が参加できるかどうかで大きくシナリオが変わると思っているんだよ。今、君の本音を確かめることができて大いに心強くはなったが、まだ絶対にマル秘のこととして胸にしまっておいてくれ」

不確かな事前開示や、ましてや軽率な異動の打診などするはずもない土方の真剣なまなざしに、息もできず、動揺を表に出さないようにすることに必死であった。清はその夜は目がさえてまんじりとも出来なかった。

その8

暗転！

無防備のところを突然崖下に突き落とされた。

土方から内密に東京転勤を打診されて大きく膨らんだ胸は、一気に、無残に、つぶされた。

その日、東京の猫道海外事業統括部長から電話があった。

「大事なことなのですぐにでもこちらに来るように」との物言いであった。

（いったい統括部長から用件も告げられず呼びつけられるってのは？？？）

一瞬、東京転勤の内示か？　と思ったが、それにしては電話のトーンが何やら不穏なものを含んでいるように聞こえてならなかった。

ともかく、「すぐにでも」と言われたことに従って急遽成田行きの便を予約した。


おりしも日本国内はこの二年弱のうちにバブル景気が音をたてて崩壊した。社長室が保有する株価も並木通りその他の不動産も軒並み三分の一に暴落したのだ。

小会議室で猫道とデスクを挟んだ。

猫道は何やら言い出しにくい塊を腹中にしたまま用件を切り出すタイミングを計っている体である。重苦しい空気を払うべくこちらから誘導した。

「大事な要件とおっしゃるのはいったい何なんでしょうか？」

「うん、君にバンコックへ転勤してもらう」

突然吐き出された言葉であった。

「はあ？　いったい何なんですか？」

相手が何を言ったのかがにわかに呑み込めない。

「極力おおっぴらにされてはいないんだが、このところのパニックで社長室の財テク関連が大混乱だ」

「・・・・・・」

「株価や地価の暴落で、香港では聞いているかどうか知らんが、並木通りの君が手掛けた不動産など一番の打撃なんだ。もう回復することはない」

「私が手がけた？　どういう意味ですか？」

「犬鳴社長室長の副社長への報告ではあるんだけども、君が蔡成龍氏との間を取り持ったということだよね？」

「えぇーっ、どういうことかよくわかりませんが。僕は犬鳴室長の依頼で蔡氏を紹介しただけですよ」

猫道の顔が急に険しくなった。

「これだけはっきり言ってるんだから、とぼけちゃいかんよ。君は蔡華貿易の入っている不動産の買収付帯条件として蔡華貿易の清算に深くかかわってるじゃないか」

「深くかかわったってどういうことですか？　何が何だか私には・・・・」

「だからあーっ、蔡華貿易をたたむについて社員と商権を香港に引き取ってるじゃないか、随分肩入れしてるわけだ」

猫道の片頬の皮膚に残忍な引きつりが動いている。

「それは、犬鳴室長の指示に従ったわけで、私が好きでやったわけじゃありませんよ」

「あのなあ、犬鳴専務のことは犬鳴専務だ、僕が言ってるのは君の責任の部分について言ってるわけだ。とにかくこれだけ会社に損害を与えたわけだから責任の所在ははっきりせにゃならんわけだよ」

「そんなバカな！」

あまりの唐突な展開に頭に血がのぼって二の句が継げない。

「あのなあ、責任ってのはな、案件を絞りこんで、それは誰がやったのか一次責任者を明確にしなけりゃならんのだよ。君の引責については瀬黒副社長に既に報告し了解を得てある。副社長は犬鳴専務から報告を聞いてそのことは知っていたと言ってるんだぞ」

それ以上は取り付く島がなく、猫道はそれを境に固い鎧を着たような態度で言った。

「引責と言ってもな、何もやめろというわけじゃない。バンコック出張所の所長のポストを空けるからしばらく骨を休めてみろ。人生を見直すいい機会だろ？　何しろ突然な異動でもあることだしな、私的なことも含めて色々身辺を整理しなけりゃならんこともあるだろうから、人事部に寄って挨拶だけでもしていった方がいいぞ」

カアーーーッと体中に憤怒の火柱が走った。

(余計なお世話じゃ！　ばかばかしい！　辞めてやるわっ！)

憤然として部屋を出ると、同じフロアーの役員秘書室にまっすぐ足を向けた。

大股で部屋に入っていって土方との面談を申し入れた。

――土方は不在であった。中国出張だとのことだった。

瞬間的に頭に熱湯が吹き上がったまま香港への機中の男となった。

シートにもたれながら時間をおくとともにその不条理がますます充満し体中に渦巻いた。

あの時すぐ部屋を出てよかった。あのまま猫道の顔を見ていたらおそらく殴ることはしなかったろうが、間違いなく机を思い切り蹴り上げていたんじゃないかと思う。

(それにしても退社するとしたら、何と軽く、中身のない、思ってもみなかった理由であろうか？　こんな自覚の一片も湧かない嫌疑をふっかけられて辞めるのか？　それが足掛け二七年も働いた結末なのか？　あまりにばかばかしいお笑いじゃないか。漫画かっ！)

事務所の自席に座って周囲の動きも耳目に入ることなく悶々と考えていた。

東京から土方の直通電話が入った。

ハッと我に返った。

受話器の向こうから野太いがよく通る声が流れた。

「夏川君か？　急遽そっちに行っていたんだが東京にいたんだってな。すれ違ったよ」

「え、この事務所に来られたんですか？」

「いや違う。そこじゃない。あのなあ、かあーっと血がのぼって辞めようと思ってんだろ？　頭を冷やせ。いい経験だ。あえてはっきり言うけどな、まずはおとなしくバンコックへ行く算段をしろ。何よりまず家族だけ東京に帰すことはできないのか？」

いつになく何事も反論を許さない、結論からぶつける強い圧力が伝わってきた。

「まあ、近々会おう。バンコックでもいいぞ」

土方の電話は有無を言わさぬように短く切れた。

（バンコック行きはもう既に土方も知っていることだったのか）

突然流れの向きが変わったように感じた。

（辞めるのはいつだってできるが、とにかく退社するとすれば到底納得のいかない汚名を背負うことになる。どうにも許しがたい。そうかといってここでごねたりわめいたりするのはなお性に合わない。それならいっそ辞令を黙って受け取ってからじっくり腰を据えて行動することかな。俺はそんなに軽くはないぞ。なめるな！）

はからずも猫道の言ったように、ここらが走ってきた自分に休息を入れて自分を見つめてみる絶好の機会であるのかもしれない・・・・という思いに行き着いた。

（一年ばかり、遊ばせてもらおう。その間に、これからを見据えて自分の人生を見つめなおしてみよう）

辞めないと決めれば、まずは家族を東京に帰さざるを得ない。

恵子に事態を打ち明けて話し合った挙句、恵子の姉が不動産仲介事務所を経営していることから、二人の息子の転校も含めて都内のマンションを探し、とりあえずそこに不時着させることにした。

＊

単身バンコックに赴任した。

アソークのビジネス街にある丸興バンコク出張所は何度か香港から訪れたことがある。

それまでの所長は香港に栄転し、清が新しく所長となった事務所は現地社員のスーテップという三〇歳の男と、他に男女各一名の四人きりである。

雑居ビルの五階にある事務所は狭く、真ん中に置いてあるデスクと電話器が唯一目立った調度である。

スーテップは気のいい男で、少年のころから米軍基地で働いていたことから、英語が話せた。気晴らしにどうかと郊外の古民家レストランやいくつかのバーにも連れて行ってくれた。

街も村も南国の温暖に満ち満ちている。

スーテップと訪ねる郊外の得意先への路辺にも、家々の庭にも、いたるところにブーゲンビリアが伸び上がり、その可憐な薄桃色の花が青い空に広がって風に揺れている。

とりあえずあくせく取りかかる仕事もなく、資料の学習と得意先挨拶に日々を過ごした。

スーテップが日常の業務をほとんど切り回してくれる。

一人住まいのマンションから東京の家族にたびたび電話する。

「こちらに帰ってきちゃいなさいよ。何とかなるわよ」という恵子の勧めにはいい加減なことも言えぬまま、自分らしくもなく曖昧に、「考えていることがある。しばらく待ってくれ」と返事をするのが常だった。

スーテップに隠れながらワープロを使って日本語、英語の履歴書を複数セット作成した。

履歴書を綴ることで改めて客観的な自分自身を知る思いがした。

事務所の本棚に分厚い東京都のＮＴＴ電話帳がある。そこから都内の著名な人材バンクをピックアップして数社に履歴書を送った。

――二人の息子はこれからの進学でいよいよ金が要るようになる。このままではいられない。しかし、昨日まで若い若いと言われてきた自分が、ここでハッと気がつけば来年は五〇歳なのだ。こんな半端な、時を失ったロートル同然がふらりと母国に帰っても相手にしてくれる会社なんてあるんだろうか？

営業の畑だけを歩いてきた自分にはいったいどんな専門技能があるというのだろうか？

取り立ててそんなもののない自分は、今度はどこかの異国の街にワンテーブルマーチャントとなって流れてゆくだけなのかも知れない。――

気晴らしに、仕立て屋に入って白い麻の背広上下を注文した。観光客を目当てとするオーダーメードで、驚くようなスピード仕上げである。

白い靴、濃いサングラスをかけて、あてもなく街に出るようになった。さまよう街路に、ふと白々とした幻想が胸をよぎる時がある。

――（・・・この街は遠い遥かな昔から知っていた記憶がある。ひょっとしたらここは自分の先祖が、いや俺が生まれたところなのかもしれない。遠い時空を越えた

出生の地なのかもしれない・・・・）
　幻想に加えて、あてどなく歩く自分の前に自分自身の不思議な幻影を見る瞬間もある。――（人や車、自転車が猥雑(わいざつ)に行き交う路面をすり抜けてゆく白い背広の男。まばゆい熱射が照りかえる音の無い空間を歩いてゆく。異土の街路の果てに白い光の蜃気楼が浮いては消えた。その向こうに更に知らない街が虚ろな網膜に陽炎(かげろう)のように揺らめいていた・・・）
　果てしなく寂しかった。
　昨夜はムエタイと言われるキックボクシングをルンピニー・スタジアムに観に行った。
　ここはラジャダムナン・スタジアムと並んでムエタイの聖地となっているのだ。中に入ると、すり鉢状にリングを取り巻いたベンチはすべて木製という奇形に驚いた。
　まるで金網と木でできた大きな鳥小屋だ。エアコンなどなく、トタンの屋根に送風機が取り付けられている。およそ日本のスタジアムとは全く異質な空気が充満している。上段の席に陣取る観衆はすべてギャンブルに沸騰しているようだ。
　試合は想像以上に凄惨なものであった。容赦ないヒジ打ちの連打にたちまち鮮血が飛び散る。鞭のようにうなってしなる褐色の脚。肉を打つ音。打たれた頭部から飛び散る汗が天井のライトの逆光にしぶきとなって霧散する。思わずサングラスを外して、熱戦に我を忘れた。

メーンイベントが終わって興味津々に場内を見て歩いた時、いつまでも忘れられないだろう光景を目にした。

一階の木柵の向こう側で一人の若い選手がくわえ煙草の背広の男に執拗に小突かれている。全く無抵抗になされるがままだ。パープラチアットと呼ばれる真っ赤なヒモで編んだ輪を上腕につけている。頭をコンクリートの壁に何度もぶつけられたかと思うと、額をわしづかみにされゴリゴリと押し付けられる。気が付くと足を革靴のかかとで踏みにじられ苦悶の泣き声を漏らしているのだ。どういうことなのか事情がわからない。

薄暗い凄惨な光景を見るにたえられず、その場に背を向け場外に出るしかなかった。暗くなった施設を後にルンピニー公園の屋台を縫って、あてもなくラマ四世通りの光の中にさまよい出て行った。眼の底にこびりついた後味の悪い光景が浮かび上がり、自分とは全く違う悲惨な別世界の男たちの境遇を想った。

(自分などなんの不遇を背負っているものか。立ち直らなければならない)

我に返って重い心を立て直そうと思う自分がいるのだが、こんな夜の果てには、もう再び喜びに満ちた朝が帰ってくるとは思えなかった。

そんな時、はるばる珍しい来客があった。守口マシナリーの森田社長であった。スズムラ自動車のタイ工場に供給する部品工場を作ることになったとのことで、工場立地の視察に来たのである。

久しぶりに会ったうれしさに、スーテップに紹介されたなじみのレストランバーに誘った。

ラタンの椅子に腰かけた森田は頭に白いものが目立っていたが、以前にも増して貫禄と風格がにじみ出ていた。

「それにしても夏川さん、どうしてるかと思ったら風体がずいぶん変わりましたなあ。同一人物とは思えませんよ。驚いた」

「ハハハ、縮まっていても始まらないんで、まるっきり007のジェームス・ボンドの真似ですよ。こんな格好でバハマやカイロの街で大活躍するタフガイですよ。映画スターみたいに一度やってみたかったんですよ。ハハハ、似合いませんかね？　ここは独身だったら天国なんですけどねえ。こんなことしてても始まらないんで情けないですけどね」

森田は清がこのような境遇になっていることに憤懣（ふんまん）をあらわにしながら言った。

「僕はねえ、余計なことですが丸興さんの社長室の財テク破綻やそれにまつわる薄暗い話に過敏になってるんですよ。それというのもあんたの突然の異動の裏にどうにも腑に落ちない真っ黒なものを感じますんでね。社長室の連中は副社長から厳しいかん口令が敷かれているらしく破綻の実態は全く漏れてこないんですよ。しかし私のいくつかの情報パイプから漏れうかがうことからすると、犬鳴、猫道なんてのは文字通り犬猫にも劣る畜生同然ですな。社長室の空けた穴は主に不動産と株なんですが、犬鳴は目立った大穴には一つ一つ戦犯をあてがって責任を押し付けている。自分自身に罪を及ぼさないために必死なんでしょうな。おぞましいのは損失額をうまく分散操作して、子会社や海外に隠すのに躍起となっているのが猫道ですよ。全く最低な奴らですよ」

森田はマルボロをポケットから取り出して火をつけ、深く吸いこんで長く吐き出した。

「しかし夏川さんね、巨悪は瀬黒副社長ですよ。犬鳴のやっていた財テクの実態を知らないわけがないじゃないですか。実はヤツがみんな指図してたんですからね。労せずしてバカバカ入ってくる利益に人間が変わっちゃったんですな。こともあろうに伊集院社長を会長に祭り上げようといろいろ画策してるようですよ。守りに回らず再建の旗を掲げてなりふり構わず起死回生の賭けに出るって選択をしたんでしょうね。伊集院社長が磊落（らいらく）というか温厚というか、そこにつけ込んでるわけです。トップに駆けあがって反抗分子を追い払ってしまえば安全圏ですからね」

　森田は座りなおして清に体を傾けると、少し声を落とし加減に言った。

「しかし、夏川さん、奴らはとにかくここにきて、副社長を頭にしたマフィア組織みたいになってるもんだからちょっとやそっとじゃ沈没しないですね。副社長のまわりはみんなマタタビかがされてるのか毒饅頭食わされたかで、副社長の責任を問う姿勢がないようですからね。夏川さんねえ、何を言いたいかというと、あえて言いますけども、あなたの復帰する目はないんじゃないかなあ。いやもっと言うとあなたに帰ってきてもらっちゃあ犬も猫も困るんですよ。少しのことでも明るみに出したくない構えなんでしょうな」

「・・・・・・」

「それからねえ、GP社のプラスチック事業部が直接進出してきましたよ。香港にも新会社を設立して現在丸興香港さんとの間で新しい住み分けを話しあっているとのことですが実際はそりゃあ仁義なき戦いですよ。夏川さんももちろん知っていると思いますが朱力という主力セールスマネージャーが新会社に引き抜かれたって話ですからねえ。・・・・・・・夏川さん、うちに来ませんか？　こういう時代になりましたんでねえ、うちは中国、東南アジアとの関係を深めて、一方で東京支店を強化してその司令塔にしなけりゃならんと思ってるんです。夏川さん、東京支店長やってくれませんか！　うちは丸興さんほどの給料は出せませんが、精いっぱいの待遇を用意します。そういうのも何ですが、うちは丸興さんの子会社ではあるものの比較的独立性が強くて、夏川さんに来ていただいてやがて親会社をしのぐ利益性の高い良い会社にしたいんです。夏川さんがうちの要職に就くなんてのはその筋からいろんな邪魔が入るでしょうけども、私は断固この決断を貫きますよ。いかがですか？」

森田は自信に満ちた面持ちで清の目をじっと見た。

感謝のお礼とともに、「ひとまず考える時間をください」とした清は、果たして森田のところに拾われようとしている状況に思いを巡らせた。

（守口マシナリー東京支店長としての仕事は何とかなるだろう、自信はある。これに乗ればはっきりした指針をもって家族のもとに帰れる。土方、犬鳴はじめこれまで丸興で深く結びついた人たちは驚くか？「やっぱり」と思うか？　いやいや、そんなことはどうだっていいが、果たしてそれでいいんだろうか？）

忽然として朱力の顔が浮かんできた。彼は自分が香港を離れる時空港までついてきて、『ご恩は一生忘れません』と涙目で言った。しかし今、彼の丸興への裏切りに少しの非難もない。給料が少しでも高い方に移るのが中国人である彼らの逞しい生命力なのだ。心からのエールを送りたい。――反して、自分の依然として釈然としない気持ちはどこから来るのだろうか？

＊

丸興東京本社の亀岡の部屋で土方と亀岡が他の入室を禁じて話し込んでいたが、どうやら区切りのついたところで立ち上がった。

「総括するところ、副社長が指示してきた修正利益計画はともかく、人事については僕は全く納得していない。こんなことがまかり通るなら人事本部長をやめさせてもらうよ」

「ああ、僕も同じだよ。ことの真実は今話した通りなので、黙ってはいない。トカゲのしっぽを片っ端から切って総責任者たるトップが安全圏に入って保身を謀ろうとしている。ふざけるな。必ず筋を通す」

「とにかく早々に常務会を招集してもらうよう社長に談判するけども、万端準備しておいてくれ」

亀岡が気迫を示した通り、すぐさま社長から常務会の招集が通達された。

丸興産商における常務会は、社長、副社長、専務、常務の上級役付き役員が、取締役会でいわば形式的に追認されることになる案件を事前に実質的に討議する社の最高意思決定機関である。常務会の主題は、バブル大崩壊に伴った各事業部の利益目標を修正するとともに一部の人事異動についてであった。

大会議室にU字形に組まれたテーブルの基底部に代表取締役、伊集院明正が端然と着席している。伊集院は薩摩島津氏に連なる名門の血筋をひき、祖父が丸興創業メンバーの一人である。京洛帝大からオックスフォードに留学している。入社後は化学品の一線から管理部門の要職を経た後、先代の指名を受けて社長となった。絵に描いたような良血中の良血である。

豪胆な薩摩気質を本領とするが、いささか高齢でもあり、業務の子細には手を伸ばさず、担当責任者の裁量にゆだねるというスタイルであるところが現代商社のトップとして評価が分かれるところではある。

U字の側部左右に副社長、専務、常務、加えて監査役が交互に序列に沿った定席を占め、総勢一一人の出席である。今日の議事進行は副社長の瀬黒が取り仕切っている。あらかじめ社長室からガイドされていた修正利益目標に基づいて作成された計画を各部の統括役員が説明してゆく。上積みされた修正利益額にみな一様に苦渋を呈しているが、犬鳴専務取締役と瀬黒副社長に忖度して公然とこれを批判する声がない。

修正計画は上級役員による合意を得て、この後に招集される臨時取締役会において各組織下部へのブレイクダウン作業を指示する段取りとなった。

続いて瀬黒が人事の異動について報告するよう亀岡に下命した。

この議題はこうした非常事態の原因となった財テク担当者の懲罰人事が明らかにされることが必至で、全員固唾（かたず）をのむように注目している。

亀岡は言われるままに立って、社長室室長と数名のスタッフ及び丸興香港社長、それにかかる異動を発表した。

犬鳴紘一専務取締役社長室長の丸興アメリカ社長への転出、夏川清丸興香港社長のバンコック転勤、加えて社長室数名の外部出向である。一部にそれは既に実行されており、これには隣同士で顔を見合わせながらのざわつきが起こった。

これを見た専務取締役社長室長の犬鳴が挙手してこれについて述べた。

「今回の利益修正に至った背景は一部いわゆる財テク案件の失敗からくるものがあり、従ってその財テクを推進した直接担当者にはこれを取り返してもらうべくの配置換えと理解しています。当然社長室長としてのわたくしの管理責任は強く問われるところでありまして、今回アメリカ丸興への転出を拝命致しましたが、今後全力で逸失利益の挽回にあたる所存です。どうか皆様のご理解を願うところです」ここで瀬黒副社長が大きくうなずいた。

突然、一旦着席していた亀岡が挙手した。

犬鳴が一瞬制止する所作を見せたが、強引に起立して言い放った。

「各部員の人事はそれぞれの部長の裁量にゆだねられているわけですから私は子細の人事について言う立場ではありません。しかし人事担当常務として今回の異動のすべてに同意するわけにはいきません。まず、犬鳴専務は、アメリカ丸興の社長に転出されるとのことを副社長から指示されました。はっきり申し上げて社長室部員の数人及び丸興香港社長に懲罰とも言える異動を命じておきながら、社長室長自らは転出とはいってもアメリカ丸興の社長というのはどうにも納得がいきません。副社長の御見解をうかがいたいと思います」

事前から覚悟を固めた発言とあって、ぎょろりと目をむいた亀岡の唇は血の気を失って紙のように白い。

この場で見解を求められることを予想していたように、瀬黒はおもむろに口を開いた。ねめつけるような視線が亀岡に向いている。

「社会の状況がどうあれ、大きな損失に至った原因は案件の一つ一つを分析して、言葉は悪いが、それを生み出した主犯と言われても致し方ない一次責任者をまず明らかにすることが必要だったわけだ。子細についてはあえてここで言うことは控えようと思う。総責任者の立場にある犬鳴専務の処遇については本来本社専務取締役が外地の社長に転出するというのは異例であるが、新天地に転出して今回の損失を全身全霊でリカバリーしてもらいたいと思い、熟考した末の処断です。亀岡君、いかがかな？」

伊集院は顎を引き沈黙したまま、鋭い眼光を瀬黒、犬鳴、亀岡に向けて動かない。

土方が挙手した。これも覚悟を決めた面持ちを瀬黒に向けながら口を開いた。

「先ほど主犯の子細については控えるとの副社長のお言葉がありましたが、私は一つの例として到底承服できない左遷人事について専務、副社長の御見解をうかがいたく思います」

ここでひと腰入れるかのように軽く咳払いをして続けた。

「それは既に実行されている丸興香港社長、夏川清君のバンコック転任の子細であります」

俄然、犬鳴の顔が豹変した。

「土方君、君が何を言うんだね。関係ないじゃないか」大阪弁がずいぶん取れている。

「いえ、彼が戦犯とすれば、銀座並木通りの不動産物件、これは蔡華貿易ビルとその土地の買収であるわけですね。これを所有者の蔡成龍氏から買い取る立ち回りをしたのが夏川君だったということですが、それはとんでもないことです。これはすべて犬鳴専務自ら進めたことじゃないですか。夏川君は蔡氏と知己であったことから専務の強い要請に従って蔡氏を紹介しただけのことです。蔡氏を夏川君に紹介したのはこの私ですけどね」

犬鳴はことさら気持ちを落ち着かせようとしているのか、語り口のスピードを落として土方に向けた。

「土方君、常務取締役ともあろうものがこの席で私を名指してそんな断定を公然とねえ。あきれてものも言えないが、何を根拠にしてるのかねえ。そうか、夏川君から聞き取ってそれをそのままここで言ってるわけやね?」

「そうですか、そうおっしゃいますか。では私も言った限りは・・・・・」

土方は持参していた紙袋から書類の束を取り出した。

「これは当社から祭氏宛に渡された企画書で日本文と英文で作成されております。当該物件の買い取り条件とそれに付随する蔡華貿易の会社清算協力提案書です。今から皆様に配布いたします。一部ずつお取りになってお隣に回してください」

予期しなかった展開に、ペーパーを手に取った犬鳴は目をむいて息を呑む。

書類が伊集院社長を含む全員に行き渡ったことを確認した土方がダメを押すように言った。

「そこに丸興産商株式会社　専務取締役社長室長　犬鳴紘一とある、自書の署名がご覧になれると思います」

犬鳴の顔面は額から幕が落とされたようにサーッと蒼白に一変した。

「な、なんでこんなものを。知らんぞ私は。どこからこんなものを」

「蔡氏の秘書で夏琳、通称シャーリーという女性を専務はご存じのことと思いますが、専務はこの企画書を封緘して夏川君に送り、シャーリーに届けさせましたね。夏川君は専務の命令で心ならずもメッセンジャーボーイを強いられただけです。したがって封書の中身がどのような書類だったのかを彼は全く知らなかったわけです」

「な、なんという、君は何をたくらんでそんな作り事を」

青筋の浮く額から今度は脂汗がどっと噴き出している。

「専務、このような場で作り事が言えますか？　私は上海から山東省済南まで出かけて行って蔡氏とシャーリー氏から直接いきさつを聞き取り、そのコピーを入手してきたんですよ」

伊集院は書類を食い入るように見てから椅子の背もたれに身を伸ばし、あらためて犬鳴を凝視した。瀬黒副社長がたまりかねたように、半ば怒声に近い太い声を発した。

「やめたまえ、そんな怪文書まがいのものを何の事前通告もなくこの場で突然ばらまくとは。不謹慎も極まる！　真偽の検討もできないじゃないか！　第一、君、私は犬鳴専務の行動について今聞いたような事実は全く報告を受けておらん。一体どうなってるのかさっぱり判断がつかん」

犬鳴はこの言葉に一瞬放心したかのような表情となり、かすかな指の震えが次第に大きくなって企画書ペーパーにカサカサと伝わった。瞳孔の開いたような目が呆然として瀬黒を見つめている。

　一方の土方はすっかり目が据わっている。瀬黒に射るような視線を固定した。

「あなたたちの行状は目に余る。権力者が結託して権威をひけらかせ、白いものを黒にも赤にもしてしまう。副社長、不本意ながら真実を明らかにするのはこれしか方法がなかったのです」

「だから真実かどうか評定することができていないと言ってるんだ。社長、この発言は保留として後程よく吟味することにいたしましょう。土方君の言うことはにわかに信用ならん」

　肥満した体を土方の方によじると、妙なことを口にした。

「土方君、そもそも君と蔡氏はただならぬ深い仲のようだね。ＧＰ社の日本進出には蔡氏も一枚絡んだきな臭いことが色々耳に入ってくるが、蔡氏と君は何やらたくらんでいるんじゃないのかね？」

「きな臭い？　何やらたくらんでいる？　そこまでおっしゃるなら、ここに・・・・・、あなたが犬鳴専務を強引に丸興アメリカに送り込みたいことには理由があるんですすよ」

「もういい！　そこまでだ！」瀬黒は激高する状態になった。

　伊集院が顎を引いて眼光鋭く静かに言った。

「いや、土方君、まだ言いたいことがあるなら言いなさい」

裁判長が高い席から命ずるような侵しがたい一声であった。

土方は紙袋からＡ４ファイルケースを抜いてデスクの上に置いた。

「社長室では小さな不動産物件もかなり売買していたようですが、中にサンタモニカの物件があります」

犬鳴の頬の肉がビクッと引きつった。

瀬黒は、ぐうーっと灰色がかった目を据えて土方を凝視する。

出席者は思わぬ成り行きの緊迫に一体どうなるのか？　と水を打ったように静まり返った。

土方は起立した。

「専務、三年前に社長室でサンタモニカに五〇〇坪ほどの土地を買ってますね。どういうわけかこの物件は、間を置かず当社が広告宣伝や市場調査関係の仕事を発注している（株）電伝のアメリカ法人、ＤＥＮＤＥＮ ＵＳＡに売却されています。ところがこれはその後、同社の下請け広告宣伝制作会社のデジタル・クリエイトという会社に所有権が移ってるんですよ」

土方は今度は瀬黒副社長に視線を向けて動かさない。

瀬黒は沈黙したまま微動だにしないが、内心からいちどきに吹き上がる何かを必死に隠しているのか、顔面がいつの間にか赤黒く膨らんでいる。

「副社長、この会社は副社長の御実弟が経営している会社ですね。現在サンタモニカに留学されているお嬢さんとこの弟さんがここに建設された住居に住まわれていますね？」

　瀬黒の肥満した体がのったりと動き、ことさら落ち着き払った調子で口を開くが、心なしか下唇が細かく震えたように見えた。

「娘の安全上、弟にサンタモニカでの同居を依頼しているのは事実だが、その住居に今言ったことが関係してるって言うのかね？　私はよく知らん」

「専務、副社長は何も知らんとおっしゃってますが、問題は、この物件はＤＥＮＤＥＮ ＵＳＡがデジタル・クリエイト社に譲渡しているということですよ。どうなんですか？　税務処理など含んでずいぶんな負担です。ただ、その後にアメリカ丸興が起用しているこれまでの現地広告宣伝会社との契約がＤＥＮＤＥＮ ＵＳＡに移っていますね。これは猫道常務、あなたが専務、副社長の意を受けて強引に進めたことですね。東京本社からもいくつか大きな仕事が社長室長肝いりで（株）電伝に発注されています」

「な、なにを根拠にそんなとんでもないことを。不謹慎極まるやないか」と放心していたかに見えた犬鳴の吐き出す声が気道に引っかかる。喉がカラカラになっているようだ。

瀬黒がついに恫喝するような大声を発した。

額に今にも破裂しそうな血管がビクビクと動いている。

「いったいこの場で君は何を言っているのかわかっているのか！」

「副社長、まさしくそうですね。私も当社の副社長ともあろう人がと、にわかに信じられませんでした。労せずして飛びかう不動産売買の金浸りの中で何かが麻痺してしまったんではないでしょうか。私もこの場でこんなことを言う自分が自分とも思われません。実はまず二人だけでお話ししようと思っていたわけなんですが・・・、ただ、ここに持参しました書類ファイルを見ていただければ誰でも私と同じ筋道をたどるでしょうね」

伊集院は姿勢を正し会議場を強い眼力で睥睨（へいげい）して動かない。

土方は監査役に向かって向き直ると、机上のファイルケースを取り上げた、

「大村監査役、このケースの書類一式は監査役にお預け致します。先ほどお話ししいたしましたシャーリー氏ですが、彼女はアメリカ西海岸の別荘地やロスのコンドミニアムを主力とする不動産仲介業を経営しております。彼女はこのテリトリーに張り巡らされた強固なシンジケートのようなネットワークを持っているんです。今回ＤＥＮＤＥＮ ＵＳＡが起用した不動産会社はこのネットワークメンバーなんです。彼女が全

面的に協力してくれましてこの関連書類を入手できたわけなんです。私もこんな形で暴露めいたことをしたわけですから、さきほどの説明が真実から外れたものであれば一切の責任を取らせていただきます」

ここで伊集院にまっすぐに体を向け直して静かに言った。

「社長、先程副社長が私と蔡成龍氏との間にきな臭いものがあるとかおっしゃっておりましたが、ＧＰ社の医療機器事業部と蔡氏の間の提携については当社が様々に音頭を取ってきていることは逐次ご報告の通りです。ここにきて懸案だった日本で開発する医療機器の組み立て工場を中国に作るという件が蔡氏とＧＰ社の間で合意に至りました。この件につき伊集院社長には蔡氏との間で腹蔵なく御意見を交換をしていただきたいと存じます。それに際し御不審の事がありましたなら、何なりと蔡氏及び私に直接御下問いただければと思います」

伊集院が土方に強い眼差しを向けたままグッと顎を引く。

土方はこれに力を得た如く、瀬黒に目を戻した。

「副社長、そのきな臭いとやらの御疑念はどうぞ何なりと蔡氏に直接お尋ねください。蔡氏をまじえて、ＧＰ社医療機器事業部のウィルバー・ガードナー事業部長とのトップ会談の席も他日設定させていただきます」

瀬黒、犬鳴、猫道は硬直しているのか脱力しているのか、魂を抜かれたように身じろぎもしない。そこにとどめを刺すように土方のよく通る声が瀬黒に突き刺さった。

「監査役におかれましてはお渡し致しました書類をどうか良く御検分の上、必要な裏付け調査をしていただきたくお願いいいたします。これらの書類の本紙は副社長、お手元にありますね。デジタル・クリエイト社が所有するサンタモニカ不動産の取得関係書類のご確認についても同社の社長が御実弟であることから副社長のご確認は御随意のままですね」

　亀岡人事部長をちらっと見てから、最後にきっぱりとした要求を伊集院に向けて言った。

「社長、もし私の申し上げたことが真実であると立証されましたなら、今バンコックにいる夏川清所長を私の部で預からしていただきたい。彼は一人今退社を考えていることと思いますが、これを翻意させ、ＧＰ社との合弁プロジェクトで存分に働いてもらうつもりです」

　伊集院はおもむろにそれでいて明快に応じた。

「わかった。監査役の十分な検分の後、瀬黒副社長、犬鳴専務、猫道常務の言い分を良く聞き、土方君の常務としての責任を伴う指摘の真偽を明らかにしよう。そのうえで私が裁断する。もし土方常務の言うような不祥事があるなら放置することはしない」

第四章　回帰線

その1

南国の地で、守口マシナリーに転職するのが最善の道かも知れないと気持ちを固めかけていた清に驚きの異動が通知された。

東京本社医療システム事業部　メディカルイメージンググループ　グループマネージャーという新設部門の部長格としての任命であった。

それは、白日夢をさまよう前方に突然青い空が広がったような起死回生の回転舞台であったのだ。

＊

帰国して家族との団らんもそこそこに、出勤第一日はラッシュアワーを避けてゆっくり座って行こうと早朝に家を出た。

東京は本来自分と妻の故郷なのだ。今こうして本拠に戻った限りはおいそれと再び地方や外地に動くわけにはいかない。しっかりここに安定した生活ベースを築かなければならない。息子たちの進学を見据えながら都心を離れた郊外に新居を購入した。

東京を離れて二八年が過ぎたのだ。長かったのか、短かったのか――母親は大学在学中に早世してしまった。その後再婚した父親もつい数年前、自分の帰りを待てずにこの世を去った。亡父は生前、「清は戦地にやったと思っている」と言っていたそうだ。

果たしてそうだったのかもしれない。青年から壮年、中年へと、関西、西日本、果ては中国からタイに流れた歴戦であった。

東京は大きく変貌した。生まれた町や幼友達はどうなっているんだろうか?

一瞬浦島太郎のような感慨を起こしながらキオスクで買った経済新聞の大小の見出しに目線を流していた。

ページをめくるうちに、「ローズマリー写真館が東証二部上場」という中段記事が目にとまった。活字の中に十王という懐かしい町の名前がかすめたからだ。思わずその記事を追った。――社長、岩淵一也（23ページ『人物』に紹介）とある。「岩淵」、「一也」、・・・・・少年時の記憶に刻み込まれた名前だ。中学生の時、一也と岩淵金属資材の倉庫でグラインダーを回して切り出しナイフをつくった思い出が忽然と浮かび上がった。

ガサガサと紙面をめくって『人物』のコラムページを開いた。

とたんに目に飛び込んできたポートレート写真。

にこやかにインタビューに答える岩淵一也社長である。息を呑んだ。

（これ、一也、ええーーっ、沢井一也じゃないか！・・・・なんで岩淵一也なんだ？）

記憶に残る坊主頭ではないが、目鼻、口元、まぎれもなくあの一也だ。

「東京都北区城北生まれ、五一歳の新進実業家」として会社の設立から現在の発展に至る概要とこれからのビジョンが生き生きと語られている。同じページにローズマリー写真館の紹介宣伝記事が大きく掲載されている。

紙面に落とす視線が硬直し息が止まりそうになる。

（一也に違いない。どうしてこうなったんだ？）

何度かこちらに出張してきたとき、「スタジオ・ローズマリー」という明るくモダンな写真スタジオやその広告が街でよく目にとまっていた。旧来の古臭い写真館とは全く外観を異にするものだ。香港にもあった。おそらく広域なフランチャイズシステムが展開されているのだろう。狐につままれたような心地で本社の住所を穴のあくほど凝視した。

＊

土方は米国出張で不在であった。

既に夏川清新任部長のデスクは設けられていたが、業務企画課長を通じて土方の伝言があった。『三日後に帰国するので、それまで業務企画課の仮デスクを使って、出勤しようと早退しようと一切自由にやってくれ』という。業務企画課長によって事業部の大まかな説明を受けた後、担当するメディカルイメージンググループの部員名簿を渡された。それには入社年度、役職、担当職務が細かく記載されていた。

翌日になって、同期の今田から連絡が入った。今田は先日、電子材料部から産業機械部の部長として異動してきたばかりであるとのこと。電子材料部で大きな実績を上げ、同期トップで取締役に昇進していた。

今田は社から遠い広尾のレストランバーに清を誘ってテーブルに向かいあった。清の復帰を心から喜び、高級なワインを次々と空けて会話が進んだ。

「夏川よ、いやいやとんでもない目にあったなあ。しかし皮肉だよなあ、俺がイヌコウの後釜になるなんてさ。産業機械もこれまでと違ってすべてと言ってコンピューターネットワークとつながったデジタルシステムになってくるもんで、一昔前の単純な機械販売とは全く様相が違うものになっているんだよ。エレクトロニクス関係にいた俺が適任とみられたんだろうな。それにしてもよかったじゃないか、今度は土方常務の下だろ。これからは運も開いてゆくよ」

「ああ、土方さんはまだ駆け出しの時の上司だったんだけど二六年ぶりだよ。あの人も課長補佐の時イヌコウに追っ払われた口なんだけどね」

「へえ、そうかあ、一緒だった時があったんだ。しかしあの人は立派だよな。今度の事変では首をかけて悪玉一掃をやってのけた立役者だったようだね。・・・・それで、この間の臨時役員会なんだけどね」

「おおーー、それ、やっぱり聞きたいねえ。土方さんはどのような発言だったんだ?」

「先日の会議は社長室の財テク失敗で開けた大穴を埋める修正利益目標の割り当てが行われるということで、各部には『なんで我々が奴らの失敗をリカバーしなきゃならないんだ?』ということでフラストレーションがたまっていたんだけども、伊集院社長の爆弾発表でみなそのモヤモヤも吹き飛んでしまったんだよ」

　今田の話によれば、会議は修正利益計画の各部への指示が終わった後、伊集院社長から幹部の異動が発表されたとのことであった。

出席取締役は、財テク失敗の三悪とおぼしき瀬黒、犬鳴、猫道が出席していなかったことがいぶかしく、これは何かの重大な発表があると感じていたのであるが、伊集院のお沙汰が『三名に懲戒解雇を科することになる』であったことに衝撃が走った。

伊集院は、「担当職務を通じて社の利益を追い求めることは当然のことであって、失敗したからと言って私がをこれを一方的に糾弾することはできない。しかし、これに乗じて私腹を肥やす、あるいは責任を下部に押し付け、恣意的な引責人事を行うということは当社の役員として断じて許し難い。したがってこの三名には今申し上げた最終処断を科することになります。なお、これによって生じた社の逸失利益については可能な限りの最大を以て私的に償っていただきます。したがって不正の全容が解明されるまでこの三名には自宅謹慎を命じてあります」と断じたとのことであった。

今田は、「しかし、伊集院社長はこういう局面では、まさに明治時代の軍司令官の風格だったね。普段は寡黙な人物だけども、まあ、薩摩の大山巌元帥ってとこかな。土方常務は終始無言で一言の発言もなかったんだが、この処断に至った主導者は、土方、亀岡両常務だというのが役員間でもっぱら言われているところだよ」

——明後日、土方と会うことになっている。

お互いの新しい職務での健闘を誓いあって今田と別れた。

　土方の帰国した翌日、一二階の常務室に入室し、土方のデスクの前に椅子を引き寄せ向かい合った。時計と書架、ロッカー以外にこれといったもののない簡素な部屋であった。

　駆け出しだった自分を連れて倒産会社に駆けつけた時の少壮の土方課長補佐、出向会社でジャンパーを着ていた土方。――今や気鋭の常務取締役に駆け上がったその男の頭髪には白いものが混じっていた。懐かしさとうれしさが入り混じった感情が込み上げた。

　ゆっくり時間をとるということを言ってあったのであろう、秘書とおぼしき女子社員が二人の前にコーヒーを静かに置いて退出し、ピッタリとドアを閉めた。

　土方は事業部の簡単な現況について触れた後、いきなりＧＰとの関連について切り出した。

「ＧＰのジャック・ウィンチＣＥＯってのはね、実際に話してみるとマスコミに流れている印象とはずいぶん違うよ」

「経営の神様って言われている人物ですよね。ずいぶん本が出ているので僕も数冊読みましたが、スケールが大きくて抜群の先見性と決断力に富むカリスマみたいですね」

「ああ、それに間違いはないんだけどね、会話の中にやたらファック（Fuck）だのクソッタレ（Shit）

だのっていうおよそトップにふさわしくない言葉がしょっちゅう混じるからね。びっくりするよ。あんまり品のいいオッサンじゃないよ。みんなその意外性にびびっちゃうわけだよ。だからね、何か重要な交渉やビジョンを語りあう時はこっちから最初に歯切れ良く一発かまして毒気を抜いちゃうんだよ。ハハハハハ。おかげでずいぶん親しくなれたけどね」

くだけた切り出しでたちまち雰囲気が和んだ。固い話に入る前のいつものパターンだ。

「GPはこれまでの原子力や重電、重化学といった重厚なものから医療、情報といった次世代が要求する方向に力をシフトしてるんだよ。最近マスコミによく取り上げられているように医療機器への参入がその一つなんだけども、特に画像診断装置だよな。これをいわゆるデジタルイメージングテクノロジーに融合させて一段進化させたいわけだよ」

「なるほどね。デジタル写真はまだまだアナログに比べて画質がはるかに劣りますけどね」

「いやいやこれからはコンピューターと並行してデジタル写真の進化は急速に進んでゆくよ。GPは従来からレントゲン写真を持っているわけだが、これは銀塩写真フィルムで撮影してこれを現像するわけだよな。しかしこれがデジタルになれば現像なんて化学処理はいらなくなり、したがって廃液処理もいらない。仕上がり時間はもちろん、病院内の画像搬送や保管も電子処理となり全く異次元の様相になってしまう。だからGPのレントゲン写真システムはこのデジタル画像とコンピューター処理の分野に参入してくるメーカーとの新たな戦いに直面しているわけだ。とにかくジャックはスピード最優先主義者なんでね。自社のデジタル開発状況には相当にじれてるってことだ」

「そこで土方さんが帝国印刷技研との提携にもっていったわけですか？」

「うん、ここまでもってくるのに計画より二年近く遅れたな。バブル景気のパンクとうちの混乱、帝印とGP社の思惑の違い、おまけに当てにしていた君もすっ飛ばされちゃうしな、ハハハ。もちろん目指すところは帝印の画像処理技術とGP医療機器の融合なんだが、医療機器を早期に先進させたいGPに対して、帝印は印刷技術はじめ一般画像光学機器に古くから伝統ある会社だからね。戦前から製版用各種カメラ、焼き付け機などを作っていたんだが戦後は写真製版機器の総合メーカーとして成長したわけだ。しかし三十数年前の大火の後、そりゃあ血のにじむようなドラマがあったようだよ。再建の道を探る中で、従来の銀塩写真に加えて、早くからデジタル画像機器、音波、磁気、感熱写真、更にX線、赤外線などの非可視光による撮像機器の開発に血のにじむ努力を重ねたわけだ。技術的なことは僕にはよくわからんけどね。結局エレクトロニクス分野に本格進出して電子色分解機、半導体周辺、液晶カラーフィルター関連機器などの製品化で新天地を切り拓いたわけだ。そんな背景からこの会社の懐にはこれからのデジタル革命の波に乗っていけるような種子(seeds)がふんだんに保有されているとみられるわけだ。しかし何せ先立つものがないわけだよ。資金がどうにもままならない。そこが今回の両社合弁に繋がったってわけだ。僕はエンジニアリング・プラスチックや産業機械の取引を通じて帝印の幹部と親交が深かったんでね。社長の赤羽大志さんは六七歳になるけども先代の後を継いで社業をここまでに立て直した立役者だよな。とても実直な人でねえ。息子さんで研究開発センター長の茂さんは三八だから君より一三、四若いのか？　非常に優秀でね。光学機器、画像処理関係では一級のエンジニアだよ。特にこれからのデジタル画像に関する応用技術の開発に並々ならぬ熱意を持ってるんだ」

「それでどのような合弁になったんですか？」

「うん、紆余曲折いろいろあって途中で何度も破談になりそうになったんだが、最終的に日本で（株）ＧＰイメージングという両社による合弁会社を設立することで合意した。略称をＧＰＩとしよう。まあ、詳しいことはいずれ紹介されるものとして、おおむねこのメモのような概要で合意してるんだがね」と言って手元に置いてあったペーパーを清の前に滑らせた。

社名	（株）GPイメージング （略称GPI）
資本金	200億円
本社、第一工場 研究開発センター	現帝印本社所在地
第二工場	茨城県つくば市
営業所	東京、名古屋、福岡
株主	帝印（51％） GP（33％） 丸興（16％）
従業員	1700名、帝印全従業員 及び国内GP医療機器 関連人員の移籍
代取）社長	赤羽大志（帝印）
取）副社長	ラリー・ドノバン（GP）
取）財務部長	要決定（GP）
取）営業部長	要決定（帝印）
取）研究開発 センター長	赤羽茂（帝印）
取）情報システム センター長	ピーター・チリッチ（GP）
取）非常勤	土方勇一郎（丸興）

「なるほど。帝印が過半でうちは一六％の株式を所有するわけですね。常務が非常勤役員になっていますが・・・・」

「そこで肝心なことなんだが、我々医療システム事業部の販路開拓として戦略的にこの新会社の育成が最優先になるわけだ。したがってこの会社の経営に関与できるようにしておかなければならないということだよ」

ここで土方は「絶対極秘」とことわって続けた。

「そこで重要なことを言っておかなけりゃならん。出資比率なんだが、発足時には帝印・GP・丸興は五一・三三・一六なんだけれども、二年以内にGPと帝印が逆転してGP・帝印が五一・三三になるようにGPが帝印の持ち株を買い取ることで合意してるんだよ。当初の帝印のマジョリティーは主に当初の帝印従業員、労組の動揺を考慮してのことなんだが、実態はGPによる帝印の買収ということなんだよ。実際に新会社が稼働してからの力関係の推移によるわけだけども、僕はGPが七〇％以上を取得してゆくことになるだろうとみているんだけどね。そもそも帝印は現物出資中心なんだが実態はGPの帝印吸収だからね。さらに言えば、GPがこれからの医療機器ビジネスの熾烈(しれつ)な世界戦争に勝ち抜くためには、日本にR＆Dと重要製品の製造、中国に普及製品のマスプロダクション工場、というのがジャック・ウィンチの決断とこちら側の合意なんだよ」

清はそこにすぐさま疑問やコメントを差しはさむ言葉を持たなかった。

「うちはもちろんGPIの独占販売代理店であるわけだが、我々の役回りとして、GP本社とGPI間の思惑の違い、うちの販売戦略の推進というトライアングルを建設的に調整していくってことが色々出てくるだろうね。GPIの副社長はラリー・ドノバンていうのが赴任してくるんだが、この人物については僕はまだよく知らん。GP

本社医療機器事業部のボスはウィルバー・ガードナーっていう男なんだが、これはちょっとしたサラブレッドでね。現合衆国通商代表ロバート・ガードナーの弟なんだよ」

土方はここでいったん話を中断しチェアーの背もたれに体を倒した。

「まあ、最初っからいろんなこと言ってもな。君は医療業界は初めてなことだしな。企画課長から組織の概要を聞いたと思うが、君は部長格として今話したGPIと最も密接なメディカルイメージンググループの総責任を担ってもらう。このグループはまだ新しい組織なんだが、君を総責任者に据える心づもりで僕が兼務していた、いわば主力の先鋭部隊なんだよ。早く落ち着いた形にせんとな」

そう言ってデスクの引き出しから取り出した辞令を差し出した。

清は立ち上がってそれを拝領した。

役員室を退出し、エレベーターホールに向かう背中に女性の声が追ってきた。さっきコーヒーを運んできた土方の秘書だった。

「夏川さん、これ名刺なんですけど、常務に作っておくように言われてましたので今お渡ししておきます」渡された透明プラスチックケースから中身が見えた。

株式会社　丸興産商

医療システム事業部 メディカルイメージンググループ
グループマネージャー 夏川清

と鮮明な活字が印刷されている。新入社員の時にはじめて手にした名刺のように新鮮だった。東京本社の住所と電話番号の印字が目に入り、あらためてうれしさがこみ上げた。

業務企画課長からメディカルイメージンググループは七階と聞いていたが、名刺を渡してくれた女子社員が笑顔で、「おめでとうございます。七階のグループマネージャー席にご案内しますね」と言ってくれた。

まるでほかの会社に転職してきたようだ。

先導されるまま七階のフロアーを進んで案内されたデスクに着席した。部員の全視線が集まるのを体中に意識した。

先ずは課長を集めて挨拶から始めるのが初動だな・・・と思いながら一息ついて、あらためて名刺をとりだしてみた。突然沢井一也のことが脳裏に浮かび上がった。

「よし、この名刺を持って会いに行こう。先ず『僕だよ、夏川清だよ、会いたい！』と手紙を書こう」と即座に決めた。一也の驚きが目に浮かぶようだ。

一也は十王駅東口の改札の前に立って心を躍らせていた。

人の塊(かたまり)が押し出されてくるたびにその一人一人にじっと目を凝らしている。

先日、驚きの手紙が舞い込んだのだ。

最初誰かと怪訝(けげん)に思ったのだが、夏川清という名前に不意を突かれて一瞬時間が止まった。

すぐさま手紙に記された直通電話をコールした。

実に三五年ぶりの清の声はさすがに遠い記憶とは違ったものだった。

お互いに何から話すべきなのかの順序があまりに圧縮し交錯していてちぐはぐな会話になってしまった。それというのもお互いに相手の電話のまわりの環境が全くわからないからだ。

文面には今日の土曜日午後一時頃本社を訪ねたいとの希望であったので、すぐさま快く承諾して、十王駅下車徒歩一五分の本社所在地を確認させた。

しかし今日になって、自分のデスクで待つことが不適当に思えてきた。

やにわに思い立って、ここで出迎えることにしたのだ。

（わかるかなあ？　ここで突然顔合わせるんだから驚くだろうな）

（あ、あれだ！　清だ。間違いない！）中学生の時の記憶とは全く違う姿なのにすぐにそれだと確信した。

その男も改札に近づく少し前から自分を見つけて突然大きく手を挙げた。

改札を出て向かいあってから固く握手した。

「よく俺だってわかったなあ。背が伸びたなあ」

「ああ、すぐわかったよ。俺たちチビだったもんな。でも君の写真は新聞で見てたし。貫禄ついたなあ、さすが社長だよ」

「会社、すぐそこなんだ。歩いてゆこう」


メタセコイアの並木に続く丘の上にローズマリー写真館本館の威容が青い空を切り取っていた。丘の草を柔らかにそよがせて緑の風が並木の道を通り抜けていった。

駅から一五分の別世界のような環境に清は声をあげて驚くばかりだった。

社長室で名刺を交換した。それに目を落としながらお互いへの様々な想像がめぐるのだった。

一也は社屋を案内した後、社長室でこれまでの三五年のあらましを語った。

対して清は、「何もかもびっくりでついてゆけないよ。僕はそんなドラマチックな半生に比べて平凡なサラリーマン人生さ。だけど大阪から香港、バンコックと、東京を離れているのが長かったんだ。それなりにいろいろあったよ。帰国して初出勤の電車の中で岩淵一也社長の新聞記事を見たんだ。腰が抜けるほどびっくりしたよ。狐につままれたよう、ってのが正直かな」

「あのさあ、こうしてすっかり変わっちゃって再会できたんだけど、お互い俺たちは、『清、一也。俺、おまえ』でいこうな」

「そうしよう」

　再会の瞬間から二時間ほどたった。離れていた三五年の時間が一気に消失して、中学時代のあの時のお互いの感触にすっかり戻ってしまった。

「あのなあ清、今日は十王駅からここに来たからわかってないだろうけど、俺たち昔ここに来て遊んだことがあったんだぜ」

「ええっ、ここに？　なんだっけ、それって」

「城北駅から工兵隊の丘を越えて防空壕に行ったことがあったろ。覚えてるか？」

「ああ、コウモリの洞窟だったたんで驚いた。それから竹藪の中の小屋に行ったよな。忘れるもんかよ」

「あの防空壕の丘がここだよ。竹藪は下のメタセコイアの並木になってる」

清は戸惑うばかりでにわかについていてこれない。

「だから、これは防空壕だったあの丘の上に建ってるんだけど、あっちの方が昔の工兵隊でその先が城北駅だよ」と窓の外を指さす。

一也は驚きのあまり声を失っている清に向かって言いようのない充足感のままに追っかけた。

「あのさあ、おまえ工兵隊の丘でさ、松倉と三人でいた時、『一〇年たったらここで会ってみないか』って言ったろ。忘れたのかよ？　ちょうど一〇年たった一〇月一二日に俺はあそこに行ったぞ。会えなかったけどどうしたんだよ。自分で言ったくせに」

「ええーーーっ、ほんとかよ」

「おまえが来なかったから俺は松倉と二人きりになっちゃって、何を話していいか困っちゃったぜ」

「ええーーっ、松倉来たの？」絶句する清。

「ああ、会いたがってたぜえーー。ずっとおまえのこと思ってたらしいな」

「えっ・・・・・」

「なんか、親に結婚を迫られてたんだけどおまえのことが胸にあって、あの約束の日に会うまで踏み切れなかったんだってよ」

「ええー、そんな馬鹿な。冗談だろ」

動揺が隠せない清。すっかり目が泳いでいる。

さすがに冗談が過ぎたと気の毒になり、すぐ助け舟を出してしまった。

「ハハハハ、すまん、すまん。行ったのは俺だけだったよ。残念だけど彼女は来なかった。義理堅かったのは俺だけだったってわけ」

とたんに体の硬直が崩れた清は腑抜けたような顔つきでにらんでくる。

「俺だってその日は忘れるなんてことなかったよ。だけど大阪に行ってたからなあ・・・・」

「彼女の消息を教えてやりたいところなんだけど、俺、何にも知らないんだよ。同窓会ってのも何度かあったようだけど、そういうところには顔出さなかったしなあ。まあ、どこかで幸せな家庭を築いていると思うよ。東京に帰ってきたんだからゆっくり探してみりゃあいいじゃないか」

重ねて行きすぎた冗談を謝ってから立ち上がって言った。

「カミサンが家で料理を作って待ってるんだ。駅のすぐ反対側だからこれから自宅に来てくれよ。おふくろはもう古希を過ぎてるんだけどピンピンしてるよ。驚いてさあ、会いたがってるんだ」

清は一也の自宅のマンションと室内が立派なのにいちいち驚いている。

理津子を紹介すると、

「立派なお住まいですねえ。趣味がいい。みんな理津子さんのセンスですね」と言った後、

「理津子さんねえ、俺たちの少年時代ってみんな貧しかったから、失礼だけど一也がこんなに立派な部屋にいるなんて、なんだか夢を見てるようですよ」

「ハイ、主人と母から色々正直な話をうかがってます。夏川さんは一也さんがほんとに心を許す唯一の友達だったんですってね」

一也は、理津子と母親の千代がかいがいしく料理を運んできて酒をすすめたり、仲を取り持つ明るい会話を挟むことに清が心から喜んでくれているのを見て、再三涙を落としそうになるくらい嬉しかった。

一方の清には、どうしても中学時代の一也の家庭の風景が焼き付いていて離れない。あの頃・・・・焼き鳥の煙に巻かれた貧しい居酒屋、言葉も少なかった少年の面影と今ここにいる闊達（かったつ）な男の立ち居振る舞いや談笑。こんなに素晴らしい奥さん・・・・、そしてふくよかに老いて幸せそのものの母親。そのあまりの変貌に未だ目の前の現実に追いつかず戸惑っている。

千代は訪れた清の顔を見た途端、「あらああーーーっ、夏川君なのね。立派になって・・・・」と絶句して涙ぐみ、顔中が今にも崩れそうになった。

「おばさん、お元気そうで。・・・・・・・・二也君はどうしてるんですか？」

目じりの涙が今にも堰を切りそうになっている千代を見て、一也がそれをすぐに引き取った。

「うん、俺とは全く違うんだよ。帝都大学からペガサス電気に就職してアメリカに行ってスタンフォード大学に留学もしてるんだ。みんな岩淵のオヤジのおかげなんだけどな。ずっと向うに行きっぱなしなんだよ」

「へえぇーー、あんなにちっちゃかったのに。その後そんなに優秀に育ったんだ。びっくり。じゃあ、向こうで家庭を持ってるんだ？」

「うん、それがなあ、ずっと独身なんだよ。嫁の話になるとてんで無関心でねえ。金髪と同棲でもしてるんじゃないかと色々冗談ぶつけて探ってみるんだけど・・・・、それもないみたいだな」

「ふううーー、そうかあ、俺たちとは世界が違うんだな」

「大企業の中の研究者や経営者の道も厳しいものがあると思うけど、このスタジオの経営も大変だよ。写真館から始まって学校アルバムの一貫制作、商業写真や各種映像の企画制作などに事業を拡大してきたんでね。今やローズマリー写真館なんて古臭い社名は実態に即してないんだよ。撮影から印刷にかかるほとんどの画像制作に手を広げてるんだ。上場して図体が大きくなった反面これからの経営を考えると課題も不安も大きいよ」

「そうだろうな、現在のアナログ銀塩写真は近い将来デジタルイメージングにとってかわられるというのがどうやら現実になってきたしな。最近のニュースで知っているかもしれないけど、あの荒川沿いの帝印がアメリカのＧＰと合弁会社を作ってデジタル画像にかかわる製品開発を進めるということになったんだよ。丸興はここに出資していてその製品の市場開拓が俺の仕事の中心なんだ」

「そうかあ。帝印のニュースは新聞で知ってる。驚いたよ。俺ねえ、これからは考えられないような技術革新の波に呑み込まれて、下手すると今やってるこのビジネスなんてなくなってしまうんじゃないかと恐怖を感じる時があるよ。この間二也が出張で帰ってきたとき泊まってったんだけど、これからのデジタルイメージングについていろいろ見解を聞いたんだよ。彼の専門分野だそうなんでね。フィルムや現像なんてものはなくなってしまうわけだけども、コンピューターや通信技術の進化に伴って、画像が電子記号に置き換えられてコンピューターで思うままに加工できたり、もっと驚くのはコンピューター間での画像搬送が瞬時に可能になるなんてことを聞いて驚くほかなかったよ。これまでの産業構造が全く違うものになっちゃうもんな」

「そうなんだ、俺にとってはあんまりなじみのある世界じゃないんで、チンプンカンプンなことがたくさんあってね。これからはここで色々教えてもらえることがありそうなんでラッキーだな。よろしく頼むよ。なんだかあの大火事があった会社のおかげでまた共通の接点が出来たみたいだなあ。これからまたつきあいが深くなるかもな」

あっという間に時間が過ぎて、夜の一〇時を回ってしまった。「夜道をぶらぶら歩いて一人で帰りたい」と主張する清を、一也は、理津子、千代とともに玄関で見送った。

青い星屑が深々（しんしん）と降る夜空。

メタセコイアの黒い並木に消えてゆく幼友達の後ろ姿に、またあたらしい人生が始まるような予感がふつふつと湧きあがるのを抑えきれない一也であった。

＊

数日後、清は城北駅の東口改札を出て駅前の広場に立った。

この日、ＧＰイメージングでの定例役員会があるので、この機会に土方が清をＧＰＩの幹部に紹介するということになったのだ。ランチを一緒にするから一二時に会社に来るように指示されランチメンバーのメモを渡された。

会社には「ＧＰＩ直行」として早く家を出た。ＧＰＩ訪問の前に生家の周辺を歩いてみることにしたのだ。

大学を卒業すると同時に生まれたこの町を出て、今、実に二八年振りの郷愁の駅だ。木造だった駅舎はすべて近代的なコンクリートに一変していたが、ゆっくり見渡す駅前はよく見ると昔日のレイアウトが変わっていない。胸の底から大きな高波が一気に押しあがってくるような、苦しいほどのなつかしさ。

「城北スズラン通り」と名付けられていた目抜き通りは近代的なアーケードとなって何やら横文字の名が入り口の屋根に掲げてある。（みんな変わっちゃって分からなくなってしまってるんだろうな）と恐る恐る左右を見ながらアーケードを進んでゆく。

ところが、いーや、いや、わかる、わかる、みんな分かる。映画館こそなくなっていたが、すし屋も、雑貨屋も、自転車屋もみんなそこにある。回転ずしになったり、コンビニになったり、スーパーの店舗案内を見ればテナントに入っていたりする。みんなみんな激動の風雪を姿を変えて生きぬいたのだ。中学を出てそのまま家業を継いだ幼友達はそれらの店をしぶとく切り盛りしているに違いない。

このままずっとまっすぐ進めば、都電の通りに出てその先には荒川が流れているのだ。

しばらく先の二股を右に行ってから左の脇道に入りこめば我が生家だ。わが家を起点にして右の小道を進めば優子の家、一也の家へは左だ。昔の土の路地はくまなくコンクリートに舗装されていた。胸を詰まらせながら入りこんだ枝道に、実家のあった三軒並びの貧しい木造家屋は跡形もなかった。そこにはポルトガル風にデザインされた瀟洒な家が建っていた。あの門前の物干し柱などどこに消えてしまったのだろう。優子の足元に咲いていたたんぽぽの花・・・・そんなもの、あるはずがないのだ。呆然として邸宅の門前に立ち尽くす。

気持ちを落ち着けて更に周囲を検分すれば、家屋のかたちは変わってはいるものの路地の入り組みは全く変わっていなかった。ふと、この綺麗に一新されたたたずまいを見ていると、記憶に残っている古い映像がそっくり上書き変換されて消去されてしまいそうで怖くなった。

――中学三年になろうとする三六年前の春、ここにあったわが家を訪れた一五歳の少女。薄桃色のワンピースの記憶は今も褪せることがない。

骨折で入院した時に担任の吉津先生にもらったファラデーの文庫本、『ロウソクの科学』を借りるために突然訪れた優子だった。アルバムに残っているわけでもないその静止画はずっとそのまま胸に温めておきたいのだ。

一也の家があった方向に足を向けた。町が箱庭のように小さい。大通りと思っていた道はこんなに狭かったのか。遠い昔の記憶の下絵に照らして、入り組んだ路地を巡る。この角を曲がればでかい犬が繋がれているはずだ、そしてその先には大きな木製の黒いゴミ箱が・・・・と周囲をうかがうほどに、古い記憶のセンサーが刺激を受ける。長い間しまい込まれていた幼友達の顔や彼らの家の様子が分解写真のように次々と浮かび上がってくる。

横丁の路地から買い物かごを下げた母の姿が現れるような錯覚にとらわれた。

ふところみ上げる涙をあわてて手で拭って自動車道に出た。

路地を走り回って遊びほうけた仲の良い友達はみんなこのあたりにひしめきあった家の子だ。

角の豆腐屋は小野寺君の家だ。しょっちゅう鍋を持たされ使いに行かされた。寒い冬の朝、かじかむ手で鍋を出すと、少し背中を丸めた小野寺君の父ちゃんが冷たい水の中に手を入れて、まるで生き物を捕えるように白い豆腐を掬ってくれる。母ちゃんが「ありがと」と言って小銭を受け取って天井からつるしたザルにそれを入れるのだ。いつも黙って二人で朝早くから夜遅くまで働いていた。店の形はそのままだ。中を恐る恐るのぞいた時、ハッとなった。

（えっ、昔の夫婦がそのまいる）・・・・（いやそんなことがあるもんか）と混乱。

（・・・・すると、そこにいるのは小野寺君と嫁さんか？　それにしては少し老けているんじゃないか？）声をかけるのをためらうままに少し慌て気味にそこを離れた。

このまま自動車道を荒川の方向に進めばトモちゃんの家の八百屋だ。通りにはみ出すばかりに野菜や果物をいっぱいに広げて、両親夫婦がひっきりなしに客寄せの声を発しながら働いていた。――また「ハッ」となってたじろいた。あの時のオヤジが店頭で働いている！　ドキドキしながらそのオヤジの前を通り過ぎる時、目が合った。・・・・しかし男は平然としている。（トモちゃんの親がずっと働いているはずもない。この男はトモちゃんなのか？・・・わかるわけないいんだよな、こっちもオッサンになったんだ。通り過ぎてしばらく行って立ち止まった。振り返って道を戻った。（名乗ろうか？「トモちゃんだろ？」って聞いてみよう）また目が合った。動悸しながらまた通り過ぎた。・・・・何故声をかけられなかったんだ？　この町でずっと生きている幼友達。自分だけがこの町を出て、今、ビジネススーツにネクタイ、磨いた黒靴・・・・場違いな自分に気おくれしたのだろうか？

（一也の家はすぐそこだ）しかし、そこにあったはずのほったて小屋同然の居酒屋家屋は影も形もなかった。そこは白い三階建ての学習塾になっていた。

小野寺君やトモちゃんとはよく荒川でハゼ釣りをしたり、ツギのあたったズボンを泥だらけにして、ぶかぶかのソフトボールで野球に興じたものだ。しかし一也はその中に入ってはこなかった。一也は清といる時以外はいつも一人だった。母親が焼く焼き鳥の煙、鳩小屋の乗った屋根、野鳥の竹籠と、布団が敷きっぱなしの部屋・・・・・・、あの時の一也とともにそっくり消えてしまった。

あの少年が今、隣の町で上場会社の社長になっている。——

そろそろＧＰＩとのアポの時間だ。

その2

旧帝国印刷技研の建物群は清の抱いていた昔の記憶とは全く違った風景に変容していた。

本社ビルのエントランスゲートに立って来客用インターフォンで名前を告げた。流れ出る音声に従って開いたスライドドアの内側に入ってしばらく待っていると、奥のエレベーターから女子社員が出てきて丁寧な出迎えを受けた。一〇階の会議室に案内された。

案内嬢がカードでドアを開けると長大な長方形会議テーブルに六、七人の男たちがぐるりと着席していた。一斉に向けられた視線を浴びて一瞬たじろいた。

土方が向かい側に座っていた。軽く手をあげて「おお、ここに座れ」と隣の席を示した。

出席者の前にバスケットに入ったサンドウィッチと紙コップの珈琲が置かれている。

示された空席にもそれが用意されていた。

土方が、「まあとりあえず手短に自己紹介だな。おおむね私から紹介させていただいているんだがあらためて英語でやってください」

長方形の上方部分に並んで座っているのが社長の赤羽大志、副社長のラリー・ドノバン、その隣の若い女性は通訳だろうと判断した。

素早く自分を除いて全部で八人であることを確認した。

予想していたことだったので、手短に丸興でのポジションを言い、自分はこのダウンタウンの生まれで子どものころはよくこの河原や土手で遊んだことをスピーチにまじえた。

土方が立って英語で全員の名前と役職を順々に紹介してそのたびにユーモアをまじえるので座の固さがいっぺんにとれた。

社長の赤羽がにこやかに、「夏川さんのことは常々土方さんからよくうかがってます。ちょうど会議が終わったところで、夏川さんをまじえてランチをということなんですよ。まあこれからお付き合いが長くなると思いますのでよろしくお願いいたします」

清は予想以上に丁重に扱ってくれることに恐縮して、赤羽に向かって改めて日本語で礼を述べ、サンキューを添えた。

歓談と食事が進む中で、六七歳と聞く赤羽が、時々通訳嬢の助けを借りながら遅れて笑ったり、ぎこちなくローストビーフのサンドウィッチをつまみ、紙コップの珈琲をすする姿に（ああ、この会社は完全にアメリカ資本に買収されてしまったんだな・・・・）というある種の感傷が胸をよぎるのであった。

土方が顔を寄せ、小声で、「この場が終わったらな、茂さんに君をオフィスと工場の案内をしてくれるよう頼んであるんだが、彼は色々話したいこともあるようなんだ。若い者同士、お互い腹蔵なく話してみるんだな」と言った。

「茂さん」とは研究開発センター所長で社長の息子さんのことだろう。対面に座っている。

＊

会議が散会となり、清は赤羽茂に歩み寄った。茂も心得ていて笑顔で握手の手を差し伸べる。

「開発センター、いやR＆Dセンターと言いましょう。私の常駐センターですがそちらの方に寄ってくださいよ。時間空けてますのでゆっくりお話ししましょう。このビルから北へ五〇〇メートル行ったところです、腹ごなしに工場をざっと見ながらそこに行きましょう」

二人は四〇分ほどでオフィスと工場をざっと見て回ったのだが、R&Dセンターに入った時はすっかり親しく心を開いていた。

「いやあ、夏川さんは想像していたイメージ通りの人で安心しました。城北で育ったなんてなんだか運命的な出会いのように思いますよ。土方さんには『夏川は私だと思ってなんでも腹蔵なく話し合って新しい時代を切り拓いてください』って言われてるんですよ」

「いやいやこちらこそ。子どものころはもちろんつい最近までまさかここで働く機会がやってくるなんて夢にも思いませんでしたよ。ほんと、運命的なものを感じますよ」

「今見てきた工場は第一工場で、主にプロ用写真や印刷工程における画像処理機器を作っているんです。この会社の背骨となっている昔からの流れなんですが、今はデジタル技術への転換に必死になっているところなんです。このR&Dセンターでは特に様々な分野に及ぶ画像処理技術を開発してきましたが、医療への融合製品の製造はつくば市の工場に集約しようとしてたんです。ところが何せ先立つものが枯渇してなかなか思うようにいきませんでした。今回の合弁で最新鋭の設備を備える第二工場がつくば市に実現したわけです」

「第二工場は他日ご案内しましょう」と言ったところで調子が変わった。

「今度GPの潤沢な資金がバックについたんで勇気百倍ということなんですが、色々不安も湧いてますね」

「不安というと？」

「まあ、新会社が滑り出したばかりですからなんともうまく説明できませんけども、僕の勝手な実感というか、思い過ごしかもしれませんが、いやいや最初から分かっていたことと言われればそれまでですが・・・、やはり経営手法に全く違った世界を日に日に強く感じますね。まあ具体的には開発テーマの優先順位、スピード、投資回収期間といった問題ですかねえ。これから色々GP側との衝突は免れない気がするんです」

「なるほど・・・・・」

「そもそも丸興さんからの働きかけに始まったこの合弁についてはオヤジは大反対で、社長は印刷機器を中心に事業を絞り込んで、医療関係のデジタルイメージングだのなんだのわけのわからないことはしたくなかったんですよ。ましてやアメリカ企業との合弁などとんでもないという考えだったんです」

「すると、どうしてこうなったんです？」

「それは僕の存在というか直感というか。これからの技術を展望すれば、画像のデジタル技術やコンピューターの進化によってこれまでの産業構造は全く想像もできなかった方向に走ってゆくわけですよ。これまでのあらゆる機器システムというものは全く無用のものになってしまうということがいろんな分野に予想されます。印刷や、写真というものもアナログ技術はみるみる消失してゆきます。従来の写真フィルムとカメラは急速にデジタルカメラにとってかわられることになります。当然現像処理なんてものはなくなってしまいますし、印刷においてもフィルムを用いたマスキングや合成などという画像処理はみんなコンピューター化されることになってゆきます。オヤジとはずいぶん言い合いになりましたが、オヤジ自身はこういう業界の趨勢ではもう自分の時代ではなくなってきたと自覚したんでしょうね、最終的には僕に次代を託すという気持ちに行きついたんだと思います。しかしGPという世界的なジャイアントと合弁するとなれば、たとえ社長として存続するとは言っても、それはお飾りに過ぎないものになると思ってずいぶん思い悩んだと思いますね」

茂の顔は次第にこわばって、思いつめたように言った。

「ですから僕の責任は重いですね。しかし、いざアメリカの会社と手を結んでみるとさっき言ったようなことをひしひしと感じて不安になりますね。僕は留学したこともないし、英会話の方も不慣れですしね。ドノバンとは微妙なコミュニケーションがうまくいかず、フラストレーションがたまりますよ」

「そのあたりは土方からも聞かされているんですよ。帝印さん、GP社、当社のトライアングルがみなウィンウィンになるように、精いっぱい力を尽くさなきゃならないと思ってます」

「この合弁会社の事業は大きく二つに分かれています。ひとつはプロ用画像処理機器部門、もうひとつは医療機器用画像処理部門です。このR&Dセンターはこの二つの事業部門の融合的な研究開発を進めてゆくわけです。また後程ゆっくりお話ししたいんですが、今僕の最優先はプロ用デジタル画像処理技術開発なんですよ。今のアナログ写真フィルムに代わるデジタル写真はこれから予想を上回るスピードで進化してゆくと思いますが、今我々はアナログ写真をデジタル信号に変えるスキャナー、このデジタル画像を収録、再現するCDシステム、それから最終的には必要となるプリントシステムなどについて研究開発を進めています。それから何より製品化を最優先しようとしている画期的な製品があるんです」

茂はここで少し息を整えて調子を変えた。

「写真フィルム原稿を印刷するにはこれをシアン、マゼンタ、イエローの三原色と墨版の四色の分解フィルムにして、ここからそれぞれ四つの版を作って重ね刷りするわけなんですが、この間に手間のかかるフィルムの露光、現像などの複雑なプロセスが必要なわけです。ですからこのフィルム原稿を電子信号に変換してここから直接、版を作ってしまう機器が開発されれば今言った中間作業を根こそぎ吹っ飛ばしてしまう、まさにキラーシステムってわけです。当社は帝印時代からこのキラーシステム機器の研究開発を進めてきたんです。その原稿から一気に版を作ってしまう通称ＣＴＰ、コンピューター・トゥー・プレート（Computer To Plate）っていうやつです。これは来年ドイツでの世界印刷産業展でどこかが出展するだろうと予測されていますんで急がなくてはなりません。我々はこの画期的な機器を『ハヤブサ』と名付けています。しかしこのハヤブサはさっきお話ししましたように従来の製版カメラや現像機といった写真製版に必要な機材や設備のほとんどを不要にしてしまうわけですから従来帝印が主力製品としていたものの否定なんですよ。とりもなおさずそれは今まで写真製版を生業としていた業者の廃業に繋がるものなんです。ですからうちが開発を先駆けることに対する赤羽社長や営業現場の戸惑いは大きいんです。しかしこれからのデジタル革命においてこれを免れることはできません。――一方で医療用画像診断装置ですが、人体を通ったＸ線を従来のレントゲンフィルムでなくデジタル信号に変換するイメージングプレートとその読み取り装置の研究を急がなければならないわけなんです。ちょっと技術的な話になって申し訳なかったですが、この二分野における基礎研究は共通するものがたくさんあります。旧帝印の技術陣はこれまでの研究を生かしていよいよこれらの実用的な製品を完成しつつあるんです」

清の大まかな理解を得たと思った茂は声を潜める調子で続けた。

「さっきの話ですけども、この新会社への合弁出資比率については従業員の動揺をひき起こさないための配慮から当社が五一％になっていますが、実はこの二年でＧＰ社と帝印の出資比率が逆転するような密約が出来てるんですよ。そうなってくると必然的にこの新会社の力点は医療分野に急速にシフトしてゆくことになります。ですから僕としては、開発中のプロ用アナログ写真のデジタル変換システム、さっきお話ししたＣＴＰの完成を何としても急がなくてはならないと正直焦ってます。それには何とか僕の右腕になる即戦力の人材が必要だったんですが、幸運にもうってつけの人材を獲得できたんですよ。父親の仕事の都合で高校の時からアメリカにいた男なんですが、向こうの大学を出た後アップルの系列会社でデジタル画像処理の研究にかかわっていたんです。日本に帰ってきて、うちがＧＰとの合弁新会社であるということに惹かれて応募してきたんですよ」

茂は、そばにいた女子社員に、「ちょっと青山君を呼んでください」と命じた。

すぐに一人の青年がやって来た。三〇代の若々しさで、言葉を交わした時から一般の日本人とは違う雰囲気をかもし出している。

「青山君は英語はお手のものでアメリカの研究現場にいたので今の僕としてはほんとに助かってるんですよ。今後どうかよろしくお見知りおきください」

茂はこの青年を頼もしげに紹介するのであった。

「それでですねえ、今いくつかのプロトタイプ・システムによる稼働テストが必要なところに来ているんです。実用的な機械を完成するために最重要のプロセスなんです。様々な相手を探してるんですがなかなか良いパートナーがいないんですよ」

「実際稼働中の良いパートナーというわけですね？」

「そうですね。イメージングシステムのデジタル化に強い意欲を持つ企業ということはもちろんなんですが、それ以前に基本的なこととして、困難な課題にぶつかった時、後ろ向きに考えないで前に向かって建設的にチャレンジしていこうというパートナーですよ。なかなかいないんですよ、これが。やたら詳しい人材が集まっているところはありますが、こういうところの人たちに限って困難の理由をあげつらうのには優秀だが物事を前に進めない。どこかに良いパートナーはいませんかねえ」清の胸にたちまち一人の男がひらめいた。

「それ、いますよ」

断定的な即答に唖然として清を見る茂の目があった。

あった。

＊

一也にとって清の提案はまさに天啓(てんけい)であった。

最前戦で奮闘する孤軍の前に突然思わぬ武者が馬に乗って現れた。そんな瞬間であった。

ＰＣの進化に触発されるデジタル画像や通信技術の驚くべき変革、アナログ技術依存のローズマリーはこれからの方向に向けて何をどのように舵取りしてゆかなければならないかと寝ても覚めても考えていたのである。

開明的と思える業界人との間で折に触れその話題を持ちかけるが、彼らからはそのような変革はまだまだ遠い雷鳴を聞くようなもので、昨日今日に今の業態が追い払われてしまうという危機感は伝わってこなかった。しかしながら一也には、ローズマリーはもしこのままで何の手も打たなければ、早晩この骨格は蝕まれ、新世代の技術革新の渦の中で急速に先細ってゆく道が見えるのである。――

清が茂と一也を互いに紹介して親しく語り合った時から、三人はたちまち昔からの朋友のように一体になった。この城北の町に少年時代を過ごした一也と清。一三年の間をおいて同じこの町に生まれ、二人に邂逅(かいこう)した赤羽茂。――

茂はこの結束に力を得て一心に考えた。

ＣＴＰをはじめとする画像処理分野のプロジェクトを加速するためには多くの障害がある。

ＧＰ側との予算折衝、研究棟の確保、人材の結集、赤羽社長のさらなる支援・・・。どうしても清と一也を経営陣に引き込み、味方を固める必要がある。

考えた末に清を非常勤取締役に、一也をＧＰＩの技術顧問にすることがどうしても必要と考え、これを役員会に諮る決意を固めた。先ずは土方と赤羽社長に強い熱意をもって同意を得た。そのうえで赤羽社長に役員会の招集を要請した。

ところが役員会の席上、ラリー・ドノバン副社長はこの茂の立ち回りに不快を示し賛意を示さなかった。すると沈黙していた土方が突然口を開き、自らの退任を申し出た。全員驚く中で、それと引き換えに夏川清を任用することを突き付けたのである。不意を突かれたドノバンは茂の要求をのまざるを得なかった。

丸興産商本社で土方からこの決定を聞いた清は驚くと同時に内心の喜びを隠せなかった。

清は席に戻って、一也がＧＰ、丸興、ＧＰＩの協力関係を簡潔に理解できるように一枚の図を書き上げた。翌日、これを携え飛び込むようにしてローズマリーの一也を訪ねた。

ゼネラル　パワーリング　カンパニー
General Powering Company（略称 GP）
CEO　ジャック ウィンチ（Jack Winch）

医療機器事業部
ウィルバー・
ガードナー

13 事業部　航空機エンジン、
鉄道機器、鉱山機械、発電・送電機器
家庭電化、金融　プラスチック　等

帝印と合弁

丸興産商株式会社

医療システム事業部
常務取締役 土方 勇一郎
メディカルイメージング G.
グループマネージャー
夏川 清

合成樹脂事業部
産業機械事業部、
化学品、電子材料、
染料、自動車部品、
等の事業部

（株）GP イメージング
（略称 GPI）

当初出資
比率

GP　33%
帝印　51%
丸興　16%

代取 社長　赤羽大志（帝印）
代取 副社長　ラリー・ドノバン(GP)
取締役技術部長　赤羽茂(帝印)
取締役(非常勤)　夏川清(丸興)

プロ用、一般用
画像処理製品
技術顧問　岩淵一也

医療機器用画像処理製品
（筑波工場）

ローズマリー
写真館

中国　組み立て工場
（オーナー　蔡成龍）
医療機器の量産

ＧＰＩの敷地北側に建設していた新しい研究棟が完成した。

元資材倉庫の建物を取り壊して建てたものである。

つくば市のデジタル画像診断機器開発施設の増設を先行させたいドノバンがその投資には乗り気ではなかったが、茂が三人の初仕事として結束を固め、強引に推進したのである。

すぐさまそこに「ハヤブサ」の試作機を中心に、スキャナー、プリンターの最新プロトタイプを据え付け、最新鋭プロ用デジタルカメラ、各種計測器などを装備した。

これらの開発機器ラインをローズマリー写真館スタジオと連携させることによって撮影から製版までのデジタルシステム開発ラインが整えられたのである。

その3

一九九五年は穏やかな日曜日から始まった。

しかしバブル大崩壊の余震おさまらぬ中に阪神・淡路大震災、地下鉄サリン事件など、列島を震撼させる奇禍が襲いかかってくるとは誰も予期しえなかった。

大震災の驚き冷めやらぬ数日後、土方に常務室に呼びつけられた清が驚きのままに

ＧＰＩをめぐる急展開を聞かされている。

　土方は年初からＧＰ本社に出張していたとのことで顔を見るのは今年初めてである。土方は旅の疲れも感じさせず相変わらず快活であった。

「今回はフェアフィールドにどっしり腰を据えてきたよ。無駄足も踏んだがそれを見越しての滞在だったからな」

「そうですか。僕もお聞きしたいことがたくさんあるんですけどね。ひっくるめれば、あちらは今ＧＰＩに対して何を考え、今後どうしていきたいかっていうことですよ」

「ああ、ガードナーとは何度かに分けてたっぷり会議したし、夜はゆっくりメシを食って本音の部分や隠れた部分を聞き出したつもりだよ」

　土方はすこし座りなおすと顔を引き締めて核心的なことを切り出した。

「まあ、わかっていたことだが、向こうはとにかくＧＰＩの経営主導権を早期に握りたいということだよな。この間話した双方の内諾事項のことだけども、社員も大過なく全員新会社に移ったということで、資本比率の逆転は早々に一気にやりたい決意のようだね。早晩赤羽社長にプレッシャーがかかり帝印保有株買い取りにかかるだろうね。赤羽さんは内諾してたんだから進め方はともかく飲まざるを得ないんじゃないか。世界のデジタル画像診断機器の開発競争に拍車がかかってきたことで、向こうさんは焦りだしたわけだ。経営資源を医療用画像診断装置に集中したいわけだよ」

「そうなれば、茂さんがローズマリーと提携して完成を急いでいるスタジオ写真のデジタル化とハヤブサのプロジェクトにブレーキがかかることになりますかねえ」

「ま、そう思っておいた方がいいな。当初のGPはアナログ写真のデジタル画像変換機器やプリンター、デジタル印刷システムそのものにも大きな関心を持っていたんだが本業の尻に火がついたことでそうも言ってられなくなったんだろうな」

「経営の主導権を握ることで、どのような・・・」

「だから、予算の振り分けとか研究開発人材の医療部門への重点配置とか、そういうことから始まるんだろ」

「うーーん。今、スタジオ写真用や印刷用画像処理機器開発に茂さんの周辺チームは製品完成に燃えてるところなんで・・・・・はやくやっちまわないといけませんね」

　土方が耳新しい情報を話し始めた。

「ウィルバー・ガードナーって男はね、前に話したように良家の御曹司だけに穏便な男でね。逆に言えば多少冷徹な決断力に難があるともいえるわけだ。ところがこれをしっかり支えてるのがカミサンらしいんだよ。いろいろほかの幹部連中に聞いてみるとこれがまた超優秀でね。グレース・ガードナーっていうんだが、何とこれが本社CFO、すなわち財務部長としてグループ全体の金を握っているわけだ。ほとんど表に顔を出さないが、ジャック・ウィンチ会長の右腕として絶対的な信頼を受けてるようだ。そもそもかつて総合電機メーカーであったＧＰをその凋落傾向から現在の世界的コングロマリットに転換、発展させたのは一九八一年に会長兼ＣＥＯに就任したジャック・ウィンチであるわけだけども、その再生、発展過程における大胆な人員削減、激しい吸収・合併を成しえた陰の立役者はこの女性であったようだ。なんでも中国系米国人ていうことだが、限られたものしか会ったことがない。公式発表の資料で写真は見たことがあるが、やたら太い黒縁メガネをかけた学者みたいな女だよ」

「へええ、なんかくわばらくわばらですね。あんまり出てきてほしくないですねえ」

「ハハハ、まったくだが、ジャックはモタモタやっているのを嫌うし、医療機器分野はＧＰの次の主力へと発展させたいビジネスだからな。そのビジネスユニットのトップがガードナーっていうわけだから早晩この女史の影が迫ってくると見なきゃならんだろうな」

＊

果たして土方のもたらした報告が本当になった。

ＧＰ本社の対日要求は俄然強行なものとなり、ウィルバー・ガードナー署名の赤羽宛の文書でＧＰＩ株式の過半数保有を迫ってきた。

赤羽とドノバンがその文書をめぐって女性秘書の通訳を介しぎくしゃくした対話をぶつけ合っている。一方からの長く続く話は通訳によってたびたび一拍を置かれて他方に伝えられるので感情の抑揚を伴った話がつながらない。双方のフラストレーションもたまりにたまってくる。そもそもが二人の思考回路は全く異質なものであることからして討議の波長がかみ合わないのだ。

最近ではお互いの経営者としての能力を軽蔑しあい、必要最小限のことしか話し合うことがなくなっている。

昨今ドノバンは会話をスムースにしようとするのか、生半可に覚えた妙ちくりんな日本語を英語の中にわざわざ混ぜる。

「ミスター・ドノバン、事前の合意事項だったとはいえ、なぜこんなにそれを急ぐんだ」

「ノー、ノー、その合意の根拠として、従業員の全員移籍をスムースに果たすということが目的だったわけだが、これが予想以上にうまくいって、皆さんハッピーに従事していますね」

「まだわからんよ。あんまり強引にアメリカ色を出せば反乱分子も出てくる」

「皆さん生活もあることだから、移籍した以上そんな馬鹿なことをするものはいません。反乱分子というのはシゲルなんじゃないですか？　それよりもはっきりしておきたいのは製品開発がどうも医療分野をおろそかにしている。それがアメリカ本社のフラストレーションをどんどん膨らませてるわけねえ。印刷機器、プリンター、スタジオ写真フィルムのデジタル変換スキャナーなんかの研究開発にばかり力を入れて、おまけにそれらの研究棟をどんどん充実させている。全く当初の合意からそれている。私はねえ、今年の予算配分を見直さなきゃならないと思ってる」

「だからそれは何度も言ってるように、今やってる茂の研究が医療機器の画像診断装置に活かされるわけだよ。あんたのところだってそれが魅力でうちと合弁したんだろ」

「医療システムのデジタル革命はどんどんエスカレートしてる。そのスピードがわからないものはGPIの社長の資格はないですね。デジタル医療システム界のコモドオオトカゲみたいなものですね」

「なんだって？」

だんだん険悪なやり取りになった言葉の投げ合いをそのまま通訳することに躊躇するようになった秘書が水を差した。

「今日のところはこの辺にして正式な役員会で討議してはいかがでしょうか？」

「わかった、それがいいな。この辺にしておこう、ミスター・ドノバン」

ドノバンが退出したところで赤羽の胸によぎるのは、ただただ合弁に踏み切った深い悔恨であった。

力関係から言って、もはや早々に株式の大半を握られることを覚悟せざるを得なかった。

日本側を尊重するガードナーの紳士的な姿勢に安心していたが、ここにきての急変に戸惑いながら、土方から聞かされたグレース・ガードナーＣＦＯの顔が浮かび上がる。

（もはや老兵は消えゆくのみか……）

次代をすべて息子に託す以外にないと思わざるを得なかった。

（茂、やはり危惧した通りの状態になったな。しかしこの道を選んだのはおまえなんだからな、所期の信念をつらぬくんだぞ！）

茂は一也とともにドイツのデュッセルドルフで行われた国際印刷産業展に出張した。世界中の主だった印刷機器、メディアメーカーの新製品が勢ぞろいする業界最大の展示会である。この出張には茂が右腕と頼む青山も同行させていた。

茂は社運を賭ける思いでなんとか「ハヤブサ」の出展を目指していたが、社内の足並みがそろわないうらみからついにそれを果たすことが出来なかった。

一也には海外渡航経験は薄かったが、香港への進出に加えて、見聞を広げるために同じくドイツのケルン市で行われるカメラ、写真機材などの映像関連機材の展示会を、業界団体ツアーに加わって数回視察したことがある。しかしそれは製品のユーザーとしての視点であった。このようにメーカーとしての視線で競合メーカーの動向を視察したのは初めてで、それは体の中に熱い血が逆巻くような新鮮な興奮であった。

　一也の率直な感想が茂と青山に熱っぽく語られた。

「茂さん、出来立てほやほやの機械の出展に先を越されたからといって痛くもかゆくもありませんよ。出来上がった機械の実演を見て思いましたね。大したことない、と」

「というのは？」

「そもそもねえ、外国の機材やシステムというのは設計のコンセプトは素晴らしく、これは日本にはないなあと感動するんだけれども、実際に使ってみると信じられない欠陥が多いんだよね」

「というと・・・」

「とにかく製造ロット間のばらつきが大きく、精密性がいい加減だよ。何といってもユーザーの使い勝手という点では日本では考えられないばかばかしい設計が多いよ」

「たしかに」と茂が同意すると、青山も、「そうですね、僕が日本に来て感嘆したのがその点ですね。日本製品は何というか、製品コンセプトのオリジナリティーにおいてアメリカに及ばないと思うんですが応用技術が素晴らしく、ユーザーフレンドリーなんですよね。ほんとに細かいところまでユーザーの立場に立った工夫が凝らされています。それに製品間の仕上がりのバラツキがないですよね。品質管理の徹底には感心します」

「それとねえ、共通して言えることはとにかくみんなバカデカイんだよ。日本は家も土地も工場も狭いんだからねえ。今日出展されてたあのＣＴＰねえ、あれデカすぎるよ。我々の勝負は小型化だと思うよ。もっとコンパクトに出来ればこれを設置する新しい業種や顧客も格段に広がるんだよ。小スペースに設置できるＣＴＰが出来ればスタジオにこれを設置することによってローズマリーの商業写真はクライアントとのより直接的なコミュニケーションが可能となり簡単に印刷の版が出来てしまうんだからね。驚くほど合理的になるよね」

「なるほどね。夏川さんに言って丸興からあの機械を買い付けてもらって徹底的に研究してみよう。青山君、我々も今の試作機を究極までコンパクト化することを追求してみようよ」

清はＧＰ社による衝撃の発表をウォールストリート・ジャーナル紙で確かめ驚愕した。

主力事業のひとつであったプラスチック事業をサウジアラビアの政府系企業に売却するとのとんでもないニュースである。同社のエンジニアリングプラスチックのアジア太平洋地域販売代理店である丸興産商合成樹脂事業部の衝撃と狼狽はいかばかりであろうか？

ほかならぬＧＰ社のことで、他人事ではなく、思わず土方の直通に電話した。

電話に出た土方は落ち着いていた。

「ああ、この間フェアフィールドの状況で君と話し込んだ時、参考情報としてその動向を話そうと思ったのだが、不確かな他部のことを話題にするのもどうかと思って触れなかったんだよ。いち早く社長のお耳には入れておいたんだけどね。時もおかず、伊集院社長はジャック・ウィンチにハワイに呼ばれてね。合樹の事業部長と連れ立って先週からホノルルに行ってるよ。何しろ向こうさんが決断してサウジと合意に達した以上ジタバタしてもどうにもならんことだからね、今後はそのサウジアラビアの会社と当社が従来の販売代理店権の継続をめぐって交渉に入るということだよな。今後のグローバルビジネスを俯瞰した時、ＧＰ社としては脱石油産業にいち早く踏み切ったってことだよ。まああ、この間話したグレース・ガードナー女史ってのは怜悧だよな。何せエンジニアリング・プラスチックはジャック・ウィンチ自ら立ち上げたビッグビジネスでグループの稼ぎ頭なんだからな。これを売り飛ばしちゃうってのはグレースがあってのことだってことがよくわかったよ。旦那のウィルバーに電話してみたんだが、彼女がジャックを説得して大胆な決断に踏み切らせたって言うんだからな。一体どんな女なんだろうな。ぞっとするよ」――

清はあらためてグレース・ガードナー女史の辣腕に心底震撼させられるのであった。

資本比率の逆転に続いて米国本社の打つ手は早かった。今年度の計画を進めてゆく中でことあるごとに医療部門の遅れをつかれ、ついに代表取締役社長はラリー・ドノバンが昇格し、赤羽大志社長は取締役会長へと転じることを呑まされた。
ドノバン新社長の態度が打って変わって強硬になった。これまでじりじりとして満を持していたのであろう。

マンスリー・マネジメント・レビューミーティングと称して営業、研究開発、生産部門、業務部門の各責任者が順々に呼ばれて計画の進捗をトップに報告する月例会議が設定された。

　進捗計画との差異は厳しく追及され、遅れているものはその対策を最低毎月一度上申しなければならないことになった。

　報告を受けるものはドノバン社長、赤羽会長であるが、ドノバンは情報システム部長のピーター・チリッチをコントローラーとして指名し、会議に同席させた。よりクリアーなデータによって月度進捗情報をトレースをするというマネジメント側の布陣になった。チリッチは三五歳の若さ、クロアチア系米国人であるが、数字とコンピューターに際立った能力を有し、不完全ではあるが日本語も使いこなす。

　この二人の前にあっては進捗の遅れやねじれを言い訳する生半可な資料や論理はたちまちにして破壊され、ドノバンとチリッチによってサンドバックのように打ちのめされた責任者は悄然として会議室を出てゆく結果になる。

　役員会議などは形骸化してまさにこの月例ミーティングが実質的な経営推進の動力となってゆく。各部門の責任者はこのミーティングに極度の神経を注ぐこととなり、そのための報告準備に並々ならぬエネルギーを費やすようになった。

　彼らにとって唯一肌合いの合うはずの赤羽会長はいちいち通訳を介すが故に討議のテンポが後追いとなってうまくかみ合わない。もはや現場にとって頼みとされない位置に追いやられてしまっている。

討議が異常にヒートアップするのは研究開発部門である。この頃はすっかり英語が身についた赤羽茂のプレゼンは技術的な論点については立ち入られようもなく、もっぱら火を噴く論争は医療機器部門の進捗である。

今月の会議で、赤羽会長がいつになく腹を据えた目で発言を求めた。

「ちょっとこの会議の基本的なことなのでこの席ではどうかと思ったが、今日は赤羽茂取締役が出席している場ですのであえて申し上げたいと思います」

ドノバンが、（あんた何を言い出すつもりなんだ？）といった冷ややかな視線を向けた。

赤羽はいつになくゆっくりとした口調だ。

「いつも各部門責任者の報告を聞き、指示を下す側には、ドノバンさん、チリッチさん、そして私となっているわけなんだが、正直言って私の意思表示が入り込む余地がなくなってトップマネジメントとしての責任を痛感しています。そこで我々の討議をよりバランスよく進めていくためには丸興さんからの人材をマネジメント側に加えるべきではないかと思う。丸興さんは当社への出資者であると同時に我々の製品の販売総代理店であることからしてそれが極めて妥当なことではないだろうか」

ドノバンは一瞬虚を突かれた面持ちである。

「この件について、丸興さんの意見を土方常務に質したところ、『そのために夏川を取締役に送っているのだから是非彼をその役にしていただきたい。丸興としてはその提案に対しては、もとよりこれを強く望むものだ』との見解でした」

「しかし、それはＧＰＩの運営の問題であるし、他社を入れるのはどうか・・・・？」

とドノバンの反応は俄然反対である。

しかし赤羽の毅然とした決定的な一言がそれに対する難色をすっぱりと断ち切ってしまった。

「ドノバンさん、私は夏川取締役にこの場を譲って、同時に会長を辞任することにする。あとはよろしくお願いしたい」

赤羽は眼光鋭く衝撃的な言葉を発した後は口を真一文字に結んで開かなかった。

＊

その週末、赤羽は会長室のデスクとキャビネットから一切の私物を選り出し、段ボール箱に詰め終わった。同時にＰＣの私的データを消去し、立ち合ったチリッチのスタッフの確認を促した。

全社による送別会を強く固辞していたのだが、最後に本社食堂で五〇人ほどの参加者に絞ってのフェアウェルパーティーが用意されることになった。

立食のパーティーが終わり、女子社員が大きな花束を持って赤羽の前に進み出た。赤羽はその花束を抱え社員を前に最後のスピーチを行ったが、それは極めて簡素な短いもので、ひたすら社員に対する感謝に心をこめ、最後に、これからの国際化に向けてGPI一丸となって成功への道を切り開いてほしい、と結んだ。

長いスピーチを予想していた社員はその古武士のような別れの風格に深い感動を覚え、あちこちに涙ぐむ者の姿があった。

赤羽茂もその中にあったが、渦巻く万感をことさら平静を装った面持ちの中に閉じ込めているようであった。

赤羽はとにかく多くの社員に拍手で送られるような大げさな最後を避けたい一心であった。

ただただ一人静かにここを去りたかったのだ。

そこでパーティーの終わった後はもう一度会長室に戻り、何もなくなったデスクのチェアーに深々と身をゆだねた。秘書の持ってきた茶を飲み、彼女に改めて心からのお礼を口にした。

涙ぐむ秘書が言った。「ドノバン社長が最後のお礼にうかがいたいとのことです」

間を置かずドノバンが通訳を兼ねたチリッチを伴って入室してきた。

胸を張って右手を差しのべながら大股で歩み寄り握手を求めてきた。

「アカバネさん、本当にご苦労様でした。あとはどうかご安心ください。ゼネラル・パワーリング・カンパニーの全力でこの会社をエクセレント・カンパニーにしますよ」

赤羽はそれにこたえ、「よろしくお願いしますよ。少しここで休息してから一人で社を出ますからどうかお見送りなどご無用に願います」

お茶を最後にすすって立ち上がった。秘書とともに役員専用のエレベーターで階下に下り、これまた役員専用自動ドアから外に出た。

何かと役員専用を作ったのはドノバンはじめGPの要望によるものである。秘書が手配していたのであろう、社用車が車寄せに待機していた。

「会長、段ボール箱と花束は後でご自宅にお送りいたします。どうかお体にお気を付けて」

深々と腰を折った女性秘書の瞳から大粒の涙がぽろぽろと落ちた。

赤羽はにこやかな微笑みのまま軽く手を挙げてシートに身を沈めたが、しばらく行ったところでふと忘れものに気が付いた。先代から社業を引き継いだ時、記念に贈られた懐中時計である。普段使わないのでキャビネットの奥に保管したままだ。持ち帰らなければと気にしながらうっかり忘れてしまった。

わかりにくいところなので引き返して自分で持ってこようと思った。運転手に命じて再び会社まで戻った。

役員用自動扉はテンキーで開けるようになっている。役員のみが知る四桁のキーを押したがどういうわけかドアが開かない。何度か試みたが全く作動しない。困り果て、運転手に自動車電話で秘書を呼び出してもらった。しばらく車の中で待ったが時間がかかる。

やがてガラスドアの向こうから秘書が走ってきてドアが開いた。

車を降りて事情を説明する赤羽に女性秘書が口ごもりながら説明する。

「すみません。総務部長に何故ドアが開かないのかを聞きに行ったんですが、番号を変えたとのことなんです」

「なんでまた。朝は今までの番号だったよ」

「ええ、それが・・・、会長が退社されたことで、これをすぐにやるのが通例だとチリッチさんに指示されたということなんです」

「ほう、もう僕が部屋に戻れないようにということかね?」

「はあ、あの、私もそれを聞いてみたんですが、チリッチさんが言うには、役員というのは会社の機密情報を持ち出す危険があるわけだから、これを防止するいくつかの対処事項があってそれをすぐにやるのは常識だ、ということのようなんです。本当に失礼いたしました」秘書の目は許しを乞う哀願にあふれている。

「わかった。すまないがキャビネットの奥に懐中時計を忘れたのでそれを君に探してもらって、チリッチの許可を得てからあとで自宅に送ってくれないかね」

「ハイわかりました。私、責任を持って探します。ちゃんと許可をもらってご自宅に送らせていただきます。本当に申し訳ありません」

再び車中に引き返した赤羽の胸中には、先代から時計を贈られた時の情景と今起こった出来事が影絵のように重なった。

重くシートに身を沈めながら四六年に亘って奉職したビルを見上げるのだった。

（過ぎてしまえば、こんなもんか・・・・・）

砂をかむような思いの他には、今はその長かったはずの歳月に何の感情も湧かなかった。

*

GPIの年度決算期はアメリカGP本社に合わせ一二月末となっている。

大災害、大事件に翻弄された一年も第4四半期に入り、一二月一五日のアメリカ本社決裁をデッドラインとする来年度経営計画の策定が大詰めに入っている。

この年度経営計画はAOP（アニュアル・オペレーション・プラン（Annual Operation Plan））と呼ばれ、新会社となって以来この耳慣れない略語が各部門のマネージャーの耳にタコができるほど浸透している。

プランはチリッチによって売上、経費、人員などがクリアーに仕訳けられ、最終的には部門別の営業利益に帰結する。非営業部門においては年度末に行き着くゴールを設定し、これを完遂するまでの段階的な中間目標（milestone）を明示しなければならない。

ＡＯＰ予算は米国本社、ウィルバー・ガードナーの承認を得た時点で、この達成の成否がドノバンを頂点とするＧＰＩ各部門長の決定的な評価基準となるのだ。

従って自分の所管のＡＯＰについて、まずはドノバンの承認を得る過程が各部門にとっての熾烈な戦いとなる。

ドノバンは今期、医療機器部門に社長直属のプロジェクト（project）・マネジメント（management）・先導（initiative）チーム（team）なるものを新設した。

研究開発、流通、広告宣伝などを強力に推進、管理しようというもので米国本社にはかって呼び寄せた三〇歳代の気鋭スタッフ三人を中心としてこれを自分の直近に配した。

来期のＡＯＰの策定についてこのチームの関与は営業、広告宣伝、研究開発、製造、業務システムなどに際立つものとなり、結果として、Ｒ＆Ｄはプロ用画像処理部門の予算をトータルで二五％カットというとんでもない指示となり茂は目をむいて絶句した。

反面筑波医療機器工場、医療用デジタル画像診断機器研究部門への五〇〇億円という大投資が浮上した。

赤羽茂に対するプロジェクト・マネジメント・先導チーム、ドノバンとの間はいよいよのっぴきならない険悪なものとなった。ドノバンはフェアフィールド本社を頻繁に往復することが多くなり、ともすれば事前にこちらで合意していたことが帰国するや一層過激なものに一転する。最早、夏川から聞いていた本社のグレース・ガードナーCFOの関与をひしひしと実感せざるを得なかった。

今朝は早朝から、茂は社長室でドノバンと向き合っていた。

「大概のものは呑んできましたが、今回のスタジオ用、印刷用機器部門の二〇％人員削減というのは到底承服できません。ましてやR＆Dの汎用画像処理機器部門からトップクラス研究者五人を医療機器研究部門へ異動させるなんて、あまりの暴挙に開いた口が塞がりません」

「なぜですか？　医療機器部門の開発を促進するという方針はかねがねあなたのタスクとして明確になっていることじゃないですか。にもかかわらず毎月のレビューミーティングでも計画のマイルストーンをクリアしたことが一度もないじゃないですか？あなた一体R＆Dの統括マネージャーなんですか？」

「ですから何度も報告していますように、これから当社の主力製品になるＣＴＰがようやく完成の域に達してきているんです。ハヤブサは世界中の競合製品の中でも究極の小型化を実現したもので、印刷市場に革命をもたらすことは間違いありません。今スタッフを動かしたくありません。わかってください」

「アカバネさん、あなたそう言い張りますけどね。あなたのスタッフは同意なんですか？」

「えっ？」

「じゃあ言いますが、アオヤマさんは医療機器部門へのチェンジを望んでいますよ」

「そんな馬鹿な！」

不意に空気の塊を呑み込んだように一瞬声を詰まらせた茂の脳裏に、ハッと思い当たる懐疑がチラチラと動いた。青山とプロジェクト・マネジメント・先導チームとの交流が最近何かと目立つ場面が気になっていた。アメリカ育ちの彼には英語を話すのが快いんだろうぐらいに思っていたのだが、それは全く想定外のことが起こっている事態だったのだ。

「わかりました。青山には僕の方から直接確かめてみましょう」

それ以上の会話が続かなくなり、ひとまず社長室を辞去した。

背中にドノバンが追いかけた。

「ああ、それからねえ。僕は明日からフェアフィールドなんだが、帰ったら重要な話をしなければならないと思います」

不気味な圧力に追い打ちをかけられたようであった。すっかり重くなった足取りでR&Dセンターに戻りながら最近の夏川清とのもやもやとした関係がさらに気持ちをふさがせた。

近頃では常にそのシコリにとらわれている。

彼には絶対的に自分の味方になってもらえると信頼を寄せていたが、月例会議での靴下の上から足を掻くような期待外れの姿勢が不愉快である。やはり彼は丸興医療システム事業部の幹部なのだ。まるっきり自分の思う路線に賛同できる立場ではないのだ。

仕方ないとは理解しつつも、なんとも裏切られた思いが気持ちを鉛のように重くさせた。

＊

清はGPIの来年度AOPがまとまったことの報告とそれに伴う丸興医療システム事業部の取り扱い推定金額の報告に専務室に来ていた。

今や土方は伊集院の信頼厚く、専務取締役に昇進し社長室室長を兼務している。犬鳴、瀬黒の残した傷跡は思った以上に不明朗なものに染まっていた。バブルに踊った銀行の無節操と言ってもよい過剰なあおりに乗って、公私をわきまえない怪しげな投資が次々と発覚しているのだ。張本人の三人はその全容が解明されるまで自宅謹慎となっている。

社長室は一転、監査の結果明らかになった傷跡の始末に奔走することになった。その采配役が土方に指名されたのだ。土方は何度もそれを固辞したが伊集院の強い要請をはね返すわけにはいかなかったのだ。

清は極力くだけた調子でドノバンが新社長となったＧＰＩの近頃の様子について話し始めた。

「しっかし向こうの連中はパーティーが好きですね。何か共同作業が終わるたびにパーティーですからね。今回のＡＯＰ策定には向こうから赴任した三人の若手が加わりましたので彼らがパーティーを大いに盛り上げてましたよ」

「そうか、よくやるよな。まあ、我々だって何か終わると居酒屋に出かけてみんなでグチャグチャやるのと同じだけどな」

「それと、奴らは訓練してるんじゃないかと思うほどスピーチがうまいですね。指名されるとグラス片手に胸張ってすっと進み出て聴衆を巧みにわかしますからね。作業に貢献したそれぞれの担当者を漏らさず上げてはほめまくり、いちいち感謝の言葉を投げるわけですよ。あれは真似ができない。それにいつも思うんですが、彼らは計画が出来上がると、もうその時点でそのプロジェクトが成功に終わったというかのようですね」

「プランの完成は彼ら社内官僚にとっての至福の時だからな。ハハハハ」

「計画を組み上げることはもちろん重要ですが、それからの汗と涙の現場が本当の勝負なんですけどね」

「うん、まったくだ。その若手達はハーバードはともかく、みんなアイビーリーグのＭＢＡなんだろ。僕は思うんだけど彼らの策定するビジネスプランはある定型があって、大体がその型にあてはめるような組み上げをするよな。そこに使われる言語はＭＢＡ用語とでもいうか決まりきった単語の組み合わせになってるよ。だから僕なんかビジネス会話や英文の方が一般会話や文章よりはずっとシンプルで易しいもんな。もっともシンプルであるというのは極めて大事なことで、ともすればよくある我々の作文のように枕詞（まくらことば）ばっかり多い上にどんな状況も含みこんだ文学作品みたいなやつにも困ったもんだよ。『箇条書きにしろ！』って突き返すことがよくあるよ。――で、今日はＡＯＰの数字の説明だよな・・・・」

「はあ、数字の決定的な分かれ道はスタジオ用、印刷用画像処理機器部門と医療機器部門のバランスなんですよ。僕はGPIの常勤役員ではないわけですが、毎月の月例会議で現場責任者の報告に検討を加える側になってからなんとも微妙な位置に立たされることが多いですよ。何とかクールに判断しなけりゃと思っているんですけどね」

「そうだろうな。赤羽さんと岩渕一也顧問はもちろん印刷、スタジオ画像処理機器開発を優先したいところだろうしな」

「そうです、今はハヤブサの一号機があと少しで完成のところまで来てますんでね。これはほんとに画期的なものなんですよ。しかしここにきて予算や人材面での大幅な緊縮は彼らにとって突然冷たい水をぶっかけられたようなもんです。まあ医療機器部門の開発ペースが計画通りに進んでいないことからくるんですけどね」

「向こうさんの経営手法から言えば、計画からの遅れというのは担当責任者が必ず何かをしなければならないという掟があるからね。そりゃあ日本式と違って曖昧なことは許されんのだよ。特に医療システムに期待をかけるフェアフィールドにとって世界の競合状態が厳しくなってきた局面だからな。これに対する客観的な進捗スピードから言うと、奥に引っ込んでるグレース・ガードナーCFO様も、ジャックにプラスチック事業の切り捨てを断行させた以上、大ナタを振るわざるを得ないところに来てるんだろうな。しかしわかっているだろうが、我々は彼らの医療機器を販売する立場だからねえ。我々にとってはこんないいことはないわけだよ。ただし、良い製品をつくってくれなきゃなあ。一般画像処理技術部門との融合をうまくやってくれないと所期の目的がふいになる」

「その通りなんです。ハヤブサなどの画像処理機器の販売代理権はうちの産業機械部との契約が出来てますし、ローズマリーとの試行錯誤の末に最終段階に来ている今が勝負なわけなんですよ。最近は茂さんの私に対する不信感があらわで・・・。岩淵の態度も空々しいです。辛いところです」

突然ドアがノックされた。

年配の部員が、「ちょっと失礼します。よろしいでしょうか?」と言いながら土方のデスクに向かって直進し、耳元でささやいた。

「ガードナーが亡くなったそうです」

「えっ、なんだって?」

「丸興アメリカからの連絡なので詳しいことはわかりませんが、なんでもGPのプライベートジェットがアリゾナの砂漠に落ちたということなんです」

絶句する土方。

この瞬間に突然部屋に走った一本の亀裂が、たちまちGPIの地殻を揺るがす激震を誘導してゆくことになろうとは、さすがの土方も、清にも思い及ばなかった。

その4

続報が次々と入ってくる。ウィルバー・ガードナーの乗るプライベートジェットはフェアフィールド本社からロスに向かう途中で不測のエンジントラブルによって墜落したとのことであった。

ドノバンは、チリッチとプロジェクト・マネジメント・先導チーム（project management initiative team）の三人を社長室に呼び込み、ドアをピッタリ閉めて閉じこもったままとなった。夜は自宅の国際電話で本国との交信に忙しいのであろう、珍しく疲労の色が隠せないように見えた。

丸二日たった早朝にドノバンは茂と清を社長室に呼び出し、ガードナー急死の詳細に一通りの情報を披歴した後、驚くべき爆弾方針を開示した。

「先日のニュースには驚いたと思いますが、まずボスを失った組織の立て直しについて言うことが先決でしょう。二つあります」

と言って二人を見た青い眼が充血している。

「まずウィルバー・ガードナーの後任だが、今回は通常の引継ぎ例とは全く異なって、グレース・ガードナーCFOが兼任するということになりました」

一瞬にして二人とも目を見開き、沈黙したままになってしまった。

ドノバンは二人の思いのほかの衝撃を見て一瞬次の話への接ぎ穂を折られたようになったが、その理由について注釈することで再び口を開いた。

「この異例の引継ぎは、よく我々も理解しているように、ＧＰにおける次世代ビジネスとしてＧＰＩが最重要のプロジェクトを担っているということです。それにグレースにとってはハズバンドが不測の事故のためにやり遂げられなくなった事業であるから、何としてもこれを軌道に乗せなければならない使命感があるのでしょう」

続いて驚くべき言葉が飛び出した。

「二つ目は、印刷やスタジオ写真向けの画像処理機器部門を売却するということです」

「ええーーっ！」沈黙していた二人が同時に発した驚愕の悲鳴であった。

「ここに売却しようとするユニットを切り取って(carve out)あります。研究開発部門、製造部門の人員と、機材、施設等です。それに特許、これのいくつかは売却先との共同保有契約となりますが、シゲルさん、この書類をよく検分してご意見をください」

あまりの衝撃に茂は声を詰まらせたままだ。

「今初めてまとまった形で言ったわけですが、以前からガードナーとは合意ができているプロジェクトなんです。もう一度細部をガードナーと確認したうえで帰国早々お伝えしようとしていたわけです。もちろんこれは社内外を問わず極秘ですが、強い興味を示しているところが数社あります。今後はシゲルさん、それにナツカワさんにインボルブしていただいてこれらの候補と守秘義務契約を結んだうえで交渉を進めてゆかなければなりません。グレースは着任したばかりですから前任者の遺志として話はどんどん進めておきましょう。もっともこのプロジェクトはグレースのウィルバーに対する強いアドバイスからだったと理解していますがね」

茂と清は一也を呼び込んでドノバンに渡された書類の分析に没頭せざるを得なかった。

売却部門については実によくこれが切り取られていることに三人は舌を巻くばかりだった。

茂は悔しさをにじませた。

「いつの間にこんな・・・・。端的に言って、医療部門を除いたデジタル画像処理開発と製造部門を僕と一緒に売り払ってしまおうという案だよね。医療機器部門には青山と周辺のスタッフを確保済みだしね。夏川さん、どう思います?」

「言いにくいことだけどもドノバンと向こうさんの考えはそういう結論なんだろうね。そもそもこのような思い切った発想と決断はグレースから出ていたことが分かったし、彼女が我々の組織のトップに立つんじゃもう後戻りはないですね。プランは実際的だし良くできているというほかないですね。当社の株式も既に九〇%がGPだし、どうにもならんじゃないですか。今や売却先がどういう会社なんだということによって、反論、あるいは、より合理的な協力関係をつくるという道が残っているということですよ」

「夏川さんの言い方は他人事ですね、まるで。まあどっちに転んでも丸興さんにとっては何とでもなるということですからね」

「そんなことはないですよ、新たな局面になったとしても何とか両組織が協力して相乗効果に繫がる道を探さなければならないと真剣に考えてますよ」と苦汁を押し出す。

さっきからひたすら沈黙していた一也が思いつめた末の結論のように顔をあげた。

「売却しようとしているユニットを僕が買い取ったらどうですか？」

「えっ」

二人が虚を突かれたように一也の顔を見た。

「僕はねえ、・・・運命のめぐりあわせっていうか・・・茂さんが熱意を傾けているこの事業部門については何としても成功してもらわなければならないと思ってるんですよ。そのためなら僕はどんなことでもしなきゃあならないんですよ」

いつにない真剣な顔つきが尋常でない。

「それはね、僕は、もう四〇年前になるけども、この会社に対して後で考えるととんでもない犯罪を犯してるんですよ。社会に出てビジネスも今のところ成功してはきたんだけれども、そのことはどうにもぬぐえない心のしこりになってたんだ。いつか少しでも何とかして償わなけりゃならないとますます思うようになった。ところがその頃の幼友達の清が現れてこういう関係につながったっていう・・・本当に運命的というほかないよ」

いったい何を言い出したんだ？　という顔の茂と清。

「清、俺たちが中学二年の時、この会社の前身だった帝印が大火事になっただろ。あの時のことなんだ・・・・」

火事に紛れて貴重な資材を盗み出し、当時の少年に見合わない金銭を手に入れたことの次第を告白する一也だった。

突然引き戻された遠い昔に想いを馳せながらも、（あの頃の一也にはそういうこともあっただろうな・・・・）とそのままに聞いている清。

茂にとっては告白されたその話はちょうど生まれたばかりの時のことで、それはよく父親の大志によって聞かされる大火の惨事と戦後復興の風景であった。しかしそんな城北の町を生きた貧しい少年がこの会社の遠い昔に強烈な接点があったという運命のめぐり合わせに驚くばかりである。語り口に力がこもる一也。

「買収資金がいくらになるのか？　二〇〇億か三〇〇億か？　それ以上か？・・・・しかし資金の方は心配ないんだ。僕自身にはローズマリーの上場益からの蓄財がそこそこあるし。それにこの事業の買収案件ならすぐに協力してくれる人がいる。館野大鷹さんといって、ローズマリーの躍進を強力に援助してくれた人の息子さんなんだけどね。ずっと親しくつきあってきてるんだよ。この人もコンピューターのソフト開発関連事業で成功しつつあって、我々の挑戦分野には人並みならぬ投資意欲を持っているんだ」

茂は思ってもみなかった展開が次第に起死回生の喜びに変わっていって、思わず力強い言葉が口をついて出た。

「資金なら僕にはGPへ株式売買益があるし、オヤジはもっと持ってますからね。ばかばかしい投資額でない限りこれには喜んで協力してくれるのは間違いない。こうなったら新会社を設立して何としても彼らの切りぬいたビジネスユニットを買い取りたいですね」

一也は感にたえない面持ちとなった。

「ああ――、買収がうまくいけば長いことつかえていた体の中の棘(とげ)を吐き出してようやく胸を張れる。茂さん、早速ドノバンに申し出てくださいよ。言い値で買っちまえ！　これまでのいきさつから言って無茶なことは言えまい」

清は、身に絡みついてもつれた糸が一気に浴びた衝撃波によってにわかにほどけてゆくような感動に放心するのであった。

＊

「専務、ＧＰＩは九回裏の大逆転打で一気に展望が開けました。当社も新会社に資本参加しようと思っていますが、おまかせ願えますね」

清が土方の部屋で初夏の風をいっぱいに吸い込んだように胸を張っている。

「そうか、思わぬ展開で落着しそうだな。ＧＰ本社はどこと交渉してるか知らんが、もしもめるようだったらいつでも手伝わせてもらうよ。しかし新会社は船頭が多くならないようにせんとならんね。設立時に君がうまく舵取りせんとね」

「はい、よくわかってます」

「ところで解雇されたバブル紳士たちのことだけどもね」

「犬鳴専務、瀬黒副社長たちのことですか？」

「うん、丸興アメリカからの知らせなんだが、犬鳴氏がセントルイスで亡くなったそうだ。自殺だそうだ」

「ええーっ、なんでまたそんなところで」

「彼の家庭は以前から離散同然になっていたようだが、自宅謹慎が命ぜられるとすぐに何を思ったのか逃亡するようにアメリカに行ってしまったんだよ。そのあとを追跡するにしたがってセントルイスに行ったことが分かった。あそこには米国中西部の拠点として五人ほどの駐在事務所があるんだが、そこの日系女子事務員が、彼の、まあ、女だったんだな。そのアパートに転がり込んだようだが、それまでその女のところに色々ため込んでいたんだろ。数日して行方不明になってからミシシッピーの河岸に流れ着いたそうだが、体中魚に食われて形がないようになっていたってことだ。眼球からやられちゃうんだそうだ。かろうじて衣服の持ち物から地元警察によって彼女と繋がる線が浮かび上がったっていうことだ。まあ自暴自棄の末路だったんだろうが、あまりに悲惨だよなあ。二度と口に出したくはないよ。大っぴらにできることじゃないしね」

清もその酸鼻を極める結末に声もなかった。

「瀬黒副社長はどうなったんです？」

「彼は、社の社会的体裁から告訴はないだろうと踏んでぬらりくらりやっていたがね、驚くことに、犬鳴専務はアメリカに逃亡するとき、伊集院社長と監査役宛に、副社長との間で打ち合わせた様々な事柄のノートのコピーを送りつけていったそうだ。頼りにしていた副社長に土壇場で裏切られたことでそれまでの忠誠心が憎しみに変わってしまったんだろうね。副社長は厳しい追及によって損害を請求され、自己破産となったよ。犬鳴と一緒で家庭は散り散りだ。彼の余生は一転してみじめだろうね。猫道氏も自己破産だそうだ。それ以上の詳しいことは知らんし興味もないが、君には知らせておくよ」

隠然とした権力を集中しバブルの栄華を極めた三人の転落はあまりに悲惨であった。初めて上司となった時からの犬鳴との確執が走馬灯のように脳裏を駆け巡った。

館野大鷹は新会社への出資、経営参加を大いに喜んだ。

(株)ＧＰイメージングのＲ＆Ｄ会議室に館野大鷹を加えて一堂に会した四人。清は内心あらためてそれが錚々(そうそう)たるメンバーであることに感動した。土方が言うようにこの人材の役割を間違えなければ新会社は必ず成功すると確信した。

清が切り出した。

「出しゃばって悪いんですが、この会議は逐次私が段取りと司会を務めさせていただきます。それというのも新会社の設立ということがスタートラインになり、もしそうだとするならばその会社は我々の誰が中心となるかです。船頭多くしては大きな失敗に繋がります。したがってまずは我々がそれぞれ思うことを忌憚(きたん)なく述べ合うことが必要と思います。そのためにはみな一堂に会して何度も話し合いをしなければなりません。そうなると丸輿という私の立場が一番その役回りに適していると思うんですが、いかがでしょうか？」

三人に異論はなかった。

清は勢いのまま単刀直入に言った。

「何といっても、社長は誰にするかということですよ。端的に言ってどう思いますか？　もっとも重要なポイントです。これはもちろんどのような会社にしてゆくのか？　出資比率はどうするのか？　など色々な要素があるわけなんですが、僕が思うにはこの件についてはインスピレーションというか、話のスジというかそういったものが優先するるんじゃないかと思うんですよ」

一也がすぐに反応した。

「そもそも僕が買い取るなどと大きな口をきいたところから始まった展開なんだけども、買収しようとするユニットは赤羽さん親子が作ったものなんだし、茂さんに代表取締役になってもらって当然だと思うね。資金は大きな口をたたいた分最大限ご協力します」

館野がそれをフォローした。

「そう、それがスジでしょうね。うちは株式会社　北斗エンジニアリングからの出資としてもらって、私を役員の一角に、そして研究開発と生産部門にスタッフを送らせていただきたいですね。資金はご要求に従って最大限ご協力させていただきます」

「茂さんいかがですか？　丸興としては大賛成ですが」と清。

茂は感にたえないという面持ちでとつとつとして口を開いた。

「私はこのユニットの研究開発、生産部門が存続し、目指すデジタル製品が世に出せるとあれば自分が社長になるなど毛頭考えていませんでした。しかし、皆さんの厚いご支援に改めて強い責任を感じます。頼りない私ですが、よろしくお願いします」

清は最も懸案としてきたことがあっという間に解決したことで、体の隅々に力がみなぎるのを感じるのであった。

「肝心なことがこんなにすんなり決まってしまって・・・。これ以上はこんな会議室ではなく、席を城北駅前の居酒屋に移して大いに将来の夢を語り合いたいところですね。しかしまずは買収交渉に点火して、それから皆さんの意見を組み込んだ事業計画を策定しなければなりません。及ばずながらそのまとめ役は私がやらせていただきます。よろしいですね」

異を唱える者はいなかった。

ドノバンはあっけにとられた面持ちで茂と清の申し出を聞いている。

茂が買収ユニットとともに運命を共にするとの決意をぶつけ、出資者、銀行を含む資金背景を説明されたところで、もはや納得したような面持ちで言った。

「ワカリマシタ。どのような売却金額になるか？　他の買収候補者との比較検討、などなど色々検討しなければなりません。しかしグレース・ガードナーも新任ですからこちらの特に人的な事情はまだよく把握していないでしょうし。早速こちらの状況を説明し、売却条件はともかく売却相手としてふさわしいのかどうか、彼女の考えも聞かなければなりません。あなた達は何といってもこれまでともにやって来たパートナーですから、今後の協力関係を考えれば私は非常に良いプロポーザルだと思いますが・・・・・。少し時間をください」

　しかし、ドノバンからはその後何の動きもない。

　三人は全く当惑と苛立ちの中にあった。

（――とんでもない好条件を提示しているところがあるのか？――あるいは、これまでともにやって来たという赤羽茂の独立に対してGP社内情報の漏洩などを危惧するのか？――いやいや、グレースのとんでもない独自の判断と戦略があるんではないか？　何しろ名うてのやり手なのだから――）

　一週間たった今日、じれた茂はドノバンの部屋に行き、どうなっているのかと詰問口調になった。しかしドノバンは「モウスコシマッテクダサイ。私の気持ちは固まっているんですけどね」とはっきりしない。

たまりかね、チリッチのところに行って、「知っていると思うが、我々との交渉はどうなってるんだ？」とただした。

「そうね、その件は私の知らぬトップマネジメントマターです。よく知りません。ただ、グレースが色々調べてるみたいですね」

「調べるって、何を？　調査だったらあんたの所管だろ。いろいろ指示が来てるんだろ？　一体何が問題なんだ」

「知りません」とにべもない。

ついに週が改まり、気もそぞろの茂にドノバンの呼び出しがあった。

（いよいよ売却交渉に入るのか？　あるいは拒絶なのか？）

内心に不安が渦巻く茂はドノバンの差し出した書類の束に一瞬身構えた。

「ＧＰＩとしてのあなた方に対する売却条件はまとまっています。これをよく検討してください。早速話し合いを始めることになるんですが、その前にグレース・ガードナーからの強い要望が来てます」

一瞬緊張が走る。

しかしその要望とは全く予期しないものだった。

「グレースがナツカワサンとイワブチサンに会って色々話したいと言ってます。早急に二人の都合を聞いていただいて飛行機を予約してください。グレースはまことに勝手で申し訳ないと言っていますが、会見場所はデンマークのオールボー（Aalborg）というところです。フライトが決まったら知らせなければなりません」

「なんですか、それは？　一体全体なぜそんなところで二人なんですか？　私はどうなんですか？　さっぱりわかりませんねえ」

「ワタシガオモウニハ、買収の中心であるシゲルサンの周辺のナツカワサンとイワブチサンが客観的に何を考えているのかを知りたいんでしょう。二人はいわば他の会社が本業の上に新会社に出資なさるんでしょ。それにご存じのように今あちらは夏休み中なんですよ。オールボーはグレースの別荘があるところなんです」

　そう言われては茂は半ば納得のいかないままその指示を受け入れざるを得なかった。

その5

「なぜだ？」

清と一也は、ドノバンが言ったというその理由を聞いても合点がいかぬままオールボーへの旅程を決めた。

何より、土方でさえ会ったことがないという謎の女傑と面と向かって話す機会が突然降ってきたという驚きと高揚感で、とるものもとりあえず成田を飛び立った二人であった。

オールボーに飛ぶ前夜はコペンハーゲンのＳＡＳラディソン・ホテルに予約した。清はこれまで出張で数度来たことがある。

清は旅の荷物を解いてから一也の部屋に電話した。

「一晩で時差ボケをなくそうぜ。繁華街まで二キロくらいだけど、歩かないか」

「いいね。今眠いのを我慢しておかないとな」

アマガー通りを歩いてランゲブロ橋を渡った。この時期デンマークは完全白夜にはならないが、渡る海峡は仄明るく水をたたえて海へと流れていた。

にぎわうストロイエのホコ天で適当なレストランを見つけドアを押した。

窓際のテーブルに案内されて一息つき、メニューから適当な料理とビールを注文した。

一也は北欧への長旅で疲れたようだ。明日のことに内心大きな緊張があるのだろう。

「ああー、腰が痛いよ。ここでゆっくりしようぜ。飛行機で窮屈なまま飲み食いしたんであんまり食欲もわかないよ。おまえは旅慣れてるからいいけどな」

「俺も疲れたよ。明日は八時一〇分発の国内便だけどホテルを六時過ぎには出ないとね。ここでゆっくり飲んでから一気に寝よう」

「それにしても、人生わかんないよなあ。俺とおまえがこんな遠いところまで来ることになっちゃって・・・。覚えてるか？　城北にいた時、俺のうちの屋根にのぼって空を見ていた時があったな。あんとき、こんな風になるなんて思ってもみなかったよ」

「覚えてるさ。鳩小屋が作ってあったよなあ。高い空だった。ただただ白い雲を見ていたなあ。あの時、何を考えてたのかなあ」

「・・・・・だけど、グレース・ガードナーっての？　聞けば聞くほど謎めいてるよな。会うのは日本人で俺たちが初めてなんだって。それをヨーロッパの地の果てみたいなところにわざわざ呼び出して会うってんだからなあ。一体何故だぁ？」

「そうなんだよ。しかし、ＧＰＩはＧＰの子会社だし、数字に表れない部分を本社側からの目で確かめてみたいっていうことで言えば、茂さんから聞いたドノバンの説明で不思議はないわけなんだけども・・・うちのトップでさえ直接会ったものはないんだよ。とにかく前社長が急死してその夫人がその後釜（あとがま）ってわけだからなあ。前にポートレート写真は見たことがあるけども何にも聞いてないんだ。彼女は本社のCFOでグループ戦略室長っていう実力者だし、雲の上の人だよ」

「どういうご人相なんだよ。シンガポール人だとか中国人だとかいろんなことといわれてるようだけど・・・・おっそろしい魔女みたいなご面相か？・・・・」

「ダークブラウンのショートカットで、でかいメガネをかけた、顔のパーツはなかなかの美形ではあるな。だけどいろいろ実績を聞く限りやることは氷みたいな女だね。まあそれがやにわにこの俺たちの目の前に現れるってんだからな。ビビるよな。急にとんでもないこと言いだすんじゃないだろうなぁ」

「おいおい、よせよ。すべて先方の提案に大筋了解した上でこちら側の契約書ドラフトを作成してるんだからな。あとは本契約書を整えて新会社とGPIの間で署名するという段取りなんだろ？」

「うん、その筈だけど・・・・。ドノバンはグレースの承認なしにサインできないということはわかってるんだけども、まさか茂さんを避けて俺たちの話を聞いてからにわかに問題を感じて『ノー』なんてことに・・・・勘弁してほしいよな」

「まあいいさ、考えたってしようがないよ。これ食い終わったらホテルに帰って寝ちまおうぜ。飛行機の中で教えてもらったブラディー・メアリーってのが気に入ったよ。あれをナイトキャップにしよう」

清は国際便や海外のホテルに一人でいるときはブラディー・メアリー専門である。ウォッカをトマトジュースで割ってアルコールを加減できるので手軽に自分でも作れる。タバスコやレモンがあれば最高だ。アメリカに渡る機内で土方に教わったのである。

帰りはアマガー通りに出てタクシーをつかまえた。どっと疲れが襲ってきた。SASラディソン・ホテルの黒い高層が白夜の空に浮かび上がっていた。それは今にも魔女に襲いかかられようとする嵐の前の古城を思わせた。

ホテルのバーカウンターで血のように赤いブラディー・メアリーを注文した。

「明日はその氷の魔女を血祭りにあげてやろうぜ。ブラディー・グレースだよ。俺ねえ、英会話、この数年大分秘密トレーニングやってたんだぜ。氷みてえなこと言ったら俺の熱い情熱で言い倒してやるぜ」

久しぶりに腹を抱え大笑いして気炎を上げた。

＊

オールボー空港はユトランド（Jutland）半島のほぼ北辺に近い軍民共用空港である。

コペンハーゲンをプロペラ機で発って五五分であった。二人はそろってタラップの上からこの北の空港全体を俯瞰(ふかん)した。

（遠くに来たなあ・・・）という流離の思いが湧きあがった。

「誰か迎えに来てるんだろ？」

「ああ、ハンク・クロフォードっていう男が出迎えるというテレックスをもらってる」

大きなバッゲージはSASホテルに預けて、キャリーケースに下着とトラベルポーチ、書類バインダーの一冊を持ってきただけだ。今夜の宿泊はオールボー駅前のビジネスホテルに予約してある。

好奇と不安の入り混じった気持ちで極力胸を張って大股でロビーに出た。

二人肩を並べて左右を見まわした時、すぐに一人の若い男が前に立って右手を差しのべた。

金髪の短めの髪を七・三に分けた長身のハンサムであった。

「ようこそ。オールボーへ、キヨシサン、カズヤサン。ハンク・クロフォードです」

歯切れのよいきれいな日本語であった。唖然とした。

二人の肩を軽く抱くようにして、「ご案内します」と言ってから、ずんずんと先に立った。

ゲートを抜けて向かいの駐車場に入ると、ひときわ目立つ乳白色の大型ベントレー・コンチネンタルに近寄った。

二人は思わず、(さすが!)と目を合わせた。

ところがハンクは、その横を通り過ぎて白いワンボックスカーの前で足を止めた。日本のトヨタ車であったのにはいささか拍子抜けであった。

ドアを開けて「ユア シート」と二人に後部座席をすすめてから自分は素早く前に回って運転席に体をなじませ、シートベルトを締めた。

「二〇分くらいのドライブです。私はグレースのアシスタントでハンク・クロフォードといいます。メディカル・インスツルーメンツ・コロンビアという医療機器会社にいましたが、先月GPに転職することを決めました。今グレースのもとで色々勉強中なんです」

少しイントネーションがおかしいがきちんとした日本語が続くのであっけにとられて顔を見合わせた。

「うわ、日本語うまいじゃないですか!」

「そうですね、将来は日本に行きたいと思ってました。ですからしっかり身に付けました」

「失礼ですがおいくつですか?」

「三五歳になったところです」

（そうか、こういう若い男がいずれ日本に対しても大きな力を持ってくるんだな・・・・）

という思いがふと胸をよぎった。

空港を出て大きく南に回り込んだ車の前方に青いフィヨルドが見えた。黒い貨物船が接岸していた。マストに高く赤字に白のスカンジナビア十字を描いた国旗が翻っている。

「ハンク、あれ、デンマークの国旗だよね。美しいなあ」と親しく声をかけると、

「そうです。ダンネブロ（Dannebrog）って言ってますが、ローマ帝国皇帝から授かったと言われていて、これにはとてもドラマチックな伝説があります。世界で一番古い国旗です。デンマークは世界で二番目に古い君主国ですからね。一番は皇室のある日本ですね」

車は海峡の橋を渡りオールボー市街に入る。レトロな駅の前の街路に花屋やパン屋が店を出し華やいでいた。すぐに街を抜けて東に方向を変え緑の平地を走った。二〇分ほどでなだらかな丘陵の林道に入ってゆく。周囲にちらほらと思い思いの形をした人家が現れる。

「ああいうのはいわゆるサマーハウスといわれる別荘ですね」

「そうですね。デンマークでは冬が長く暗いので六月くらいになると思い思いに休暇をとってこういう避暑地に移ります。ゆっくりバケーションを楽しむんです」

「へぇえ豊かなもんですねえ。じゃあここらに住んでる人はみんなお金持ちばかりなんでしょうねえ」

「ノーノー、そうでもないですよ。ほとんど中流のビジネスマン家庭ですよ。もっとも家の大きさや建っているところで値段に差はありますけどね。秋から冬はオーフスやコペンハーゲンの自宅から職場に通って生活してるわけですが、夏が近づくとみんな待ちかねたようにこういうところに生活を移して、自然と光のサマーライフを思い切り楽しむんです。夏が終わって街に戻ればどんどん暗くなっていってまた長い冬がやってきますから。太陽は北欧の人たちのあこがれなんですよ」

車はゆっくりスピードを緩め、灌木と芝生に囲まれた建物の前で停車した。

三角屋根の二階に広いバルコニーが見えるログハウスであった。

「おい清、こんな明るくてありふれた家に魔女が住んでいるのか？　ほんとにいるんだろうな？」

「ううーん、その筈だけど・・・・・」

（いよいよか――――）いやがうえにも心臓が高鳴る。

ハンクは大股で芝生を踏んで玄関ドアを無造作に開けた。真鍮（しんちゅう）製のアンティークなドアベルが軽やかな音を立てた。中に向かって人を呼んだ。

中から一人の婦人が小走りに出てきた。

白いコットンの開襟（かいきん）ブラウス、同じくベージュのコットンパンツ。

表に突っ立つ清と一也を大きく見開いた目で等分に正視してから、感にたえないように腕を広げる。開いたドアのノブに手をかけたままで、

「遠くまでようこそ。どうぞお入り下さい」と笑顔いっぱいに中に誘った。

戸惑う二人。

（ええっ、グレースか？　まさか。――家政婦か？）

誘われるままに中に入ると、日本式の廊下にスリッパが並べてある。

案内された奥の広間には木の椅子と大きなテーブルが配置されていた。

「グレース・ガードナーです」きれいな日本語である。

意表を突かれて一瞬まごつき、二人同時に名を名乗って二人同時に名刺を差し出してしまった。

「初めまして、じゃないのよね。――私、城北の松倉優子です。グレースは『優しい』ということで優子の英語訳のつもりなんです」

瞬間、巨大な空気の塊が呼吸をふさいでしまった。窒息した人形のように立ちすくむ二人。

脳の回路が懸命に再起動しようとする。

「松倉優子・・・。ほんとだ」

手渡された名刺を見た。

Grace Matsukura Gardner とある。

「どういう風にお話ししていいかわからないから、まあお好きなところにお座りになって。今お茶を入れますから」

と言ってからくるりと反転して部屋を出て行った。

黒い瞳がうるんだのを一瞬にして隠してしまったように見えた。

呆然と言葉も出ないままの二人に、ハンクが満面の笑みで椅子をすすめた。

北欧のブナの木であろう、素朴であるが斬新なデザインの木の椅子に並んで腰を下ろした。

「グレースからキヨシもカズヤも子どもの時のお友達と聞きました。何年たったんですか？」反応できない二人。

しばらくすると婦人は紅茶のポットとティーカップをお盆にのせて運んできた。

優雅な身のこなしでカップをテーブルに置くと、四人に等分に赤いハーブティーらしきものを分けて注いだ。

「これ、日本では珍しいと思うのよ。私が実を摘んできて作ったのよ」

うながされるままに味わった風味は経験したことのない香りであった。

「積もる話に入る前にまずお仕事済ましちゃいましょうね」

とハンクに目を向ける。

ハンクは黒いブリーフケースから分厚い書面を取り出し、二人の前に置くと、同時に黒いステーショナリーポーチをグレースに手渡した。

「契約書のドラフトは確かにこれね？」と二人に確認を促す。柔らかな動作でいながら凛とした声と横顔。

（美しい！）と清は思った。一也も同じだったろう。

グレースはポーチからモンブランとメガネケースを取り出した。メガネをつけたその婦人はまさしくGPの役員ポートレートで見たCFO、グレース・ガードナーであった。

グレースは契約書のドラフトにモンブランを走らせた。

ブルーインクの英語名で各ページの欄外へもイニシャルのみを記入した。

ハンクが、「では、このドラフトの一通をドノバンに渡してください。それからもう一通はグレースからのミスター・シゲル・アカバネに対するレター・オブ・インテント（基本合意書）です。契約はGPIと新会社の間で行われるものですからこれはドノバンとミスター・アカバネに対するグレースの合意をしめしたものです。スムースに本契約が調印されるように願ってます」

グレースは立ち上がると握手を求めてきた。

二人は考える間もなくビジネスマインドに戻りつつそれに応じた。

「コングラチュレーションね。ホッとしたわ。さっ、今からは夏川君、沢井君、でいいわね。失礼だけど岩淵さんよりやっぱり沢井君だわ。ちょうどお昼だから軽くランチをいただきましょう。二階のバルコニーがとても気持ちがいいの」

バルコニーは思いのほか広く、やはり木のテーブルと椅子がランダムに置かれていた。

ハウスの周囲は森に囲まれ、ところどころにちらほらと畑が点在していた。

その向こうに青い海が広がっている。

「あの海峡の向こうはスウェーデンなの。私、毎朝あの浜辺に行って泳ぐのが日課になってるの。今日は気持ちが落ち着くようにゆっくりひと泳ぎしてきたわ」

ハンクがあちこち動き回ってテーブルに魚とワイン、チーズ、パンなどを広げた。

「この魚、マッカラム、日本語ではサバですね。フィッシング・カヤックで海に出て釣ってくるんです。グレースは釣るのうまいです。沢山捕れるのでそこにあるスモーカーで燻製にして保存しておくんです。私の家族がすぐ隣のコテージを借りてます。海や畑の収穫を持ち寄っては時々パーティーやってます」

ワインを開けて乾杯した。

ようやく気持ちがほぐれた二人には、メガネを外したグレースが昔の松倉優子になって帰ってきていた。少し体つきが丸みを帯びたが、声も身のこなしも白い歯を見せて笑う瞳もあの時の優子の面影に行き着くものだった。

一也がさらに場を和らげるように、「いやあー、とにかくびっくりしちゃって。でも松倉さんはちっとも変わらないねえ。若いよ。それにハンクはハンサムだなあ。昔、トロイ・ドナヒューっていうむちゃくちゃいい男がいたろ？　エリザベス・テーラーと共演した金髪の若い男、なんか似てるよ」

「『避暑地の出来事』よね。ちょうど私たちが出会った頃のアメリカ映画ね。相手方はサンドラ・デイよ。私たちまだ中学生だったのよ。私、働き出してから新宿のリバイバル館で観たわ」

清がフォローした。「その後の『いそしぎ』ってのもなんか似てる雰囲気の映画だったよなあ。俺にはなんかよく訳が分からなかったけど、音楽が良かった。あの主演女優がエリザベス・テーラーだよな。男はリチャード・バートン」

「そうそう、ヘンリー・マンシーニ、パーシー・フェイス楽団なんかの映画音楽にアメリカへの憧れが募った頃だったわ」

「優子さんとハンクが並んだらトロイ・ドナヒューとエリザベス・テーラーじゃねえか」

「わあー、やだあ。歳がちがいすぎるわよ」

「いや、リズ・テーラーじゃないんだよな。あいつちょっと濃すぎるもんな。やっぱりグレース・ケリーだろ！」と清が反論。

「そんなあー、いくら何でも言い過ぎよ」

　ハンクも一緒になって大きな笑い声。

「そうか、俺はそっちの方はどうもな。その頃の思い出はやっぱり『無法松の一生』だな。いろんな人がやってるんだけど三船敏郎と高峰秀子のが一番いい。歌は村田英雄」

「急に雰囲気変えるなあ、べったべたの昭和じゃないかよ。歌はよく知ってるけど、それって荒くれ男の純愛だったよなあ」

「そうだよ。小倉生まれの荒くれ車引きが陸軍大尉の美しい未亡人に恋する物語だよ。自分にはとても手の届く人じゃないから、誰にも悟られないようにその恋心を胸に秘めて、遺された彼女と男の子を助けながら生きるんだよ。命を懸けて。この歌聞くと胸がジーーンとなるよ」

「あらあ、沢井君もひょっとして誰かをひそかに恋してたの？」

「ああ、してたねえーー」

「ほんと？　誰？　誰？」

「へぇえ、誰だよ、それ?」と二人の反応が同時であった。

「ううーーん、・・・ヨシヅ・・・・」

「ヨシヅって?」

「吉津昭美」

「ええーーーっ。担任の吉津先生かよ?」

「そうだよ。誰にも言うなよ」

「誰が言うもんかよ! だいいちばらす相手がいないよ」

二人がはじけたように爆笑した。

清が真っ赤になった一也の顔に指を差すと、また大笑いが破裂した。

一也の顔はそれこそゆでだこのように上気している。

すっかり中学生の頃の口調になってしまった。ひとつ思い出を話せばそこから次の思い出に繋がって話が尽きない。

清が改まって優子に聞いた。

「だけど俺たちがこうなってるのをいつから知ったの?」

「最初は夫が所管する帝国印刷技研の買収資金に関する書類が回ってきた時ね。あの大火事が起きた城北の会社だってことに驚いたわ。買収後はなかなか経営がうまくいかない事に強い関心を寄せていたんだけど経営陣の人たちには興味がなかったのよ。

そうねえ、ジャックに聞いたことがあるのよ。『これまで一番に印象に残ったビジネスマンは誰かと聞かれたらどう答えますか？』ってね。その時ジャックはすぐに答えたわ。『それは今付きあってるユーイチロー・ヒジカタという丸興産商のディレクターだ』ってね。あの、人を見る目に厳しいジャックが『彼はそのビジョン、実行力、人間性、どれをとっても素晴らしい男だ。彼をこのビジネスから絶対外してはならない。ともに働けることになったのは本当にラッキーだ』なんてことまで言うのよ。それで自然とその動きに関心が行くようになったんだけど、彼がGPIの役員に推す若い人が彼の部下の『キヨシ ナツカワ』って名前だったんで、（あれ？）って思って調べるとそれがどうも夏川君だってことを知ったのよ。驚いたなんてもんじゃなかったわ」ハーブティーを一口含んでから続けた。

「私ねえ、現場には出ないでしょ。義父が政府の公職にあったし、あまりビジネス現場で目立つのは良くないと思ってたの。それに外国人の間に入ってああでもないこうでもないと口出しするよりはもっと客観的なことで正しい決断を下せる役割が自分であるべきだと心に決めてたの。そのせいでせっかく『優子』の英語訳を『グレース』って置き換えたのに皆さんはとても冷酷な人間と思ってるみたいね。でも帝印に対する調査資料は丹念に読んで消化したわよ。さっきのジャックの一言があって以来主要な人事についてもね。GPの将来戦略にとって自分の故郷の帝印への投資はすごく重要だったし、プロジェクトの進捗にますます関心を払ううちに『岩淵一也』の名前が出て、この人の経歴を調査させたら沢井君だったなんて、一瞬何が何だかわからないほど混乱したの。ほんとに驚きの連続だったわ」

ここで我に返ったように言った。

「今晩ゆっくりお話ししましょう。ねえ、ここに泊まっていってよ。ホテルは前払いだったんでしょ？　電話してそのままにしておいたら？　陽が傾く前に海岸に連れて行ってお見せしたい風景があるの」

一也が清を見て言った。

「二人で行って来いよ。俺はここでハンクと飲んでるよ。英語で話したいし」

もじもじ躊躇(ちゅうちょ)する清に、「早く行って来いって」と背中を押した。

*

ハウスを出て森の小道に入ってからしばらく行くと突然視界が広がった。

一本の道がなだらかなスロープになって下ってゆく。草原の先に、フィヨルドから海に押し出してゆく薄青い水が水彩のように浮かび上がっていた。

黙って並んで歩いた。

いつの間にか道は砂地になった。

バラのように棘のある灌木に花径一〇センチくらいの薄桃の花がついて群生し、海に向かって広がっていた。

眼前に開けたパノラマに思わず両腕を上げて息を吸い込む。

潮を含んだ風の香りが身体の隅々まで広がった。

「あれから四〇年もたったのね。夏川君あの時、『一〇年たったら会ってみようか』なんて言ったじゃない」

「おー、あの時って、覚えてたの？　コスモスの咲いてた工兵隊跡地の荒れ地・・・・・」

「覚えてるわよ。突然ああ言われて、なんだか急に将来のことを目の前に広げられたような気になったの」

「ほんとなの？　僕はずっと頭を離れなかったよ。あれって約束だったのかどうかあいまいだったけど」

「そうね、一〇月一二日だったわね」

胸が激しく高鳴った。

「へええ、そんなにはっきり覚えてたんだ？　僕は忘れることはなかったけどね。まさか君が覚えていてほんとにその日に再会するなんてことは思ってもみないし。——

一〇年後のその時は大阪に転勤していたんだ。君はどうしてたの？　まさかあそこに行ったなんてことはなかったと思うけど」

「うーーん、一〇年後のその日を自分のひとつの道しるべにしようなんて思ってたわ。それってなんだか大事なことのように思えて。でも夏川君や沢井君がそこに行くなんて思いもしないし。私、その日に日本を離れたのよ。忘れられないわ」

「えぇーーっ、その日に！　一也と再会した時にそのことを聞いてみたんだよ。なんと彼は一〇年後のあの日と同じ時間にあの場所に行ったけど一人だったたって言ってたよ」

「えええーーーっ。沢井君あの時、全然関係ないって顔してたのに」

「そうなんだよ。意外だったよ。『そんなこと、これからどうなるかなんてわかりゃしないよ』ってうそぶいていたと思うけど」

遥か遠くのあの日――、懐かしさがツーンと上がってくる。

「君、あの時、コスモスは好きだけどハマナスを見てみたいって言ってたよね」

「そうなの、母が北の国の生まれだったので、よく思い出話を聞いていたのよ。ここにずうっと向こうまで咲いてる花がハマナスなのよ。黄色い実がなるの。さっき赤いお茶飲んだでしょ。ジャムもできるの。ハマナスの花の話をしてくれた母とはいつの頃からか、長く一緒にはいられない、となんとなく予感してたのね。やっぱり私が二三の時亡くなったわ。翌年父も亡くなって・・・。そんな時、アメリカに来るように彼からプロポーズされてたのよ。彼とは大学を出て出版社で働いていた時、医療機器学会の取材で知り合ったの。両親を亡くしたことが知らない国に渡ってみようと決心させたのね」

「あの頃はまだまだ未婚の女性がアメリカに一人で渡るなんてね。津田梅子みたいだね」

「そうね。でもあの頃の気持ちって・・・遠くの北の海辺に咲くハマナスを思い浮かべてたわ。郷愁っていうか、何かの雑誌で見たんだけど、ひまわりが見渡す限りに咲いているウクライナの写真を見たの。ハマナスとはずいぶん違うけどね、いつかそんなところに行ってみたいっていう憧れがあったわね」

「そうかあ、なんだか同じだなあ、僕も小さいころ母親に満州の曠野（こうや）の話を聞いていたせいか、それが心象風景になって、狭い日本を飛び出して外国に行きたいっていう気持ちはだんだんに強くなっていったなあ。君、あの時僕に、『将来何になりたいの？』って聞いたんだよ。それまで漠然とした外国へのあこがれはあったけど、あの問いかけがきっかけになってその思いが強くなったよ。・・・だけどね、ずっと君にはあこがれてたなあ」

「あら」

「いやあ、ほんとだよ。年若いころの僕の心はずっと君の姿や面影に占領されちゃってたよ。今だから言えるけど、片思いで苦しかったよ。ハハハハハ」

「そんなあ、・・・・・じゃあ早く言ってくだされぱよかったのに」

「そんなこととんでもないよ。とにかく君は勉強も容姿も何もかも、僕にはあまりに遠い人だったから。そんなこと言えるわけないよ」

「・・・・・・」

「おかげで城北中を卒業してから何をやっても自分のふがいなさを思い知らされることばかりでね。コンプレックスの塊だよ。卒業してからは会ったこともない君のことをいつも何かにつけて思い出してたけど、とにかく高根の花だったね。君にふさわしいのは、長嶋選手や石原裕次郎みたいな男のイメージだったなあ・・・・・・」

「何よ、それ・・・・・」

「あんなさっそうとした男に比べたら、自分なんてどうにもちっぽけで、何にもできなくて、とっても君の相手になんてなれっこないなってね。でもね、自分で言うのも何だけど、体も大きくなっていろんな経験が積み重なってくると、自分なりの現実の夢みたいなものも大きくなってくるわけだよ。そうなると、あの志望大学に入ったら胸を張って君に会いに行こう、なんて気持ちになり出したね」

「そうなの。でも大学へ行ってからも何の連絡もなかったわね。まだ私、城北から大学に通ってたんですけど」

「いやいや、そうなってからはなおのこと。自分を裸で鍛えようなんて思って入った水泳部で、この合宿で何分何秒をクリアーしたら、とか、今度のアルバイトをやり遂げたら、とか。そうこうするうちに卒業が近くなって、今度は思う会社に入社出来たらネクタイ締めて青い背広を着て、なんてね。いつも君に会える資格のためのハードルをたててたね。でもどうしても長嶋選手や石原裕次郎のイメージを越えられないんだよね」

「そんな風に考えるの？」

「そりゃあそうさ、好きな人が出来たら、男は、頼りがいがあってぐんぐんその女性をリードしてゆく大きさが必要だと思うもんね。君と同い年だったたってのが、ちょっと奥手だった僕にとっては致命的だったね。今考えると古臭いけどね。ハハハハハ」

「そうね、私たちの世代の男の人はみんなそういうところがあったんでしょうね。今じゃとっても流行らないわね」

「一方で、いろんなことをやらなきゃならない青年がぐずぐず女のこと考えてるって自分が嫌にもなっていたね。だからある時を境に意を決して、『強くあきらめた』って自作自演のお笑いだよ。それでさ、そのうち自分が適齢期になったら、七つ下のかわいい女子社員がそばに現れてね。彼女の前で急に頼りがいを誇示する男になっちゃったってわけだよ」

――遠く広がって湾曲する半球形の海。

視界はまるで三〇〇度くらいの広角で耳の後ろまでが見渡せるようだ。

ハマナスの群落を扇のように広がってゆく風の潮に、花の波は次々と光ってうねってゆく。

果てしない天空のドームを一回転した風が、いずこからともなく運んできたひとひらの花びらを優子の肩にとまらせた。

「あの時のコスモスの原っぱとおんなじだなあ。あそこはこんなに広かったはずはないんだけどね」

「そうね。体も小さいと周りがみんな大きく見えたんじゃない？　まだまだ幼かったのよ、私たち・・・」

しばらく間をおいて優子が清の顔をのぞき込んだ。

「またここで『一〇年たったら会ってみようか』なんて言う？」

「おおー、それっていいね。その時は六五歳か。人生は生きる限りどこまでも道を広げていかなきゃならないと思うけど、その頃はそれまでとは違ったターニングポイントになるんだろうな。どうなってるかなあ。どこで会う？　もう城北にはあのコスモスの原っぱはとっくにないんだ」

「どうなってるか？　なんて思うくらいだからどうなるかわからないわよ。それがいいんじゃないかしら。一生懸命歩いてきたから、こうして今は遠くになったコスモスの彼方で会えたんじゃない。またどこか遠くで三人で会いたいわね」

「コスモスの彼方かあ・・・・・・」

茫漠として時の止まった空間が二人を包み沈黙した。

「そろそろ帰りましょうか。あの二人、話は弾んでいるかしら？　今晩は思い切り腕によりをかけてデンマークのお料理を作るわ。サーモンや豚肉、ジャガイモ、お酒もたくさん買い込んであるのよ」


ハウスに帰った時は、一也とハンクはすっかり息が合っていて、何と二人ともエプロンをつけた姿でキッチンから出てきた。今晩の料理の下ごしらえをしていたという。優子がキッチンに入ってからしばらくして、ダイニングにハンクがどんどん料理を運んできた。ローストポークにジャガイモと野菜サラダを添えたものがメインのようだが、ゆでたタラと魚介類、大きなボールに色とりどりの野菜とライ麦のパンでテーブルが埋まった。

優子がエプロンを外しながらダイニングに入ってきた。

「さあ、お好きなところに座って。この国ってお客様が来ると、夕食はとにかくボリューム第一なのよ。暖かいのと冷たいのを半分ずつ作ったの。日本式にいっぺんに出したのでお好きなものを遠慮なくとってください。今晩は日本式の大家族スタイルでゆきましょう」

「そりゃあいい、スープから順にデザートまで一つ一つに出てくるやつ、ありゃあすぐ腹がいっぱいになっちゃって調子悪いよ。日本大家族形式、いいね、いいね。ハンク、いいね、ジャパニーズ ビッグファミリーズ ディナースタイル!」

ハンクがいつの間に一也に教わったのか、人差し指と親指で丸を作りウィンクした。

「さあ、まずはビールで乾杯!」とハンクが音頭をとってカールスバーグを飲みほした。

「せっかくオールボーに来ていただいたんだからこのあとはシュナップスですよ。そこにある小さなグラスをとってください」とハンクが言った。

みなシェリーグラスより小さいグラスをとったところでハンクが丁寧にそれらの一つ一つを透明な液体で満たした。

「これ、オールボー・タッフェル(TAFFEL)・アクアビット(AKVAVIT)なんですが、デンマーク王室御用達のシュナップスです。度数が四五%で初めての人には強すぎるかもしれませんが、ビールをチェイサーにして飲むといいですよ。土地の酒飲みはニシンの酢漬けでチビチビと朝までやるんです。ランチでもクイッと一杯やる人もいるし」

「そうね。私はこのあとはワインにするわ。シュナップスはちょっとね」と優子だけが敬遠。

強烈な蒸留酒とビールでアルコールが回るほどに会話もどんどん回転する。一也が英語に転換したのでなお一層場が盛り上がった。清が言った。

「一也はすごいよ。家が恵まれてたら帝都大に行ってたな。英語だっていつの間にかこんな調子だもんな」

「そりゃあないよ。ただ興味が湧くとのめり込むってことはあるよ。まあ、僕は学校に行っていないからその後何かにつけて勉強したいって気持ちは強いね」

優子が急に口調を改めた。

「私に妹がいるのを覚えてる？」

「ああ、ゆきみちゃんだよね。弟の二也と同級で二也がとてもお世話になってたよね。一緒に優子さんに勉強を教えてもらったんだってね。あの頃を考えるとほんとに感謝で胸が詰まるよ」

「そうなの。そのゆきみがね・・・・・なんか酔っぱらった調子で早まったことは言えないんだけど・・・・今度結婚しそうなのよ。彼女も今年五〇だから結婚っていっても再婚だけどね。彼女苦労してるのでほんとにうれしいわ。ゆきみも私と同じようにやっぱり一〇年前旦那さんと死別してるのよ。この旦那さんというのは大学の学者さんだったんだけど少し真面目過ぎる人だったのね。学内の様々ないざこざでいつのころから精神を患ってしまったのよ。後年は家庭内暴力にまでなっていてほんとに苦労したの。娘が一人いるんだけど旦那様の亡くなったあと女手一つで立派に育て上げて昨年とっても幸せな結婚をしたのよ。そんなんで今度はゆきみ自身の再婚がうまくいって幸せになってほしいわ」

一瞬テーブルを違った空気が支配した。

「ごめんなさい、妹のことは今絶対言えないの。どうなるかわからないし。ごめんなさい」

「なんだよ、やたら聞きたくなるように言いだしておいて、絶対言えないなんて強い調子でさ。マッチ・ポンプじゃないか。君ってそういう人だったの？」と、一也が茶化す。

「私ねえ、CFOとしての客観的な判断をしようとしてきたことはお話しした通りなんだけど・・・・・こうして夫の立場を引き継いでみると、人事、組織、人間関係というものの重要性を思い知らされたわ」

皆の視線が何かまた言おうとしている優子に集まった。

「今、進めているあることの行方がまだ不確かなのでここでは言えないけど、GP本社医療機器事業部長として絶対実現したいことがあるのよ」

清と一也がシュナップスが体中に回った勢いでそれぞれ異口同音に同級生口調で浴びせた。

「だからさあ、もったいぶらないでここで言ってくれよ。どっちみちそれってグレース・ガードナー女史のアメリカ本社での話だろ?」

「そうね、今は言えないわ」

「ええーーっ、なんだよ、それ!」

ここで話は続かずに終わった。しかしそれは三人の運命の歯車が新しい方向に向かって一気に駆動する決定的なイグニッションだったのだ。


翌日二人は日本への帰路についた。優子の勧めに従ってコペンハーゲンへはオールボー(Aalborg)から五時間を要する列車を利用することにした。

「たまには仕事を離れてゆっくり旅を楽しんだら? 途中のオーフス(Aarhus)、ホーセンス(Horsens)、ヴァイレ(Veile)、フレデリシア(Fredericia)なんかの街並みや、時々見える砂丘のハマナスを楽しみながら旅情に駆られるのもいいわよ」と。

今朝は出がけに手製の弁当をハーブティーの入った水筒とともに渡された。

スモーブローと呼ばれるデンマーク伝統のオープンサンドを食べやすいようにランチボックスに詰め込んだものだった。

「じゃあ、今度はどんなことがあっても一〇年後に必ず会いましょうね」

重厚な駅舎のドームでハンクとともに二人を見送ってくれた優子。

ほの暗い光の中にたたずんで手を振るその姿に、二人がともに抱いた内心の違和感は、（こうしてこれから仕事上密接になることになったのに、一〇年後の再会を言うなんて？）といういぶかしさだった。

デンマークの国鉄、DSB（ディーエスビー）は、風の野に点在する村落や街を抜けて、まるで止まった時の中をすべるようにひたすら南へ走っていった。

二人ともあまり口を開くこともなくシートに身も心もゆだねていた。そんな清の目には、車窓に向ける一也の横顔が一心に何かを追っているように映ったのだった。

その6

果たして帰国して一週間後に、突然回転舞台の幕が上がった。

二也が、一也と千代に報告したいことがあると急遽帰国した。

千代は七六歳になっていた。

一也の自宅の食卓で二也の告白に唖然とする一也と千代であった。――

「母さん、兄さん、なにぶん遠くて、報告が遅れて申し訳なかったんだけど、俺、結婚することにしたんだ」

「ほおお、それはいいねえ。何で結婚しないのか不思議だったんだよ。母さんもこれでほっとするよ。それで相手は金髪なんじゃないだろうな？　おまえが選ぶんだったら誰でも文句は言えないけどさ」

「うん、松倉ゆきみって覚えてる？」

「え、なんだって？——そりゃあ忘れもしないけども」

一瞬会話に間をおかれ、これからの話にどんな関係があるのかといぶかった。

「母さんと兄さんにこんなこと言って悪いんだけど、まだ小、中学生の頃、僕は悲しいことばかりの毎日に一人いじけていたよ。そんな僕を彼女は、時につけて何故かいつも人知れず励ましてくれたんだ。そのころからどんなことがあっても忘れられない人になってしまったんだよ。彼女は結婚していたんだけど、決して恵まれたことばかりじゃなかったんだ。日本に帰って来た時は必ず、ずっと交流してきた彼女の親友に会って消息を聞いてきたんだ。病気だった旦那と死に別れ、娘さんも立派に家庭を持った今は再婚できる状態になったと聞いて、夢にも昇る気持ちで勇気を奮って求婚したんだよ。彼女の親友が親身になって協力してくれたんだ。すぐにでも日本から連れ出してアメリカに連れていっちゃおうと思ってる」

一也は話の急展開にあっけにとられ狼狽した。

「ええーっ、そうか、優子さんが言ったゆきみさんの結婚というのは、相手がおまえだったのか！」

「優子さんは小、中学の時ほんとに親切にしてもらった大恩ある人なんだ。――それでね、その縁で今度、ＧＰ社の医療機器事業部の事業部長を引き受けることにしたんだ。あの人がＧＰ社のＣＦＯで医療機器事業部のトップを兼任しているなんて全く知らなかったんだけど、ゆきみに聞いて驚いたよ。兄さんと清さんがその日本法人に深くかかわっているって聞いて微妙に迷うところもあったんだけど、グレース・マックラ・ガードナーさんの熱心なお誘いで思い切ってペガサス電気を飛び出すことにしたよ。スタンフォードでＭＢＡも取っておいてよかったよ。ビジネスはビジネスとしてよろしくお願いします」

一也は最早声が出なかった。

千代は顔を伏せ、「よかった。よかった」と言うたびに上体を折ってゆく。拭っても拭っても止まらない大粒の涙が鼻を伝って膝に落ちた。

＊

翌日、ＧＰＩ緊急役員会が招集され、息も継がせぬ衝撃が、茂、清、一也を襲った。

ドノバンが珍しくピンと背を伸ばし口を開いた。

「トツゼンデスガ、ジュウヨウ役員人事ニツイテ発表シマス。この度私はこの会社の代表を退任してＧＰカナダに移ることになりました。後任の社長はハンク・クロフォードという人物が着任します。したがってアカバネさんとの画像処理機器ビジネスユニットの売却交渉はハンクが引き継ぐことになります。グレースから聞くところではスムースに進むだろうとのことですから安心してください。次に本社の医療機器事業部長ですが、現在ＣＦＯを兼任しているグレース・ガードナーにかわってペガサス電気アメリカからドクター・オトヤ・イワブチをお迎えすることになりました。驚くかもしれませんが、オトヤ・イワブチは当社の顧問、カズヤ・イワブチの弟さんです」

突然岩淵兄弟の名が飛び出し、茂は、一瞬にして混乱の渦に落ちた。

他方、清は、クロフォードと二也の名が飛び出したことによって、オールボーで優子がかみ殺した言葉の正体が次々と明らかになっていった。その時の優子の言質を懸命に思い起こせば、今の発表に至った背景のひとつひとつがパズルピースのようにピッタリとつながってくる。

衝撃の冷めやらぬまま丸興産商のオフィスに戻った清は土方の部屋に直行した。土方は社内外ともに、今度の役員人事では空席となっている副社長への昇進がもっぱらの観測となっている。

報告を聞いた土方が言った。「僕も君に言っておかなければならないことがある。あとで連絡するからその場所に明日の午後七時に来れるか?」

(ああ、やっぱりここだ)——八丁堀に指定された割烹はかれこれ二〇年前に来たことのある店だった。

あの時の土方は犬鳴によって子会社に飛ばされていた不遇の時で、事務所では作業着姿だった。それが今や本社副社長が確実視されている丸興産商のトップマネジメントなのである。指定された会食場所はその地位にふさわしいところかと思ったが、いささか拍子抜けがしないでもなかった。

暖簾を分けて中に入る。ふっと懐かしい空気がそこにあった。

割烹着姿の中年女性が「夏川さんですね。奥のお部屋でお待ちです」と先に立って案内された。あの時はカウンターで、あとから亀岡人事課長が加わったのだ。

その女性が小上がりの障子を開けると、なんと土方がずんぐりした白髪混じりの男と向かい合って飲んでいる。ギョロッと顔を向けたその男はその目ですぐに亀岡だとわかった。

「うわっ。亀岡専務もご一緒だったんですか。お早いですねえ。大変失礼いたしました」

亀岡は今専務取締役財務部長である。髪がずいぶんグレーになったがトノサマガエルの様な風貌は変わっていない。

「僕たちはかなり前から始めてたんだよ。まあ足を崩して座れ」

（なんでまた、こういう席に？）と戸惑うまま、恐縮しつつ座布団に腰を据えた。

早速駆けつけ三杯の猪口を干させられた。言われるままにＧＰＩの人事異動やオールボーの出来事について話し、二人のエンジンに熱量をあわせた。

しばらく歓談が進んだところで亀岡の声が改まった。

「今日君をここに呼んだのは大事な話でね。酒を飲みながら不謹慎とは思ったが、土方が、『今回は肩ひじ張って話すよりはいい』って言うんでね。かえってこういうところじゃ障子の向こうで聞き耳立ててるものなんていないよ、ハハハ。ただルール違反であるわけだからそのつもりで聞いてもらうよ。僕は聞き届け人だよ」と言って土方に目を移した。

　座がなんだか妙な雰囲気に傾いた。

　亀岡の振りにこたえて土方が口を開く。

「もったいぶらずに言うと、君に医療システム事業部長を代わってもらおうと思うんだ」

　突然の御託宣で驚いたが、一方で瞬時に、（ははあ、土方の副社長昇進がきまったんだな）と合点した。

「それは身に余る光栄なんですが、専務はどうなるんでしょうか？　社長室専任ていうことになってしまうというのも・・・・」

「ああ、僕も六五でいい歳だ。この辺で裃脱いで余生を楽しむことにするよ。体が丈夫なうちにやりたいことはたくさんあるしね。それに何といってもカミサンにはこれまで随分銃後の守りで世話をかけっぱなしだったしな。世界中で行きたいところもあるだろうし、ご案内しないとな」

「そ、それは？・・・そんなあ・・・・。土方専務は今度副社長になられるともっぱらの評判じゃないですか。いったいどうして？」

「ハハハ、他人様が言うのは勝手だがね。僕は瀬黒副社長の首を取った張本人だからね。上司の首を刈って自分がそこに座るのは僕の趣味には合わんねえ。あの時直属の部下だったんなら差し違いが筋だったんだろうけどな。そんなことより、ここに亀岡君もいるが、今度なあ、僕たちは君を取締役に推挙するつもりだよ。伊集院社長も同意だ」

　思ってもいなかった急展開に返答にも態度にも窮していると、亀岡が繋いだ。

「まあ、君の場合一寸遅かったけどな、色々あったからな。これまで見てきた土方君を乗り越えて、君が副社長でもなんでも目指してこれからスピードアップしたらいいじゃないか」

「・・・・・・・」

「土方君の決意は固いようだよ。そこで、同期生の僕としては彼のこれからのバラ色の人生を祈って今夜は激励の一席をと思ってね。そんなんで、呼び出しておいて大変失礼だが我々二人はここで失礼するよ。タクシーを呼んであるんだが、先にお好みのところへ送るぞ」

　あっけにとられる清。

（二〇年前のあの時と同じじゃないか・・・・・）

＊

一也が、「話したいことがある。ゆっくり時間を取ってくれないか」と言う。

土方、亀岡と会食した割烹を予約した。

カウンターの一也はいつになく晴れ晴れとした顔つきでうまそうに盃を干す。

「清、俺はまたここで新しい旅に出ることにしたんだよ。今夜はそれを聞いてもらおうと思ってさ」

「なんだよ、改まって」

「うん、この間オールボーからの帰りの汽車で考えたんだ。――おまえも優子も中学を卒業してから色々な山河があっただろうけど、それを乗り越えてこれからもどんどん先に進んでゆく。だけどあの時、俺は若い時代に忘れ物を残してきたような気がしたんだよ。GPIからの買収プロジェクトに形がついたら俺はローズマリーをやめて志望の大学を受験するよ。仕事は忙しかったけど、以前に大学入学資格検定は合格してるんだよ」

「ええっ、仕事を辞めちゃうの？　ローズマリーの社長は誰がやるんだよ」

「理津子にやってもらう。本人も納得済みだよ。彼女ならこれからのあの会社をしっかり切り盛りしていけると思うよ。俺はねえ、子供の頃の友達は自然の中の小鳥たちだったんだよ。野鳥の生態はその頃経験的にずいぶん学習したけど、何しろ知識不足から飼育しては失敗して随分かわいそうなことをした思い出がいやというほどある。小鳥が死んだときは悲しくて悲しくて、ほんとに泣いたよ。今度は本格的に大学で研究して将来はどのような形かで野鳥たちの楽園を作ってみたいって夢があるんだよ。子どもたちがみんな家族や友達と仲良く一緒になって一生の思い出に残る空間が創れたらいいなあ・・・・とね」

遠くを見るような一也の横顔は、あの時、ユトランドを走る列車の車窓に向けられていたものだった。

「言ってみればおまえと優子はこれからの世界への旅、俺は過去への旅なんだ。だからどんどん若くなってゆくわけだ。その果てに何とかして形にしたい夢がある。子どもがいないんで金は使い切れないしな。全部その夢に使うよ」

終章

三人は再びそれぞれの道に分かれて旅立ってゆくことになった。

二人に優子からメールが届いた。

ザ・ロンドン・エコノミクスの記事が添付されていた。

前略
先日、二也さんとゆきみのウェディングフォトを拝見致しました。

メタセコイアの並木が見えるコスモスの丘のチャペル、青い空に飛び立つ白鳩たち。

なんてすばらしいんでしょう。ありがとうございました。

あれからすぐにゼネラル・パワーリング・カンパニーを退社しました。

添付のコラムインタビューのように、かねて準備していた人材・経営コンサルティング会社をロンドンに設立しました。

私の半生は、アメリカで名門の家に嫁いだことと、大企業の中枢にいたことで、公私ともに人に言えない苦労もたくさんありました。でもそのおかげで、政・官・実業界の枢要な人脈とも多少の縁が出来ましたので、これを生かし、息子も暮らすこの街で、のびのびと有意義な仕事に生きたいと思います。

オールボーでの約束を忘れず、一〇年後の一〇月一二日、必ず世界のどこかでお会いしましょうね。私、おばあさんにはならないわ。その日を楽しみにしてます。

かしこ

一九九八年一〇月一二日

コスモス・グローバル・ブリッジ Inc.　松倉優子

夏川清様
岩淵一也様

＊

清は、様々に去来する思いを胸に城北駅西側に続く台地を歩いていた。

戦後一五年、未だ豊かとはいえなかった時代の三人の中学生が、その後、それぞれに踏み越えた変貌の四〇年。

今や豊潤となった新世紀への日本は、三人の世代が動力となった生産をこれまでと同じようには必要としなくなった。デジタル革命、ＩＴの進化に加えて、環境、エネルギー、資源の保護といった新たな限界要因によって、これまでとは全く違う社会を創造せざるを得ない次元に至っている。それはこれまでの発想や思考ばかりか行動の基準までに従来のパラダイムを転換することを要求している。

新しい実務価値を作り出そうとするものとしえないもの、コンピューターをはじめとする進化してとどまらない社会ツールを手にしたものとしえないもの、その断層はいよいよ鮮明となり、それはいかなる世界にも亘って、新しい世紀を生きようとする意欲の如何によってますます大きな解離を作ってゆくように思える。

かつてコスモスの咲き乱れていたこの台地に昔日の面影は影も形も見つからなかった。

あの時の一五歳の少年少女は幾星霜(いくせいそう)を越えて、遠く北のハマナスの地で再会した。

清は、一〇年後の約束の地は、自分が新たに旅してゆくコスモスの彼方に決めようと思うのだった。

完

この作品はフィクションであり、実在の人物や団体などと一切の関係はありません。

登場人物紹介

第一章

夏川清	城北中学校同級生
沢井一也	同右
松倉優子	同右
二也	一也の弟
ゆきみ	松倉優子の妹、二也の同級生
千代	一也、二也の母
岩淵賢太郎	岩淵金属資材 社長
吉津昭美	城北中学校女教師　清、一也、優子の担任

第二章

広瀬信太郎	一也の就職した城北電化 社長
広瀬信夫	城北電化 技術部長、広瀬信太郎の息子
吉岡	城北電化で一也の部下

第三章

理津子	ローズマリー写真館先代館主の孫娘、一也の妻
鈴森	婚礼会館、ラ・ベルフォーレ会長
西浦	ラ・ベルフォーレ支配人
館野長一郎	防空壕の丘と竹林の地主、北斗企業グループ顧問
館野大鷹	館野長一郎の三男、北斗エンジニアリング社長
大村龍一	城北のヤクザ
桐野静一	丸福商事管理部長
犬鳴紘一	清の丸興産商大阪本社勤務時の産業機械部営業一課長
土方勇一郎	清の丸興産商大阪本社勤務時の直属上司
亀岡	丸興産商　人事部、土方の同期
大井恵子	清の妻
森田	丸興産商の子会社、守口マシナリー社長
奥田	丸興産商　産業機械部名古屋地区エリアマネージャー
梁川金男	梁川化学代表、クリーニングＦＣ「純白ジェット」会長
張本	梁川金男の腹心
西丸勝	新クリーニングＦＣ「白鳥スピードクリーニング」会長

蔡成龍　蔡華貿易社長、中国経済界の大物
シャーリー　中国名、夏琳、蔡の秘書
猫道　丸興産商 海外事業統括部長
伊集院明正　丸興産商 代表取締役社長
瀬黒　丸興産商 代表取締役副社長

第四章

赤羽大志　GPイメージング（略称GPI）代表取締役社長
赤羽茂　GPイメージング（略称GPI）R&Dセンター長
青山　赤羽茂の部下、英語堪能
ラリー・ドノバン　GPI副社長
ウィルバー・ガードナー　ゼネラル・パワーリング・カンパニー（略称GP）
医療機器事業部長
グレース・ガードナー　GP本社CFO（財務部長）
ハンク・クロフォード　グレース・ガードナーの側近

著者プロフィール

常陸野 俊（ひたちの しゅん）

1944年東京都北区赤羽に生まれる。

1967年千葉大学工学部卒。

日本商社から米、欧グローバル企業日本法人勤務。

著書に世界最大の写真フィルムメーカーであったイーストマン・コダックの興亡を描いた『昭和の夏』（上・下）がある。

遠きコスモス

2025年 4 月15日　初版第 1 刷発行

著　者　常陸野 俊
発行者　瓜谷 綱延
発行所　株式会社文芸社
〒160-0022　東京都新宿区新宿1－10－1
電話　03-5369-3060（代表）
03-5369-2299（販売）

印刷所　株式会社暁印刷

ISBN978-4-286-26402-8　　JASRAC　出2500269－501